ro
ro
ro

Aharon Appelfeld wurde 1932 in Czernowitz geboren. Nach Verfolgung und Krieg, die er im Ghetto, im Lager, dann in den ukrainischen Wäldern und als Küchenjunge der Roten Armee überlebte, kam er 1946 nach Palästina. In Israel wurde er später Professor für Literatur. Seine hochgelobten Romane und Erinnerungen sind in vielen Sprachen erschienen, auf Deutsch zuletzt «Der Mann, der nicht aufhörte zu schlafen». Aharon Appelfeld, der unter anderem mit dem Prix Médicis und dem Nelly-Sachs-Preis ausgezeichnet wurde, lebt in Jerusalem.

«Ein Manifest der Menschlichkeit.» (FAZ)

«Die letzten Seiten liest man wie im Fieber.» (Die Welt)

Aharon Appelfeld

Auf der Lichtung

Roman

Aus dem Hebräischen von
Mirjam Pressler

Rowohlt Taschenbuch Verlag

Die Originalausgabe erschien 2012 unter dem Titel
«Ad chod haza'ar» im Verlag Kinneret Zmora-Bitan Dvir,
Or Yehuda

Veröffentlicht im Rowohlt Taschenbuch Verlag,
Reinbek bei Hamburg, Juli 2015

Zitat S. 154: Martin Buber, «Erzählungen der Chassidim»,
Manesse: 1949, S. 342
Umschlaggestaltung any.way, Hamburg,
nach einem Entwurf von ANZINGER WÜSCHNER RASP, München
Umschlagabbildung plainpicture/Cultura
Satz aus der Apollo MT PostScript, InDesign
Gesamtherstellung CPI books GmbH, Leck, Germany
ISBN 978 3 499 26891 5

FSC
www.fsc.org
MIX
Papier aus verantwortungsvollen Quellen
FSC® C083411

Das für dieses Buch verwendete FSC®-zertifizierte Papier *Lux Cream* liefert Stora Enso, Finnland.

Auf der Lichtung

I

Mein Name ist Edmund, und ich bin siebzehn Jahre alt. Seit dem Frühling kriechen wir über diese Hügel, die meisten kahl, einige dünn bewaldet. Die Lichtungen sind unser Unglück, aber wir haben gelernt, uns zu tarnen, über die Erde zu robben, Verstecke zu finden und den Feind zu täuschen. Unser Feind weiß, dass er es mit versehrten, aber entschlossenen Menschen zu tun hat, er schickt kampferprobte Soldaten, unterstützt von Gendarmen und verräterischen Bauern. Doch wir sind nicht so leicht unterzukriegen.

Das Tageslicht ist eher hinderlich, aber die Nacht gehört uns. Man muss zwar auch bei Nacht sehr vorsichtig sein, im Lauf der Zeit haben wir jedoch gelernt, welche Vorzüge die Dunkelheit bietet. Am besten ist ein Hinterhalt in einer Sommernacht: Man nimmt jedes Geräusch wahr und ist gespannt wie ein Panther vor dem Sprung.

Am Ende des Sommers hat unser Kommandant beschlossen, dass wir diesen Ort verlassen und in Richtung Sumpfland ziehen würden, zu den Mooren und Seen. Das führt uns von den Feldern und den Plantagen weg, die uns bislang mit dem Lebensnotwendigen versorgt haben, birgt aber einen klaren Vorteil – für den Gegner ist stehendes Wasser eine echte Hürde, und kein Soldat möchte sich durch Sümpfe tasten, weit entfernt von seiner Truppe.

Tagsüber graben wir uns ein, um uns zu tarnen, in der Nacht ziehen wir weiter. Wir kommen langsam, aber stetig voran, jeder Tag bringt uns unserem Ziel näher. In der letzten Nacht konnten wir das Wasser schon riechen, und eine stille Freude erfüllte uns. Aber unsere Aufmerksamkeit darf nicht nachlassen, der Feind ist wachsam und verfolgt uns die ganze Zeit über. Er versucht uns an den Flanken zu umgehen und uns die Wege zum Sumpfland abzuschneiden. Wir überlisten ihn, und wir belauern ihn. Unsere Vorsicht hat sich bewährt, wir haben kaum Verletzte, aber wer kann wissen, wie dieser bittere Kampf enden wird.

Anfang September erreichen wir den Bergrücken, der sich über dem Tanura erhebt, einem langgestreckten See, der von Felsen umgeben ist. Gestern hat unser Kommandant eine erfahrene Gruppe vorausgeschickt, um Flöße zu bauen. Sie sind am angegebenen Ort angelangt, haben Bäume gefällt und alles vorbereitet. Als wir ankommen, erwarten sie uns bereits mit kleinen Flößen, die auf dem Wasser schwimmen.

Einige Kämpfer fahren mit dem ersten Floß los, um das Ufer auf der anderen Seite zu erkunden. Wir beobachten sie, bereit, ihnen Schutz zu bieten und zu Hilfe zu eilen. Die Überfahrt geschieht lautlos. Wir sehen, wie sie anschließend ans Ufer steigen, ausschwärmen und das Gebiet erkunden. Nach ungefähr zwei Stunden geben sie uns das Zeichen, die restlichen Flöße zu besteigen.

Die kleinen Wasserfahrzeuge pendeln hin und her und bringen Menschen und Ausrüstung ans andere Ufer. Unsere Ausrüstung ist im Übrigen nicht gerade spärlich: Hämmer, Messer, Äxte, Sägen, Küchengeräte und Lebensmittel sind darunter. Alles ist sorgfältig verpackt und begleitet uns von einem Ort zum nächsten, unter der Aufsicht von Hermann Cohen, von dem noch die Rede sein wird, wenn es so weit ist.

Nach Mitternacht haben wir die andere Seite erreicht.

Wir merken gleich, dass die Landschaft hier ganz anders ist, der Boden ist mit dichtem Pflanzenwuchs bedeckt und riecht modrig.

2

Seit ich mich der Gruppe angeschlossen habe, bin ich kaum wiederzuerkennen. Der Kommandant hat versprochen, dass wir, wenn wir uns Mühe geben, fleißig trainieren und alle Anweisungen getreulich befolgen, am Ende Kämpfer werden. Kämpfer beklagen sich nicht, sie schonen sich nicht, sondern beißen die Zähne zusammen.

Es ist erst ein Jahr her, da saß ich noch auf der Schulbank, ein mittelgroßer Junge mit Brille und bis zum letzten Schuljahr ein ausgezeichneter Schüler.

Über das letzte Jahr, in dem ich mich in Widersprüche verstrickt habe, möchte ich noch nicht sprechen. Im Lauf der Zeit wird sich alles klären, davon kann man ausgehen, dennoch habe ich meinen Eltern damals großen Kummer bereitet, weil es mit meinen schulischen Leistungen bergab ging.

All die Jahre im Gymnasium hatte ich mit einem guten Zeugnis geglänzt, war der Stolz meiner Eltern, doch plötzlich verließ mein Leben seine vorgezeichnete Bahn, und ihre stille Freude wich der Schande. Oft wurden sie in die Schule bestellt und standen vor dem Direktor, stumm und ohne ein Wort der Rechtfertigung.

Die Lehrer sprachen mit meinen Eltern über meinen Leistungsabfall, besonders die für Mathematik und Latein.

«Was ist passiert?», fragte mich mein Vater dann verzweifelt und gekränkt.

«Gar nichts», antwortete ich immer.

«Warum lernst du nicht mehr wie früher? Es muss doch irgendetwas passiert sein.»

Der Krieg stand schon vor der Tür. Die Menschen rannten durch die Straßen und versuchten, der Falle zu entgehen, doch meine Eltern waren in Schwermut versunken. Dass ich mich in der Schule verschlechterte, bekümmerte sie mehr als das, was uns bevorstand. Ich war blind und ohne Mitleid. Mir kam es vor, als steckten meine Eltern tief in ihrer eigenen Welt und versperrten mir den Weg. Ich sagte nichts, doch unfreiwillig streute ich Salz in ihre Wunden.

Nun sind sie weit weg, und ich bin hier. Manchmal glaube ich, dass das, was mir in den letzten Monaten passiert ist, nur ein Erschrecken sein kann, das sich erst in der Zukunft klären wird. Ich werde zweifellos entkommen, deshalb bemühe ich mich, die Befehle auszuführen und ein tadelloser Kämpfer zu werden.

Das Training ist aufreibend. Der Kommandant hat kein Mitleid mit den Schwachen, er verlangt von uns den vollen Einsatz. Wer seinen Anforderungen nicht genügt, bleibt auf dem Stützpunkt und schiebt Dienst in der Küche oder fällt Bäume und bindet die Reisigbündel, die uns als Lager dienen.

Kämpfer, so nennt uns der Kommandant. Wir machen lange Dauerläufe, Hindernisrennen, klettern an Seilen, müssen uns geduckt durch Wälder und Sümpfe bewegen, Lasten schleppen. Mehr als einmal bin ich zusammengebrochen, und ohne die Hilfe der Kameraden würde ich den Anforderungen vielleicht nicht standhalten.

Ich schaue ins Wasser und erkenne mich zu meiner Verwunderung nicht wieder: Mein Gesicht ist voller geworden, die Wangen sind gerötet, meine Schultern breiter. In meinem Bauernmantel aus Schaffell sehe ich eher aus wie ein junger Bursche vom Lande als wie ein Gymnasiast. Auch meine Hände sind hart geworden, und meine Beine haben eine neue Schnelligkeit gewonnen. Ich biege nun Blech und Eisen, zerbreche Stangen und grabe innerhalb weniger Minuten einen Unterstand. Ich weiß nicht, ob meine Eltern mich erkennen und wie sie reagieren würden. Mir macht meine Veränderung insgeheim Freude. Jedes Lob beim Training lässt meine Brust anschwellen, und ich habe das Gefühl, dass ich auch auf dem Schlachtfeld, Auge in Auge mit dem Feind, funktionieren würde, dass der Kommandant zufrieden mit mir wäre.

Das Sumpfland. Ist das ein fester Rastplatz, oder wird dort ein weiterer Marsch beginnen? Vorerst wühlen wir uns durch den dichten Pflanzenwuchs. Mitunter kommen wir nur vorwärts, wenn wir Bäume fällen, um mühsam den Weg frei zu machen. Ich beklage mich nicht, sondern nehme alle Erschwernisse auf mich, als Pflicht und als Sühne. Ich glaube, dass wir eines nicht sehr fernen Tages zu Geschöpfen des Waldes werden und Bäume und Gebüsch uns einhüllen werden wie ein warmer Mantel.

Es ist sinnlos, sich Phantasien hinzugeben, besser reinigt man seine Waffe und repariert die Reste dessen, was von den Schuhen übrig ist. Die Sohlen sind zerrissen, ich binde sie mit Schnüren fest. So ergeht es fast allen. Ohne den nächtlichen Frost wäre alles leichter, aber die Kälte und die Feuchtigkeit plagen uns unaufhörlich. Gott sei Dank knistern die Kohlen und vermögen unsere Kleidung ein wenig zu trocknen.

3

Anfangs wollte unser Kommandant das Lager noch in derselben Nacht verlegen, aber die Müdigkeit, die sich in den letzten Tagen angestaut hat, zeigt ihm, dass es besser ist, noch einen Tag an diesem Platz zu bleiben, damit wir wieder zu Kräften kommen. Wir wollen das Gebiet erst erkunden und uns später hineinbegeben.

Ich schlafe so lange, wie ich es nicht mehr getan habe, seit ich mein Elternhaus verlassen habe, es ist ein sanfter Schlaf, wie in Watte gebettet, mit hellen Bildern. Zum ersten Mal habe ich meine Eltern gesehen, in weißen Sommersachen standen sie am Ufer des Pruth, wie in jedem Sommer. Ich wollte sie fragen, wo sie jetzt sind, aber die Worte blieben mir im Halse stecken.

Als wir aufstehen, erwarten uns schon eine Kanne Kaffee und Marmeladenbrote. Ich kann mir nichts Besseres vorstellen als ein solches Frühstück, um nächtliche Bilder zu vertreiben und in die Wirklichkeit zurückzufinden.

Nach Kaffee und Brot ist der Morgen frisch und jung. Man ist bereit zu marschieren, schwere Ausrüstung zu schleppen, Pflanzen und Gewässer zu überwinden. Die Kämpfer brauchen vor dem Abmarsch eine zusätzliche Stärkung: ein Glas Wodka. Es hat Tage gegeben, an denen wir alle ein Gläschen tranken, doch nun ist der Vorrat geschrumpft und bleibt den Kämpfern vorbehalten. Aber keine Sorge, bei uns bürgt jeder für jeden.

Als unser Jüngster an Typhus erkrankt ist, haben die Kämpfer eine Apotheke überfallen und alle Medikamente geraubt, die sie erwischen konnten. Das war ein gewagtes Unternehmen. Der Apotheker wohnt mitten im Dorf, und es bestand die Gefahr, dass die ortsansässigen jungen Burschen sich auf einen Kampf einlassen würden. Doch es ging gut, und seitdem besitzen wir Medikamente und Verbandsmaterial.

Kamil, unser Kommandant, ist ein ganz besonderer Mensch. Mit seiner Größe von ein Meter fünfundneunzig überragt er fast alle anderen. Er hat die Hochschule für Architektur mit hervorragenden Noten abgeschlossen, und ihm ist eine große Karriere vorausgesagt worden, doch der Krieg oder was auch immer hat schließlich einen wagemutigen Kommandanten aus ihm gemacht.

Um es vorwegzusagen: Er ist starken Gemütsschwankungen unterworfen. Es kommt vor, dass er sich in sein Zelt zurückzieht und die Befehlsgewalt seinem Stellvertreter Felix überlässt. Niemand spricht dann von Rückzug, vielmehr davon, dass Kamil das Alleinsein brauche, um auf neue Gedanken zu kommen. Unser Kampf ist schwierig und stellt uns täglich vor neue Gefahren. Der Feind ist listig und versucht stets, uns den Weg abzuschneiden und uns zu überraschen. Kamil ist erfahren im Kampf weniger gegen viele, auch wenn ihm die Anstrengung vermutlich nicht leichtfällt.

Ein asketischer Zug liegt in seinem Gesicht, und man sieht ihm an, dass er unseren Kampf weitsichtig beurteilt. Manchmal setzt er sich hin und unterbreitet uns seine Überlegungen. Dann handelt es sich nicht um alltägliche, sondern um geistige Dinge. Seiner Meinung nach ist unser Kampf nicht leicht zu gewinnen, und neben unserem Training, das wir nicht vernachlässigen dürften, sei es wichtig, unseren Geist zu stärken.

Seine Autorität ist ihm nicht einfach zugefallen. Früher haben Zweifel und Misstrauen zwischen ihm und einigen der anderen Kämpfer geherrscht. Sie haben behauptet, er habe eine Denkweise wie ein asketischer Mönch, und das könne seine Überlegungen zunichtemachen. Doch es dauerte nicht lange, da bewies Kamil, dass er seine Männer nicht nur anführen, sondern auch Kämpfe bestehen kann, bei denen der Feind in der Überzahl ist.

Außerdem kennt er die Gegend wie seine Westentasche, und mehr als einmal sind wir dem Zugriff der feindlichen Gendarmen entgangen, weil ihm das Gebiet vertrauter war als ihnen. In seiner Kindheit hatte er es geliebt, dort herumzustreifen, zu klettern und stundenlang allein durch den Wald zu streunen. Schon damals hat er sich, ohne es zu wissen, auf seine Aufgabe als Kommandant vorbereitet. Man kann schwer sagen, wer er heute ist: der Kommandant, der seine Untergebenen sorgfältig trainiert, oder der Denker, der jedes seiner Worte wohl überlegt.

Anfangs konnten wir seine Qualitäten nicht einschätzen – er ist zweifellos ein geheimnisvoller Mensch –, doch allmählich haben wir gelernt, seine inneren Kräfte zu schätzen. Einmal, in einem Moment großer Dunkelheit, rief er laut: «Werft den Geist der Niedergeschlagenheit ab. Ein geschändetes Volk kann sich solch einen Luxus nicht leisten.» Schon damals konnten wir beobachten, wie er das mutlose Lager mit beiden Händen hochhob und wieder auf die Beine stellte.

Sein Anderssein und seine große Kraft erkannten wir bei einem unserer Überfälle. Er stellte sich vor den Kämpfern auf und las Verse aus dem Buch der Psalmen. Er las langsam, betonte jedes Wort. Man merkte, dass ihm die hebräischen Buchstaben nicht geläufig waren, doch er gab sich Mühe, den inneren Kern der Worte zu erfassen. Niemand hat sich vorstellen können, dass dieser großgewachsene Mann, der jedes Hindernis und jedes Missgeschick in Betracht zieht, uralte Verse vorlesen würde, damit sie seine Männer in einen schweren Kampf begleiten. Aber so ist Kamil, er tut immer das Unerwartete.

Ganz im Gegensatz zu Felix, dem Leutnant: Felix ist klein und breitschultrig, seine Schritte sind kurz, doch er steht mit beiden Beinen fest auf der Erde. Deshalb sieht es zuweilen aus, als trage er mehr Ausrüstung als wir.

Er ist ein vollendeter Kämpfer, obwohl er nie in der Armee gedient hat. Von Beruf ist er Bauingenieur, und die Häuser, die er gebaut hat, sind wie er: klein und stabil. Einmal habe ich gehört, wie er sagte: «Ein Haus ohne Garten ist kein Haus.» Er spricht wenig und erklärt auch nur wenig, selten kommt ihm ein ganzer Satz über die Lippen. Im Gegensatz zu Kamil verbreitet er Ruhe, er geht uns voraus, und wir folgen ihm mit einem Gefühl der Sicherheit. Oft genug sind wir in eine brenzlige Lage geraten. Felix läuft dann zur Höchstform auf. Seine Standfestigkeit, selbst wenn von allen Seiten geschossen wird, und seine Methode des organisierten Rückzugs sind außergewöhnlich. Er handelt entschlossen, ohne laut zu werden und ohne jemanden zu beschuldigen. Es ist nicht leicht, ihm zu folgen, aber wenn man seinen Befehlen gehorcht, fühlt man sich seiner selbst sicher.

Anfangs gab es Meinungsverschiedenheiten zwischen den beiden Anführern. Kamil hat versucht, seinem Stellvertreter seine Ansichten aufzuzwingen, doch Felix erträgt keine Moralpredigten. Über seine eigenen Grundsätze spricht er nicht. Nur einmal konnte er sich nicht beherrschen, er durchbrach seine Schweigsamkeit und sagte: «Meiner Meinung nach darf man philosophische Angelegenheiten nicht mit echten Unternehmen vermischen. Eine kämpfende Truppe kann es sich nicht erlauben, sich mit dem Glauben zu beschäftigen, solche Dinge muss man bis nach dem Krieg aufheben.» Kamil wehrte sich natürlich gegen eine solche Auffassung. Also kündigte Felix seine Stellung, und Kamil wusste, dass er ohne ihn den Kampf nicht durchführen konnte. Am Ende fanden sie einen Kompromiss: In Glaubensangelegenheiten gestehen sie jedem seinen persönlichen Standpunkt zu.

Doch man darf sich von den Meinungsverschiedenheiten zwischen unseren Anführern nicht täuschen lassen. Auch Felix hat seine Ansichten, selbst wenn sie vielleicht nicht so fest sind wie Kamils, auch er reagiert sensibel auf Worte oder Phrasen. Bei jedem falschen Wort verzieht er das Gesicht. Seine Empfindsamkeit rührt vermutlich von der Musik her. Seit seiner Kindheit hat er Cello gespielt, und oft hören wir ihn leise Bachkantaten singen. Felix stellt sich häufig als einfacher Mensch dar, aber das entspricht nicht der Wahrheit. Tatsächlich kann er tagelang schweigen, doch wenn er eine Meinung ausdrücken will, merkt man schnell, wie genau und konzentriert er ist und dass ihm kein Schatten verborgen bleibt.

4

Doch nun habe ich den späteren Ereignissen vorgegriffen.

Wer aus dem Ghetto geflohen war, hatte das Ziel, so viele Menschen wie möglich zu befreien. Der ersten Welle ist es gelungen, fünf weitere Personen herauszuschaffen. Außerdem haben sie ein etwa zweijähriges Kind mitgenommen, das sie hinter dem Zaun gefunden hatten.

Kamil behauptet, das Kind sei der Glücksbringer der Gruppe und mit seiner Hilfe würden wir Wunder vollbringen. Das Ghetto stand vor der Auflösung, und die Einheit versuchte, unter der Leitung von Kamil und Felix, einen Tunnel zu graben, doch zu ihrem Unglück waren die Wachttürme Tag und Nacht bemannt, und die Scheinwerfer beleuchteten jeden Meter Boden. Dennoch konnten sie ein paar Leute hinausschmuggeln, die auf dem Weg zur Arbeit waren oder schon am Bahnhof standen. Auch ich geriet durch Glück oder durch ein Wunder zu ihnen.

Nun sind wir vierundvierzig. Wir kämpfen um unser Leben, aber unsere große Sorge gilt dem kleinen Jungen. Nach jedem Training und jeder Aktion umringen wir ihn, als wäre er nicht ein Kind, das nicht sprechen kann, sondern jemand, der uns zum Abschied Glück wünscht und uns bei unserer Rückkehr begrüßt. Wir empfinden allein seine Existenz schon als Wunder. Die meiste Zeit des Tages sind seine Augen weit geöffnet, er weint und bettelt nicht, doch wenn man ihn berührt, ziehen sich seine Schultern zusammen.

Anfangs sagten wir «Junge» zu ihm, doch nach den Kämpfen nannten wir ihn gelegentlich Milio, und bei diesem Namen ist es geblieben. Er passt sehr gut zu ihm. Milio gibt keinen Laut von sich, nur seine Augen scheinen zu sagen: Mir fehlen die Worte, um euch mitzuteilen, was ich sehe und höre, stellt mir keine Fragen. Aber die Kameraden achten nicht auf seine stumme Bitte, obwohl man merkt, dass ihn ihre Fragen schmerzen.

Einmal kniete einer von ihnen sich zu ihm und fragte: «Wie fühlst du dich, Milio?» Die Schultern des Jungen fielen nach vorne, und er hielt sich mit beiden Händen die Augen zu. Einen Moment lang hatten wir das Gefühl, er würde in Weinen ausbrechen. Doch wir irrten uns. Er verzog nur die Lippen.

Die meiste Zeit des Tages sitzt er im Zelt. Seltsam, das kleine, stumme Geschöpf, unfähig, einen Ton herauszubringen, erfreut uns durch die kleinsten Regungen. Um die Wahrheit zu sagen, er tut eigentlich nichts, er beobachtet nur alles.

Wenn wir nicht mit Training oder Streifzügen beschäftigt sind, trägt Danzig Milio in einem großen Bauerntuch vor der Brust. Danzig ist unser Riese, er ist ungefähr zwei Meter groß, mit unglaublich breiten Schultern. Manchmal versucht Danzig, Milio zum Lachen zu bringen, aber der Kleine ist verzagt, vermutlich hat er kein Vertrauen zu den Menschen.

Was ihm passiert ist, wie er seine Eltern verloren hat und wie er aus dem Ghetto herausgekommen ist, weiß niemand. Danzig ist überzeugt, dass man geduldig mit ihm umgehen müsse. Seiner Meinung nach wird Milio uns eines Tages sein Geheimnis anvertrauen, man dürfe ihn nur nicht drängen.

Am Abend sitzen wir um ihn herum. Wenn er weinen oder irgendeine Unzufriedenheit zeigen würde, wäre seine Existenz für uns weniger ungewöhnlich. Seine Stummheit dagegen ist ein Rätsel, das von Tag zu Tag größer wird. Zunächst hatten wir noch gehofft, dass er uns eines Morgens mit einem gesprochenen Wort überraschen würde. Doch die Tage vergingen, und Milios Schweigen hielt an, es zeigte sich auch auf seinem Gesicht.

Plötzlich erkrankte er an Typhus. Zwei Wochen lang hatte er hohes Fieber. Danzig hütete das Zelt, in dem der Junge lag, und wir alle waren in Alarmbereitschaft.

Als das Fieber abklang, öffnete Milio die Augen und

schaute uns an. Schwer zu sagen, ob er uns erkannt oder ob er seine verlorenen Eltern gesucht hat. Danzig sprach mit ihm: «Gott sei Dank ist das Fieber gesunken», sagte er, «jetzt wirst du dich besser fühlen.»

Von Tag zu Tag erhellte sich sein Gesicht. Danzig freute sich wie ein Kind und fütterte Milio mit Grießbrei. Fast den ganzen Tag lag der Junge zusammengerollt da und schlief. Der Schlaf tat ihm offenbar gut. Nach zwei Wochen erhob er sich, schaute sich mit klarem Blick um, und wir wussten, dass er alles sah.

Danzig meint, dass Milio ein besonderes Verständnis habe.

«Woher willst du das wissen?», fragt einer der Kameraden.

«Das kann ich nur schwer erklären.»

Manchmal erinnert Milio an ein Geschöpf, das durch ein Wunder überlebt hat, und dieses Wunder war so stark, dass es die wenigen Worte in seinem Mund zum Verstummen gebracht hat. Danzig ist überzeugt, dass Milio ein Geheimnis verbirgt. Es ist schwer, mit einem Riesen wie ihm zu diskutieren.

Wir lieben Milios Schlaf. Über seinem Schlaf schwebt ein feiner, milchiger Dunst, der beweist, dass er noch mit seiner Mutter verbunden ist. Wenn er aufwacht, verkündet Danzig: «Milio ist wach», als würde sich das Wunder erneut zeigen. Seit Danzig den Jungen adoptiert hat, hat er sich selbst verändert. Das stumme Staunen des Jungen spiegelt sich in seinem Gesicht und lässt ihn innerlich leuchten.

Wir sind erst seit ein paar Monaten zusammen, aber manchmal kommt es uns vor, als streiften wir schon seit Jahren durch dieses unwirtliche Land, ohne eine Zukunft vor Augen zu haben. Kamil will keine falschen Hoffnungen wecken, im Gegenteil, er verlangt von seinen Untergebenen hartes Training, den Schwachen gegenüber ist er jedoch nachsichtig. Manchmal scheint es, als sei es das höchste Ziel unseres Lebens, auf jene aufzupassen, die nicht selbst auf sich achten können.

5

Unser Alltag beginnt um sechs Uhr früh mit Leibesübungen und Dauerlauf. Um sieben gibt es Frühstück. Unterstützt von den älteren Männern, die nicht zu den Kämpfern gehören, bereitet unsere Köchin Zila das Frühstück zu. Auf dem Speiseplan stehen Grießbrei oder Maisbrei, eine Scheibe Brot, mit Marmelade bestrichen, dazu Kaffee oder Tee. Unser Speiseplan ist bescheiden, aber sättigend.

Um acht ziehen wir los zu den Kampfübungen. Kamil achtet auf ordentliches Erscheinen und gereinigte Waffen. Es ist nicht leicht gewesen, die ersten Waffen zu beschaffen, zehn Gewehre, zwölf Pistolen und Handgranaten. Die Waffen ermöglichen uns vorläufig noch keine Konfrontation mit feindlichen Patrouillen. Wir lauern ihnen auf, und manchmal gelingt es uns, sie zu überraschen. Vor einiger Zeit haben wir eine Patrouille angegriffen, zwei Männer wurden getötet, die anderen flohen und ließen sechs Gewehre und eine beträchtliche Menge Munition zurück. So ist unser Arsenal mit einem Schlag angewachsen, und in der Nacht feierten wir zu Ehren dieser Beute.

Ein- oder zweimal in der Woche überfallen wir die Häuser von Bauern. Ehrlich gesagt ist das keine angenehme

Aufgabe. Im Sommer haben wir die Felder und Plantagen geplündert und Obst und Gemüse zu unserem Stützpunkt gebracht. Doch zu dieser Jahreszeit sind die Felder abgeerntet und grau, und nichts ist mehr zu finden. Weil wir keine andere Wahl haben, überfallen wir Häuser, stehlen Nahrungsmittel und Kleidungsstücke und hoffen darauf, dass sich uns weitere Kämpfer anschließen, damit wir irgendwann auch die Militärlager überfallen können.

Inzwischen haben uns das Zusammenleben, das gemeinsame Training und die Überfälle zu einer festen Einheit zusammengeschweißt. Ohne Kamil, der uns nicht erlaubt, blindlings zu handeln, würden unsere Tage wohl ganz normal verlaufen.

Kamil ist kein frommer Mann im üblichen Sinne, aber sein ganzes Wesen strahlt Bewunderung aus: Es kann eine Pflanze sein, eine Blume oder ein Wort. Wenn er aus dem Buch der Psalmen vorliest, laufen uns Schauer über den Rücken. Seine Anweisungen sind einfach und klar, doch manchmal lässt er einen rhythmischen Satz hören, der klingt, als wäre er nicht von ihm, sondern als sei er ihm aus vergangenen Zeiten zugeflossen.

Kamil ist auf die Idee gekommen, Studienabende zu veranstalten, aber ohne Texte ist das schwierig. In den letzten Jahren sind Bücher unsere Hauptbeschäftigung gewesen, doch plötzlich sind wir von ihnen getrennt. Seltsam, in welch kurzer Zeit wir uns daran gewöhnt haben, ohne sie zu leben. Manchmal, besonders an den Nachmittagen, habe ich das Gefühl, ein Buch in den Händen zu halten. Dann schaue ich mich um und erinnere mich daran, dass ich früher um diese Zeit immer gelesen habe. Ich hatte «Schuld und Sühne» bereits gelesen, bevor wir es in der Schule behandelten. Es hatte mich mitgerissen wie strömendes Wasser. Jetzt leben wir ohne Bücher, ohne Hefte, ohne Bleistifte und Füller, als hätten wir unsere innere Welt verloren. Außer dem Buch der Psalmen, das einer der Kämpfer mitgebracht hat, haben wir keine Verbindung mehr zu der Welt, in der wir gestern noch lebten.

Bücher, Bücher, wo sind sie geblieben? Hat es sie einst gegeben? Das höre ich oft, es ist keine Einzelstimme, sondern ein kollektiver Ruf, der von innen kommt. Bücher sind es, die den Unterschied zwischen unserem früheren und unserem heutigen Leben ausmachen. Einer der Kämpfer, ein sensibler Junge, dessen Mundwinkel eine feine Ironie verraten, hat es einmal so formuliert: «Wir sind zur Natur zurückgekehrt. In zwei oder drei Monaten werden wir dem Urmenschen gleichen, wir werden aufhören zu sprechen, wir werden jaulen, wiehern und bellen, und vielleicht ist das gut so.»

Als Kamil das hörte, reagierte er sofort: «Dafür sind wir nicht hierhergekommen. Wir werden auch hier das menschliche Antlitz bewahren und nicht zulassen, dass uns das Böse befleckt. Die Studienabende werden anfangs ohne Texte stattfinden, aber macht euch keine Sorgen, wir werden Bücher finden – egal, wie.»

6

Kamil ist ein Prophet, ohne es zu wissen. An einem unserer Überfälle, als wir, beladen mit Nahrungsmitteln, auf dem Rückweg zu unserem Stützpunkt waren, sahen wir ein jüdisches Haus, das von Dorfleuten aufgebrochen worden war. Als wir es betraten, erwartete uns eine große Überraschung: Alle Möbel und Geräte waren aus dem Haus geräumt worden, die gesamte Bettwäsche ebenfalls, doch in zwei Nischen standen noch Regale mit zahlreichen Büchern. Kamil befahl uns sofort, jeder solle mindestens zehn Bücher nehmen, und so fielen uns eine hebräische Bibel in die Hände, eine Übersetzung der Bibel ins Jiddische von Jehoasch und eine Lutherübersetzung ins Deutsche, ein prachtvolles Gebetbuch, ein altes Festgebetbuch und daneben viele andere kostbare Bücher. Sie waren schon leicht angeschimmelt, aber noch intakt.

Bei unseren Überfällen kommen wir bisweilen an einem verlassenen jüdischen Haus vorbei. Die meisten dieser Häuser sind mittlerweile von Ruthenen bewohnt und haben sich verändert, aber manchmal sieht ein Haus noch aus wie früher. Die neuen Bewohner tragen die Kleidung der vorigen, doch ihr Aussehen kann uns nicht lange täuschen.

Bei einem Streifzug ist Salo auf das Haus seines Onkels Herzig gestoßen: ein geräumiges und von vielen Lichtern erhelltes Haus. Es war kurz vor Sonnenaufgang, und wir befanden uns gerade auf dem Rückweg. Salo war ganz aufgeregt bei dem Anblick und bat Felix, nachzuschauen, was noch übrig geblieben war.

Den jetzigen Bewohnern, die von uns überrascht wurden, befahlen wir, sich auf den Boden zu setzen. Felix verkündete ihnen sogleich, wir seien Partisanen, und forderte von ihnen einen Beitrag für unsere kriegerischen Bemühungen.

«Wir haben nichts», sagte der Familienvater.

«Das Haus ist voller schöner Möbelstücke und teurer Lampen, und du sagst, du hast nichts?»

«Nehmt euch Möbel, wenn ihr wollt», sagte er, um uns reinzulegen.

«Möbel brauchen wir nicht. Wir möchten Bettwäsche, warme Kleidung, Decken. Wem gehört eigentlich dieses Haus?»

«Mir.»

«Hast du es geerbt?»

«Genau.»

«Und wenn jemand behauptet, das sei ein jüdisches Haus und du hättest dich einfach reingesetzt, was sagst du dann?»

«Dann sage ich, dass das nicht stimmt.»

Felix diskutierte nicht weiter. Er gab Anweisung, alles zu durchsuchen.

Das Haus war voller städtischer Kleidungsstücke, Decken und Federbetten, und im Esszimmer befanden sich vornehme Gegenstände: Kerzenhalter, eine Besamimbüchse und eine Spardose des Keren Kajemeth. Schon lange hatten wir keine Kleidung mehr gesehen, die Juden gehört hatte. In den Schränken hing noch der Geruch nach Mottenkugeln.

Salo zitterte. Er war in den Pessachferien hier gewesen, um sich auf das Semesterexamen vorzubereiten und die Zeit mit seinen Cousins zu verbringen. Es waren wunderschöne Tage gewesen, voller vertraulicher Gespräche und langer Ausflüge den Fluss entlang, mit ein bisschen Jüdischkeit, die ihm sinnvoll erschien.

Wir füllten vier Säcke mit Kleidung und Decken und legten auch noch die Kerzenständer, die Besamimbüchse und die Keren-Kajemeth-Dose dazu.

«Warum nehmt ihr uns unsere Kleider weg?», fragte der Familienvater ängstlich.

«Das sind nicht deine Kleider.»

«Doch, sie gehören mir.»

«Wenn du nicht aufhörst zu lügen, werden wir dich bestrafen. Vergiss nicht, wir sind Partisanen und kämpfen um unser Leben, und wer sich uns in den Weg stellt, dessen Blut komme auf sein Haupt.»

Dann wollte Felix wissen: «Wo sind die Bücher?»

«Ich habe keine Bücher.»

«Wenn du uns nicht sofort sagst, wo ihr die Bücher hingebracht habt, zünden wir das Haus an.»

«Habt Erbarmen mit mir und meinen Kindern.»

«Wir werden Erbarmen haben, wenn du uns zeigst, wo die Bücher sind. Es hat hier viele Bücher gegeben.»

«Ich habe sie verbrannt.»

«Warum hast du sie verbrannt?»

«Ich habe nichts mit ihnen anfangen können.»

«Wo hast du sie verbrannt?»

«Hinter dem Pferdestall.»

Felix ließ nicht locker. «Du brutaler Kerl. Zeig uns, wo du sie verbrannt hast.»

«Bring mich nicht um. Ich habe fünf Kinder.»

Zwei der Kämpfer begleiteten ihn hinter den Pferdestall. Im Aschehaufen lagen noch einzelne Seiten. Salo brachte ein halbverbranntes Blatt, auf dem die Worte «Danken wir dir, G'tt, lebender König ...» zu lesen waren.

Wir zogen uns nach den Regeln zurück, die wir gelernt hatten, und es war gut, dass wir so vorsichtig waren. Denn kaum hatten wir uns zwei-, dreihundert Meter entfernt, da kamen der Bauer und seine großen Söhne aus dem Haus, Nachbarn schlossen sich ihnen an, und sie begannen, auf uns zu schießen. Felix befahl uns, die Waffen zu nehmen und sie anzugreifen. Es dauerte nicht lange, bis das Feuer erlosch. Felix gab sich damit nicht zufrieden. Er befahl uns, das Haus anzuzünden, und das taten wir.

7

Dann machten wir uns auf den Weg, schwer beladen mit Büchern und Hausrat. Viele Tage lang rührten wir kein Buch an. Das Kriechen über die Hügel, die ermüdende Suche nach Essbarem ließen uns keine Erholung. Unter den Büchern, die wir mitgebracht hatten, befand sich Dostojewskis «Schuld und Sühne», jenes Buch, das mich daran erinnerte, dass ich das Abitur nicht abgeschlossen hatte und nach dem Krieg die Prüfungen würde nachholen müssen. Seltsam, dieses vertraute Buch rührte mich nicht. Das Leben im Krieg, die militärischen Übungen und die Streifzüge erfüllten mich so sehr, dass ich abends zusammenbrach und traumlos schlief.

Kamil dagegen war sehr gerührt: «Uns ist ein großer Schatz in die Hände gefallen. Wir werden versuchen, uns seiner würdig zu erweisen. Ein Leben ohne Bücher ist ein beeinträchtigtes Leben. Jetzt werden wir alles nachholen.»

Noch am selben Abend tranken wir den Wein, den wir erbeutet hatten, und sangen aus vollem Herzen. Kein Wunder, dass die Wachtposten nicht rechtzeitig zum Dienst erschienen. Kamil murrte, aber er war nicht zornig.

In derselben Woche lernten wir einige Lehren des Bescht in der Bearbeitung von Martin Buber kennen. Kamil sagte, in diesen Bergen sei der Bescht umhergewandert und habe in der Einsamkeit seine Lehren entworfen. Was für ein Verdienst war uns in die Hände gefallen! Auch diese Begeisterung wurde nicht kritiklos hingenommen. Jedes Wort, das aus seinem Munde kam, wurde wie mit einem Vergrößerungsglas geprüft. Warum hat er das Wort «Verdienst» verwendet?

Kamil weiß, wie die meisten von uns, nicht sehr viel von den Lehren des Judentums, aber seine Neugier auf alles Jüdische bewirkt, dass er sich von seiner eigenen Bewunderung mitreißen lässt. Eines Abends sagte einer der moderaten Kämpfer bekümmert, dass das Judentum sich dem Zugriff seiner Söhne entziehe. Es sei eine alte, komplizierte Kultur, die sich jenen, die sie nicht schon als Kinder kennengelernt hätten, mit eisernen Türen verschließe. Man liest ein Buch und noch ein Buch und erkennt nur, wie weit man vom Verstehen entfernt ist.

Kamil ist nicht seiner Meinung. Martin Buber sei der Wegweiser, der unsere verlorene Generation unterrichten könne. «Ich und Du» und die chassidischen Bücher, die wir aus jenem wunderbaren Haus mitgebracht haben, seien geeignet, unsere Seelen zu erhellen. Einige unter uns behaupten, Buber habe das Judentum geschönt, ihm ein geschminktes Gesicht verpasst. Alles, um den deutschen Juden zu gefallen, aber das sei nun vorbei.

In der Zwischenzeit entdeckte uns eine Patrouille ukrainischer Kollaborateure und eröffnete das Feuer. Zwei Kameraden wurden verletzt. Zu dem Zeitpunkt kehrte glücklicherweise eine unserer eigenen Patrouillen zurück, schloss sich uns an, und wir erwiderten das Feuer. Die feindliche Einheit musste sich zurückziehen und hinterließ einen Gefallenen und ein automatisches Gewehr.

Der Feind gab nicht auf: Am Tag darauf stießen wir wieder mit einer Patrouille zusammen, doch wir waren vorbereitet und wehrten den Angriff ab. So geschah es alle paar Tage. Die Deutschen waren unbeugsam und attackierten uns heftig. Deshalb hatte Kamil beschlossen, dass wir die niedrigen Hügel verlassen und in Richtung Sumpfland ziehen sollten.

Doch nun ist alles anders. Wir haben Bücher. Hermann Cohen, der die Ausrüstung beaufsichtigt, ein nicht gerade großgewachsener Mann mit einem freundlichen Gesicht, teilt jedem Kameraden ein Buch zu. Nach einer sorgfältigen Prüfung hat sich herausgestellt, dass die meisten Bücher vom Judentum handeln. Der frühere Besitzer der Bibliothek war offenbar ein gebildeter Mensch, der seine Bücher sorgfältig ausgesucht hat. Ob er ein Jude war, der die religiösen Gesetze streng befolgt hat, kann man nicht wissen. Ich stelle ihn mir als einen großen, gutmütigen Mann vor, der gegen Abend in seiner Tür stand und beobachtete, wie die Bäume allmählich ihre Blätter abwarfen. Die Blätter, groß, gelb, rot, wollten nicht verwelken, ihre Farben wurden von Stunde zu Stunde kräftiger. Das gefiel ihm nicht, deshalb beschloss er, in sein weiträumiges Haus zurückzukehren und die Lichter anzuzünden.

Seltsam, was ein Bündel Bücher alles bewirken kann. So verändern sie unser provisorisches Dasein, das in jeder Zeltbahn zu sehen ist, und verwandeln es, als wären ferne, ruhige und angenehme Bilder zu Gast.

Ich ergreife ein Buch und bin zu Hause, bei den Eltern. Die Stehlampe brennt, und ich versinke ganz und gar in der Lektüre. Mein Vater, der unter anderem die bekannte Firma Singer vertritt, hat ein paar Stunden zuvor einen neuen Prospekt bekommen und blättert ihn bewundernd durch.

Meine Mutter bereitet einen Leckerbissen für den Nachmittagskaffee vor. Dostojewskis Roman nimmt mich so gefangen, dass ich die Stimme meiner Mutter überhöre, die uns auffordert zu kommen, um zu probieren, was sie für uns gebacken hat. Als ich mich endlich von dem Buch losreiße, würde ich am liebsten sagen: Warum hast du mich von diesen wunderbaren Figuren weggelockt? Aber ich beherrsche mich, ich möchte sie nicht verletzen.

Unser Sanitäter Salo, der das besetzte Haus seines Onkels entdeckt hatte, spricht nicht über das, was seine Augen gesehen haben. Jede seiner Bewegungen sagt: Ich tue meine Pflicht und darf mich nicht meiner Trauer hingeben.

Einer der Verwundeten, dem Salo mitten in der Nacht den Verband wechselte, nannte ihn einen «Menschenfreund». Salo wehrte sich sofort gegen diese Bezeichnung: «Ich tue das, was ich zu tun habe, die Pflicht ist nichts, wodurch man sich auszeichnet.» Einmal hörte ich ihn sagen: «Mein Onkel Herzig war ein so herzlicher Mann, wie sein Name sagt, und sein Haus war nicht nur von Lampen erleuchtet, sondern auch von innerem Leuchten erfüllt. Jetzt ist er gefangen in einem dieser Lager, und wer weiß, ob ich ihn je wiedersehen werde.»

Inzwischen hat Kamil die Studienabende eingeführt. Wir sind im Land des Bescht und seiner Schüler. Hier ist er umhergewandelt, hier hat er sich in die Einsamkeit zurückgezogen, hier hat er zu seinem Gott gebetet, und hier hat er uns, durch seine Schüler, seine Lehren hinterlassen, und das ist eine wunderbare Gelegenheit, diese Lehren näher kennenzulernen.

Einmal in der Woche widmen wir uns dem Studium. Diese neue Ordnung wird nicht von allen angenommen, es sind Ignoranten und sogar Gegner unter den Kameraden. «Wenn unser Aufenthalt hier einen Sinn haben soll», sagt Kamil, «dann ist es der, dass wir uns unserer selbst bewusst werden, unserer Eltern und Großeltern und ihres Glaubens. Möge es uns gelingen, die festen Ansichten und alten Auffassungen abzulegen. Mögen wir es schaffen, die Augen zu öffnen und nicht nur das zu sehen, was wir gewohnt sind, sondern auch das, was sich vor unseren Augen verbirgt.»

8

Es hat aufgehört zu regnen, sodass man in Ruhe dasitzen und träumen oder ein Buch lesen kann – Kamil achtet darauf, dass wir diese Ruhestunden einhalten. Doch um die Wahrheit zu sagen, ist das gar nicht nötig. Allen verlangt es nach ein bisschen Ruhe und innerer Einkehr.

Nachdem er eine Stunde gelesen hat, erhebt sich Danzig und sagt: «Früher habe ich gern Stefan Zweig gelesen.»

«Und jetzt?», fragt Hermann Cohen erstaunt.

«Jetzt kommt er mir naiv vor.»

«Sind wir seither klüger geworden?»

«Vermutlich haben wir uns verändert.»

«In welcher Hinsicht?»

«Keine Ahnung.»

Hermann Cohen ist ein Mann der Taten, und sein Tatendrang ist ihm anzusehen, aber er sitzt auch oft in einer Ecke und liest.

Seit wir die Bücher mitgebracht haben, und wir sollten noch weitere beschaffen, hat sich unser Leben verändert, denn sobald man ein Buch in den Händen hält, ist man, auch wenn man sich bislang nicht darin vertieft hat, zu Hause: Es ist, als säße man in einem Sessel oder im Garten, zusammen mit den Eltern, aber auch mit sich selbst.

Danzig hat, nachdem er die Universität abgeschlossen hatte, keine akademische Karriere angestrebt, er war in die

Provinz gegangen und hatte dort eine Buchhandlung eröffnet. Es waren nicht nur Juden, die zu ihm kamen, um sich Bücher zu besorgen oder auszuleihen, in Tageszeitungen zu blättern oder eine Zeitschrift zu kaufen. Neben der Buchhandlung hatte er einen Lesesaal eingerichtet, in dem seine Kunden sitzen und lesen konnten.

Es war keine große Buchhandlung, doch es herrschte eine angenehme Lebhaftigkeit. Wenn mal Streit entstand, genügte Danzigs herzerfrischendes Auftreten, um die Gemüter zu beruhigen.

Danzig liebte die Provinz und die Juden, die sein Geschäft aufsuchten. Die Älteren sahen es nicht gern, dass sich die jungen Leute in seinem Laden versammelten. Sie fürchteten, ihre Söhne und Töchter könnten sich einer anderen Kultur zuwenden.

Nun ist Danzig, so wie wir alle, von seiner Familie getrennt, lebt notdürftig in den Wäldern und hofft, dass der Krieg nicht allzu lange dauern und alles wieder werden würde wie früher. Milio würde zu seinen Eltern zurückkehren und er zu seiner Familie. Danzig ist vollauf mit Milios Erziehung, mit dem Training und den gelegentlichen Überfällen beschäftigt, er erlaubt sich nicht, über all das nachzudenken, was er einmal besessen hat. Oft genug habe ich ihn «und dennoch» sagen hören, als wolle er allen, die insgeheim verzweifelten, eine Antwort geben.

Danzig wird wegen seiner Größe und seiner Breitschultrigkeit «die Säule der Kompanie» genannt. Bei den Überfällen lädt er sich die doppelte Last auf die Schultern. Wenn wir von einem Ort zum nächsten ziehen, schleppt er einen Großteil der Ausrüstung. Die Älteren lassen sich gern von ihm helfen, aber sein freundliches Wesen tritt besonders hervor, wenn er Milio auf den Schultern trägt, wenn er ihn füttert und ihm Geschichten erzählt.

9

Kamil erinnert uns immer wieder daran, dass der Sinn unseres Krieges darin liege, die Schwachen zu schützen, die sich in unserer Obhut befinden, um sie müsse man sich nach allen Kräften kümmern. Wir unternehmen oft Überfälle, aber unser Stützpunkt wird Tag und Nacht bewacht. Deshalb beteiligt sich immer nur eine Truppe, ganz selten einmal zwei, an den Beutezügen. Wir hoffen sehnsüchtig darauf, dass sich uns weitere Kämpfer anschließen, doch vorerst lassen sie auf sich warten.

«Wir müssen Kanäle zu den vergessenen Ursprüngen finden», sagt Kamil oft. Diese Aufgabe ist schwerer als alles, was er uns sonst befiehlt. Man kann nicht sagen, dass die Worte des Bescht in der Bearbeitung von Martin Buber unsere Herzen nicht rühren, aber es lässt sich nicht leugnen, dass sie eher im Gebet und in der Einhaltung der Gebote verankert sind.

«Diese Texte sind ein Rückschritt in dunkle Zeiten», tat ein beliebter Kämpfer seine Meinung kund, Karl, der nach Karl Marx benannt worden ist. «Wir haben das Ghetto nicht nur deshalb verlassen, um unser Leben zu retten, sondern um uns ein für alle Mal von der irrationalen Tradition zu befreien und als freie Menschen zu leben.»

«Sollen wir uns etwa auch von unseren Eltern und unseren Großeltern befreien?», beharrte ein anderer Kämpfer.

«Von ihrem Glauben schon.»

Karl ist ein ausgezeichneter Zugführer. Der Zug, der unter seinem Befehl aufbricht, spürt seine energische Kraft, es fällt den Männern leicht, ihm zu folgen, und selbst wenn er über seinen Glauben spricht, merkt jeder die innere Motivation, die ihn antreibt. Er zählt zur zweiten Generation von Kommunisten – ein Mann, der an die Idee glaubt. Nicht umsonst hat Kamil ihn in den Rang eines Kommandanten versetzt.

Kamil, das muss man zu seinen Gunsten sagen, ist ein sehr geduldiger Mensch. Er weiß, dass ein Teil der Männer treue Kommunisten sind, andere gehörten dem Bund an, und wieder andere dem Schomer haza'ir. Die Zeit im Ghetto und in den Wäldern hat sie zwar verändert, nicht aber von ihren Überzeugungen abgebracht. Um seine Kritiker zufriedenzustellen, lesen wir Gedichte von Heine oder Rilke oder Abschnitte aus Dostojewskis «Schuld und Sühne».

Der Regen nimmt immer mehr zu, es ist nass und kalt. Einige Pakete mit Mehl haben angefangen zu schimmeln, was kein geringer Schaden ist. Kamil hat vor, irgendwann die militärischen Lager zu überfallen, die zwischen den Bergen verstreut sind, sowie die Tausende von Gefangenen zu befreien und aufzunehmen, die sich in Arbeitslagern befinden. Seiner Meinung nach würden fünftausend Kämpfer die gesamte Schlachtordnung verändern. Das Sumpfland sei geradezu ideal für Partisanenkämpfe. Die Kämpfer, die von hier ausziehen, würden die Selbstsicherheit der feindlichen Armee erschüttern.

Doch aus all diesen Plänen ist bisher nichts geworden. Wir sind mehr und mehr mit der Organisation unseres Alltags beschäftigt: der Befestigung der Zelte, dem Kampf gegen die Nässe, den gegnerischen Patrouillen. Die Befürchtung, dass ein längerer Aufenthalt in den Bergen die seelischen Kräfte verkümmern lasse, hat sich als unbegründet erwiesen. Die Kompanie ist stark, die jungen Kämpfer kümmern sich um die Schwachen, und Streitereien spitzen sich nicht zu. Alle stimmen darin überein, dass die Gruppe ohne innere Beschäftigung ihre geistige Stärke verlieren würde. Die Depression gehört zu unseren schlimmsten Feinden. Es kann passieren, dass jemand seinen Vater vor sich sieht, seine Mutter, seine Brüder und Schwestern, die bei einer plötzlichen Aktion geschnappt worden sind, und dieses Bild trifft ihn wie ein Blitz. Erst spürt er den Schmerz nicht so sehr, doch allmählich sickern die Bilder in ihn ein, dann dauert es nicht lange, und Schwermut trübt seinen Blick. Ein Kämpfer, der vor kurzem noch aktiv und voller Tatendrang war, fällt in sich zusammen, als hätte man ihm eine allzu schwere Last auf die Schultern geladen.

Wenn einer in diese Schwermut verfällt, umringen wir ihn und versuchen, ihn aufzumuntern. Manchmal richtet ihn ein gutes Wort wieder auf, aber meistens sind Worte nicht stark genug, um ihn von der Last zu befreien.

Einmal ist ein Kämpfer in eine tiefe Depression versunken, die ihn zu zerstören drohte. Alle Versuche, ihm gut zuzureden, blieben erfolglos. Von Stunde zu Stunde verfinsterte sich seine Miene, und er stand kurz vor dem Zusammenbruch. Schließlich wandte sich ein Kämpfer an ihn und sagte mit einer Stimme, die nicht ihm zu gehören schien: «Im Namen deines Vaters und deiner Mutter bitte ich dich, aus der Dunkelheit herauszutreten, in die du dich vergraben hast, wir können uns einen derartigen Rückzug nicht erlauben. Dein Vater und deine Mutter haben uns gebeten, auf Witwen und Waisen aufzupassen. Die Depression ist ein Werk des Satans, sie bringt uns vom wahren

Weg ab und frisst uns von innen auf.» Und das Wunder geschah, diese Worte, die der Kämpfer aus tiefstem Herzen gesprochen hatte, zogen den Mann aus der Depression und brachten ihn zu uns zurück.

Doch nicht immer zeigt sich ein solcher Erfolg. Zwei unserer Kämpfer leiden unter ständigen Depressionen, wir bewachen sie mit höchster Aufmerksamkeit und lassen sie nicht allein, und wenn wir zu einem Überfall aufbrechen, sind sie nie in der Nachhut.

Kamil, der selbst Gemütsschwankungen unterworfen ist, spricht oft von düsteren Stimmungen und Niedergeschlagenheit, die einem die Tatkraft rauben. Man müsse sich von solchen Gefühlen befreien, man müsse gegen sie ankämpfen und die bösen Absichten des Satans durchkreuzen.

«Wir haben hier und heute einen großen Auftrag: Wir müssen die Juden aus den Fängen des Feindes befreien und uns selbst aus den Fängen der Verzweiflung. Die Welt ist voll Bosheit und Gesetzlosigkeit, doch wir sind, Gott sei Dank, nicht in die Falle getappt. Wir tun alles, was Gott uns auferlegt hat. Die Zehn Gebote sind tief in unsere Herzen gegraben, sie zeigen uns den Weg.»

Es ist beängstigend, dabei zu sein, wenn Kamil über unseren Auftrag in dieser Welt spricht. Seine Augen leuchten, er scheint noch größer zu werden und erinnert an einen der Riesen aus vergangenen Zeiten.

10

Die Regenfälle mindern unsere Bewegungsfreiheit, aber wir lassen uns davon nicht unterkriegen. Unsere Patrouillen ziehen jede Nacht los. Wir kommen, wenn wir durch die Wälder streifen, nur langsam, aber in angemessenem Tempo vorwärts. Wenn wir noch im Winter in diesen Wäldern bleiben wollen, und es sieht ganz danach aus, dann werden wir uns Bunker bauen müssen. Die Winter in dieser Gegend sind erbarmungslos.

Doch zunächst müssen wir für regelmäßige Mahlzeiten sorgen: morgens, mittags und abends. Unsere Nahrungsmittel sind karg bemessen, aber schmackhaft, und an den Schabbatabenden sitzen wir zusammen und singen bis spät in die Nacht: Volkslieder, Lieder vom Bund und der Jugendbewegung.

Seit wir die Bücher und die Kerzenständer mitgebracht haben, die Besamimbüchse und die Spardose des Keren Kajemeth, strahlen die Schabbatabende in einem anderen Licht. Wir sehen unser neues Zuhause mit Klarheit. Es stimmt, dass bei den meisten von uns daheim schon keine Schabbatlichter mehr angezündet worden sind, doch wenn wir unsere Großeltern besuchten, dann hatten wir gesehen, wie eng sie mit dem Glauben ihrer Väter verbunden waren.

Einer der Kämpfer sagte einmal, man brauche vermutlich einen gewissen Abstand, um das zu sehen, was man nicht gesehen hat. Karl wiederum betont, dass der Schabbat die höchste Errungenschaft des Judentums sei, er habe uns von der kapitalistischen Arbeit befreit, das sei schon genug. Jeder mystische Zusatz verunreinige diese erhabene Idee.

Es stellt sich mehr und mehr heraus, dass die Konflikte, die noch vor einem Jahr zwischen den Juden aufflammten, falsch und irrig waren. Damals hat niemand ahnen können, was uns noch erwartete. Im Gegenteil, jeder war sich seiner Meinung sicher gewesen. Abgesehen von notorischen Schwarzsehern hatte niemand erkannt, was eigentlich offen vor uns zutage trat. Einer der Kameraden hatte gewarnt: «Bringt bloß keine Ansichten von dort mit. Dieses Territorium erträgt keine Ansichten von dort. Wir müssen uns an das gewöhnen, was wir hier sehen und hören.»

Zweifellos beruhigt uns das Singen. Eine Melodie lässt im Unterschied zu Worten die Reinheit aufsteigen, die tief in uns steckt, sie verschärft keine Gegensätze, sondern verringert sie. Volkslieder und Arbeiterlieder mischen sich und geben uns das Gefühl, dass das Leben nicht eine Reihe willkürlicher und grausamer Ereignisse ist. Eine Melodie trägt den Menschen auf ihren Flügeln zurück in die Kindheit. Dieses süße Gefühl erfrischt die Glieder, doch man darf sich ihm nicht hingeben. Der Feind lauert auf die passende Stunde, er ist schlau und geduldig und nicht bereit, auf einen von uns zu verzichten.

Vor einiger Zeit beobachteten wir von weitem, wie eine Kompanie ukrainischer Gendarmen einen jüdischen Jungen verfolgte, dem die Flucht gelungen war. Der Junge war schnell und erreichte mit letzter Kraft ein Maisfeld, in dem er sich versteckte. Der deutsche Kommandant gab nicht auf. Er ließ weitere Gendarmen kommen, und alle stellten sich um das große Maisfeld herum auf. Am Ende erwischten sie den Jungen und zerrten ihn an den Armen fort wie ein erjagtes Tier.

Wenn es um Juden geht, werden sogar alte Gendarmen zu Kämpfern. Wir standen hilflos da, zitterten vor Zorn, aber wir waren zu wenige, um dem Jungen zu Hilfe zu eilen.

Manchmal passiert es, dass nach einer Nacht des Singens jemand von seinem Lager aufsteht und genau so spricht, wie seine Eltern gesprochen haben, mit den gleichen Worten und der gleichen Betonung. Als wäre er wieder der Sohn seines Vaters und seiner Mutter.

Melodien führen zu geheimen Orten, denen man nicht erliegen darf. Es ist besser, Bäume zu fällen, die Zeltbahnen zu befestigen oder die Waffen zu reinigen. Tatkraft ist der inneren Betrachtung vorzuziehen. Nach einem arbeitsreichen Tag sinkt der Mensch auf sein Lager und schläft.

Früher habe ich immer in kräftigen Farben geträumt. Jetzt lege ich mich hin und schlafe abgeschnitten von allem, was ich einmal gewesen bin. Wenn mein Dienst anfängt, weckt man mich, und ich übernehme die Wache oder ziehe mit einer Patrouille los.

In Kamils Zelt brennt immer ein Licht. Wenn er nicht zu einem Überfall aufbricht, schläft er zusammen mit dem Bereitschaftsdienst. Um die Wahrheit zu sagen, schläft er fast gar nicht. Manchmal döst er für ein oder zwei Stunden. Und auch das erlaubt er sich nur, wenn Felix in der Nähe ist.

Nach einer Nacht mit Aktionen freuen sich alle, wenn niemand verwundet worden ist. Besonders Salo. Doch unsere medizinischen Vorräte nehmen immer mehr ab. Das Verbandszeug kochen wir aus, um es wiederzuverwenden, aber Jod und andere Desinfektionsmittel gehen zur Neige. In einem der größeren Dörfer, etwa zwanzig Kilometer entfernt, steht eine Apotheke, die früher einem Juden gehört hat. Falls sich herausstellt, dass diese Apotheke noch in Betrieb ist, würden wir nicht zögern, sie zu überfallen, verspricht Kamil. Eine Patrouille ist schon sehr nah an dieses Dorf gekommen, doch sie haben es nicht herausfinden können.

Das Lebensmittelgeschäft des Dorfs ist geöffnet, auch in der Kohlenhandlung verkauft man weiter Kohlen, und dort ist eine Mühle, die in dieser Jahreszeit nicht arbeitet – all diese Geschäfte haben früher Juden gehört.

Kamil und Felix haben schon oft darüber nachgedacht, jedoch noch nicht genügend Informationen über das Dorf, die Wachtposten und deren Bewaffnung gesammelt. Kamil plant, vorübergehend einen Bauern gefangen zu nehmen, damit er uns alles über das Dorf und die Deutschen erzählt. Doch dieser Plan ist bisher nicht verwirklicht worden.

11

Unsere Kompanie besitzt einen großen Schatz: Großmutter Zirl. Sie ist dreiundneunzig Jahre alt und wiegt so viel wie ein zehnjähriges Kind, aber ihr Gedächtnis ist gewaltig. Die Kämpfer haben ihr eine Art Sänfte gebaut und tragen sie von einem Ort zum andcren. Sie weiß Dinge, die sonst keiner von uns weiß. Neben den Gesetzen des Schabbat und der Feiertage kennt sie die Verhaltensregeln zwischen dem Menschen und seinem Nächsten sowie die Regeln zwischen dem Menschen und Gott, und natürlich kennt sie die Gebete. Außerdem kann sie sich an die Eltern eines jeden von uns erinnern.

Sie mischt sich nicht in unsere Tätigkeiten ein, aber wenn einer kommt und sie etwas fragt, gibt sie ihm eine

Antwort, nicht zu ausführlich, sondern so lang wie nötig. Kamil hat sie Dinge über seine Familie offenbart. Sein Großvater hatte seine Apotheke auch an Schabbat und an Feiertagen geöffnet. Er hielt sich weder an die religiösen Gesetze, noch besuchte er die Synagoge, aber die Wohltätigkeit war ihm sehr wichtig. Armen Leuten gab er kostenlose Medikamente, und wenn einer der Armen einen erfahrenen Arzt brauchte, fuhr er mit ihm nach Wien oder Prag. Er war wohlhabend, aber nicht reich. Die Armen, besonders die Kranken unter ihnen, waren in seiner Apotheke gern gesehen. Er bediente sie selbst, anstatt es seinen Helfern zu überlassen. Als er starb, richtete man keine Beerdigung für ihn aus, denn er selbst hatte bestimmt, man solle seine Leiche außerhalb der Stadt einäschern. Arme und kranke Menschen besuchten die Zeremonie und standen stundenlang da und weinten.

Kamil staunte. Von der Einäscherung hatte man ihm nie erzählt. Zirl, die die Dinge normalerweise nicht erklärte, sagte: «Du brauchst nicht zu erschrecken, Sohn, dein Großvater grenzte alle religiösen Pflichten zu einer einzigen Pflicht ein, und diese erfüllte er mit großer Hingabe. Dafür darf man einen Menschen nicht verurteilen.»

Kamil tritt Großmutter Zirl mit großer Ehrerbietung gegenüber. Wenn er sich von seinen vielen Verpflichtungen einmal freimachen kann, setzt er sich zu ihr. Alle spüren, dass sie in Bereiche vordringen kann, zu denen wir keinen Zugang haben.

«Meine Söhne und meine Töchter sind schon heimgegangen und haben mich allein zurückgelassen. Die Dinge sind vertauscht, sie sind in der wahren Welt, und ich bin in dieser.» Sie beklagt sich nicht, sie stellt nur fest. Manchmal tut es ihr leid, dass sie uns Umstände macht und jungen Menschen das Essen nimmt. Auch Michael sitzt gern bei ihr. Sie erzählt dem Jungen dann von ihrer Kindheit im Dorf, von ihren Eltern, die Bauern gewesen sind und getreulich den Zehnten bezahlt haben. Manchmal war die Kutsche des Kaisers Franz Joseph durch das Dorf gefahren, dann standen alle, Juden wie Nichtjuden, am Straßenrand und winkten.

Einmal fragte Michael sie, ob sie seine Eltern sehen könne.

«Warum fragst du mich das, mein lieber Junge?»

«Ich sehne mich so sehr nach ihnen.»

«Wenn du dich nach ihnen sehnst, ist das ein Zeichen, dass sie an dich denken, und bestimmt werden sie dir bald erscheinen.»

Die meisten Menschen träumen nachts, Großmutter Zirl dagegen hat Tagträume. Nicht alles, was sie sieht, erfreut das Herz. Vor einem Monat verlangte sie mitten in der Nacht, man solle Kamil wecken, um ihm dann zu eröffnen, sie habe gerade gesehen, dass die Bösen, so nannte sie unsere Feinde, sich unserem Lager nähern.

Kamil zögerte nicht, innerhalb von Minuten war das Lager in drei Teile geteilt, und wir bereiteten uns auf einen Angriff vor. Keine Stunde später geriet die feindliche Patrouille in den Hinterhalt, den wir für sie gelegt hatten. Zwei ihrer Männer entkamen uns und hinterließen eine reiche Beute: zwei automatische Gewehre, Handgranaten und eine Menge Munition.

Als Kamil zu Großmutter Zirl kam, um sich zu bedanken, sagte sie: «Nicht mir musst du danken, ich bin ein Nichts. Ich sehe nur das, was Gott mich sehen lässt.»

Großmutter Zirl wird von allen geliebt. Das heißt aber nicht, dass jeder an ihre Visionen glaubt. Um zu verhindern, dass man ihre Vorhersagen zu ernst nimmt, sagt man, sie habe einen telepathischen Sinn. Aber man dürfe sich nicht auf ihre Phantasien verlassen: Man müsse die Fakten betrachten, sie beurteilen und seine eigenen Schlüsse ziehen. Wer sich auf Telepathie verlasse, mache Blindheit zu seinem Führer.

Großmutter Zirl weiß, dass nicht alle an ihre Visionen glauben, und schon oft hat man sie sagen gehört: «Warum lässt Gott mich Dinge sehen, die ich dann nicht so an meine Mitmenschen weitergeben kann, wie es nötig wäre?»

Die meiste Zeit sitzt sie in ihrer Sänfte, schaut sich um, döst vor sich hin oder preist die Wunder, die sie umgeben. Wenn sie etwas sieht, woraus man Hoffnung schöpfen oder lernen kann, weist sie darauf hin. Bei Albträumen sagt sie: «Träume sagen die falschen Dinge.»

Wir sehen sie oft an und erinnern uns an das Leben, das wir hinter uns gelassen haben. Mich nennt sie «mein Junge». Sie hat mir erzählt, meine Mutter sei in ihrer Jugend eine Schönheit gewesen, hinter der alle Studenten her gewesen seien, sie habe sich jedoch für meinen Vater entschieden, weil er ein ruhiger Mensch sei, der nie auf andere herabgesehen habe. «Du brauchst dir keine Sorgen zu machen, mein lieber Junge, deine guten Vorfahren werden über dich wachen.» Seit sie das gesagt hat, sehe ich nachts, im Traum, meinen Großvater Meir Josef.

Michael fragte Großmutter Zirl einmal, ob sie zornig auf uns sei.

«Warum sollte ich zornig sein, der Zorn ist eine abscheuliche Eigenschaft. Wir sind zur Liebe bestimmt, nicht zum Zorn.»

«Aber wir sagen keine Segenssprüche und beten auch nicht.»

«Die Wege der Tora sind milde. Wer Witwen, Alten und Kindern hilft, befolgt schon die Gesetze der Tora.»

Sie ist freundlich zu allen, besonders zu den Kindern, aber sich selbst gegenüber ist sie unerbittlich. Zwei Tage in der Woche, immer montags und donnerstags, fastet sie. Salo hat sich darüber empört – eine Frau ihres Alters, die sich in solch einer schwierigen Situation befinde, sei verpflichtet zu essen. Das Fasten bringe sie in Gefahr.

Großmutter Zirl nahm seine Hände: «Ich faste schon seit vielen Jahren, ohne dass mir etwas passiert ist. Das Fasten ist wie ein Gebet.»

Ihre Willensstärke verblüffte Salo, er gab nach.

Danzig brachte Milio zu ihr und fragte, warum der Junge nicht spreche. Großmutter Zirl betrachtete ihn und sagte: «Seine Augen zeigen, dass er Bilder sieht und Stimmen hört. Es ist anzunehmen, dass er die Bilder und Stimmen in seinem Herzen bewahrt und sie nicht vergeuden will. Woher kommt dieser Junge?»

«Wir haben ihn gefunden.»

«Auch Moses, unseren Erzvater, hat man gefunden.»

Danzig senkte den Kopf, und sein ganzer großer Körper verstummte.

«Hütet euch vor schweigenden Kindern, sie könnten uns Geheimnisse der Welt offenbaren», sagte sie und lächelte.

«Was soll ich machen?», fragte Danzig leise.

«Lies ihm jeden Tag ein paar Psalmen vor.»

«Er versteht kein Hebräisch.»

«Psalmen braucht man nicht zu verstehen, mein Lieber.»

Tag für Tag überrascht Großmutter Zirl uns mit einem erstaunlichen Ausspruch.

Seit sie ihm gesagt hat, was er tun soll, liest Danzig Milio jeden Tag ein paar Psalmen vor und singt für ihn das Lied vom Lämmchen. Milio betrachtet ihn dann aufmerksam, und manchmal verziehen sich seine Lippen zu einem Lächeln. Um ihn zu ermutigen, klatscht Danzig auch oft in die Hände und sagt dazu: «Milio ist ein großer Junge, bald wird er sprechen und singen, und alle werden sagen: Schaut nur, wie Milio spricht und singt.»

12

Inzwischen bereiten uns die starken Regenfälle Probleme. Die Zeltplanen halten der Nässe nicht stand, aber jemand scheint über uns zu wachen. Eine unserer Patrouillen hat ungefähr zwei Kilometer von unserem Lagerplatz entfernt ein überdachtes Gebäude entdeckt, das im Verfall begriffen ist. Kamil und Felix haben es in Augenschein genommen und festgestellt, dass man mit einigen Pfosten die Decke stabilisieren sollte. Auf jeden Fall könnte uns die Ruine als Schutz dienen.

Vermutlich war das Gebäude das ehemalige Sommerhaus des Waldbesitzers. An den Wänden hingen noch ein paar verblasste Bilder, und in einer Ecke stand ein Ofen. Wir brauchten einen Tag, um die Ruine zu säubern, und am Abend konnten wir schon um den Ofen sitzen, der eine angenehme Wärme ausstrahlte.

Diese Ortsveränderung verwandelte auch unsere Stimmung. Die Kämpfer und die Kinder saßen um den Ofen und sangen fröhliche Lieder, und obwohl die Ruine nach außen zum Teil offen war, ließ sie in uns die Erinnerung an die

Stadt und die Häuser aufsteigen, die wir hinter uns gelassen haben.

Aus Vorsicht singen wir in der Regel leise, fast flüsternd. Doch diesmal waren die Stimmen lauter und voller Sehnsucht. Großmutter Zirl erzählte von ihrer Kindheit im Dorf, als der Himmel und die Erde noch miteinander verbunden waren und Gott in jedem Strauch und in jedem Baum zu spüren war, eine Zeit, in der ein Jude mitten auf dem Feld vor Gott stehen und beten konnte, so wie ein Sohn vor seinem Vater steht.

«Wann haben sich die Söhne von ihrem Vater im Himmel entfernt?», fragte ein Kämpfer.

«Sie haben sich nicht von ihm entfernt, sie dienen ihm auf eine andere Weise. Man kann Gott auf verschiedene Arten dienen. Jede Generation hat eine eigene Art, Gott zu dienen. Man muss beten, dass Gott uns Gedanken schenkt, die das Herz erwecken und uns den Menschen näherbringen.»

An diesem Abend sprach Kamil sehr offen zu uns: «Die Soldaten und Gendarmen zeigen keine Zeichen der Ermüdung. Man muss davon ausgehen, dass sie wieder und wieder versuchen, uns zu überraschen, aber wir werden jeden Schritt bedenken. Wir haben das Sumpfland mit unseren Füßen erobert, wir kennen jeden versteckten Platz, und wenn sie es wagen, sich uns zu nähern, werden wir sie schlagen.»

In Kamils Stimme liegt eine stille Sicherheit, die uns zuversichtlich stimmt, dass Kämpfer, die Witwen und Waisen schützen, in jeder Hinsicht mehr wert sind als alle, die uns vernichten wollen.

Wir sind zwar wenige, aber wir sind bereit, unser Leben zu riskieren. Das Leben ist wichtig und teuer, man muss es bewahren, aber nicht um jeden Preis. Damit Frauen nicht erniedrigt werden, muss man bereit sein zu sterben, da darf man nicht einfach zuschauen, und damit alte Menschen nicht grausam behandelt und Kinder nicht umgebracht werden, muss man bereit sein, sein eigenes Leben herzugeben. Die Welt ist dunkel geworden, und wir müssen alles in unserer Macht Stehende tun, um sie ein wenig zu erhellen.

Dieser Weg ist nicht allen recht. Unter uns sind Pessimisten, die keinen Ausweg sehen. «Sie werden nicht aufgeben, bis wir tot sind. Der Tod der Juden ist ihr Glaube. Sie werden keine Ruhe geben, bis der letzte Jude vernichtet ist.»

Kamil, ein zurückhaltender Mann, der stets gegen düstere Gedanken ankämpft, leugnet keineswegs, dass der Feind stark ist, ein Ungeheuer, doch unsere Chancen zu überleben, sagt er, seien durchaus realistisch. Allerdings unter einer Bedingung: Es müsse uns gelingen, unsere düsteren Gedanken zu besiegen. Sie dürften in unserem Innern keine Wurzeln schlagen. Wir hätten die Verkörperung des Bösen gesehen, und Gott habe uns dazu bestimmt, an der Spitze seiner Gegner zu stehen.

Kamil hat viele Gesichter. Wenn er über das Böse spricht, über den Krieg, zu dem wir aufgerufen sind, sieht er aus wie ein Mann, der viele Jahre geschwiegen hat und plötzlich versteht, was seine Pflicht ist. Neulich haben wir gehört, wie er zu einer Patrouille, bevor sie loszog, sagte: «Ihr macht euch heute Nacht auf den Weg, um das Böse zu schlagen. Wisst, dass ihr die Vertreter des großen jüdischen Glaubens seid, der von jeher das Gute verehrt und das Böse verachtet hat. Das Böse ist der Feind der Menschheit, und ihr zieht heute Nacht los, es zu schlagen.»

Kamil trennt nicht zwischen wichtigen und unwichtigen

Handlungen. Alles hat eine geheime Bedeutung. Kein Wunder, dass viele von uns sich immer wieder fragen, wohin uns dieser geheimnisvolle Mann führen wird.

Nachdem unser Kamerad Kube gefallen war, herrschten im Lager Schwermut und Verzweiflung. Ein jüngerer Kämpfer klagte laut und schlug mit dem Kopf gegen einen Baum. Da ging Kamil zu ihm und sagte: «Vergiss nicht, was ich dir sage, der Tod ist nicht das Ende.»

Mit dem Tod eines jeden Kämpfers schrumpft unsere Gemeinschaft. Bislang sind vier Kameraden gefallen. Wir haben sie nicht weit vom Lager zur letzten Ruhe gebettet. Nur wir kennen den Ort, an dem sie beerdigt sind. Die Gräber sind auf Kamils Landkarte eingezeichnet, und jedes Mal, wenn wir hingehen, legen wir Feldblumen nieder. In diesen stillen Momenten sehen wir ihre jungen Gesichter deutlich vor uns.

Im Sumpfland lauern viele Gefahren, darunter das Vergessen. Um dagegen anzugehen, beleben wir an jedem Schabbatausgang die Erinnerung eines Kämpfers an seine Eltern oder seine Großeltern. Anfangs erinnerten wir an die vielen, die aus dem Ghetto geholt worden waren, um ihre eigenen Gruben zu graben. Doch einer der Kämpfer sagte, man dürfe die Menschen nicht zusammenfassen. Es sei besser, immer nur an einen einzigen zu denken. Wir sollten darüber sprechen, was dieser Mensch im Leben getan hatte, oder besser, was ihm gelungen war. Seither sprechen wir zu jedem Schabbatausgang über unsere Heimatstadt und über einen einzelnen Kämpfer, über seinen Vater und seine Mutter. Wenn uns bestimmte Details entfallen sind, hilft uns Großmutter Zirl. Sie vergisst nie etwas.

Aber normalerweise bleiben wir, auch am Schabbatausgang, gefangen in unserem Alltag: Patrouillen, Streifzüge,

Überfälle. Ein Überfall, bei dem es keine Verwundeten gibt, ist ein Sieg und wird gefeiert.

Meist plündern wir eines der Häuser am Rand eines Dorfes. Mehr als einmal sind gerade solche Häuser bereits von erfahrenen Dieben angegriffen worden oder wurden von Gendarmen belauert. Seit wir einmal Pech hatten, bereiten wir uns vor, wir beobachten und sammeln alle wissenswerten Informationen. Ohne die Einzelheiten zu kennen, überfallen wir noch nicht mal einen Schuppen.

Ich möchte nichts Falsches sagen. Wir leben tatsächlich in Gefahr, aber wir sind nicht bedauernswert. Auch kleine Erfolge machen uns glücklich. An manchen Tagen erleben wir Niederlagen, Beschwernisse bis hin zur blinden Verzweiflung, für die wir einen hohen Preis bezahlen müssen, aber sie nehmen uns nicht den Willen, den Feind zu besiegen. Der Feind ist unser Ziel. Um den Krieg zu gewinnen, sind wir bereit, die Zähne zusammenzubeißen, den Schmerz zu unterdrücken und alles zu wagen.

Und es geschehen auch Wunder. Während wir unterwegs waren, einen kleineren Bauernhof zu überfallen, haben wir etwa zwei Kilometer davor ein mittelgroßes Gebäude entdeckt. Wir sind eingebrochen, und da eröffnete sich uns ein überwältigender Anblick: säckeweise Kartoffeln, Kohl, Blumenkohl, Zwiebeln und dazu noch ein paar Säcke mit Äpfeln, Birnen, getrockneten Pflaumen und Sonnenblumenkernen.

Wir wussten nicht, womit wir anfangen und wie wir den ganzen Reichtum zu unserem Stützpunkt bringen sollten. Es war ein Glück, dass ausgerechnet der ruhige und beherrschte Felix die Gruppe anführte. Er gab den Befehl, die Säcke der Reihe nach zu transportieren. Die einen sollten Wache halten, während die anderen die Lebensmittel fortschleppten, dann sollten wir uns abwechseln, auf diese Art würden wir so viele Säcke wie möglich zu unserem Lager bringen.

Die Rückkehr ist jedes Mal ein Fest und geht mit großer Erleichterung und viel Liebe einher. Kamil wartete am Eingang und umarmte jeden Einzelnen. Zum ersten Mal füllten wir Hermann Cohens Lager bis zum Rand mit frischen Vorräten. Natürlich gab es einige, die murrten und uns daran erinnerten, dass wir uns die ganze Zeit mit Diebereien beschäftigten und nicht mit Kämpfen – es sei an der Zeit, uns jenen zu widersetzen, die uns bedrohen und quälen. Natürlich bräuchten wir Lebensmittel, um zu überleben, aber wir dürften die reine Existenz nicht über die Pflicht stellen. Unsere Pflicht sei es zu kämpfen. Jeder Tag, an dem wir nicht kämpften, bedeute Unterwerfung, wenn nicht noch Schlimmeres. Wir würden zulassen, dass weiter gemordet werde. Kamil wollte das nicht leugnen, aber er war überzeugt, dass wir vorläufig geduldig und vorsichtig sein müssten, wir sollten Waffen und Munition besorgen und uns darum kümmern, mehr Menschen um uns zu versammeln, und uns auf Kämpfe vorbereiten, aber wir sollten uns nicht in den Selbstmord stürzen.

13

Wir befinden uns mitten im Sumpfland, und es ist Herbst. Der Himmel ist auch tagsüber düster. Alle paar Meter trifft man auf einen Bach oder ein Moor, und nicht weit entfernt ist ein See. Die Ruine, von der wir gehofft hatten, sie biete uns Schutz, erwies sich als zu gefährlich, wir sind wieder zurück in die Zelte gezogen.

Seltsam, was Wasser und Waldgerüche hervorrufen können. Erst bemerkt man nichts, doch nach ein paar Wochen fühlt man eine gewisse Schwere, man lehnt sich an einen Baum oder streckt sich auf einem Lager aus Reisig aus, dann dauert es nicht lange, und es wird einem schwindlig. Das ist kein Schwindelgefühl aus Hunger und Erschöpfung, sondern man erliegt den Halluzinationen des Sumpflands.

Vor einigen Tagen kam einer der Kämpfer zu Salo und sagte: «Ich muss unbedingt nach Hause.»

«Warum?»

«Ich habe heute meinen Vater gesehen, er ist sehr krank.»

«Wir haben kein anderes Zuhause, mein Freund, das hier ist unser Zuhause.»

«Salo», sagte der Kämpfer, «du irrst dich. Ich habe meinen Vater ganz deutlich gesehen, er liegt im Bett und ist sehr krank. Ich kann sehr wohl zwischen Phantasie und Realität unterscheiden.»

Salo senkte den Kopf, als er diese entschieden vorgebrachten Worte hörte, verdrehte die Augen und sagte: «Mein Freund, du leidest zweifellos an einer Sumpflandhalluzination. Daran leiden wir alle ein bisschen. Du musst dir selbst immer wieder sagen: Der Stützpunkt ist mein Zuhause. Dies hier sind meine Kameraden. Wir kämpfen gemeinsam ums Überleben und gegen das Böse.»

«Und ich kann nicht nach Hause gehen?»

«Nach dem Krieg kehren wir alle zurück.»

«Und was ist mit meinem Vater?»

«Die Menschen, die bei ihm sind, werden ihm helfen.

Unsere Aufgabe ist es, unserem Nächsten zu helfen, egal ob hier oder dort.»

Der Kämpfer lächelte, als sei ihm etwas klargeworden, was er vorher nicht verstanden hatte. Es war ein sonderbares Lächeln, das Lächeln eines Mannes, der an den Sumpflandhalluzinationen leidet.

Nach diesem Gespräch brach der Mann zusammen und schlief ein.

Salo betrachtete ihn und sagte: «Die Sumpflandhalluzinationen haben ihn heftig gepackt, aber der Schlaf, nehme ich an, wird ihn beruhigen.»

Kein Zweifel, Wasser und Schimmel haben eine starke Wirkung auf uns, ergreifen erst den Körper und kriechen dann in die Seele, lassen uns Dinge sehen, die man nicht ändern kann. Kamil warnt uns vergeblich vor den Halluzinationen, sie sind nicht weniger gefährlich als zu vieles Trinken. Man müsse das Herz mit einfachen Dingen stärken.

Wenn Kamil über Stärkung und Freude des Herzens spricht, hat man den Eindruck, dass er nicht mehr der Kommandant einer Kompanie von Menschen ist, die ihre Familien verloren haben, sondern ein Denker, der uns zu einer neuen, geistigen Stärke verhelfen will.

Früher hat er einmal gesagt, die Furcht sei ein parasitäres Gefühl, das man unbedingt ablegen müsse. Schon damals hatte seine Stimme einen geheimnisvollen Klang. Seither hat er abgenommen, sein Gesicht ist noch knochiger geworden, die Augen liegen tief in den Höhlen, er schläft sehr wenig. Es ist ein Wunder, dass er sich überhaupt auf den Beinen halten kann. Jeder andere wäre bestimmt zusammengebrochen, seine Geisteskraft hätte nachgelassen, oder er hätte seine Ängste auf seine Untergebenen übertragen.

Kamil ist nicht wie jeder andere. Sein Aussehen täuscht.

Er wirkt zerstreut oder in Gedanken, doch wer ihn kennt, weiß, dass er ein außerordentlich sachlicher Mensch ist. Es stimmt allerdings, seine Sachlichkeit hat etwas Geheimnisvolles an sich, aber seine Bodenständigkeit ist felsenfest. Unseren Krieg plant er bis ins letzte Detail.

Er verschweigt uns nicht, dass der Weg im Untergrund, der uns erwartet, lang und gefährlich ist, aber wenn es uns gelinge, die Verzweiflung zu überwinden und das Ziel im Auge zu behalten, würden wir erkennen, dass es nichts Unbedeutendes sei, Jude zu sein, und wir würden das bittere Ende des Feindes erleben.

Wir fragen uns, woher er diese Zuversicht hat. Einmal, in einem Moment geistiger Erhebung, rief er laut: «Unser Krieg gilt nicht nur dem Überleben. Wenn wir diese Wälder nicht als ganze Juden verlassen, wird das ein Zeichen sein, dass wir nichts gelernt haben.»

Es ist schwer, seine Gedanken zu verstehen. Manchmal scheint es, als leide auch er unter Sumpflandhalluzinationen, aber seine Worte klingen klar, wie die Worte eines Mannes, der durch Erfahrung geläutert ist und der nicht an einer Trennung zwischen Körper und Geist leidet.

Während Kamil versucht, uns einen tieferen Sinn nahezubringen und uns zu erheben, liegt Felix zusammengerollt auf seinem Reisiglager. Seine Tage sind klar unterteilt: Nach der Arbeit legt er den Kopf auf das Reisig und schläft. Kamil tritt immer wieder zu ihm und betrachtet ihn verwundert.

Ein wahrer Kämpfer braucht seinen Schlaf. Der Schlaf reinigt ihn von allem Schmutz, der sich an seinen Körper geheftet hat. Nur nach dem Schlafen gehorchen ihm seine Beine, und seine Sinne sind geschärft. Das ist die Lehre, der Felix anhängt, und nach ihr richtet er sich. Er ist immer geduldig und ausgeglichen, wirkt fast gleichgültig. Gegen ihn scheinen wir reizbar. Wenn er nach dem Schlafen aufsteht, geht er in die provisorische Küche, gießt sich eine Tasse Tee ein und setzt sich hin. Oft zündet er sich auch eine Zigarette an. Natürlich raucht er nicht zwanghaft wie einige von uns. Jeder sieht ihm sofort an, dass ihn der Schlaf erfrischt hat.

14

Schließlich hat einer unserer Stoßtrupps einen kleinen Bauernhof überfallen, etwa acht Kilometer vom Sumpfland entfernt. Es war keine leichte Aktion, aber Verletzte blieben aus. Die Männer kamen schwer beladen zurück. Sie brachten ein paar Flaschen Wodka mit, einige Laibe Bauernbrot, Zucker, Salz und viele andere Nahrungsmittel. Wir freuten uns und wollten ihnen danken, doch die Kämpfer waren erschöpft und brachen in ihren nassen Kleidern zusammen.

Erst gegen Abend hatten sie sich erholt und erzählten uns, sie hätten sich unterwegs verirrt, seien in einen Sumpf geraten und hätten nur unter großen Schwierigkeiten wieder herausgefunden, danach sei der Weg zum Bauernhof jedoch nicht mehr weit gewesen.

Sie weckten die Bauern und baten sie, freiwillig herzugeben, was sie entbehren könnten. Die Bauern öffneten die Schränke und Vorratskammern, sie waren offensichtlich bereit zu kooperieren, bis plötzlich einer von ihnen eine Pistole aus dem Gürtel zog und losschoss. Es blieb unseren Kameraden nichts anderes übrig, als ihn umzubringen.

Jeder Überfall ist ein Stelldichein mit dem Tod und mit dem Wunder, und manche der Überfälle haben uns so erschüttert, dass wir die Auswirkungen noch immer spüren. Ich habe bisher erst an drei solcher Aktionen teilgenommen. Kamil ist der Meinung, ich sei zu jung und mein Platz sei vorläufig bei den Kundschaftern und den Patrouillen. Er irrt sich, in den letzten Monaten bin ich kräftig geworden und habe meine Ängste besiegt. Jetzt bin ich geübt und leichtfüßig, ich kann alles tun, was meine Kameraden tun, und ebenso erfolgreich.

Ich habe vor, bald mit Kamil zu sprechen und ihn zu bitten, mich an allen Aktionen zu beteiligen. Kamil hat meinen Vater und meine Mutter gekannt, er erwähnt sie oft. Ich hoffe, dass ihn das nicht davon abhält, mich bei gefährlichen Einsätzen zu verwenden. Ohne echte Überfälle würde ich nicht mit erhobenem Haupt aus dem Krieg kommen. Kamil muss das verstehen.

Einer der Kämpfer, ein junger, gutaussehender Mann namens Sonntag, ist plötzlich verwirrt. Erst hat es ausgesehen, als sei er vollkommen zufrieden mit dem Ergebnis des Überfalls, er hat zwei Gläser Wodka getrunken und Witze über die Bauern gemacht, die versucht haben, unsere Truppe hinters Licht zu führen. Doch dann stand Sonntag auf und verkündete: «Das Volk Israel lebt, es gibt keine Macht der Welt, die es besiegen kann, Moses und Aaron werden uns führen, wie sie die Söhne Israels durch die Wüste geführt haben.» Und von da an mischte er verschiedene Sprachen, erinnerte sich an Gedichte von Heine und Rilke, beschuldigte seine Brüder im Ghetto, dass sie nicht auf seine Warnungen gehört und sich ihnen nicht angeschlossen hatten. Am Schluss rief er Kamil zu: «Lass zu, dass wir das vergossene Blut rächen.» Etwas Herrliches lag in seinem Aufschrei, als löse er sich aus den Fesseln, die man ihm angelegt hatte.

Salo kniete sich neben ihn, redete mit weicher Stimme auf ihn ein und versprach ihm, dass Kamil alles Menschenmögliche tun werde, um uns zum Sieg zu führen, und während er sprach, hob er einen Teelöffel mit Beruhigungstropfen an Sonntags Mund. Der junge Mann öffnete die Lippen wie ein gehorsames Kind und schluckte den bitteren Saft. Es dauerte nicht lange, und er schlief ein.

Letztendlich gibt es keinen Überfall ohne Verletzte, von daher auch keine ungetrübte Freude. Unsere Köchin Zila versucht, die düstere Stimmung zu verscheuchen. Sie arbeitet morgens, mittags und abends. Immer stehen Töpfe auf dem Feuer, und immer bekommt man bei ihr etwas zu essen oder zu trinken. Sie ist eine ausgezeichnete Köchin, die aus nichts ein schmackhaftes Gericht zubereiten kann. Kein Wunder, dass alle freundlich zu ihr sind und ihre Ratschläge gern annehmen. Für die Kämpfer füllt sie die Teller immer besonders gut, und bevor sie zu einem Überfall losziehen, macht sie ihnen belegte Brote und füllt ihre Trinkflaschen mit gesüßtem Wasser. Für die Alten und die Kinder hat sie einen besonderen Speiseplan. Wenn Danzig Milio zu ihr bringt, reibt sie einen Apfel oder eine Birne für ihn.

Milio ist nun schon seit ein paar Monaten bei uns. Sein Gesicht ist voller geworden, sein Blick schärfer, doch er ist noch immer stumm. Laut Danzig stößt er von Zeit zu Zeit einen Ton aus, eine Silbe, und manchmal sogar so etwas wie ein Wort. Viele stimmen mit Danzig darin überein, dass der Junge offenbar Sinneswahrnehmungen habe, die uns fehlen. Zum Beispiel wirft er Bälle und fängt sie mit großer Leichtigkeit auf, und er kann das Spiel mit den fünf Steinen spielen.

«Was bedeutet das eigentlich, Sinneswahrnehmungen?», fragt einer.

Danzig verwirrt diese Frage, aber er fasst sich schnell und sagt: «Schau ihm in die Augen, und du wirst sehen, dass er mehr sieht als du und ich.»

«Vielleicht», sagt der andere und schweigt.

Wenn Danzig an einer Aktion teilnimmt, lässt er Milio bei Zila. Hermann Cohen hat eine Wiege gebaut und zwischen zwei Äste gehängt, und Zila lässt Milio nicht aus den Augen. Wenn Danzig zurückkommt, sagt sie immer: «Hier gebe ich dir dein Pfand zurück.»

So verläuft unser Leben. Doch wir haben auch Momente großer Aufregung. Gestern sah ich in einem Tagtraum meinen Vater, wie ich ihn schon lange nicht mehr gesehen hatte: Er saß auf dem Balkon an einem Tisch, einen Katalog der Firma Singer vor sich, aber er las nicht darin, sondern schaute hinaus in den Garten.

Unser Garten ist nicht groß, aber voller Wunder. Meine Mutter kümmert sich um ihn. Es gibt zwei Kirschbäume, einen Apfelbaum und einen Birnbaum. Die Bäume sind nicht mehr jung, aber sie blühen jedes Jahr und tragen Früchte. In den beiden Beeten wächst Gemüse: Gurken, Erbsen, Tomaten, Zwiebeln. Jedes Gemüse bekommt von meiner Mutter eine spezielle Behandlung. Einmal hat sie einen Korb mit Kirschen auf den Tisch gestellt und gesagt: «Lasst es euch schmecken, Kinder.» Ich wunderte mich, dass sie uns beide «Kinder» nannte. Dann setzte sie sich zu uns und sagte mit einer Stimme, wie ich sie nie zuvor von ihr gehört hatte: «Sollten wir nicht diese wunderbare Frucht segnen, die in unserem Garten gewachsen ist?»

Der Garten verwandelt meine Mutter in ein Wunderwesen. Er schenkt ihr Stille und Verzauberung, und abends, wenn sie das Essen serviert, staunen ihre Augen, als sähe sie uns in einem neuen Licht.

Jetzt sitzt mein Vater auf dem Balkon und schaut in den Garten. Sein Blick ist konzentriert, als wolle er Mutters Werk ganz und gar erfassen. Je länger er da sitzt, desto konzentrierter wird sein Blick.

Und plötzlich löst er sich, schaut sich um und versteht vermutlich, dass Mutters Welt für ihn nicht fassbar ist, dass er vergeblich versucht, sie zu erkennen. Sein Gesicht wird weicher, und ein leichtes Lächeln erscheint auf seinen Lippen, er sieht aus wie ein Mensch, der eine Welt verstehen will, die nicht die seine ist. Lange bleibt er am Tisch sitzen, das Lächeln erlischt langsam, verschwindet aber nicht ganz.

15

Die Zeit im Sumpfland fließt in zäher, feuchter Dunkelheit dahin. Wir tasten uns voran wie Blinde und fragen oft: «Wo sind wir? Was haben wir bisher getan, und was erwartet uns noch?»

Mein Vater und meine Mutter, die mir manchmal erschienen sind, lassen sich nicht mehr sehen. Oft habe ich die Befürchtung, dass sich unser Leben in Zukunft immer stärker einschränken wird: Die Dunkelheit wird tiefer, die Regenfälle verwandeln sich in Wolkenbrüche, und es wird immer schwerer, von einer festen Stelle zur nächsten zu springen. Mich beschleicht allmählich das Gefühl, dass wir der unvermeidlichen Niederlage entgegengehen.

Die große Armee, die die Straßen entlangzieht und dann über die Bergkämme schwärmt, wird uns nicht in Ruhe lassen. Eines Tages werden sie uns umzingeln und uns einfach zerquetschen. Die Flucht hierher war eine Illusion, um nicht zu sagen eine Selbsttäuschung. Ein Reich, das beschlossen hat, ein ganzes Volk auszulöschen, wird das auch tun. Ein Reich ist geduldig. Es wird uns noch einen oder zwei Monate im Sumpf zappeln lassen. Nässe und Kälte werden uns erledigen, ganz zu schweigen von den Krankheiten, und wenn die Deutschen kommen, werden sie keine Menschen mehr finden, nur noch Schatten. Bedauerlich, dass wir Kamils Phantasien gefolgt sind. Wir hätten besser mit allen anderen gehen sollen, ohne die Frist in die Länge zu ziehen. Die Streifzüge und die Überfälle sind letztlich nichts anderes als Kinderspiele. Sobald die Armee beschließt, uns zu vernichten, werden wir nicht entkommen können.

Es ist anzunehmen, dass solch düstere Gedanken nicht nur mich bedrängen, aber niemand spricht darüber. Kamil lässt keinerlei Schwermut zu. Das wäre Luxus, meint er, unser Kampf müsse stark und ohne jede Schwäche sein.

Ob Kamil auch manchmal von solchen Gedanken bedrückt wird? Wenn er sich zurückzieht, studiert er vermutlich nicht nur Karten und überlegt Fluchtmöglichkeiten, sondern auch, wie man aufkommenden Aufruhr und wachsende Traurigkeit eindämmen kann. Manchmal scheint es, als sei er nicht nur unser Kommandant, sondern trage die Verantwortung für jeden Einzelnen von uns, und wenn er allein in seinem Zelt sitzt, hat auch das etwas mit unseren geheimen Schmerzen zu tun. Mehr als einmal habe ich gehört, wie er sagte: «Gemeinsam sind wir eine einzige Seele, die man beschützen muss.»

Manchmal kommt es mir vor, als beziehe dieser hochgewachsene Mann seine innere Kraft von Großmutter Zirl. Er besucht sie oft, und sie erzählt ihm Dinge, die sie von ihren Vätern gehört hat. Sie ist voller Weisheiten und alter Sprüche.

Salo sagt, es sei ein Wunder, dass sie lebe, nicht nur, dass sie kaum esse, sie faste auch noch. Ihr Glaube an diese und an die kommende Welt ist jedoch stark. Der Anblick eines hellen Morgens, ein Sonnenuntergang oder Regen entzücken sie, und sie freut sich wie ein kleines Kind. Kamil sagt, man müsse Großmutter Zirl mindestens einmal am Tag sehen, sie bringe einen jeden von uns zum Staunen. Manchmal vergäßen wir, wer wir seien, was wir von unseren Vätern ererbt hätten und was uns in den letzten Jahren widerfahren sei. Die Umwälzungen hätten unsere Sinne verwirrt, wir sähen nur noch Dunkelheit, der nicht zu entrinnen sei. Großmutter Zirl ist durch die einfache Tatsache ihrer Existenz eine wunderbare Begleiterin. Sie hat Feuerströme durchquert, und ihr Geist ist heil geblieben.

Manchmal denke ich, dass mich nicht so oft dunkle Gedanken befallen würden, wenn ich an gefährlichen Streifzügen teilnehmen könnte. Eine solche Aktion stärkt den Überlebenswillen, und man kehrt nicht nur mit dem Bewusstsein zum Stützpunkt zurück, dass man seine Pflicht getan hat, sondern als einer, der seine Ängste überwunden und bedrückende Gedanken besiegt hat. Patrouillen und Überfälle sind von Natur aus statische Aktionen. Wer an ihnen teilnimmt, gleicht einem Nagetier, das einen Spalt in einen Stamm nagt, um sich zu verstecken und Schutz zu suchen, doch wenn man zu einem Streifzug loszieht, fürchtet man sich nicht vor der Gefahr. Der Körper wächst von einem Moment auf den anderen und nimmt an Kraft zu.

Ich habe Salo von meinen Gedanken erzählt. Er ist siebenunddreißig Jahre alt, sieht aber älter aus. Vielleicht weil seine rechte Schulter herunterhängt. Bei ihm findet man immer ein offenes Ohr, und immer hat er eine Tablette oder ein Löffelchen Saft parat, um Schmerzen zu lindern. Nach Salos Überzeugung gibt es nichts Wichtigeres, als standhaft zu bleiben. Und ein Tag ohne Verletzte ist für ihn ein segensreicher Tag.

Seit Danzigs Gruppe die Medikamentenkisten gebracht hat, kann Salo den anderen besser helfen. Er verhält sich nicht wie ein Sanitäter oder ein Arzt, sondern wie jemand, der von der Hingabe zu seinen Mitmenschen getrieben wird. «Gott sei Dank haben wir nicht das Antlitz eines Menschen verloren», sagt er immer wieder. Und einmal meinte er: «Leider fällt es uns schwer, für das dankbar zu sein, was wir haben. Es ist uns gelungen, uns aus den Fängen des Raubtiers zu befreien, und wir sind in der Lage, den Schwachen zu helfen. Warum können wir das Bestehende nicht mit Freude annehmen?»

Als ich ihn so reden hörte, schämte ich mich für meine eigenen Gedanken, sie kamen mir plötzlich kleinlich und eigensüchtig vor, und ich sagte mir, wenn mich Kamil doch an gefährlichen Aktionen teilnehmen ließe, sie würden mich befähigen, so stark und leidenschaftlich zu sein wie Salo.

«Es ist nicht unsere Aufgabe», korrigierte mich Salo, «auf der Stelle zu treten, sondern vorwärtszukommen. Wir müssen unsere Situation mit der Situation im Ghetto vergleichen. Dort waren wir der Willkür von Soldaten und Polizisten ausgeliefert. Jede Woche hat man Kinder und Großeltern von uns weggerissen und sie ins Ungewisse geschickt. Hier liegt unser Schicksal zumindest teilweise in unseren Händen.»

Auch Salo fühlt sich uns allen verbunden, besonders den Alten und den Schwachen. Im Ghetto hat man ihm seine Frau und seine beiden Töchter entrissen. Seither widmet er sich der Allgemeinheit. Wenn er über unser Leben spricht und über jene, die weit weg sind, spürt man, dass er auf sich selbst keine Rücksicht nimmt.

Er hat das Wort «ich» aus seinem Wortschatz verbannt, für ihn gilt nur noch das «du». Wenn er mit mir spricht, spüre ich seine vollkommene Hinwendung, und so geht es jedem von uns. Immer wieder ist es Salo gelungen, Menschen den Klauen des Todes zu entreißen und sie dem Leben zurückzugeben. Er weigert sich, den Rang eines «Lebensretters» zu akzeptieren, er betont immer wieder, wie gering sein medizinisches Wissen sei. Zwar habe er vier Jahre lang Medizin studiert, jedoch nur Stückwerk gelernt, und es gebe Bereiche in der Medizin, von denen er keine Ahnung habe. Alles, was er tue, sei nur Raten und Improvisieren.

Die Menschen, die ihm begegnen, sehen das ganz anders. Sie vertrauen ihm. Und oft genug wird für ihn und einen verwundeten Kämpfer, den er wieder gesund gemacht hat, ein Fest ausgerichtet, und dann sagt man, obwohl dieser widerspricht, Salo verrichte Gottes Werk auf Erden.

So vergeht ein Tag nach dem anderen. Kamil hat beschlossen, uns im Nahkampf zu unterrichten, denn es könnte der Tag kommen, an dem wir die Militärlager an der Hauptstraße und an den Berghängen überfallen werden. Wir müssten die Kriegsführung erlernen, damit wir, falls sich uns weitere Kämpfer anschließen, dafür ausgebildet seien.

Ich sprach mit Kamil und bat ihn, an den Überfällen teilnehmen zu dürfen. «Ich fühle mich bereit und kräftig.»

Kamil betrachtete mich und sagte: «Ich muss darüber nachdenken.»

«Ich habe das Gefühl, dass mich die Patrouillen und die Streifzüge deprimieren.»

«Du musst dieses Gefühl von dir weisen, Patrouillen und Streifzüge sind Hingabe. Alles, was wir hier tun, geschieht aus Hingabe. Erst wenn es so weit ist, werden wir wissen, was wir getan haben.»

Ich wusste nicht, was ich sagen sollte, und brachte nur ein «Verzeihung» heraus.

«Du hast nichts Schlimmes getan, mein Lieber, du musst dich nicht entschuldigen. Ich werde über deine Bitte nachdenken.»

16

Von Tag zu Tag nimmt die herbstliche Dunkelheit zu und hüllt uns ein. Kamil glaubt, dass das düstere Wetter uns von Nutzen ist, da die Armee es nicht wagen würde, uns anzugreifen. Vorsichtshalber bleiben wir dennoch nicht lange an einem Platz. Dabei ist es schwer, in diesem sumpfigen Gebiet vorwärtszukommen, aber wir bewegen uns schnell und leicht weiter, wie wir es beim Training gelernt haben.

Wir streben dem Gipfel zu. Der Gipfel erhebt sich über den Felsen, und der Weg dorthin ist steil. An klaren Tagen sieht er aus wie ein breiter Kegel, der mit dichtem Moos bedeckt ist. Dort wollen wir unsere Bunker bauen. Eine Gruppe ist schon hinaufgestiegen, hat den Gipfel erkundet und ist mit der Auskunft zurückgekehrt, dass er wirklich von allen Seiten schwer zugänglich sei, aber einen weiten Blick auf eine großartige Landschaft biete.

Kamil kennt den Gipfel. In seiner Jugend ist er mit einigen Studenten, die davon träumten, die Welt zu verbessern, dort herumgestiegen. Auch Danzig hat vorgehabt, sich an der Erkundung zu beteiligen, aber daraus ist aus irgendeinem Grund nichts geworden.

Wir haben noch Zeit, bis wir zum Gipfel ziehen. Der Regen, der Schlamm und die Kälte trüben die Stimmung. Aber in hellen Stunden und mit einer klaren Sicht hat man das Gefühl, das zu tun, was man tun muss – und sogar ein bisschen mehr.

Michael kam und setzte sich neben mich. Seit wir zusammen sind, habe ich mich noch nicht mit ihm unterhalten. Er sieht aus wie ein Junge aus kultiviertem Haus, sogar die zerschlissene Kleidung steht ihm gut. Sein Erzieher Maxi hört nicht auf, seine Auffassungsgabe zu rühmen: «Er wird einmal ein großer Mathematiker oder Physiker werden», sagt er oft. Ich beobachte Michael gern, sein Blick hat nichts Fahriges, man merkt, dass er auch die kleinsten Einzelheiten wahrnimmt.

Ob er unsere Lage erkennt und begreift? Maxis Meinung nach zweifellos, aber wenn jemand seine Eltern erwähnt, sagt Michael immer: «Gleich nach dem Krieg werden sie kommen und mich holen.» Dieser Satz, den er in regelmäßigen Abständen von sich gibt, ist herzzerreißend.

Michael überraschte mich mit der Frage: «Was willst du studieren?»

«Ich habe mich noch nicht entschieden», antwortete ich, obwohl ich hätte zugeben müssen, dass ich wegen des Krieges noch nicht das Gymnasium beendet hatte.

Ich gab die Frage zurück. «Und was willst du einmal lernen?»

Sein Gesicht begann zu strahlen. «Ich möchte Veterinär werden, wie mein Vater.»

«Habt ihr Tiere?»

«Viele», antwortete er schnell. «Mein Vater sammelt sie von der Straße auf und bringt sie nach Hause, und wer ein Tier aufnehmen will, kommt zu uns.»

«Hast du einen eigenen Hund?»

«Ja, habe ich. Einen Collie, er heißt Nico. Ich nehme an, dass sich unsere Nachbarn jetzt um ihn kümmern. Er ist ein lieber, verständiger Hund, und alle mögen ihn.»

«Schläft er in deinem Zimmer?»

«Ja, und morgens weckt er mich.»

Mir gefällt seine Haltung. Jedes Mal, wenn er von seinem Vater spricht, leuchten seine Augen. Von seiner Mutter redet er ganz anders. «Meine Mutter liest mir vor dem Schlafengehen immer eine Geschichte vor. Ich liebe Geschichten, und meine Mutter erzählt gern. Mein Vater kann über Tiere sprechen, aber es fällt ihm schwer, vor dem Schlafengehen eine Geschichte zu erzählen.»

«Was macht deine Mutter?»

«Meine Mutter ist Lehrerin, morgens gehen wir zusammen zur Schule. Meine Mutter unterrichtet nicht in meiner Klasse, aber in den Pausen sehe ich sie. Manchmal gehe ich zu ihr.»

Er erzählte, und ich spürte, dass er in Gedanken noch dort war, bei seinem Vater und seiner Mutter, er lernte oder spielte mit den Tieren im Hof. Es machte mir das Herz schwer, wenn er neben mir saß.

Er spricht nie in der Vergangenheitsform über seine Eltern, eher so, als sei er in einem Ferienlager und warte darauf, dass sie kommen und ihn abholen.

«Ist dir langweilig bei uns?», erkundige ich mich, um ihn auf die Probe zu stellen.

«Nein. Maxi unterrichtet mich in Mathematik und Geometrie, und bald fangen wir mit Französisch an.»

Ich erinnere mich an früher. Als ich so alt war wie Michael, ging ich mit meiner Mutter zum Blumenmarkt oder auch in ein Kleidergeschäft, um Sommersachen zu kaufen. Wir hatten schon angefangen, im Pruth zu baden. Die Sonne knallte auf die Sonnenschirme. Für einen Moment bringt mich die Erinnerung zurück nach Hause und zu den Straßen unseres Viertels.

Mir ist klar, dass ich mir das, was ich meinen Eltern im letzten Jahr angetan habe, nie verzeihen werde. Und ich frage mich, ob ich meine Fehler je wiedergutmachen kann.

17

Kamil hat mich einem Stoßtrupp zugeteilt, der bald einen Streifzug unternehmen soll. Vermutlich ist ihm aufgefallen, dass ich in den letzten Wochen kräftiger geworden bin. Beim Training bin ich oft schneller als meine Kameraden, es wird Zeit, dass ich an waghalsigen Aktionen teilnehme.

Bisher bin ich an einfachen Patrouillen und leichten Streifzügen beteiligt gewesen. In dieser Zeit hat er mich, das muss ich zugeben, auf die Aufgaben vorbereitet, die mir bevorstehen.

Ich ging zu Großmutter Zirl. Sie hat meine Eltern und meine Großeltern gut gekannt, sogar die Eltern meiner Großeltern. Meine Mutter nannte sie immer «meine kleine Bunja». Meine Mutter war ein spätgeborenes Kind, das von allen innig geliebt wurde. Ihre Schwestern waren schön und gebildet, aber meine Mutter, sagte Zirl, sei die schönste von allen gewesen. Außerdem hatte sie das Gymnasium mit Auszeichnung abgeschlossen.

Bei Großmutter Zirl kehrt man wie selbstverständlich in sein Zuhause zurück, und das Leben liegt nicht mehr in Scherben und wird nicht länger von Willkür bestimmt. Sogar unser Aufenthalt hier, im Schlamm, hört dann auf, ein sinnloses Auf-der-Stelle-Treten zu sein.

«Was tust du, mein Sohn?», fragte sie.

«Was alle tun.»

Sie schaute mich aufmerksam an und sagte: «Du wirst den kommenden Generationen erzählen, was uns diese Unmenschen angetan haben. Befreie dich von den Einzelheiten. Es ist die Natur der Einzelheiten, dass sie nur eine Anhäufung von Details sind, und das verdeckt alles. Nur das Wesentliche bleibt erhalten.»

Ich erschrak und sagte: «Ich verstehe nicht, was du meinst, Großmutter Zirl.»

«Habe ich unverständlich gesprochen?»

«Ich habe dich jedenfalls nicht verstanden.»

«Ich werde es dir erklären: Dein Großvater, er ruhe in Frieden, war ein Toraschreiber, genau wie sein Vater. Ich erinnere mich, wie er dasaß, den Gebetsschal umgehängt, sich über ein Pergament beugte und mit Hingabe schrieb. Ich stand in einiger Entfernung und beobachtete ihn durch das Fenster. Durch ihn verstand ich die Bedeutung der Worte: ‹Gelobt seist Du, Ewiger, der Du unterscheidest zwischen Heiligem und Unheiligem.› Wenn er schrieb, war er durch und durch heilig. Dein Vater folgte, wie die meisten seiner Generation, nicht dem Weg deines Großvaters, aber der Genius der Poesie wachte über ihn. Er schrieb Gedichte voller Sehnsucht. Alle staunten über den bekannten Rechtsanwalt, der große Firmen vertrat und nebenher sehnsüchtige Gedichte schrieb. Ich, mein Lieber, staunte nicht. In ihm lebte die Seele seines Vaters, des Heiligen, deines Großvaters. Wer ihn genau betrachtete, konnte sehen, dass sein Blick, auch wenn er sich mit profanen Dingen abgab, auf höhere Welten gerichtet war. Mein Sohn, vier Generationen sind dir im Schreiben vorausgegangen, und du, mein Lieber, hast in deinem kurzen Leben viel gesehen, du musst den kommenden Generationen davon erzählen, damit sie wissen, was es bedeutet und woher sie kommen und wohin sie gehen. Wenn sie wissen, woher, werden sie wissen, wohin.»

«Großmutter Zirl, es fällt mir schwer zu schreiben, sogar einen Brief.»

«Der Mensch weiß nicht, was in ihm verborgen ist, bevor es nicht zum Ausbruch kommt.»

«Ich möchte Kämpfer werden, kein Schriftsteller.»

«Mein lieber Junge, der Mensch hat sein Schicksal nicht immer in der Hand. Verzeih mir, wenn ich dir von der Vergangenheit erzähle und die Zukunft errate. Glaub mir, wenn man mir nicht gezeigt hätte, was ich sehe, hätte ich meinen Mund mit sieben Siegeln verschlossen.»

Ich stand auf.

«Ich sehe, dass mein Gerede dich müde gemacht hat», sagte sie.

Ich wollte sagen, dass ich nicht müde sei, aber die Worte kamen nicht aus meinem Mund.

An jenem Abend las einer der Kameraden ein paar Abschnitte aus dem Buch Numeri vor. Wir sprachen über die Reinigung des Volkes, bevor es das Gelobte Land betrat. Der Gedanke der Reinigung berührte einige tief, vielleicht weil Kamil dabei über die große Reinigung vor dem Leben sprach, das uns nach dem Krieg erwartete. Seiner Meinung nach würden wir die Niederlage des Feindes mit unseren eigenen Augen sehen und unseren Sieg erleben. Die Frage sei nur, ob wir es wert sein würden. Wir dürften uns nicht von Zweifel und Verzweiflung vergiften lassen. Eine große Pflicht sei uns auferlegt. Bei unserem Kampf gehe es nicht nur um den Körper.

«Wir sind, was wir sind», bemerkte einer der Kämpfer.

«Wir müssen mehr als das sein, wir haben die Verkörperung des Bösen gesehen», beharrte Kamil. «Schweigen bedeutet, an der Seite zu stehen. Wir sind hergekommen, um gegen das Schlimmste auf der Welt zu kämpfen, und wir werden nicht schwach werden.»

Einer der Kämpfer wollte wissen, was wir mit jenen fernen Tagen zu tun hätten, mit ihren Gesetzen und Urteilen. Die Reinigung interessiere den modernen Menschen doch kaum. Wenn jemand an Gott glaube, solle er es tun, aber in unseren Herzen finde der Glaube keinen Platz.

Kamil hörte gespannt zu. Die Stimme des Kämpfers klang hell und verständig, er drückte unsere geheimen Gedanken aus. Einen Moment lang schien es, als würde Kamil gleich aufstehen, seine Worte sammeln und sie geordnet vortragen, wie er es so oft tat. Doch diesmal blieb er mit gesenktem Kopf sitzen, wie einer, der die Sprache verloren hat.

Ein anderer Kämpfer, der nie vor anderen seine Meinung kundtat, begann plötzlich heftig zu schluchzen. Wir sprangen auf und fragten, was passiert sei. Doch der Mann antwortete nicht, er hörte nicht auf zu weinen. Sogar Salo, dessen Worte sonst jeden beruhigten, stand schweigend dabei. Der Mann weinte immer heftiger, als habe er erst jetzt verstanden, was wir verloren hatten.

So geschieht es oft. Das Weinen bleibt meist verborgen, aber wenn es ausbricht, ist es übermächtig. Einmal fing Zila, diese starke Frau, die uns mit schmackhaftem Essen versorgte und jedem ihr freundliches, ermutigendes Lächeln schenkte, plötzlich laut an zu weinen, das Weinen schüttelte ihren ganzen Körper. Es war ein Tag, an dem nichts Besonderes vorgefallen war. Danzig kam mit Milio auf dem Arm in die Küche und bat um ein bisschen Suppe. Zila betrachtete Milio und sagte, er sei lieb und gut entwickelt, es gebe keinen Grund, sich Sorgen zu machen. Und eines Tages würde er nicht nur einsilbige Wörter von sich geben, sondern ganze Sätze. Jedes Kind entwickle sich in seinem eigenen Tempo.

Dann brach sie, ohne jeden äußeren Grund, in Tränen aus, es war ein lautloses Weinen, bei dem uns ein Schauer über den Körper lief. Salo und Maxi reagierten sofort, sie umarmten Zila und drückten sie auf eine Kiste. Sie zitterte lange, bis sie endlich still wurde, die Augen öffnete und verwundert fragte: «Was war mit mir los?»

Einmal, es war schon auf dem Heimweg nach einer Aktion, fing ein Kämpfer an zu weinen, ein stilles, beinahe lautloses Weinen. Nur Felix, der auch das leiseste Geräusch wahrnimmt, hörte die erstickten Schluchzer. Sofort ordnete er an, die Rucksäcke und das Gepäck auf den Boden zu legen, kauerte sich neben den Weinenden und fragte ihn, was passiert sei. Doch der war unfähig zu antworten. Zum Glück war Salo dabei. Er holte eine Handpumpe aus seinem Rucksack und pumpte dem Mann Luft in den Mund. Nach einigen Minuten kehrte die Farbe ins Gesicht des Kämpfers zurück.

Was würden wir ohne Salo bloß anfangen? Tag und Nacht steht sein Zelt offen, und wenn ein Streifzug gefährlich zu werden droht, nimmt man ihn mit. Schade, dass wir keinen weiteren Sanitäter wie ihn haben. Großmutter Zirl sagt, vor Ärzten müsse man sich hüten, aber nicht vor Salo. In ihm lebe der Engel Rafael.

18

Wir nähern uns höher gelegenen, wasserfreien Regionen und schließlich dem Gipfel. Aufmerksam und mit vielen Missgeschicken tasten wir uns voran. Nicht umsonst sagt man vom Sumpfland, es verschlinge seine Bewohner.

Gestern habe ich an einem Überfall auf eine feindliche Einheit teilgenommen, die uns nicht weit von unserem Lager verfolgte. Wir griffen an, und eine Truppe, die uns Rückendeckung gab, beschoss die Einheit, aber der Erfolg war letztlich gering. Der Spähtrupp zog sich mit seinen Verwundeten zurück und hinterließ ein Gewehr und zwei Patronenbehälter. Einer unserer Kämpfer wurde leicht am Arm verletzt.

Eines ist sicher: Sie lassen nicht locker. Weder das Wetter noch die unwägbaren Sümpfe halten sie davon ab, uns zu verfolgen. Wir haben vorgehabt, die Zahl der Patrouillen und der Streifzüge zu verringern und nur noch Ziele zu überfallen, die weit entfernt liegen, doch langsam wird uns klar, dass wir das nicht schaffen werden. Unsere Gegner sind nicht bereit, auch nur eine Handvoll Juden entwischen zu lassen. Nicht umsonst sagt Kamil immer wieder, dass wir unsere Anstrengungen verdoppeln müssen, der Krieg sei noch in vollem Gang.

Es gelang uns, den stellvertretenden Bahnhofsvorsteher gefangen zu nehmen, und Felix befragte ihn nach der Qualität der örtlichen Militärbasis, nach den Zugbewegungen, nach Kollaborateuren und nach Juden, die sich noch in dieser Gegend aufhalten.

Er war verängstigt, und Felix beruhigte ihn, versprach, ihm nichts zu tun, sofern er die Wahrheit sagte. Der Mann erwiderte, die Armee sei nicht mehr die stolze Eroberungsarmee von einst, der Offizier, der für die örtliche Bevölkerung zuständig war, habe kein Interesse mehr daran, die Ratsversammlung zu führen, wie er es früher getan hat. Vor einem Monat hätten sie noch nach untergetauchten Juden gesucht, jetzt nicht mehr. Und was die Züge beträfe: Zivile Fahrten hätten abgenommen, die meisten Züge seien mit Soldaten besetzt und voll beladen mit Waffen und Munition. In den Arbeitslagern befänden sich noch einige Juden. Die Schwachen und Kranken würde man heraussuchen und töten. In den Dörfern gebe es keine Juden mehr. Die Familien, die Juden versteckt hatten, seien nicht mehr bereit gewesen, sich in Gefahr zu bringen, und hätten die Juden verraten, die sich bei ihnen aufhielten. Ein Familienvater, der zwei Juden versteckt hatte, sei auf dem Marktplatz öffentlich hingerichtet worden.

Damit war das offizielle Verhör beendet. Der stellvertretende Bahnhofsvorsteher war jetzt etwas ruhiger, und als Felix ihn fragte, wer nun in den jüdischen Häusern wohne, gab er eine lange und vernichtende Antwort: «Auch mit der Besiedlung der verlassenen Häuser ist nicht alles anständig abgelaufen. Jene, die an der Quelle saßen, zum Beispiel Offiziere zu sich einluden und für sie Feste veranstalteten, haben die herrschaftlichen Häuser bekommen. Die Handwerker nahmen sich die einfachen Häuser und Wohnungen. Aber so ist die Welt schon immer gewesen.»

Er sprach mit einer Gelassenheit, die Felix aufbrachte.

Es war, als hätte er vergessen, dass es um Menschen ging, die ermordet wurden, und als wäre das Verteilen des Diebesguts lediglich die Fortsetzung des Mordens.

«Sind alle jüdischen Häuser jetzt bewohnt?», fragte Felix, ohne die Stimme zu erheben.

«Alle.»

«Und was wird sein, wenn die Juden zurückkommen?», fragte Felix mit einer ganz anderen Stimme.

«Sie werden nicht zurückkommen», antwortete der Mann schnell.

«Warum?»

«Weil sie im Wald ermordet und begraben wurden», sagte er, ohne eine Miene zu verziehen.

Diesmal konnte Felix sich nicht beherrschen. «Verflucht seien die Mörder!»

«Es ist der Wille Gottes, da kann man nichts machen», sagte der stellvertretende Bahnhofsvorsteher scheinheilig.

Vermutlich hat er nicht verstanden, dass Felix Jude ist. Felix spricht Ruthenisch wie ein Ruthene. Die Jahre im Dienst der kommunistischen Partei, in der Organisation und der Propagandaarbeit in den Dörfern, haben ihn fast zu einem Ruthenen gemacht. Erst vor ein paar Jahren hat er sich diesem Zauber entzogen. Seit damals ist er ein anderer Mensch geworden, das können alle bezeugen, die ihn länger kennen.

«Was hältst du davon, dass die Juden ermordet werden?», fragte er kühl.

«Was soll man davon halten, es ist Gottes Wille.»

Felix war kurz davor, einen Fluch auszustoßen, doch der Leutnant, der in ihm steckte, verbot es ihm.

Nach kurzer Beratung beschlossen sie, sich in zwei Wochen in diesem Wäldchen zu treffen. Felix erklärte dem

Mann, dass es besser sei, den Freiheitskämpfern zu helfen, denn die russische Armee rücke näher, und jeder, der den Partisanen geholfen habe, könne mit einer Belohnung rechnen.

Er betonte auch, dass die Partisanen aufrechte Menschen seien und keinem etwas tun würden, der sich anständig verhalte, doch Verräter und Kollaborateure würden sie nicht schonen.

Der stellvertretende Bahnhofsvorsteher hielt ihm die Hand hin und sagte: «Ich werde in zwei Wochen am verabredeten Ort sein, mein Wort darauf.»

19

Kamil und Felix bereiten uns auf einen langen, schweren Aufenthalt auf dem Gipfel vor, einen Aufenthalt, der uns verändern wird. Ich gebe mir große Mühe, mich beim Training auszuzeichnen und zu kräftigen, damit ich eines Tages vielleicht selbst einen Stoßtrupp anführen kann. Aber es gibt auch Tage, an denen ich mich einsam und vergessen fühle, verloren in der Dunkelheit, die uns umhüllt wie ein Mantel, der nicht wärmt. Dann spüre ich, dass unsere geistige Entwicklung nichts anderes ist als Vergessen – bald werde ich mich an nichts mehr erinnern, was einmal zu mir gehört hat.

Die Zeit zum Nachdenken ist allerdings begrenzt. Gestern Nacht haben wir einen Streifzug unternommen, der uns einige Kilometer von unserem Stützpunkt entfernt hat. Es war eine große, komplizierte Aktion, an der ich teilnahm. Zuerst mussten wir an einem gefährlichen Sumpf vorbei, dann blieben wir in dichtem Schilf stecken, das uns von allen Seiten einschloss. Danzig, Kommandant der Truppe und ein guter Lotse, behielt die Fassung, und schließlich fanden wir einen Streifen Erde, der uns hügelaufwärts führte, wo wir zwei eng zusammenstehende Häuser entdeckten, über die uns unsere Patrouillen schon ausführlich informiert hatten.

Die Information war folgende: Im größeren Haus wohnen die Eltern und der jüngere Sohn. Im Haus daneben wohnt der ältere Sohn mit seiner Frau und zwei kleinen Söhnen.

Unser Überfall ging schnell und überraschte die Bewohner. Wir untersuchten die Räume und nahmen alles aus den Schränken, was wir brauchen konnten. Die Mutter fiel vor Schreck in Ohnmacht, und einer von uns sprach mit weicher Stimme auf sie ein und versprach ihr, dass man sie eines Tages, nach dem Sieg, dafür belohnen würde, dass sie die Freiheitskämpfer unterstützt hat.

Als die Frau sich erholt hatte, rief sie laut: «Seid gesegnet, seid gesegnet, Brüder, Gott möge euch beschützen bei allem, was ihr unternehmt.» Der verheiratete Sohn weigerte sich anfangs, uns zu helfen, doch am Ende tat er, was wir ihm sagten, und zeigte uns den Eingang zur Speisekammer.

Wir rüsteten uns mit Nahrungsmitteln aus: mit Zucker, Salz, Trockenobst, Milchprodukten, Weizenmehl und Maismehl. Unsere Rückkehr erfolgte nach allen Regeln. Wer Beute trug, ging voran, die anderen übernahmen die Nachhut. Mehr als einmal ist uns ausgerechnet auf dem Rückweg noch ein Missgeschick geschehen. Wir sind vorsichtig geworden.

Gegen Morgen kehrten wir erschöpft und schmutzig,

aber selbstbewusst zurück. Mir tat es weh, dass meine Eltern nicht da waren, sie wären stolz auf mich gewesen. Die Beute, die wir mitgebracht haben, ist viel wert. Kamil lief von einem Kämpfer zum nächsten und umarmte ihn.

Später ging eine sanfte, mitleidige Sonne auf, die mich wärmte und meine Kleider wenigstens ein bisschen trocknete. Ich schlief bis ein Uhr mittags. Im Traum war ich zu Hause, ich lehnte am blauen Kachelofen. Im Schlafzimmer hörte ich meinen Vater fragen, was mir in all den Tagen, die er mich nicht gesehen hatte, passiert sei, aber meine Mutter erlaubte ihm nicht, mich zu wecken.

Als ich aufwachte, fing es schon an zu dämmern, und es war kalt, doch die Wärme des Kachelofens strömte noch durch meinen Körper, und ich freute mich, dass es meine Eltern, den Ofen und das Haus noch gab.

Kamil wurde plötzlich vom Geist erfasst und redete über unsere Vorväter und den Gott unserer Vorväter. Mit ihnen müssten wir uns verbinden. Das Leugnen habe alles Gute in uns ausgemerzt, wir seien in der Hölle gelandet. Wir trauten unseren Ohren nicht. Er sah nicht mehr aus wie der Kommandant, der uns durch feindliche Wälder und gefährliche Sümpfe führte, sondern wie ein Denker, der in seinen Glauben gehüllt war.

Zwischen ihm und den alten Kämpfern herrscht nur noch wenig Übereinstimmung. Über seinen Worten hängt immer ein leichter Nebel. Doch es gibt auch Kameraden, die bezeichnen seine Stimmungen als Flügel, die seine gewagten Aktionen trügen. Er spricht immer häufiger über das Verleugnen, über Entfremdung, das Verlassen der Lebensquelle, die internationalen Bewegungen, die uns von innen her auffräßen. Ohne unsere Vorväter und deren Glauben hinge unser Leben an einem dünnen Faden.

Dieser große, kräftige Mann, der an der Spitze seiner Kämpfer gewagte Streifzüge unternimmt und das Gebiet wie seine Westentasche kennt, verändert sich, wenn es Abend wird, er benutzt dann Worte, die uns durch ihren Klang und ihre Formulierung erschrecken.

Gestern sprach er über die große russische Literatur, über Gogol, Dostojewski und Tolstoi, deren Gedanken ihrer Zeit weit voraus gewesen seien. Sie hätten gewusst, dass es keine Existenz ohne Glauben gebe. Ihre Bücher seien Ikonen der prawoslawischen Kirche. Nur wir hätten unseren Glauben abgelegt und würden anderen Überzeugungen folgen, und dabei hätten wir vergessen, wer wir sind und wohin wir gehören. Dostojewski müsse man Kapitel für Kapitel lesen, Abschnitt für Abschnitt, so wie man ein heiliges Buch liest.

Ein paar Kämpfer verloren die Geduld, und einer rief Kamil mit heiserer Stimme zu: «Du verlangst das Unmögliche. Die Verbindung mit dem Gott unserer Väter ist ein für alle Mal durchtrennt. Man kann nicht verbinden, was sich nicht verbinden lässt. Wir sind doch nicht in die Berge gezogen, um neue Gesetzestafeln zu erhalten, sondern um unser Leben zu retten. Die Rettung des Lebens ist ein hoher Wert, und auch die Rache ist nicht wertlos. Die Verbindung mit dem alten Glauben, der uns ins Ghetto und in die Lager gebracht hat, ist ein unverzeihlicher Fehler. Jetzt ist nicht die Zeit für mystische Illusionen. Es stimmt, wir sind schwer getroffen und leiden große Schmerzen, aber wir werden die Wunden nicht mit einem falschen Verband heilen. Wir brauchen Jod, um sie zu desinfizieren, kein Abrakadabra.»

Kamil antwortete nicht. Er saß da, gebeugt und mit offenen Handflächen, und hörte zu, als biete er seinen

Rücken den Schlägen dar. In jener Nacht gab es wohl keinen einsameren Menschen als ihn. Einen Moment lang sah es aus, als würde er gleich zusammenbrechen, als würde er seine Waffe auf den Boden legen und sagen: Ich sehe, dass mein Glaube keinen Anklang bei euch findet. Ich möchte nicht streiten, über Glauben lohnt es sich nicht zu streiten. Wenn ihr mir nicht vertraut, ist es besser, wenn ich verschwinde. Ich werde meiner Wege gehen, meinem Schicksal entgegen, und ihr tut das, was euer Herz euch zu tun aufgibt.

Hermann Cohen wollte das verlegene Schweigen aufheben, aber seine Gedanken waren nicht mehr so schnell wie die eines jungen Mannes. Er erinnerte die Ankläger daran, dass wir ohne Kamil nicht hierhergekommen wären, ohne Kamil, der uns geführt hätte, Schritt für Schritt, von einem Hügel zum nächsten und allen Fallen ausweichend. «Lasst Kamil seine Aufgabe vollenden, bis zum Sieg.»

Seltsam, obwohl Hermann Cohens Worte irgendwie anachronistisch wirkten, erfüllten sie ihren Zweck. Ich hatte schon gelernt: Nicht immer sind es die stärksten Worte, die das Herz ergreifen. Es kommt vor, dass gerade sachliche und ausdruckslose Worte die geheimen Winkel des Herzens erreichen.

Vielleicht ist es an der Zeit, einen Mann zu erwähnen, der sich unter uns befindet, aber weder zu sehen noch zu hören ist. Er heißt Raw Chanoch.

Raw Chanoch ist von Geburt an blind und hat seinen Lebensunterhalt früher durch Stricken und Flechten verdient. Als junger Mann heiratete er eine blinde Frau, und sie bekamen drei sehende Kinder. Bei einer der letzten Aktionen wurden die Blinden geschnappt und mit einem Wagen zum Bahnhof gebracht. Raw Chanoch fiel jedoch aus dem Wagen und lag bis in die Nacht im Straßengraben. Dann erhob er sich, und zu seinem Glück wurde er von Kamil entdeckt, der Entflohene suchte und ihn mitnahm.

Raw Chanoch war einer der Ersten, die zum Stützpunkt kamen. Er strickt Pudelmützen, Schals, Handschuhe und Socken. Alle Kämpfer freuen sich darüber und loben die Arbeit seiner Hände. Wenn es sehr kalt ist, gibt es nichts Besseres als eine Pudelmütze, um die Ohren warm zu halten. Raw Chanoch weiß, was benötigt wird, und arbeitet Tag und Nacht.

Ab und zu fragt er, was man Neues von zu Hause gehört habe.

«Wir hoffen das Beste», lautet die Antwort dann.

«Hat man schon alle ins Lager geschickt?»

«Vermutlich.»

«Sind Briefe aus den Lagern gekommen?»

«Bisher noch nicht.»

Die Menschen achten seine Blindheit und verheimlichten ihm die Wahrheit nicht.

Alle paar Stunden lässt er seine Arbeit sinken, steht auf und betet. Seine Gebete haben eine ganz eigene Melodie. Kamil besucht ihn oft im Zelt und erzählt ihm, dass seine Pudelmützen die Menschen Tag für Tag retten. Wenn er das hört, erscheint ein Lächeln in Raw Chanochs Gesicht, und er sagt: «Mögen wir alle die Möglichkeit zu guten Taten haben.»

20

Die Nacht, in der Kamil über den Stamm und den Gott des Stammes sprach, ist unvergesslich. Das Echo seiner Worte hallt auch heute noch nach. Es ist schwer, sich von der Vorstellung zu befreien, dass der Mensch, der uns durch diese gefährlichen Gebiete führt, von Gedanken geleitet wird, die uns irritieren, um nicht zu sagen, erschrecken.

Die Kameraden erinnern sich noch daran, dass er zu Beginn unserer Wanderung wie alle anderen war, ohne Höhen und Tiefen, sein Geist hat sich vermutlich unterwegs verändert. Auf jeden Fall hat sich sein Gesicht verändert, er gleicht mehr und mehr einem asketischen Mönch.

Falls es noch Zweifel gegeben hat, so ist nun offenbar: Er will das Gefühl in uns verankern, dass es unmöglich ist, gegen einen so starken Feind wie den unseren zu kämpfen, ohne den eigenen Stamm zu lieben, ohne Gott und ohne Glauben. Diese drei Begriffe, jeder für sich und alle zusammen, bringen viele auf.

«Kommandant», rief an einem Abend ein mutiger Kämpfer, «hab Erbarmen mit dir selbst und mit uns und schlage dir diesen Unfug aus dem Kopf.»

Danach zog sich Kamil in sein Zelt zurück und überließ das Kommando seinem Stellvertreter. Sein Rückzug traf uns schwer. Manchmal habe ich das Gefühl, dass unser Widerstand ihn zur Verzweiflung bringt und er es deshalb vorzieht, allein zu sein und niemanden zu sehen. Nach ein paar Tagen kehrte er zu den Kindern und den Alten und zu Großmutter Zirl zurück.

Danzig erzählte ihm, dass Milios Entwicklung in den letzten Wochen erstaunliche Fortschritte gemacht habe. «Er schaut mich mit einem wachen Blick an und bittet mit den Augen, dass ich ihm das Lied vom Lämmchen vorsinge.» Milio erschrecke sich auch nicht mehr, wenn einer der Kameraden ihn auf den Arm nehmen wolle.

Kamil streckte die Hände aus, Milio lächelte und ließ sich von ihm hochheben.

«Was kann er noch?», wollte Kamil wissen.

«Er beobachtet. Er kann stundenlang dasitzen und schauen.»

Noch am selben Abend zog Kamil an der Spitze einer Patrouille zum See, um Fische für das Abendessen zu fangen. Sein kräftiges Aussehen kehrte zurück. Er kontrollierte die Waffen und empfahl zwei Kämpfern, die schweren Mäntel gegen leichtere zu tauschen. Jede Aktion mit ihm hat etwas Schicksalhaftes an sich, doch zugleich vermittelt sie einem das sichere Gefühl, dass er stark genug ist, unsere Feinde einzuschüchtern.

Sie kamen spät und mit reicher Beute zurück. Zila und Mirjam machten sich sofort daran, das Essen vorzubereiten, und Hermann Cohen schichtete zwei Lagerfeuer auf, um die Fische zu braten. Wir sangen bis spät in die Nacht und spürten, wie gut es war, zusammen zu sein, und dass man keine üblen Reden führen dürfe und einen Kommandanten vom Format Kamils ehren müsse, auch wenn man seine Ansichten nicht teilte.

Am Schabbatausgang unternahmen wir keine Aktionen. Wir saßen um das Feuer, und über unseren Kameraden Sonntag senkte sich der Geist, er erzählte uns von seinem Dorf und seinen Großeltern, von den Wiesen, die sich bis zum Horizont erstreckten, und davon, wie der Großvater und die Großmutter abends auf der Veranda saßen und das wechselnde Licht betrachteten. Sie sagten nichts, das

Schweigen zwischen ihnen war angespannt, als sei dieser Abend anders als alle anderen Abende, als hätten sie nie etwas Ähnliches gesehen. Sie liebten dieses Stück Erde am Fuß der Berge, das zu jeder Jahreszeit anders aussah.

«Ich war zweimal im Jahr dort, an Pessach und in den Sommerferien, und manchmal auch im Winter, an Chanukka», erzählte Sonntag. «Die Fahrt von der Stadt zum Dorf, vom Lärm in die Stille, von den überflüssigen Worten zu den knappen, machte mich ganz still. Während der ersten Jahre im Gymnasium kam mir das Dorf abgelegen und primitiv vor, übrigens war das ein Wort, das wir bei jeder Gelegenheit benutzten. Ich verstand nicht, wie man so leben konnte. Mir schien, als lebten sie ohne Bewusstsein, ein weiteres Wort, das wir oft verwendeten.

Erst im letzten Jahr des Gymnasiums verstand ich plötzlich die innere und äußere Ordnung ihres Lebens, ihre vollkommene Hingabe an die Jahreszeiten, ihre Fähigkeit, sich zu begeistern, nein, mehr als das, zu segnen. Sie sprachen leise, mit gesenkten Augen. Und auf einmal kamen mir meine eigenen Bemerkungen und die meiner Freunde armselig vor. Wir waren Geschöpfe des Verstandes, ohne die Einfachheit des wirklichen Lebens.

Einmal fragte mich meine Großmutter, ob ich bete.

Ich konnte sie nicht belügen, ich sagte: ‹Nein.›

Sie schwieg und fragte nicht weiter.

Ich wusste nicht, was ich sagen sollte, und aus lauter Torheit sagte ich: ‹In der Stadt betet man nicht.›

Auch darauf sagte sie nichts.

Das war mein letztes Gespräch mit ihr. Wer weiß, wo meine Großeltern jetzt sind. Ich habe von ihnen geträumt und sie im Traum um Verzeihung gebeten. Sie wunderten sich, und mein Großvater sagte: ‹Was redest du da, du hast uns immer nur Freude gemacht. Wir haben voller Sehnsucht auf dich gewartet. Wir haben dich angeschaut und überlegt, welchem unserer Väter du gleichst, und wir beide, Großmutter und ich, haben entschieden, dass du Onkel Efraim ähnlich siehst, die gleichen Gesichtszüge, der gleiche Ausdruck.›

Ich antwortete ihm: ‹Großvater, ich bin Städter, und die ganze Unruhe der Stadt hat mich geprägt›, doch er ignorierte meine Worte und wiederholte: ‹Du siehst Onkel Efraim ähnlich.›

Onkel Efraim lebte in einer kleinen Stadt, er hatte ein kleines Warenhaus und war bekannt für sein Wissen von der Naturmedizin. Aus der ganzen Gegend kamen Juden und Nichtjuden zu ihm. Niemand zweifelte an seinen Säften und Pillen. Die Bauern brachten ihm Naturalien, aber die meisten Menschen erhielten seinen Rat und die Medikamente, ohne etwas zu bezahlen.

Onkel Efraim beschwerte sich nie. Wenn er hörte, dass er jemandem hatte helfen können, strahlten seine Augen vor Freude und Dankbarkeit. In der Stadt, in der er lebte, sagte man von einem guten Menschen, er habe eine Seele wie Efraim.

Ich weiß nicht, welche Ähnlichkeit meine Großeltern zwischen mir und Onkel Efraim gefunden haben. Er war ein unschuldiger Mann, der Gott voller Ehrfurcht und Freude diente.»

Sonntag senkte den Kopf, er war den Tränen nahe. «Ich weiß nicht, warum ich euch das erzählt habe.»

Am nächsten Tag verließen wir die sumpfige Hochebene und stiegen bergauf, Richtung Gipfel. Der Weg schlängelte sich nach oben, wir kamen nur langsam vorwärts, jeden Tag einen halben Kilometer, manchmal noch weniger. Laut

Plan würden wir, wenn es keine Stürme gäbe, in ungefähr zwei Wochen den Gipfel erreichen.

Am Anfang wussten wir noch nicht, wohin Kamil uns führen würde, denn bis dahin hatten wir geglaubt, wir kämpfen nicht nur um unser Leben, sondern auch für jene, die noch zu uns stoßen würden. Dieses Gefühl, das Kamil uns eingepflanzt hatte, hatte uns mit der Hoffnung erfüllt, eines Tages den Zusammenbruch des Bösen zu erleben.

Seit wir das Sumpfgebiet verlassen haben, haben Großmutter Zirls Worte einen neuen Klang bekommen, der wie eine dünne Schutzschicht wirkt. Vor einigen Tagen hat sie zu einem Kameraden, der sich über Albträume beklagte, gesagt: «Du brauchst einen reinen Schlaf. Ich nehme an, dass deine heiligen Vorväter über dich und deinen Schlaf wachen.»

Alles, was sie sagt, kleidet sich in Worte, die nur ihr gehören. Dabei sind es ihre Vorväter, die in ihrem schwachen Körper stecken und aus ihrem Mund sprechen. Ich habe sie mehrmals sagen hören: «Wenn sie es doch wären, die sprächen, sie würden es besser ausdrücken als ich.» Wenn ihre Vorväter aus ihr sprechen, ist ihr Gesicht erhellt, und ein weiches Lächeln schwebt über ihren Lippen. Eines Tages überraschte sie uns mit den Worten: «Ich weiß nicht, was ich euch sagen soll, ich frage die Urväter, sie werden es mir mitteilen.»

Sie spricht nicht jeden Tag. Die meiste Zeit ist sie in sich versunken und sieht aus, als würde sie dösen. Das täuscht natürlich: Sie ist angespannt, und sobald sie spürt, dass Gefahr naht oder dass jemand aus der Welt der Wahrheit mit ihr sprechen will, ist sie hellwach.

Gegen Abend erreichen wir die Hochebene – eine Station auf dem Weg zum Gipfel. Wir legen das Gepäck ab und bewundern die Aussicht: Wälder über Wälder, dazwischen silbrige Bäche. Wir haben das Gefühl, endgültig den klebrigen Sümpfen und den lauernden Augen des Feindes entkommen zu sein. Ab jetzt herrschen wir über weite Flächen, und sollten sie es wagen, sich uns zu nähern, werden wir sie mit Feuer empfangen.

Kamil warnt uns, dass wir uns auch hier nicht gehenlassen dürften. Die feindlichen Armeen würden nicht aufhören, uns zu bedrohen, und alle Anzeichen würden darauf hinweisen, dass sie Böses planen. Sie beobachten jede unserer Bewegungen. Unsere Feinde seien keine gewöhnlichen Feinde. Sie würden in ihrem großen Krieg keinen Einzigen von uns vergessen. Man könne doch sehen, welche Anstrengungen sie unternehmen, um uns zu vernichten, wie wichtig wir ihnen sind.

Es gibt Kämpfer, die den Kamil am Tage schätzen, den Kamil der Übungen und der Reden darüber, was in Zukunft sein wird, wenn sich uns Gerettete anschließen, wenn der gemeinsame Schmerz sich zu einer gewaltigen Kraft verbindet. Und es gibt andere, die den Kamil am Abend schätzen, den Kamil, der sich über Texte beugt, der über Nuancen spricht, der Musik erforscht, Sätze, Wörter. Dann hat man das Gefühl, es sitze einem kein Soldat gegenüber, sondern einer, in dessen Seele das Wort lebt, der Klang des Wortes. Auch wenn wir sehr müde sind, gelingt es Kamil abends, in uns den alten Hunger nach Schriften zu wecken. Dann bringt er immer eine erstaunliche Bewunderung zum Ausdruck und sagt Dinge, die er bei Tageslicht nicht geäußert hätte.

Manchmal scheint es, als werde er von den jüdischen Quellen gespeist, die Martin Buber und Franz Rosenzweig ihm aufgezeigt haben. Dann wieder spricht er über russische Literatur, als wäre Dostojewski sein geistiger Lehrer.

Einmal sagte ein Kamerad zu ihm: «Ich möchte mich entschuldigen für das, was geschah.»

«Wovon sprichst du?»

«Von der Meinungsverschiedenheit, in die wir geraten sind.»

«Solange ich hier Kommandant bin, ist jeder frei, seine seelischen Eindrücke auszusprechen.»

Wir wunderten uns über die Formulierung «seelische Eindrücke», aber keiner verlangte eine Erklärung.

Ich habe inzwischen von Raw Chanoch eine Pudelmütze bekommen. Er hat mir die Hände auf den Kopf gelegt und mich gesegnet. Ich verließ sein Zelt, setzte die Pudelmütze auf und spürte die Kraft seines Segens.

21

Der kleine Michael wird nie den von Dutzenden Scheinwerfern erhellten Bahnhof vergessen. Nicht die vielen Menschen, die aus ihren Häusern geholt wurden, unter ihnen sein Vater und seine Mutter, und verloren auf dem lauten Platz standen. Die Soldaten, die tobten und Peitschen auf die Rücken der Leute knallen ließen und schossen. Die Schreie des Schmerzes und des Entsetzens, die in Wellen aus der Menge aufstiegen, die Menschen, die zu Boden stürzten.

Sein Vater flehte ihn an, zu fliehen und zu Diana, dem Dienstmädchen, zu gehen. Auch die Mutter schloss sich dieser Bitte an. Die geliebten Eltern sahen plötzlich aus wie Fremde. «Ich habe Angst», brach es aus ihm heraus.

Sein Vater kümmerte sich nicht darum. «Geh zu Diana, bitte.»

Schließlich riss er sich los und floh über die dunklen Schienen. Er kannte den Weg zu Dianas Haus, doch die Dunkelheit und die Angst nahmen ihm die Sicht. Er hatte das Gefühl, sich zu verirren, und fürchtete, gleich würden die Soldaten auftauchen und ihn zerquetschen.

Als er den Bahnhof hinter sich gelassen und die Felder erreicht hatte, war es vollkommen finster. Er setzte sich hin und hoffte, ein Sturm würde ihn packen und zurücktragen zu seinen Eltern.

Schließlich sammelte er sich, stand auf und ging weiter. Das Land war unbearbeitet, voller dorniger Büsche. Die Lichter, die von fern flackerten, blendeten ihn. Es bedrückte ihn, dass seine geliebten Eltern ihn im Zorn weggeschickt hatten, und irgendwie glaubte er, dass auch Diana ihn nicht freundlich empfangen würde.

Während er dastand und nicht wusste, wohin er sich wenden sollte, näherte sich ihm ein Mann. Michael war sicher, dass sein Ende gekommen war, und fiel auf die Knie.

Zu seiner Verwunderung kauerte sich der große Mann neben ihn auf den Boden und fragte ihn nach seinem Namen. Michael nannte ihn ihm.

«Ich heiße Maxi», sagte der große Mann. «Du brauchst keine Angst zu haben, komm mit mir.»

Sie gingen eine Stunde, vielleicht auch zwei.

Der Stützpunkt war damals klein und sah aus wie ein Sommerlager der Jugendbewegung: mit ein paar Zelten und einem Topf, der über dem glimmenden Lagerfeuer hing. Michael erinnert sich nicht an viele Einzelheiten aus diesen frühen Tagen, aber er erinnert sich noch an die erste Scheibe Schmalzbrot, die Zila ihm hingehalten hat. An seine

Eltern dachte er fortan nicht mehr. Ihr Flehen, zu Diana zu gehen, und sein Bedauern, dass er ihre Bitte letztlich nicht erfüllte, haben ihn endgültig von ihnen getrennt.

Seit jener Nacht ist er an Maxis Seite. Wenn Maxi zu einer schweren Aktion loszieht, kann Michael kaum einschlafen. Er wartet angespannt darauf, dass Maxi gegen Morgen zurückkehrt.

Hermann Cohen hat aus einer umgedrehten Kiste einen Tisch gebaut und aus einer weiteren einen Stuhl, und da sitzt Michael und schreibt Abschnitte aus der Bibel und aus den chassidischen Geschichten von Martin Buber ab. Abends verteilt er die Blätter. Maxi unterrichtet ihn. Er ist ausgezeichnet in Mathematik, und bald wird er mit Geographie und Französisch anfangen. Maxi hat ihm versprochen, dass er, wenn er wieder in die Schule gehen wird, mindestens eine Klasse überspringen kann.

«Wann ist der Krieg zu Ende?», fragt Michael von Zeit zu Zeit.

«Bald, denke ich», antwortet Maxi ruhig. «Hast du Heimweh?»

«Ja.»

«Wir sehnen uns alle danach, nach Hause zurückzukehren, aber bis dahin müssen wir tun, was uns aufgetragen ist.»

«Was ist mir aufgetragen?»

«Zu lernen.»

Michael fühlt sich wohl hier, er ist unser aller Sohn geworden. Manchmal fällt einem Kämpfer eine Tafel Schokolade in die Hände oder ein Päckchen Halva. Die Süßigkeit wird dann sofort zwischen Michael und Milio geteilt, und alle freuen sich am Glück der Kinder.

Wären da nicht die Albträume, die sich jede Nacht wiederholen, würden Michaels Tage ruhig verlaufen. Im Traum sieht er seinen Vater und seine Mutter am Bahnhof stehen, und jedes Mal, wenn die Soldaten ihre Peitschen schwingen, gehen sie in die Knie. In den ersten Monaten hatte er noch ihre Gesichter vor Augen, jetzt sieht er nur noch ihre gekrümmten Rücken und wie sie zusammenbrechen.

Einmal hat er Maxi gefragt, ob Träume wahr seien.

Maxi wollte nicht gleich antworten, deshalb fragte er: «Träumst du viel?»

«Ja.»

Maxi versucht immer, mit Michael so zu sprechen, dass er es versteht, und über schlimme Dinge sagt er lieber gar nichts. Diesmal wagte er zu fragen: «Wovon träumst du?»

«Vom Bahnhof.»

«Macht dir das Angst?»

«Schreckliche Angst. Ob meine Eltern immer noch am Bahnhof stehen?»

«Nein. Sie sind schon vor langer Zeit weggefahren.»

«Und wo sind sie jetzt?»

«Das kann man nicht wissen. Es ist anzunehmen, dass sie mit allen anderen zusammen sind.»

«Arbeiten sie?»

«Ich denke schon.»

Michaels Fragen bedrücken Maxi, aber der Junge lässt nicht locker. Er will wissen, welche Arbeiten sie erledigen müssen und wann sie zurückkehren.

Aber er stellt nicht jeden Tag so hartnäckige Fragen. Die meiste Zeit beschäftigt er sich mit Mathematikaufgaben und mit Abschreiben. Maxi betrachtet seinen hingebungsvollen Eifer und sagt sich, nur mit solchem Fleiß könne man seine Ziele erreichen.

Was man Michael mitteilen und was man ihm verschweigen sollte, auch darüber gibt es Meinungsverschiedenheiten. Ein Kamerad hat einmal gesagt, es verbiete sich, Michael zu verschweigen, dass man Menschen in Todeslager schickt.

Maxi erschrak. «Man muss ihm die ganze Wahrheit sagen?»

«Nur die Wahrheit.»

«Michael ist erst achteinhalb Jahre alt.»

«Aber verständig genug, um zu verstehen, was um ihn herum geschieht.»

Maxi ist anderer Meinung: Er ist überzeugt, dass die nackte Wahrheit einem Kind nichts nützt. Wenn es so weit ist, wird er von sich aus alles verstehen – warum soll man ihm auch nur einen Tag seiner Kindheit stehlen? Jeder Tag, den ein Kind in seiner Welt lebt, ist ein segensreicher Tag.

«Das ist eine falsche Meinung.»

Maxi beharrt auf seiner Ansicht. «Mir scheint sie richtig zu sein.»

Maxi ist ein schneller Kämpfer, aber geduldig in seinem Verhalten, und er wird nicht leicht zornig. Er beantwortet Michaels Fragen, ohne hinzuzufügen: Das ist die Wahrheit, oder das ist absolut so, wie einige der Kameraden.

Michael hat gelernt, nicht zu viel zu fragen. Alle haben etwas zu tun, sie arbeiten im Lager oder nehmen an den Übungen teil. Kamil bestimmt die Trainingszeiten und die regelmäßigen Streifzüge.

Einer der Kämpfer sagte immer wieder einmal: «Wir sind von Menschen, die dazu trainiert wurden, den bewaffneten Feind zu bekämpfen, zu einem Haufen Gauner geworden, die vom Diebstahl leben.» Kamils Vorhersage, dass wir eines Tages die Militärlager angreifen würden, die das Sumpfland umgeben, ist vorläufig noch eine Illusion geblieben. Wir sind zu wenige, und es ist ausgeschlossen, die Schwachen ohne Bewachung zurückzulassen. Nur wenn sich uns weitere Kämpfer anschließen, werden wir uns auf einen Kampf Mann gegen Mann einlassen können.

Vorläufig überfallen wir weiterhin Wohnhäuser und kleine Bauernhöfe. Das sind verachtenswerte Überfälle: Wir wecken eine Familie mitten in der Nacht und verlangen unter Drohungen, uns Essen und Kleidung zu geben. Die Bauern verstehen normalerweise, dass es sinnlos ist, mit einer bewaffneten Truppe zu diskutieren, sie geben das Verlangte heraus, aber manchmal geschieht es auch, dass sie sich weigern oder plötzlich jemand eine Waffe zieht, dann müssen wir das Gebot erfüllen: «Wenn jemand versucht, dich zu töten, dann steh auf und komme ihm zuvor.»

Diese Überfälle, das muss man zugeben, sind nicht erhebend. Nicht nur, weil die Kämpfer geschlagen und bedrückt zum Stützpunkt zurückkehren. Kamil fühlt sich dann genötigt, ihnen gut zuzureden: «Die Aktion ist gelungen, besser als erwartet. Die Nahrungsmittel, die ihr gebracht habt, werden das Lager eine Woche lang satt machen. Unser Krieg ist nicht zum Plündern bestimmt, sondern dazu, Menschen zu retten und das Ungeheuer zu besiegen. Jetzt bereiten wir uns darauf vor zu wachsen. Von hier aus werden die Kämpfer ausziehen, um den Feind zu vernichten.»

«Und wo sollen die Kämpfer herkommen?», meldet sich eine zweifelnde Stimme.

«Von dort, wo auch wir hergekommen sind.»

Es ist schwer, gegen Kamils feste Überzeugungen zu argumentieren. Manchmal hat man das Gefühl, seine Hochstimmung folge seinen Depressionen. Von diesen Missstimmungen wissen wir nur wenig. Von Zeit zu Zeit übergibt er, wie bereits gesagt, das Kommando an Felix und zieht sich in sein Zelt zurück. Oft hört man dort seine Stimme. Es ist schwer, sich vorzustellen, worüber oder mit wem er dann redet. Sogar sein Stellvertreter Felix, der manchmal das Zelt betritt, weiß das nicht.

Inzwischen gibt es Pilze in Hülle und Fülle, und Zila bereitet uns schmackhafte Mahlzeiten. Es ist erstaunlich, was diese kleine Frau zustande bringt. Die Gerichte kennen wir von zu Hause, aber Zila verleiht ihnen einen ganz eigenen Geschmack. Sogar Maisbrei oder Grießbrei schmecken bei ihr anders und neu. Kamil sagte einmal, wir würden sogar nach der Befreiung noch zu Zila gehen, um ihre Kochkunst zu genießen. Wer hat sich denken können, dass wir ausgerechnet hier, weit weg von zu Hause und weit weg von jedem Restaurant, solche Delikatessen essen würden. Zila ihrerseits prahlt nicht mit ihrer Kochkunst, sie sagt nur: «Bringt mir Nahrungsmittel, dann mache ich daraus etwas Gutes zu essen.»

Manche von uns wissen, was ihr passiert ist, aber niemand spricht darüber. Zila ist ganz und gar in ihre Arbeit versunken. Ihre Hände bewegen sich flink von Topf zu Topf, und ihren hastigen Blicken ist nicht anzusehen, dass sie eine verwaiste Mutter ist.

22

Die Tage vergehen nicht einfach so. Jeden Tag geschieht ein Missgeschick oder etwas Bedauerliches, um nicht zu sagen, eine kleine Katastrophe. Kamil steht da wie eine Mauer. Der Feind ist grausam und erbarmungslos, aber wir haben unsere eigenen Maßstäbe. Wenn ein Bauer sich weigert, uns Lebensmittel zu geben, dann schlagen wir ihn nicht und zerstören auch nichts. Wir nehmen uns, was wir brauchen, ohne zu zürnen. Und immer hat Kamil dafür Worte, die sich in unserem Kopf festsetzen.

Von Anfang an wollte unser Kamerad Paul nach Holowka gehen, ein Dorf, in das seine Frau mit ihrem ukrainischen Liebhaber geflohen ist. Wäre sie allein geflohen, hätte er sie sich vermutlich aus dem Herzen gerissen, aber sie hat seine geliebte Tochter mitgenommen, und seither ist ihm sein Leben nichts mehr wert.

Einige Male hat er mit Kamil darüber gesprochen. Kamil hat seine Bitte, einen Stoßtrupp nach Holowka zu schicken, um seine Tochter zu befreien, nicht direkt abgelehnt. Irgendwann hatte er sogar schon Kämpfer für diesen Auftrag bestimmt, aber die Informationen, die er über das Dorf und dessen Umgebung eingezogen hat, ergaben, dass sich dort viele Waffen befanden, und es bestanden Zweifel, ob eine Truppe oder sogar zwei gegen so viele Bewaffnete ankommen würden.

«Wir müssen abwarten. Unter anderen Bedingungen mit mehr Kämpfern werde ich nicht zögern, sogar einen ganzen Zug hinzuschicken. Deine Tochter, Paul, ist uns teuer, und wenn wir es schaffen, sie herauszuholen, werden wir das als Sieg feiern.»

Paul war offenbar gerührt von Kamils Worten. Er schlug seine blauen Augen auf und sagte: «Ich danke dir für deine Bereitschaft, Kommandant, und warte sehnsüchtig auf die Stunde, in der wir uns auf den Weg machen.» Seine Stimme klang irgendwie förmlich, wie um zu zeigen, dass er bereit war, seine eigene Not zurückzustellen, aber niemand schien auf dieses feine Detail zu achten.

Inzwischen hat Paul an einigen gefährlichen Aktionen teilgenommen, er wird von den Anführern gelobt, natürlich auch von Kamil, doch in den Pausen sitzt er in sich versunken da und raucht eine Zigarette nach der anderen. Salo lädt ihn manchmal zu einer Tasse Tee ein, aber Pauls Herz bleibt verschlossen.

Alle wissen, was diesem beeindruckenden Mann das Herz schwermacht, aber niemand hat eine Vorstellung davon, wie man ihm helfen könnte. Salo gibt ihm ab und zu Aspirin gegen seine Kopfschmerzen. Kamil, der seine Not natürlich sieht, geht manchmal zu ihm und sagt: «Paul, wir haben deinen Wunsch nicht vergessen. Ich warte nur darauf, dass sich uns andere Leute anschließen. Dann wird der erste Überfall dem Dorf Holowka gelten. Mach dir keine Sorgen, mein Gefühl sagt mir, dass es bald so weit ist.»

Paul hat sich immer mehr zurückgezogen. Manchmal schien es, als bereite er insgeheim selbst einen Überfall auf das Dorf vor. Doch die meiste Zeit hat er, wie wir anderen auch, am Training teilgenommen, an Streifzügen, an Überfällen und an Arbeiten im Lager. Einmal sprach er an einem Studienabend mit bitterer Stimme über das Ich, das nicht bereit sei, sich für die Allgemeinheit zu opfern. «Das Ich ist ein großes Hindernis. Es wird von fremden Motiven und Ambitionen angetrieben.» Es war offensichtlich, dass er auf sich selbst wütend war, weil er in dieser schicksalhaften Stunde nicht die Kraft fand, seinen eigenen Egoismus zu überwinden.

Während Pauls Geschichte brannte wie eine offene Wunde, haben die Kämpfer weitere Überfälle durchgeführt. Die nahende Kälte zwingt uns, warme Kleidung und ausreichend Nahrungsmittel zu besorgen. Wer kann schon wissen, was uns im Winter bevorsteht? Es ist besser, sich vorzubereiten und alles Notwendige rechtzeitig zu beschaffen. Paul hat an allen Überfällen teilgenommen. Der letzte war besonders erfolgreich. Schwer beladen kamen die Kämpfer am frühen Morgen zurück. Sie wurden mit großer Freude empfangen. Danzig erzählte, was ihnen unterwegs alles passiert war.

Nach dem besonderen Frühstück, das Zila für sie bereitete, legten sie sich schlafen. Paul schlief offenbar fest. Als er aufwachte, war sein Gesicht faltig, und er sah alles andere als zufrieden aus. Er goss sich einen Tee ein, setzte sich hin und rauchte eine Zigarette nach der anderen. Zila bot ihm noch ein Stück Brot an, aber Paul machte eine wegwerfende Bewegung mit der Hand.

Er saß am Rand, in sich versunken, und fast sah es aus, als wäre er noch müde vom letzten Überfall und brauche Schlaf. Doch das täuschte. Er ging zu Hermann Cohen hinüber und fragte, ob der Käse unbeschadet angekommen sei. Hermann Cohen bestätigte, er sei gut verpackt gewesen und befinde sich jetzt in Krügen, zum Abendessen würde jeder ein Stück erhalten. «Danke, Paul», fügte er hinzu.

«Bedanke dich nicht bei mir, es war eine kollektive Arbeit.»

«Ich werde mich noch bei jedem Einzelnen bedanken», sagte Hermann Cohen mit väterlicher Stimme.

Am Nachmittag sagte Paul zu Salo, er habe beim Überfall seine Uhr verloren und müsse in Zukunft wohl ohne Uhr leben. Salo erkundigte sich nach Einzelheiten der Aktion, Paul antwortete ihm und sagte schließlich: «Die Aktion war erfolgreich, nur ich war es nicht.» Er stieß ein dünnes Lachen aus, bei dem er seine Zähne entblößte.

Als es dunkel wurde und in Zilas Küche schon die Suppentöpfe über dem Feuer hingen, stand Paul auf und ging hinüber zum Wald. Erst schien es, als wolle er nur den Stimmen der Nacht lauschen, wie so oft, doch er ging immer weiter und war schließlich in der Dunkelheit verschwunden.

Ich spürte das Bedürfnis, ihn zu rufen. «Paul!», rief ich, und immer wieder: «Paul!», doch er antwortete nicht.

Ich zögerte nicht, sondern lief zu Kamil und erzählte ihm, was ich gesehen hatte. Kamil befahl zwei Bereitschaftstrupps, sofort auszuschwärmen und ihn zu suchen.

Die ganze Nacht blieben wir wach. Die Männer tranken Suppe und rauchten ihren gesamten Vorrat an Zigaretten. Pauls plötzliches Verschwinden hatte uns wie ein Schlag getroffen. Uns beschlich insgeheim die Angst, er sei auf eigene Faust nach Holowka aufgebrochen, um seine Tochter zu holen, aber alle hofften, er habe seinen Schmerz besiegt und würde sich nicht mit einer so hoffnungslosen Aktion in Gefahr bringen.

Ein heftiger Regen setzte ein. Die Kämpfer kamen nach Mitternacht zurück, nass und mit leeren Händen. Wir konnten uns Pauls Verschwinden immer weniger erklären. Kamil sah sehr besorgt aus. Diesmal hatte ihn seine Intuition getäuscht. Paul war ein hervorragender Anführer. Er hatte unserem militärischen Wörterbuch einen neuen Begriff hinzugefügt – Eleganz. Tatsächlich bewegte er sich majestätisch, aber dabei fast unmerklich.

Wenn einem Kämpfer ein Wort aus dem militärischen Sprachgebrauch herausrutschte, verzog sich sein Gesicht, als fühle er sich persönlich angegriffen. Bei Überfällen achtete er darauf, möglichst maßvoll zu plündern und auf keinen Fall persönliche Dinge mitzunehmen, wie eine Armbanduhr oder Schmuck.

Einmal erzählte er einem Bauern, dass wir jüdische Freiheitskämpfer seien. Der Bauer war überrascht und sagte: «Ihr seht nicht aus wie Juden.»

«Trotzdem sind wir Juden.»

«Die Juden treiben Handel, sie sind keine Kämpfer.»

«Das ist ein Irrtum. Sie können tapfere Kämpfer sein, aber wenn es sich um Zivilisten handelt, rächen sie sich nicht an ihnen.»

«Mir habt ihr alles genommen», sagte der Bauer ironisch.

«Nicht alles, mein Herr. Wenn Sie nachschauen, werden Sie feststellen, dass wir maßvoll waren. Und eines Tages, wenn wir gesiegt haben, werden wir alles zurückgeben. Was wir tun, ist kein Plündern um der Beute willen. Wir brauchen etwas zu essen, damit wir stark genug sind, gegen den grausamen Feind zu kämpfen.»

«Ich weiß nicht, was ich dazu sagen soll», sagte der Bauer, der die Entschuldigung nicht gelten ließ.

«Ich verspreche Ihnen, dass die Juden Ihnen nichts Böses antun werden.»

«Ihr habt geplündert», beharrte der Bauer.

«Sie müssen aber zugeben, dass wir nur in Maßen geplündert haben.»

23

Als der Morgen graute, zogen wir los, um ihn zu suchen. Es war eine seltsame Suche, als wollte Paul uns in die Irre führen und hätte sich an einem Ort versteckt, an dem wir ihn nicht finden können. Der Regen hatte aufgehört, und die Sicht war klar. Wir konnten die Hänge hinab bis zur Senke sehen, doch nirgendwo war ein Mensch zu erkennen. Kamil, der an unserer Spitze ging, war zum Zerreißen gespannt.

Nach zwei Stunden Suche setzten wir uns hin. Einen Moment lang schien es, als wollte Kamil etwas sagen. Doch wieder irrten wir uns. Er saß nur da, als suche er nach einem Schlüsselwort für das Rätsel.

Schließlich breitete er die Karte aus und deutete auf das Dorf Holowka, das etwa zwanzig Kilometer entfernt lag, eine Fläche, die fast nur aus offenen, bewirtschafteten Feldern bestand.

«Paul ist ein erfahrener Kämpfer, er wird sich nicht auf offenen Feldern in Gefahr bringen», sagte einer der Kämpfer. Vermutlich verberge er sich oder habe sich in einem Versteck hingelegt.

Das waren blinde Sätze, die in der Dunkelheit herumstocherten. Sie brachten uns nicht weiter, bewirkten allein, dass wir Paul vor uns sahen: ein attraktiver Mann, der wenig sprach und gut zuhören konnte. Doch bis auf diese Äußerlichkeiten wussten wir wenig über ihn, wir wussten nicht, wer seine Eltern waren, seine Großeltern, oder was er gelernt hatte.

Vermutlich hatte er, wie die meisten von uns, das Gymnasium beendet. Ob er danach studierte, haben wir ihn nicht gefragt. Jedenfalls hat er nie etwas über sich erzählt.

Kamil hatte ihm mehrmals versprochen, dass wir, sobald wir Verstärkung bekämen, sofort nach Holowka gehen würden, Holowka wäre als Erstes an der Reihe. Paul kannte unseren Mangel an Kämpfern, und vermutlich dachte er, das Versprechen sei zwar gut gemeint, würde aber nie verwirklicht werden.

«Seine vornehme Haltung hat ihn gezwungen, diesen Schritt zu unternehmen», sagte der Mann, der zuvor schon gesprochen hatte.

Wir suchten weiter die Gegend ab und kehrten gegen Abend niedergeschlagen zurück. Der Bereitschaftsdienst empfing uns mit ausdruckslosen Augen am Eingang zum Lager.

Am selben Tag erfuhren wir von einem Kameraden, dass Pauls Frau, eine bekannte Schönheit, schon immer egoistisch und leichtsinnig gewesen sei und sich zu fremden Männern hingezogen gefühlt habe.

«Wie konnte es passieren, dass ein so kluger Mann an eine solche Frau geraten ist?», fragte einer.

«Es ist sinnlos, über Hexerei zu diskutieren», antwortete ein anderer.

Das Abendessen war bescheiden. Zila weinte und servierte uns die Teller mit zitternden Händen. Aber die Suppe war heiß und das Brot frisch, und Pauls Verschwinden geriet durch das schmackhafte Essen ein wenig ins Hintertreffen.

Die Kameraden gingen auseinander – das Zusammensein war zu bedrückend. Alle hatten Paul gern. Es war unmöglich, den jungen, schlanken und muskulösen Mann nicht zu lieben, dessen Ausdrucksweise herzergreifend war und an Gedichte Rilkes erinnerte. Es stimmte, Kränkung und Schande hatten ihn gezeichnet und seine Schönheit verdunkelt, nicht aber seine Vornehmheit.

«Werden wir Onkel Paul nicht wiedersehen?», fragte Michael.

«Wenn wir an ihn denken, werden wir ihn sehen», antwortete Maxi.

«Wo ist er jetzt?»

«Das ist schwer zu sagen, bestimmt nicht sehr weit von hier.»

«Ist er allein?»

«Vermutlich. Aber mach dir keine Sorgen, Paul ist ein erfahrener Kämpfer, bestimmt kommt er bald zu uns zurück.»

Einer der Kameraden hatte Maxis Gespräch mit Michael gehört und rief mit verhaltener Stimme: «Schon wieder macht man dem Kind etwas vor.»

«Ich mache ihm nichts vor, ich sage die Wahrheit», entgegnete Maxi ruhig und sicher.

Dieses ärgerliche Gespräch, das in der Dunkelheit deutlich zu hören war, beendete den Tag.

Es herrschte das Gefühl, dass durch Pauls Verschwinden ein heller Teil unserer Gemeinschaft verlorengegangen war. Aber es wäre schwer, die Lücke zu füllen.

Die Patrouillen und die Stoßtrupps zogen los. Kamil verabschiedete sich von ihnen, ohne etwas Bedeutsames zu sagen. Die Parole war «Wohltätigkeit». Kamil machte sich die Mühe, das Wort zu erklären. Wohltätigkeit beinhalte Geschenk, Gabe, Gnade und Almosen.

Felix, der an der Spitze der Kämpfer stand, hielt sich wie üblich zurück und fügte diesen Worten nichts hinzu.

24

Am nächsten Morgen unternahmen wir die größte Anstrengung und kletterten mit der gesamten Ausrüstung weiter den Berg hinauf. Selbst an diesem nebligen und wolkigen

Tag war die Sicht auf dem Weg zum Gipfel nicht getrübt. Auch die Ohren waren trotz des Geplätschers der Bäche nicht verschlossen. Wir alle empfanden, das musste man zugeben, ein Gefühl der Erhabenheit.

Nicht alle waren mit dem Aufstieg einverstanden. Sie meinten, die Eile sei nach Pauls Verschwinden irgendwie unmoralisch. Wir hätten ein paar Tage warten müssen, um zu erfahren, welches Schicksal ihn getroffen hatte. Es könne doch sein, dass er seinen Entschluss bereue, und wenn er zurückkäme und uns nicht fände, würde er womöglich glauben, dass wir nichts mehr mit ihm zu tun haben wollten.

«Paul kennt uns gut genug, um zu wissen, dass wir ihn nicht im Stich lassen», sagte Hermann Cohen besonnen.

«Man darf einem, der elend dran ist, nicht den geringsten Zweifel aufbürden», sagte jemand.

Kamil hatte seine eigenen Gründe. «Wir dürfen keine Zeit verlieren. Der Herbst geht zu Ende, und der Winter zeigt sich schon. Wer weiß, ob wir es noch schaffen, rechtzeitig fertig zu werden, wenn wir nicht jetzt anfangen, die Bunker zu bauen. Paul wird es uns verzeihen. Wir steigen nicht nur um unserer selbst willen bergauf. Der Krieg wird vermutlich noch lange dauern, und wir müssen auch für jene einen Platz vorbereiten, die noch zu uns kommen werden.»

Wieder ließ sich eine zweifelnde Stimme hören. «Und worauf gründet sich diese Vorhersage?»

«Auf Willen und Gerechtigkeit», antwortete Kamil sofort.

Nachdem wir die Ausrüstung ausgepackt und die Zelte aufgebaut hatten, zündeten wir zwei Lagerfeuer für die Suppentöpfe an. Suppe schützt nicht nur gegen Kälte, sondern auch gegen niedergeschlagene Stimmung. Nach einem Teller Suppe füllt sich der Körper mit Lebenskraft. Kamil hatte einmal scherzhaft gesagt, die Armee würde vom Magen beherrscht, wie Napoleon schon gewusst habe, und hatte hinzugefügt: «Aber Napoleon hat nie Zilas Suppe probiert. Sonst hätte er vielleicht gesagt: Zilas Suppe ist wie Feuer in den Knochen.»

Wir suchten das Gebiet weiter nach Spuren von Paul ab. Die Patrouillen zogen hinunter zu den Pflanzungen unterhalb des Waldes, um Informationen über Paul zu sammeln. Aus irgendeinem Grund glauben alle, er halte sich nicht weit von uns auf und würde bald auftauchen. Man müsse sich in Geduld fassen und ihm die Chance geben, zu uns zurückzukehren.

Unser Bund ist unzertrennlich, sagen wir uns. Wir sind in Freundschaft verbunden. Wenn einer sich vorübergehend absondert, darf man nicht zu seinen Ungunsten urteilen. Wir sind alle nur Menschen, Schwäche muss man respektieren. Doch unser Ziel für die kommenden Wochen wird der Aufstieg zum Gipfel sein, dann wollen wir die Bunker bauen und Gräben ausheben, die sie verbinden. An diesem großen Projekt beteiligt Kamil Hermann Cohen, den früheren Sägewerksbesitzer, der bei uns für die Bewachung und Verteilung der Vorräte zuständig ist. Er kennt sich mit Holz aus, weiß, welche Holzart isoliert und welche das Wasser aufsaugt, welche sich für den Boden eignet und wie man Wände baut, die dem Druck standhalten. Als Verantwortlicher für Essen und Kleidung im Lager vollbringt er Wunder. Jetzt wird er das Wissen anwenden können, das er sich im Lauf der Jahre im Sägewerk angeeignet hat.

Hermann Cohen – es wird Zeit, von ihm zu erzählen – hatte das Gymnasium mit Auszeichnung beendet und ein

Studium an der Universität begonnen. Er studierte zwei Jahre lang Griechisch und Latein und bereitete sich auf eine akademische Laufbahn vor. Doch der plötzliche Tod seines Vaters zwang ihn dazu, die Universität zu verlassen und sich dem Familienbetrieb zu widmen. Er setzte die Tätigkeit seines Vaters erfolgreich fort. Er ist sehr erfinderisch, wenn es um die Lagerung und Konservierung von Lebensmitteln geht. Daneben kümmert er sich um Schwache und Kranke, ganz zu schweigen von Großmutter Zirl. Sie versorgt er mit ausgesuchten Waren, um sie gesund zu erhalten.

Den Lebensjahren nach zählt er bei uns zu den Alten, aber er lehnt es ab, sich von unseren Pflichten befreien zu lassen. Nachts schließt er sich oft den Patrouillen an, und einmal wurde er sogar verletzt. In Fragen der Religion und des Glaubens mischt er sich nicht ein. «Ein Mensch, der sich vom Glauben seiner Väter gelöst hat, sollte sich bei solchen Diskussionen zurückhalten. In unserer Kindheit waren wir sicher, dass es nichts Wichtigeres gäbe als das Gymnasium und die Universität, danach strebten wir mit ganzer Kraft. Die Tora und die religiösen Gebote waren für uns Schall und Rauch. Unsere ablehnende Haltung hat unseren Eltern und Großeltern viel Schmerz zugefügt, aber wir hatten kein Mitleid mit ihnen. Das war die Naivität, oder wenn ihr so wollt, die Bosheit der Jugend.»

In seiner Stimme liegt eine Gelassenheit, die uns anderen fehlt. Einmal fragte ihn einer der Kameraden, ob er sich heute anders verhalten würde. Die Antwort war: «Es ist schwer, das wiedergutzumachen, was man kaputt gemacht hat. Wären meine Eltern noch am Leben, würde ich sie um Verzeihung bitten für den Kummer, den ich ihnen bereitet habe, doch ich kann ihnen nicht auf ihrem Weg folgen. Ich erinnere mich an die Gebete, aber mich hinzustellen und zu beten –

das kann ich nicht. Vermutlich hat jeder Mensch in seinem Leben etwas zerstört, ich vielleicht ein bisschen mehr.»

Unser Gespräch wird unterbrochen, als Michael hereinkommt und Großmutter Zirl sich bei ihm erkundigt: «Was lernst du gerade?»

«Ich lerne Rechnen und Geometrie.»

«Gut, du solltest aber auch beten lernen, mein Küken.»

«Wozu?»

«Weil dich das Gebet näher zu Gott bringt.»

«Wie?»

«Das Gebet bringt unsere Stimme zu ihm.»

«Kann man Gott manchmal sehen?»

«Nicht jetzt und nicht ganz klar.»

«Woher wissen wir dann, dass er uns liebt?»

«Unser Herz sagt es uns.»

Seit Pauls Verschwinden ist Michael unruhig. Er hat Maxi gefragt, ob man irgendetwas tun könne, um ihn zurückzubringen.

«Wir müssen an ihn denken, vielleicht spürt er dann unsere Sehnsucht und möchte wieder zu uns kommen.»

«Können die Gedanken denn zu ihm fliegen?»

«Ich glaube schon.»

«Was haben wir ihm Böses getan, dass er uns verlassen hat?»

«Wir haben ihn geliebt, aber wir konnten ihm nicht helfen. Er ist weggegangen, um seine Tochter zu suchen, die er verloren hat.»

Michael versucht es zu verstehen, aber die vielen Fragen führen ihn in eine Sackgasse. Maxi sieht seine Verwirrung und beschließt, ihn nicht noch mehr durcheinanderzubringen. Von nun an wird er nur noch «Ich weiß es nicht» sagen.

Maxi ist Apotheker und ungefähr vierzig Jahre alt, aber er hat das Gesicht eines jungen Mannes und einen ewig staunenden Ausdruck in den Augen. Er liebt Tiere, und sie mögen ihn. Vögel lassen sich auf seinen Schultern nieder und picken ihm Krümel aus den Händen. Einmal ist ihm sogar ein verlassener Hund zugelaufen und blieb einige Wochen bei uns, bis er plötzlich starb.

Manche meinen, er sei naiv, aber das äußert sich nicht in dem, was er sagt. Salo wendet sich oft an ihn, um sich mit ihm über Krankheiten und Medikamente zu beraten. Maxi ist erfahren in der Herstellung von Arzneien, und er verfügt über ein beträchtliches medizinisches Wissen. Einmal habe ich gehört, wie Hermann Cohen sagte: «Seid vorsichtig mit den Kindern der Armen, denn von ihnen geht die Gesetzeskunde aus.»

Hermann Cohen kannte Maxis Familie, Maxis Vater hatte bei ihm im Sägewerk gearbeitet, ein armer Mann, der nur mit Mühe seine Familie durchbrachte, aber seine fünf Kinder hatte er ins Gymnasium geschickt, und alle hatten die Universität abgeschlossen.

25

Wir beendeten die Wache. Patrouille und Stoßtrupps machten sich auf den Weg. Karl, der normalerweise nach der Wache sofort die Augen schloss und schlief, trank diesmal noch zwei Gläser Tee und wollte uns an einigen Ereignissen seines Lebens teilhaben lassen. Er sagte: «Ich bin mehr an den Herbst und den Winter gewöhnt als an die hellen Jahreszeiten. Bei uns Kommunisten hat die aktive Zeit immer im Herbst begonnen. Im Sommer haben wir uns in den Kellern versteckt und waren damit beschäftigt, die kommunistischen Schriften zu lernen und die Propaganda zu studieren. Es war eine Zeit, in der wir gespannt den Kommissaren zuhörten, Landkarten vorbereiteten und Anweisungen für Aktionen studierten.

Theorien sind eine Sache für sich. Wir suchten die Aktion, die Berührung mit dem Feind. Mit anderen Worten: die Konfrontation. Siebzehn- und Achtzehnjährige, die sich der Partei anschlossen, wurden darin unterrichtet, gradlinig und gewalttätig zu sein, fähig, Tore, Türen und Fesseln zu sprengen. Die Gewalt macht nicht nur die Hände stärker, sie macht auch wagemutig. Junge, feinfühlige Männer, mit denen es ein Vergnügen war, sich zu unterhalten, wurden über Nacht zu einer Horde Rowdys. Wir waren davon überzeugt, dass alles, was wir taten, dem Wohl der Allgemeinheit diente. Vergangenheit und Gegenwart verloren an Bedeutung, wichtig war nur die Zukunft. Die Rabbiner und die Händler waren für uns Feinde der Menschheit, und wenn man sie brutal behandelte, diente man der Rettung der Welt.

Wir überfielen religiöse Institute, rissen die Sammelbüchsen aus den Halterungen und verbrannten Torabücher. Wir hassten fromme Juden: ihre Haltung, ihre Kleidung und ihre Art zu sprechen. Es gab nichts an ihnen, was wir nicht hassten. Da war es kein Wunder, dass wir danach gierten, Synagogen, Gebetshäuser und Mikwot anzuzünden. Doch noch mehr brannten wir darauf, Rabbiner, Richter und Talmudlehrer zu verhören.

Wir drangen in der Nacht in das Haus eines Rabbiners ein und verkündeten ihm, wir gehörten zur Abteilung für

Erziehung und Kultur der kommunistischen Partei und seien gekommen, ihn zu befragen, wie er seine wertlose Lehre unterrichte. Die Fragen standen vorbereitet in einem Heft. Die erste Frage war, was er unterrichte und wen.

‹Ich lehre das, was mich meine Väter gelehrt haben, nicht mehr und nicht weniger›, kam die schnelle Antwort.

Die zweite Frage war: ‹Du weißt doch bestimmt, dass deine Lehre die Seelen der Jugend verdirbt.›

‹Die Tora des Ewigen ist unschuldig›, sagte der Rabbiner daraufhin.

‹Weißt du nicht, dass sich die Zeiten geändert haben?›

‹Geändert?›, fragte der Rabbiner. ‹Haben sie sich zum Guten geändert?›

‹Die Wissenschaft ist fortgeschritten, die Gedanken sind weiter geworden›, sagten wir. ‹Nur deine Lehre behindert den Fortschritt und schadet dem Menschen. Du musst sofort damit aufhören, sonst wird unsere Abteilung dich so behandeln, wie du es verdienst.›

Es gab Rabbiner, die sich durch keine Drohung beirren ließen. Sie beharrten auf ihrer Meinung, und mehr als einmal brachten sie die jungen Leute, die sie verhörten, in Verwirrung. Es gab natürlich auch schwache Rabbiner, die sich gleich unterwarfen. Es gab welche, die sich schnell schuldig bekannten und die Fragebögen unterschrieben, nur damit wir sie in Ruhe ließen. Diese hassten wir noch mehr.

Eines Nachts überfielen wir einen blinden Rabbiner. Unser Anführer verlangte von ihm, er solle aufhören, junge Männer zu unterrichten. Als der Rabbiner das hörte, verdrehte er die blinden Augen, und ein gutmütiges Lächeln breitete sich auf seinem Gesicht aus. ‹Bestimmt höre ich nicht recht. Denn es kann doch gar nicht sein, dass ein Jude solche Worte von sich gibt.›

Der junge Anführer ließ keinen Zweifel zu. ‹Ich wiederhole die Forderung der Partei, dass du sofort aufhörst, den Talmud zu unterrichten.›

‹Großer Gott, welche Sünde habe ich begangen, dass meine Ohren solche Worte hören müssen. Mein lieber Sohn, du meinst es bestimmt gut, aber in meinen Ohren klingt es grausam.›

‹Die Forderungen der Partei sind immer zugunsten der Allgemeinheit.›

‹Wenn das so ist, dann habe ich mich, Gott sei Dank, nicht geirrt.›

‹Aber den Talmud zu lehren ist ein Verbrechen, ein Verbrechen gegen die Menschheit.›

Bei diesen nachdrücklichen Worten des jungen Mannes erstarrte das Gesicht des Blinden, doch er hatte sich schnell gefasst und sagte: ‹Bestimmt ist das euphemistisch gemeint.›

Der junge Anführer wich zurück. ‹Was meinst du damit?›

‹Du sagst bestimmt das Gegenteil von dem, was du meinst.›

‹Nein, ich sage nicht das Gegenteil, ich spreche einfach und geradeheraus. Du musst sofort mit dem Unterrichten aufhören, denn wenn du es nicht tust, wird die Partei wissen, wie sie dich zu behandeln hat.›

‹Großer Gott›, rief der Alte und rang die Hände.

Der junge Mann ließ nicht locker. ‹Lass Gott in Frieden und tue, was man dir befiehlt›, sagte er hochmütig.

‹Was habe ich gesündigt, Herr der Welt.›

‹Du kennst deine Sünden, es ist nicht nötig, sie zu wiederholen.›

Als der Alte diese Worte hörte, legte er die Hände auf

die Stirn und sagte: ‹Ich danke dir für deine Worte und deine Warnungen. Du bist vermutlich ein treuer Abgesandter. Ab jetzt werde ich fasten und schweigen.›

Bei diesen Worten verzog sich das Gesicht des jungen Anführers. ‹Deine Schuld ist nicht, dass du blind bist.›

Erstaunen breitete sich auf dem Gesicht des alten Rabbiners aus.

‹Viele Jahre lang hast du sehenden Auges deine Schüler mit Blindheit geschlagen. Diese Sünde wird dir nicht vergeben werden.›

Das Gesicht des Alten veränderte sich nicht.

Schließlich gab der Anführer auf, er erhob sich und verließ mit einer verächtlichen Handbewegung den Raum, wir folgten ihm.

Ich habe selbst solche Verhöre geführt und war Zeuge vieler Befragungen. Woher wir den Hochmut und die Frechheit nahmen, alte Rabbiner mitten in der Nacht zu erschrecken, weiß ich nicht. Es stimmt, die Kommissare hatten uns auf diese Befragungen vorbereitet. Ihre Lehre besagte, dass man diese Hinterwäldler, diese rückschrittlichen Menschen, nicht schonen dürfe. Wer Mitleid mit ihnen habe, verletze die Seele der Partei. Empfindsame Menschen ließen sich von ihnen gefangen nehmen und müssten befreit werden. Was für ein Zauber lag doch in den Worten ‹gefangen nehmen› und ‹befreien›.»

«Hattet ihr gar keine Angst?», fragte einer der Zuhörer.

«Nein. Wir waren sicher, das Gute und Richtige zu tun.»

«Wer waren die Kommissare?»

«Jüdische Studenten.»

«Und wer die Befrager?»

«Jüdische Gymnasiasten.»

Karls Gesicht verfinsterte sich, für einen Moment sah es

aus, als bitte er die Zuhörer, ihn nicht mit Fragen zu belästigen, doch es kamen noch einige Fragen, die ihn in Verlegenheit brachten.

«So war es nun mal», sagte Karl wie zu sich selbst. Man konnte nicht wissen, ob er die Sünde meinte, die schwer zu sühnen war, oder ob er sich alle Punkte der Anklageschrift eingestand, die er selbst verfasst hatte.

Fast jeden Abend steigen wie von selbst Bilder von Gegebenheiten auf, die tief verborgen waren. Manchmal glaube ich, dass Kamil diese Bekenntnisse, die den Platz des Textstudiums einnehmen, bedauert.

26

Während Regen und Kälte zunehmen und unseren Aufstieg zum Gipfel verlangsamen, hat eine Patrouille drei junge Männer entdeckt, halb verhungert und dem Zusammenbruch nahe. Etwa vor drei Monaten war es ihnen gelungen, von einem der letzten Transporte zu fliehen, und seither hatten sie sich in den Wäldern versteckt und sich von Pilzen, Beeren und Vogeleiern ernährt. Zu ihrem Glück hatte einer von ihnen eine Streichholzschachtel dabeigehabt, das hatte sie vor der Kälte gerettet. Die Patrouille brachte sie zu unserem Stützpunkt.

Seit Pauls Verschwinden herrscht bei uns eine stille Betrübnis. Das Training und die abendlichen Studien finden zwar wie üblich statt, aber es fehlt an Hingabe. Pauls Verzweiflungstat hat unseren Lebenswillen geschwächt.

Die drei Neuen staunten über unseren Stützpunkt und

hörten nicht auf zu murmeln: «Kaum zu glauben, kaum zu glauben.»

Zila brachte ihnen einen Teller Suppe, und einer bekannte: «Wir wollten nicht uns selbst retten und unsere alten Eltern am Bahnhof zurücklassen, aber sie haben uns dazu gedrängt: ‹Lauft, Jungen, lauft!› Es war nicht leicht, die Eltern ihrem Schicksal zu überlassen und zu fliehen. Außerdem waren wir sicher, dass es uns nicht besser ergehen würde als ihnen, aber nun ist das Wunder geschehen: Wir haben überlebt.»

«Wie heißt du?», fragte Kamil vorsichtig.

«Ich heiße Isidor.» Und ohne dass man ihn gefragt hätte, fügte er hinzu: «Ich bereite mich darauf vor, Geisteswissenschaften zu studieren.»

«Wir sind eine Kampfeinheit, die zwar klein ist, aber in sich gefestigt, wenn ich das sagen darf», sagte Kamil.

«Erlaubt ihr, dass wir uns euch anschließen?»

«Mit Freude.»

Kamil erzählte ihnen von unserem Training, von den nächtlichen Überfällen und den Streifzügen, und am Schluss sagte er: «Ihr müsst euch ein paar Nächte lang ausschlafen, und erst wenn ihr euch erholt habt, werden wir mit dem Training beginnen. Wir haben Gewehre, Handgranaten und Munition.»

In der Nacht wachten sie auf und standen vor dem Zelt. Hermann Cohen bemerkte sie und brachte sie zur Küche. Zila reichte ihnen Maisbrei und Käse. Erst sah es so aus, als wollten sie den Segen sprechen. Aber wir irrten uns, es war nur die Verblüffung, die sie so aussehen ließ. Schließlich fragte Isidor: «Woher bekommt ihr diese Nahrungsmittel?»

Hermann Cohen verriet ihnen das Geheimnis. «Wir

überfallen Häuser und Bauernhöfe. Ehrlich gesagt, wir bereiten uns darauf vor, die Militärlager zu überfallen.»

«Wir haben uns die ganze Zeit gefragt, ob wir recht daran getan haben, unsere Eltern zu verlassen», bekannte Isidor bedrückt.

«Auch wir haben Eltern und Großeltern zurückgelassen», sagte Hermann Cohen schnell, um ihn zu beruhigen.

«Wird man uns nicht eines Tages anklagen?»

«Die Gerichte werden uns nicht verurteilen, wir werden uns selbst bestrafen», sagte Hermann Cohen mit einer ganz fremden Stimme.

Am nächsten Morgen stellte Kamil ihnen Danzig und Milio, Maxi und Michael vor.

«Wie alt ist Milio?», fragte einer der Jungen.

«Zwei Jahre, vielleicht auch zweieinhalb.»

«Weint er nachts?»

«Nein, entweder er schläft, oder er ist wach, aber er weint nicht, er ist ein wunderbarer Junge», sagte Danzig mit deutlichem Stolz.

Kamil mischte sich nicht in das Gespräch ein. Er streckte die Arme aus, um Milio zu nehmen, und Danzig gab ihn ihm.

«Michael ist achteinhalb Jahre alt», stellte Maxi vor. «Er schreibt die Bibel ab, lernt Rechnen und hat mit Geometrie angefangen.»

«Er schreibt die Bibel ab?», fragte der Junge erstaunt.

«Abends studieren wir ausgewählte Stellen der Bibel», sagte Maxi.

Der Junge hörte nicht auf zu staunen, es war, als wäre er an einen Ort voller unverständlicher Geheimnisse geraten.

Als man sie zu Großmutter Zirl brachte, schaute diese die Jungen lange an, als suche sie nach bekannten Zügen.

Und natürlich wusste sie eine ganze Menge über die Vorfahren der drei. Zu Isidor sagte sie über einen seiner Großväter, Itsche Meir: «Er war ein großer Torakundiger, die Menschen sind gekommen, um ihn um Rat zu fragen.»

«Ich bin nach ihm benannt, aber man ruft mich Isidor.»

«Wenn du erlaubst, werde ich dich Itsche Meir nennen. Dein Großvater war ein zuvorkommender und liebenswerter Mann, er hat sich nicht über das einfache Volk erhoben und sprach mit jedem wie mit seinesgleichen. Seine Verdienste mögen dich und uns beschützen.»

«Danke», sagte Isidor verlegen.

Einen Tag später baten sie darum, am Training teilnehmen zu dürfen, aber Kamil war der Meinung, sie sollten sich noch ausruhen und stark und gesund werden.

In der Nacht zogen zwei Stoßtrupps los, um Häuser unten am Fuß des Berges zu überfallen. Bevor sie gingen, sprach Kamil die Teilnahme der drei Jungen an. Seine Voraussage, dass sich uns noch viele andere anschließen und unsere Situation verändern würden, nehme langsam Gestalt an.

27

Die Ankunft der Neuen veränderte unser Leben. Alle drei, die ganz verschieden aussahen, brachten ein Stück von dem Leben mit, das wir hinter uns gelassen hatten, eine neue Unruhe und Fragen, die zu stellen wir schon aufgehört hatten.

Verblüfft betrachteten sie unsere Tätigkeiten, unsere Organisation, und staunten über Kamil, der ihrer Meinung nach aussieht wie ein geistiger Führer. Salo, der sie untersuchte, bat Zila, ihnen etwas mehr zu essen zu geben, und erklärte ihnen, dass Kamil ein Kommandant der ersten Garnitur sei, ein Überfall mit ihm sei eine unvergessliche Erfahrung.

«Aber er sieht aus wie ein Geistesmensch», beharrte der junge Mann.

«Er ist ein Büchermensch, ganz ohne Zweifel, aber ein erstklassiger Befehlshaber. Er ist davon überzeugt, dass wir die innere Seele des Judentums stärken müssen, dass wir ohne eine Stärkung der Seele den Feind nicht besiegen können.»

«Ist er ein gläubiger Mensch?», erkundigte sich Isidor vorsichtig.

«Vermutlich ja, aber nicht im üblichen Sinne.»

Salos Gesicht hatte sich verändert, er sah jetzt nicht mehr so aus, als wäre er unser Sanitäter und fast ein Arzt, sondern ein treuer Anhänger seines Lehrers.

«Habt ihr mal von Martin Buber gehört?», fragte er mit einer Stimme, die ich noch nie an ihm gehört hatte.

«Nein.»

«Martin Buber sammelte die Geschichten des Bescht. Übrigens, das hier ist das Land des Bescht. Hier hat er sich zurückgezogen und ist Gott nähergekommen.»

Am Abend schlug Werner folgende Verse zum Studium vor: «Darum haltet meine Gebote und tut danach; denn ich bin der HERR. Dass ihr meinen heiligen Namen nicht entheiligt, und ich geheiligt werde unter den Kindern Israel; denn ich bin der HERR, der euch heiligt.»

Werner, einer der feinsinnigen Studenten, lenkte die Aufmerksamkeit der Zuhörer auf die Worte «… dass ich geheiligt werde». Er sagte: «Gott ist nicht von den Menschen getrennt. Er entfernt sich nicht von ihnen, sondern sucht ihre Nähe und möchte von ihnen geheiligt werden. Die Menschen sind nicht nur unterwürfige Diener des Herrn, sondern seine Gefährten in der Leitung der Welt.»

Werner ist ein ruhiger Mann und ein treuer Kämpfer. Wenn er nachts mit einem Stoßtrupp loszieht, ist er schwerer beladen als seine Kameraden, weil er für seine Truppe als Sanitäter fungiert.

Er hat nicht geahnt, welches Minenfeld er mit seiner Rede betrat. Der Abschnitt, den er gewählt hatte, erregte Zorn. Karl, der seine Fehlhandlungen schon bekannt hatte, erhob die Stimme und rief laut: «Du verzerrst das geschriebene Wort. Du machst aus Gott einen Humanisten. Gott, wenn es ihn überhaupt gibt, ist seit immer und ewig Alleinherrscher. Sogar in dem Abschnitt, in dem er den Begriff ‹ich› in unendlich vielen Formen benutzt. Das bedeutet nicht, dass er den Wunsch hat, sich dem Menschen zu nähern. Es geht um seine Unterwerfung.»

Werner erschrak. Karls Stimme, eine kräftige Stimme, ließ ihn verstummen. Er hatte in seiner Naivität angenommen, er würde Neues bringen, und gehofft, die Menschen würden das Neue begrüßen. Einen solchen Zornesausbruch hatte er nicht erwartet.

Die drei Neuangekommenen waren bestürzt. Der Studienabend, der damit begonnen hatte, dass man gemeinsam um das Feuer saß und leise sang, war geplatzt. Manche der Kameraden wollten Werner reden lassen, doch der saß da und brachte keinen Ton heraus, als habe er verstanden, dass seine Worte jene verletzten, denen jeder religiöse Gedanke fremd war. Die Verwirrung wurde schließlich zu einem wilden Wortwechsel, und erst in Zilas Zelt, vor den großen Töpfen mit Tee, beruhigten sich die Gemüter.

So verläuft unser Leben hier. In ruhigen Stunden vergessen wir oft, dass wir umzingelt sind. In der Ferne wartet der Feind und trachtet nach unserem Leben, und seine Patrouillen sammeln Informationen über uns. Erführe er die Wahrheit, würde er sich erbarmungslos auf uns stürzen.

Doch einstweilen leben wir in dem engen Spalt zwischen dem, was war, und dem, was uns erwartet, und erfreuen uns am Anblick des Waldes, erfreuen uns an Milio und Michael, an Zilas Kochkünsten, an den anrührenden, aus dem Herzen kommenden Worten von Großmutter Zirl, die nicht aufhört zu sagen: «Liebt und lernt zu lieben, es gibt in dieser flüchtigen Welt nichts Wichtigeres als die Liebe. Liebe heißt Geben. Es schwächt uns nicht, es erweitert unsere Seelen. Wir sind nur noch wenige, und ohne große Liebe machen wir Gottes Welt klein.»

Oft sieht Großmutter Zirl aus wie eine Priesterin, die ihrem Stamm dient und versucht, den wenigen, die geblieben sind, einen Glauben zu vermitteln, der über ihre Begriffe hinausgeht.

28

Beim letzten Überfall, an dem ich teilnahm, fielen uns ein Radioapparat und einige Batterien in die Hände. Der Besitzer des Hauses flehte uns auf Knien an, ihm das Radio nicht wegzunehmen. «Nehmt, was ihr wollt, nehmt eine Kuh, aber lasst mir den Apparat. Ich bin ein verwaister Mann, der Radioapparat ersetzt mir Mutter und Schwester, ich werde vor Einsamkeit sterben.»

Felix sprach freundschaftlich zu ihm und erklärte ihm, dass Partisanen, die das Heimatland verteidigen, einen solchen Apparat brauchen wie die Luft zum Atmen. Bald wäre der Krieg vorbei, dann würde er ihm das Radio in allen Ehren zurückbringen. Als Zeichen der Dankbarkeit gab ihm Felix seine Armbanduhr und sagte: «Nimm sie als Geschenk, das von Herzen kommt.» Der alte Bauer ließ sich nicht beruhigen, er weinte und weigerte sich, seinen Radioapparat herzugeben.

«Wenn es gute Nachrichten gibt, werden wir kommen und dir Bescheid sagen», sagte Felix, um ihn zu besänftigen.

«Was nützen mir die Nachrichten ohne den Apparat», jammerte der Mann.

Der Rückweg war nicht leicht. Wir stießen auf eine feindliche Patrouille und griffen sie an. Die Gewissheit, dass wir einen Radioapparat in den Händen hielten, erfüllte uns mit neuem Mut. Die Patrouille zog sich zurück, so schnell sie konnte.

Wir sind schon seit Monaten in den Bergen eingeschlossen. Bei jedem Überfall haben wir versucht, von den Hausbesitzern oder Bauern etwas über den Frontverlauf zu erfahren, sind jedoch nie sehr weit gekommen. Auch die Zeitungsblätter, die wir fanden, haben uns nicht viel Gutes verraten.

Als wir zum Stützpunkt zurückkehrten, waren die Zelte noch in Dunkelheit gehüllt. Die Wachtposten empfingen uns am Eingang, und als sie hörten, was wir ergattert hatten, brachen sie in Freudengeschrei aus und weckten die Schlafenden.

In der Küche warteten schon belegte Brote und heißer Tee auf uns. Alle umringten das Zelt und wollten wissen, wie uns eine solche Kostbarkeit in die Hände gefallen war.

Als der Morgen dämmerte, drang eine russische Stimme aus dem Radio, die verkündete, an der Front von Stalingrad habe es schon Durchbrüche gegeben. Die deutsche Armee sei hastig geflohen und schicke Nachschub. Der Krieg sei auf seinem Höhepunkt angelangt und man müsse alle Kräfte mobilisieren, um die Eindringlinge zurückzudrängen. Wir tanzten zu den russischen Märschen um den Apparat herum. Am glücklichsten waren die Kommunisten unter uns, und jene, die sie verspottet hatten, staunten nun über die Macht ihrer Zuversicht.

Kamils Reaktion war verhalten. «Wir müssen Treue und Hingabe von der Roten Armee lernen, aber wir müssen vor allem uns selbst treu bleiben. Es wird Zeit, zu erkennen, wer wir sind.»

Die Kommunisten schoben die Forderung natürlich von sich. «Der Mensch kommt vor dem Juden», wiederholten sie immer wieder.

Zu Ehren des Radioapparats bereitete Zila ein Festessen. Sie vollbrachte noch immer wahre Wunder und zauberte Mahlzeiten aus nichts. Ihre Freundin Mirjam half ihr. Mirjam verbrachte die meiste Zeit des Tages damit, zu waschen und zerrissene Kleidungsstücke zu reparieren. Gegen Abend kam sie dann, um Zila bei der Zubereitung der Hauptmahlzeit zu helfen.

Mirjam redet nicht viel. Ohne Zila, die uns erzählt hat, dass Mirjams gesamte Familie ins Lager geschickt wurde, hätten wir nichts über sie gewusst. Sie arbeitet von frühmorgens bis in die Nacht. Sie hat die Hose, die ich von zu Hause mitgebracht habe, geflickt, und wenn ich am Stützpunkt bin, trage ich sie. Zu den Aktionen ziehe ich eine der Gendarmenuniformen an, die uns in die Hände gefallen sind. Diese Uniformen erschweren das Gehen, aber wir haben keine Wahl, sie sind aus dickem Stoff gefertigt und schützen gegen die Kälte. Wenn es regnet, saugen sie sich voll und werden schwerer als die Beute, die wir schleppen.

Einmal wandte sich Maxi an mich und fragte: «Edmund, was schreibst du da in dein Heft?»

Ich war überrascht, ich hatte nicht erwartet, dass die anderen darauf achten, was ich notiere.

«Ich schreibe auf, was am Tag passiert ist, damit ich meinen Eltern alles berichten kann, wenn ich wieder zu Hause bin.»

«Eine gute Idee. Ich denke nicht an die Zukunft. Hast du deine Eltern früher immer an deinen Gedanken teilhaben lassen?»

«Auch meine Freundin», bekannte ich.

«Was ist mit deiner Freundin passiert, hat man euch getrennt?»

«Nein», brach es aus mir heraus.

Maxi verstand offenbar, dass dies ein wunder Punkt war. Er stand auf, senkte den Kopf und ging. Ich blieb sitzen. Die schmerzliche Erinnerung kam mit einem Mal hoch, als hätte die Mauer, hinter der sie verborgen war, einen Riss bekommen.

Ich ging in die Küche und bat Zila um ein kleines Glas Wodka. Zila war großzügig und reichte mir ein volles Glas. Ich trank es auf einen Zug leer. Die scharfe Flüssigkeit brannte mir in der Speiseröhre, und ich sah sie, die ich schon lange nicht mehr gesehen hatte, deutlich vor mir: Anastasia.

Seit der Flucht hatte ich sie nicht mehr gesehen und den Gedanken an sie in meiner Erinnerung verdrängt. Es stimmte, ab und zu schoss mir ein Detail ihres Gesichts durch den Kopf, ich dachte an ihren Gang oder an ihre Worte: «Du bist seltsam, aber sehr lieb.»

«Liebst du mich?», hatte ich sie gefragt.

«Wie könnte ich dich nicht lieben?»

Ich hatte penibel auf alles geachtet, was sie sagte, aber nicht penibel genug, um die Distanziertheit zu bemerken, die sich in ihren Worten verbarg. Sie erschien mir damals vollkommen, und an etwas Vollkommenem rüttelt man nicht.

Plötzlich tauchte das Bild vor mir auf: Es ist Ende Juni, in den Sommerferien. Wir gehen den Fluss entlang, und über uns leuchtet der Abendhimmel in seinen gedämpften Farben. Meine Sehnsucht, sie zu umarmen, ist so heftig, dass meine Finger mir nicht mehr gehorchen und anfangen zu zittern.

Anastasia ist ein Geschöpf der Natur, und in der Natur kommt ihr Wesen voll zur Geltung – in der Art, wie sie hüpft, wie sie den Kopf schüttelt, wie sie einzelne Worte ausstößt, die sich nicht zu Sätzen zusammenfügen, wie sie ihr Trikotkleid strafft, unter dem sich ihre festen Brüste abzeichnen. Da fragt sie auf einmal: «Warum treiben Juden eigentlich keinen Sport?» Auch diese kleine Stichelei erscheint mir irgendwie anmutig. Schließlich weiß sie, dass ich im Wettrennen und im Hochsprung zu den Besten gehöre. Und einige meiner jüdischen Freunde sind nicht schlechter als ich. Das weiß sie, dennoch blitzt ungewollt ein Vorurteil auf.

Doch als es Abend wird und wir Arm in Arm unter einer der Bachweiden liegen und uns gierig küssen, verlieren alle Worte ihre Bedeutung. Unsere Körper werden eins, und als sich die Dunkelheit über uns senkt, entledigen wir uns unserer Kleider und tauchen in das schwarze Wasser, schwimmen und schreien wie Möwen. Das duftende Wasser steigert die Begierde. So verbringen wir die Stunden bis tief in die Nacht.

«Anastasia», rufe ich mit einer Stimme, die mir nicht gehört.

«Was ist?», antwortet sie, die Stimme vom Wasser gedämpft.

Vermutlich habe ich sie etwas fragen wollen, aber die Frage ist mir entfallen.

Anastasia lässt sich nicht beirren, sie gibt sich voll und ganz dem Vergnügen hin, schwimmt, taucht, schwimmt. Mein Vergnügen hält sich in Grenzen, es wird von Schuldgefühlen gebremst. Nicht umsonst sagt Anastasia: «Die Juden machen sich immer zu viele Gedanken.»

«Der Mensch ist keine Pflanze und keine leblose Materie, und auch Tiere haben vermutlich Gedanken oder so etwas Ähnliches wie Gedanken», erwidere ich.

Das bringt sie zum Lachen, es ist ein wildes Lachen, das alles, was ich sage, zunichtemacht.

Anastasia, meine Wassergöttin, hielt mich gefangen. Alles, was zwischen mir und meiner Mutter war, zwischen mir und meinem Vater, der Zauber der Gespräche, der leisen Bemerkungen und des Verständnisses – alles brach auf einmal in sich zusammen. Ich verlor auch den Wunsch, mich in der Schule durch gute Leistungen auszuzeichnen und jene hinter mir zu lassen, die versuchten, mich zu übertrumpfen.

Das Gymnasium war für mich wie ein unaufhörliches Wettklettern auf einer Leiter: Man steigt und steigt und will immer höher hinauf. Meine Eltern bestaunten den Wettkampf, sie hatten Angst um mich, aber sie waren auch stolz auf mich. Doch plötzlich war dieser Ehrgeiz verflogen, ich war von Anastasia wie verzaubert und folgte ihr, egal, wohin sie wollte: unter die dichten Bäume, ins nächtlich schwarze Wasser. Wir gingen in das Café, in dem die jungen Leute nach einem Tag harter Arbeit saßen und sich erholten, wenn sie nicht einfach durch die Gassen liefen und lachten, mit hochmütigen Gesten rauchten oder sich unvermutet zur Seite drehten und spuckten. Und plötzlich sagte Anastasia schadenfroh: «Ich hasse den Mathematiklehrer, seine krumme Nase, seine kleinen Hände, die über die Tafel flitzen. Er sieht aus wie der Teufel höchstpersönlich. Hasst du ihn auch?»

«Ja», sagte ich gegen meinen Willen.

«Wenn das so ist, kriegen wir ihn klein, wir werden ihn aus der Welt vertreiben. Eine Welt ohne Formeln ist doch viel schöner. Warum sind eigentlich alle Mathematiklehrer Juden?»

«Nicht alle», korrigierte ich sie.

«Du irrst dich.»

So ging es Abend für Abend. Und wenn ich nach Mitternacht nach Hause kam, saßen meine Eltern noch am Tisch und warteten auf mich.

«Warum wartet ihr?», fragte ich sie mit unterdrücktem Zorn.

«Es ist sehr spät», sagte mein Vater leise.

«Es ist blödsinnig, auf mich zu warten, ich bin schon erwachsen», sagte ich und merkte, dass ich sie verletzte.

«Wo warst du so lange?», fragte mein Vater.

«Was spielt das für eine Rolle», antwortete ich mit einer Stimme, die ich mir im Café abgehört hatte.

Ich ging in mein Zimmer, zog mich aus und sank in einen tiefen, festen Schlaf.

29

Der Regen hat nachgelassen, und in der Luft hängt der Geruch von Schnee. Der Aufstieg zum Gipfel geht sehr langsam voran, jeden Tag nur zwei-, dreihundert Meter. Trotz der Schwierigkeiten nähern wir uns allmählich unserem Ziel. Uns stehen noch gefährliche Abschnitte bevor. Wir werden Leitern und Seile brauchen, doch wir machen uns keine Sorgen, Kamil und Felix haben eine Ausbildung als Ingenieure, und wir sind ausreichend trainiert, um alle Mann zum Gipfel hinaufzubringen.

Inzwischen kommen gute Nachrichten aus dem Radio: Die Front in Stalingrad bricht auf, Züge mit verwundeten Soldaten machen ihren Weg zur Etappe. Der russische Nachrichtensprecher fordert alle Zivilisten auf, sich den Partisanen anzuschließen, und verspricht einen nahen Sieg.

Wir haben einen weiteren Grund zur Freude: Kürzlich haben wir ein verstecktes Kartoffellager entdeckt, und jede Nacht bringen wir prallgefüllte Säcke ins Lager. Das ist harte Arbeit, aber jeder Sack, der oben ankommt, wird mit Jubel und Dankbarkeit begrüßt. Hermann Cohen hat alle Hände voll zu tun. Er sortiert die Säcke und verstaut sie auf hölzernen Pritschen, um sie vor Nässe zu schützen.

Der Radioapparat läuft nachts und manchmal noch kurz vor Morgengrauen, wenn wir von Aktionen zurückkommen. Er ist jetzt unser Orakel. Wir drängen uns um den Apparat und verschlucken förmlich die Stimmen.

Kamil wiederholt immer wieder, dass wir uns nicht der Hoffnung hingeben dürften, die von weit herkäme, sondern uns auf die Erfahrungen vorbereiten müssten, die uns erwarten. Wenn die Rote Armee käme und uns befreite, würden wir sie bejubeln, doch bis dahin gäbe es für uns nur Training und noch mehr Training, Textstudium und noch mehr Textstudium – was von innen komme, gebe uns Kraft.

Das regelmäßige Studium ist vorläufig ausgesetzt. Die Müdigkeit und die Nässe erschöpfen uns. Aber Kamil gibt nicht auf. Vor dem Abendessen liest er einige Verse aus den Wochenabschnitten oder den Psalmen vor. Bevor wir uns zu einer Aktion aufmachen, liest er einen Psalm vor, der mit den Worten beginnt: «Der Herr ist mein Hirte.»

«Was für einen Sinn hat es, einen Abschnitt vorzulesen, von dem wir nichts verstehen?», fragen jene, die nicht daran glauben.

«Mit diesen Abschnitten hat man unseren Vorvätern geholfen.»

«Das ist unlogisch, es ist nichts als Magie», sagt einer.

Alles, was Kamil zum Glauben und zum jüdischen Stamm sagt, bringt weiterhin das Blut in Wallung. Manchmal sieht er vollkommen hilflos aus. Wegen des heftigen Widerstands vermag er seine Gedanken nicht richtig auszudrücken. Es ist schon einige Male passiert, dass ihm die Wörter im Halse steckenblieben, und einmal, als er sich bemühte, gegen dieses Hindernis anzugehen, fing er an zu stottern. Aber es gibt keinen Grund zur Sorge, wenn er nachts loszieht, ist seine Führung eindeutig, er läuft wie ein Junger, und nicht nur das, wenn einer von uns keine Luft mehr bekommt, stützt er ihn so lange, bis sein Atem wieder gleichmäßig geht.

Doch wer neuen Geist in den Stützpunkt gebracht hat, ist Isidor, einer der drei jungen Männer, die sich uns angeschlossen haben. Er hat eine angenehme Stimme, und er kennt die Psalmen und ihre Melodien. Als er noch ein Kind war, nahm ihn sein Großvater mit in eine chassidische Synagoge, und dort hörte er die Gebete der Wochentage, des Schabbat und der Feiertage.

Seine Eltern waren über diese Besuche in der Synagoge gar nicht begeistert, aber Isidor liebte seinen Großvater und die Gebete. Als er noch klein war, wickelte ihn der Großvater in seinen Gebetsschal und zeigte ihm im Gebetbuch die entsprechenden Stellen. Später stand er neben seinem Großvater und betete mit ihm.

Wir sind abends sehr müde, aber Isidors Stimme, eine helle, klare Stimme, weckt uns, und wir folgen ihm wie einer Zauberflöte.

«Befolgst du die Gebote?», fragte Danzig ihn.

«Nein, aber wenn ich bete, sehe ich klare Bilder, und mein Herz füllt sich mit Sehnsucht nach meinen Eltern und meinem Großvater.»

«Betest du jeden Tag?»

«Nein.»

«Hat dein Vater gebetet?»

«Nein.»

Alle wunderten sich über Danzigs direkte Fragen, die Isidor zwangen, sein Inneres offenzulegen. Ausgerechnet Danzig, der sich davor hütete, seinen Untergebenen zu nahe zu treten, und auf Milio aufpasste wie ein Vater, konnte seine Neugier plötzlich nicht zügeln.

Eines Abends verkündete Isidor plötzlich: «Heute Nacht werde ich nicht singen.»

«Warum nicht?», fragten alle erstaunt.

«Die Melodien haben mich verlassen.»

«Bestimmt kommen sie wieder zurück.»

«Das hoffe ich.»

Befremden lag auf Isidors Gesicht, als spräche er nicht

über sich selbst, sondern über einen anderen Menschen, der in Schwierigkeiten steckt.

Das habe ich schon gelernt: Jeder Mensch hier trägt ein Geheimnis mit sich, oder einen so großen Kummer, dass er nicht darüber sprechen kann. Kein Wunder, dass die meisten befangen sind. Auch Isidor, der so flüssig zu beten scheint, ist nicht frei von Hemmungen.

Leider erzeugen diese merkwürdigen Hemmungen Unruhe. Auch Kamil hat gespürt, dass es sich um keine Kleinigkeit handelt. Die wenigen Abende, an denen er gebetet hat, haben uns mit Sehnsucht nach unseren Eltern und Großeltern erfüllt, und auf einmal erlosch auch diese Melodie.

Seit Isidor aufgehört hat zu beten, findet er keine Ruhe. Er erledigt alle möglichen Arbeiten und fragt ständig: «Wann unternehmen wir die nächste Aktion?»

Großmutter Zirl sagte: «Itsche Meir, mach dir keine Sorgen, die Gebete werden zu dir zurückkommen. Dein Großvater, der in dir wohnt, wird dir den Mund öffnen.»

«Und was tue ich bis dahin?», fragte Isidor vorsichtig.

«Nichts, es wird von ganz allein geschehen, ohne dass du es merkst.»

In ihrer Stimme lag eine Gelassenheit, die Isidor sofort beruhigte. Er fragte: «Hast du meinen Großvater näher gekannt?»

«Ich habe ihn sehr gut gekannt, wir waren Nachbarn, und ich erinnere mich auch an dich, mein Küken. Am Schabbat und an den Feiertagen bist du mit deinem Großvater in die Synagoge gegangen, und du warst immer schön angezogen.»

«Warum wollten meine Eltern nicht, dass ich in die Synagoge gehe?»

«Jede Generation hat ihre eigenen Gewohnheiten, sie haben es ebenfalls gut gemeint. Deine Eltern haben einen Plattenspieler gekauft und hörten darauf gern klassische Musik. Sie haben stundenlang auf der Veranda gesessen und der Musik gelauscht. In dieser Zeit bist du mit deinem Großvater in die kleine Synagoge der Wischnitzer gegangen. Die Gebete der Wischnitzer Chassidim waren sehr innig. Du hast sie gemocht, und sie haben sich in dir festgesetzt.»

Am Abend bekamen einige der Kämpfer von Raw Chanoch Handschuhe. Er ist es, der uns mit Pudelmützen und Pullundern versorgt, und obwohl wir uns nicht oft mit ihm unterhalten, ist seine Existenz spürbar und sichtbar. Kein Tag vergeht ohne seine Geschenke. Er strickt Tag und Nacht, und jedes Kleidungsstück, das unter seinen Händen entsteht, ist angenehm auf der Haut und wärmend. Schade, dass es uns nicht gelingt, ihm angemessen zu danken.

30

Kamil hat einen Gedanken vorgebracht, der schon länger in ihm gewachsen ist – das Erlernen der hebräischen Sprache. «Wir werden jeden Tag ein Wort lernen und es auch als Parole benutzen, wenn wir jemanden identifizieren oder selbst identifiziert werden wollen.» Glücklicherweise war unter den Büchern, die wir von jenem verlassenen Haus mitgebracht hatten, auch ein Wörterbuch Deutsch-Hebräisch.

«Es ist unmöglich, Jude zu sein, ohne die erste jüdische Sprache zu kennen, in der unsere uralten geistigen Schätze aufbewahrt werden», sagt er. «Wir werden jeden Tag ein Wort lernen, und es wird uns gehören.»

Die Kommunisten und die Bundisten widersprechen. Wenn man schon eine Sprache lernen solle, dann Jiddisch, aber nicht Hebräisch. Jiddisch sei die Sprache des Volkes, sie solle man pflegen, nicht Hebräisch, die Sprache der Religiösen, die das Volk verblenden. Hebräisch gehöre der Vorzeit an, nicht der neueren Geschichte. Man müsse Jiddisch lernen, die Sprache der Gequälten, die man in die Lager geschickt hat. Hebräisch würde uns weit weg von uns selbst führen, in die vorgeschichtliche Dunkelheit.

Die Argumente sind zahlreich und hart. «Wer Hebräisch lernen will, soll es tun», sagt Kamil. «Und wer Jiddisch lernen will – meinen Segen hat er. Beides sind heilige Sprachen. Das erste Wort, das wir lernen, heißt Arbeit: Awoda. Dieses hebräische Wort bedeutet sowohl Handwerk als auch Dienst an Gott. Es symbolisiert unseren Aufenthalt hier. Wir wiederholen und sagen: Awoda.»

Doch auch damit stößt Kamil auf Widerstand, und es ist gut, dass Zila ein Kompott aus getrockneten Früchten vorbereitet hat, die die Kämpfer angeschleppt haben. Das Essen vermag vorerst die Differenzen beizulegen und die Gemüter zu besänftigen.

Inzwischen haben Isidor und seine beiden Freunde ihr persönliches Training beendet, in zwei Tagen sollen sie am Gruppentraining teilnehmen. Ihr erster Auftrag lautet, mit Felix und seinen Leuten im nahen See Fische zu fangen.

Die drei jungen Männer, die sich uns angeschlossen haben, sind wieder zu Kräften gekommen und benehmen sich nicht mehr wie Rekruten. Sie haben innerhalb kürzester Zeit die Verhaltensregeln verinnerlicht und freuen sich über ihren ersten Auftrag.

Wir legen das Netz aus und warten ungefähr eine Stunde. Als wir es dann heraufziehen, finden wir zu unserer Überraschung fünf große Fische und etwa zehn kleine. Wir würden es noch einmal versuchen, werden jedoch von einem Platzregen überrascht. Also packen wir unsere Beute ein und kehren zu unseren Kameraden zurück.

Als Kamil die Fische sieht, ruft er laut: «Das ist ja großartig. Zila wird uns daraus eine wunderbare Mahlzeit zubereiten.» Kamil freut sich immer über alles, was der Gemeinschaft zugutekommt. Diese staunende Freude offenbart uns das Kind, das noch in ihm steckt. Die Kämpfer laufen sofort los, um Zila und Mirjam zu helfen und die Fische über dem Feuer zu braten.

Es ist eine königliche Mahlzeit. Bis spät in die Nacht singen wir russische Märsche.

Nachdem er ein paar Gläschen getrunken hat, ruft Kamil: «Heute haben wir das hebräische Wort Awoda der Vergessenheit entrissen. Dieses Wort hat neben seiner Bedeutung ‹Mühe› auch die Bedeutung ‹Dienst›, im Sinne von Dienst an Gott – das ist das Gebet. Jedes hebräische Wort, das wir erwerben, ist ein Geschenk. Es enthält sehr viel von unserem geistigen Erbe. Vergesst nicht, wir sind die letzten Wächter dieses Erbes.»

Kamil ist nicht betrunken, aber sein Geist ist erhoben, und ihm ist anzusehen, dass er sich in Welten befindet, in die wir nicht vordringen können. Tränen treten ihm in die Augen, er versucht, sie zurückzuhalten, doch das Weinen ist stärker, und er verschwindet in der Dunkelheit.

31

Um sparsam mit den Batterien umzugehen, hören wir nur am Abend Radio. Seit wir den Apparat besitzen, hat sich unser Leben verändert. Wenn es keinen Alarm oder überstürzte Vorbereitungen gibt, versammeln wir uns pünktlich um neunzehn Uhr um den Radioapparat und lauschen gespannt den Nachrichten. Nach Kamils Meinung machen wir uns abhängig von Hoffnungen, die von außen kommen. Vorrangig sei die Kultivierung des Herzens, sagt er.

Wenn Kamil zu uns spricht, haben wir immer das Gefühl, er meine nicht uns Handvoll Menschen, sondern die vielen, die sich auf dem Weg zu uns befinden.

Vorläufig sind nur drei zu uns gestoßen, und wir veranstalten zum Abschluss ihres Trainings ein Fest. Zila und Mirjam haben kleine, mit Pflaumenmus gefüllte Teigtaschen gebacken. Vor einigen Tagen hat Hermann Cohen mit Hilfe zweier Kämpfer einen offenen Herd gebaut, und jetzt zeigt sich, wie nützlich er ist.

Wir alle achten Kamil, trotzdem ist es schwer, seine ständige Rede davon anzuhören, indem wir uns in den Bergen verschanzten, begäben wir uns auf eine Reise zu uns selbst und zum Gott unserer Väter. In diesem geheimnisvollen Mann leuchtet ein starkes Licht, das uns anzieht, zugleich aber erschreckt.

Felix, sein Leutnant, steht uns in jeder Hinsicht näher. Er ist zwar schweigsam und lässt sich kaum einen vollständigen Satz entlocken, aber sein breiter, kräftiger Körper schenkt uns Ruhe und Zuversicht. Die Streifzüge mit ihm sind nicht inspirierend, so wie es die Streifzüge mit Kamil sind. Sein ganzes Wesen sagt: Tue, was du zu tun hast, ohne darüber zu sprechen oder es zu erklären. Wer reden will, soll es abends am Lagerfeuer tun. Überflüssige Gedanken schaden der Konzentration. Man muss sich auf seinen Auftrag konzentrieren, alles andere ist nebensächlich. Und nach einem Streifzug sollte man lieber schlafen, nicht nächtelang diskutieren. Sein Herz ausleeren hilft nichts. Der Schlaf dagegen befähigt uns zu schweren Kämpfen, er regeneriert nicht nur unsere Kräfte, sondern reinigt uns auch von allen Nichtigkeiten, die in uns stecken. Das ist es, was Felix äußert, ohne ein Wort zu sagen.

Manchmal haben wir das Gefühl, Kamil und auch uns selbst mit unseren Diskussionen unrecht zu tun, aber wir können es nicht ändern, sie entstehen von ganz allein. Da ist es nur gut, dass Isidor uns von den letzten Tagen im Ghetto erzählt. Auch seine Art zu sprechen klingt wie eine Melodie. Seine sorgfältig gewählten Worte und Redewendungen lassen Bilder in uns aufsteigen.

In den letzten Tagen vor der endgültigen Deportation, erzählt Isidor, standen die Menschen an den hohen Zäunen und flehten die ruthenischen Frauen an: «Nehmt ein Kind mit, wir bezahlen euch für jeden Tag.» Die Bäuerinnen hoben abwehrend die Hände, und ihre zornigen Blicke zum Himmel sagten: Das ist nichts, was in unserer Hand liegt, es liegt in der Hand Gottes.

Die beiden Freunde Isidors sind noch verängstigt. Alle drei trainieren jeden Tag, sägen Holz und helfen in der Küche. Sie haben sich bereits an kleineren Streifzügen beteiligt, aber nur Isidor macht den Mund auf, die beiden anderen schweigen. Wenn sie sich ertüchtigen oder arbeiten, sehen sie aus wie wir, aber wenn sie beim Essen sitzen oder nur vor sich hin starren, liegt auf ihren Gesichtern und in ihren Augen ein Ausdruck, der zu sagen scheint: Was ist mit uns geschehen, wie sind wir hierhergekommen, ist das alles ein Zufall?

Auch bei den Gesprächen am Lagerfeuer weicht die Verwirrung nicht von ihren Gesichtern. Manchmal habe ich das Gefühl, als handle es sich um panische Angst vor dem, was sie in Zukunft erwartet.

Seit der Ankunft der drei taucht immer wieder Anastasias Gesicht vor mir auf. Bei Ausbruch des Krieges war ich sicher, dass all die Gefahren unsere innere Verbindung nur stärker machen würden.

Als wir einmal auf dem Heimweg waren, ganz erfüllt von Liebe, fragte Anastasia: «Warum hasst man die Juden eigentlich?»

«Das ist ein Vorurteil, die Juden sind nicht anders als alle anderen Menschen.»

«Ich weiß», sagte sie, und ein herzergreifendes Lächeln erschien auf ihren Lippen. Sie hatte den Liebreiz und die Schönheit eines jungen Mädchens, das in einem Haus am Stadtrand aufgewachsen war, an der frischen Luft, mit einem großen Garten und Ställen.

Innerhalb der Mauern des Gymnasiums waren ihre Bewegungen verhalten, und sie sprach wenig. Sie war eine gute Schülerin, zeichnete sich aber in keinem Fach besonders aus. Sie machte ihre Hausaufgaben und passte im Unterricht auf, ohne jedoch Fragen zu stellen. In ihrem Blick lag immer das leichte Misstrauen eines Menschen, der sich irgendwie fehl am Platze fühlt. Doch außerhalb des Schulgebäudes waren ihre Bewegungen frei, sie redete drauflos, und am Fluss und im Park lachte sie laut. Jede Kleinigkeit brachte sie zum Lachen. Einmal, als ich sagte, ich wolle reiten lernen, lag in ihrem Lachen eine gewisse Schadenfreude, also fragte ich, was los sei, da sagte sie: «Ich konnte schon mit sieben reiten.»

Damals, in jenen trunkenen Tagen, interessierte ich mich nicht für Einzelheiten, nur für das große Ganze, und das große Ganze war Anastasia. Wie ein lebendes Wunder, das immer wiederkehrte: der stolze Hals, der Kopf, der zitterte wie der eines jungen Vogels, ihr Körper der einer Statue. Ich war überzeugt, dass sie für immer und ewig an meiner Seite wäre und wir für immer und ewig jung bleiben würden.

In Anastasias Gesellschaft kam mir alles Reden überflüssig vor. Es ging nur um Umarmungen, Küsse und Lachen. Schreiben, Hausaufgaben erledigen, gute Noten, sich an Diskussionen beteiligen – das alles fand ich unnötig und ohne Bedeutung.

Da war es kein Wunder, dass meine Leistungen abfielen. Meine Klassenkameraden beneideten mich, und einmal versetzte mir einer der Rowdys sogar einen Fußtritt und rief: «Geh doch zu euren Mädchen und lass die Finger von unseren.» Ich reagierte mit einer frechen Antwort. Ehrlich gesagt, ich suchte damals keine Auseinandersetzungen, mein Glück füllte mich ganz und gar aus.

Ich ließ also in meinen schulischen Leistungen nach, und damit verdüsterte sich das Leben meiner Eltern. Anfangs sagten sie nichts, saßen schweigend und in sich versunken am Tisch, doch wenn sie zu einem Gespräch in die Schule bestellt worden waren, brach ihr Kummer aus ihnen heraus: «Was ist mit dir, Edmund?» Sie sahen mich an, als litte ich an einer rätselhaften Krankheit.

«Nichts», sagte ich, «bald ist alles wieder in Ordnung.» Dabei war mir klar, dass ich ihnen die Wahrheit verheimlichte.

Eine Katastrophe folgte der anderen. Erst verwies man mich der Schule, zusammen mit meinen jüdischen Klassenkameraden, und gleich danach verschlimmerte sich die Krankheit meiner Mutter.

Ich brachte Anastasia ab und zu mit nach Hause, um ihnen ihre Schönheit vorzuführen. Meine Mutter sagte nichts. Mein Vater scherzte mit ihr. Ihr Aussehen beeindruckte ihn offenbar ebenfalls.

Noch war es uns erlaubt, bestimmte Straßen zu betreten. Doch sie hatten schon angefangen, um das jüdische Wohnviertel herum eine Mauer zu errichten. Uns ging das Geld aus, und das Essen wurde knapp. Die Menschen standen vor ihren Häusern und boten Kleidungsstücke und Haushaltsgeräte zum Kauf an. Ich jedoch ignorierte, was um mich herum geschah, nicht einmal die Krankheit meiner Mutter nahm ich wahr. Sie fragte mich oft: «Was ist los?» Offenbar verstand sie nicht, dass ich von einem Strudel erfasst war.

Die Zusammenkünfte mit Anastasia waren von nun an gefährlich. Sie wies mich darauf hin, dass es besser wäre, sich seltener zu treffen. Ich hatte keine Angst, ich war besessen von Anastasia und sagte zu ihr: «Wir werden immer zusammen sein. Das Schicksal wird uns nicht trennen, es kann uns nicht trennen.» Anastasia antwortete mit einem kleinen Lächeln, das ich als Zustimmung betrachtete. Damals sah ich nichts als das, was ich sehen wollte.

Und dann kam jener schicksalhafte Dienstag. Wir hatten uns für sieben Uhr in der Fliederstraße verabredet. Ich wartete eine ganze Stunde, aber Anastasia kam nicht.

Erst wollte ich zu ihrem Haus gehen, zögerte jedoch. Ihr Vater, ein Mann mit bäuerlichem Aussehen, mochte mich nicht. Einmal hatte er gesagt: «Bei uns feiert man nicht bis in die Nacht. Ein anständiger Mensch geht früh schlafen.» Ich wusste, dass das eine Warnung war, und danach hütete ich mich davor, sie zu Hause zu besuchen.

In derselben Woche wurden wir ins Ghetto eingewiesen. Ich war sicher, dass ich Anastasia abends am Zaun sehen würde. Ich suchte sie zwischen den Bäuerinnen, die kamen, um Brot und Gemüse zu verkaufen. Einer der Frauen, die früher bei uns gearbeitet hatten, steckte ich ein Briefchen zu und bat sie, es Anastasia zu bringen. Ich hatte geschrieben: «Ich erwarte dich um fünf Uhr am Zaun. In ewiger Liebe, Edmund.»

Damals war ich überzeugt, dass ihr Vater sie zu Hause einsperrte und sie deshalb nicht zu mir kommen konnte. In meiner Vorstellung sah ich sie an ihrem vergitterten Fenster stehen und sehnsüchtig hinausschauen.

Ich schmiedete den Plan, aus dem Ghetto zu fliehen und sie zu befreien. Meine Versuche, mich unter die Menschen zu mischen, die das Ghetto zum Arbeiten verließen, hätten mich fast ins Unglück gestürzt. Doch ich hörte nicht auf, es zu versuchen. Tag für Tag kam ich an den Zaun, starrte hinaus zu den Leuten, die gemächlich die Straße entlanggingen, und suchte Anastasia.

Während ich einmal dastand und wartete, sah ich von weitem ein junges Mädchen aus der Fliederstraße kommen, in Sportbekleidung, einen Tennisschläger in der Hand. Ich erkannte sie sofort – es war Anastasia. Sie war auf dem Weg zum Tennisclub. Ich traute meinen Augen nicht, und vor lauter Aufregung kamen mir die Tränen.

Erst am Tag darauf wurde mir klar: Anastasias Tagesablauf hatte sich nicht geändert. Dienstagnachmittags ging sie in den Tennisclub. Auch am nächsten Morgen sah ich sie auf dem Weg zur Schule, den Ranzen auf dem Rücken, umgeben von unseren Klassenkameraden. Sie hüpfte, schubste und wurde geschubst. Ich konnte auf die Entfernung ihre Stimme nicht hören, aber all ihre Bewegungen sagten: Was war, ist vorbei, und das Leben geht weiter, man muss es genießen.

Monatelang waren wir im Ghetto eingesperrt. Tag für Tag sah ich dem Tod ins Auge. Im Ghetto wurde ein Mensch erschossen, nur weil er dem Zaun zu nahe gekommen war. Man holte die Leute aus ihren Häusern und schickte sie an unbekannte Orte. Und einer, der versucht hatte zu fliehen, wurde auf dem Marktplatz gehängt.

Überall lauerten Gefahren, und am Schluss traf der Hunger auch uns. Doch ich war aus irgendeinem Grund sicher, dass in ein oder zwei Tagen Anastasia auftauchen und mir ein Schlupfloch im Zaun zeigen würde, durch das ich zu ihr gelangen könnte.

32

Bei einem unserer Streifzüge, als wir schon auf dem Heimweg waren, kehrten wir zu jenem verlassenen Haus zurück, in dem wir die Bücher gefunden hatten. Wir nahmen alle Bücher, die uns in die Hände gerieten, denn in jener Bibliothek war jedes Buch wertvoll. Wieder stellten wir uns die wunderbaren Menschen vor, die in diesem Haus gewohnt haben mussten, fernab von jeder jüdischen Siedlung, mitten in einer weiten, ruhigen Landschaft. Jedes Mal, wenn wir hierherkamen, nahmen die früheren Bewohner Gestalt an. Kamil nannte sie «teure Juden». Ohne sie, die ihren kostbaren Schatz zurückgelassen hatten, hätte uns die grüne Eintönigkeit erschlagen.

Ich lese das große Buch von Graetz, «Volkstümliche Geschichte der Juden». Es fällt mir noch schwer, das gesamte Bild zu erfassen, aber ich verfolge gespannt die Eroberung des Landes durch die Stämme Israels, ihre erste Verbannung und die wunderbare Rückkehr in die Heimat. Dann die zweite Verbannung, die furchtbare, und die Zerstreuung unter die Völker. Ich lese und empfinde etwas, das Kamils Staunen ähnelt.

Mir ist aufgefallen, dass Kamils Redeweise auf mich abgefärbt hat. Ohne dass ich es beabsichtige, höre ich mich ein bisschen an wie er, wenn ich etwas sage oder laut nachdenke. Seit ich ihn auf den Streifzügen begleite, hallt seine Stimme in mir wider, und vermutlich nicht nur in mir.

Manfred ist überzeugt, dass Kamil hypnotische Kräfte besitzt und man sich davor hüten muss, in seine Netze zu geraten. Man müsse jeden seiner Sätze prüfen. Er sei nur ein Mensch, der sich irren und in die Irre führen könne, genau wie wir, ein Mensch, der versuche, uns zu dem zu überreden, was er für richtig hält. Man müsse Distanz zu solchen einflussreichen Menschen wahren, um der eigenen Unabhängigkeit willen.

Ich erzähle Manfred, dass ich das Buch von Graetz gelesen habe und Bewunderung für die Tatsache empfinde, dass die Juden schon so lange existieren. Allerdings hätte ich von früheren Gesprächen mit ihm wissen sollen, dass «Bewunderung» nicht zu seinem Wortschatz gehört.

«Was ist schon Besonderes daran», sagt Manfred mit gerecktem Hals, «jedes Lebewesen möchte leben und sich vermehren, von den Amöben bis zum Menschen. Man muss zugeben, dass die Juden das mit viel Geschick und List geschafft haben. Seit ihrer Verbannung haben sie sich nicht von Angesicht zu Angesicht auf ihre Feinde eingelassen. Sie haben gelernt, sich zu ducken und zu verschwinden – wenn auch nicht immer auf die eleganteste Art –, bis sie dahin gekommen sind, wo sie jetzt sind. Das ist kein Wunder, das ist Biologie, mit anderen Worten: der Lebenstrieb.»

So hat er mich aus meiner Bewunderung geholt und mich nackt zurückgelassen.

Manfred spricht oft über Darwins Theorien. «Man muss Darwin immer wieder lesen, damit man kein zu optimistisches Bild vom Menschen hat», sagt er. Kamil hält sich von ihm fern und vermeidet es, direkt mit ihm zu sprechen, das tut er über Felix. Manfred hat keinen wirklichen Gesprächspartner unter uns. Die Kommunisten hören ihm zwar zu, aber er mag sie nicht. Ihre praktische Lehre, behauptet er, sei brutal. Darwin habe ein Fenster zum Verständnis der Natur geöffnet, aber die Kommunisten hätten den Darwinismus als Lebensform an sich gerissen. Ein starkes Proletariat sei der Gipfel ihrer Wünsche.

Man bedenke: Wir sind nun siebenundvierzig Menschen, von denen jeder ein eigenes Gesicht und ein eigenes Schicksal hat. Unser Zusammenhalt ist stark und fest. Wer mit einer Gruppe zu einem Streifzug aufbricht, überlässt ihr einen Teil seiner Persönlichkeit, und die Gruppe ihrerseits bietet dem Einzelnen Schutz und Zusammenhalt. Wenn man im Morgengrauen zum Stützpunkt zurückkehrt, ist man nicht mehr der Mensch, der am Abend zuvor losgezogen ist.

Dennoch behält jeder seine Lebensumstände für sich. Wir gehen sehr vorsichtig miteinander um, sogar die Kämpfer, die gemeinsame Streifzüge unternehmen, wie Werner, Manfred, Karl oder Danzig, ganz zu schweigen von Paul, den wir verloren haben. Was haben wir schon über ihn gewusst? Auch Kamil und Felix sind eingehüllt in ihre Geheimnisse. Wir sind von den Orten geflohen, an denen wir eigentlich hätten sein müssen, um zu helfen, und werden die Schuldgefühle nicht los.

Kamil sagt: «Gott hat uns eine Gnade erwiesen, indem er uns die Bücher der Väter in die Hände gegeben hat, und es ist schade, dass wir keine Zeit haben, sie gründlich zu studieren. Ohne diese Bücher sind wir Waisen.»

Bei Kamil bekommt jede Bewegung und jede Handlung eine zusätzliche Bedeutung. Oft genug habe ich ihn mitten in einer Aktion rufen hören: «Wir sind nicht allein, über uns ist ein Höherer.»

Bei einem unserer Streifzüge wurden wir von kollaborierenden Gendarmen überrascht und angegriffen. Sie waren zahlreich und nahmen uns unter schweres Feuer. Plötzlich erhob Kamil die Stimme und rief: «Fürchtet euch, der Herr Zebaoth ist mit uns.»

Gestern wurde ich Zeuge eines Gesprächs. Michael wandte sich an Großmutter Zirl und fragte: «Wie können wir wissen, dass es einen Gott gibt?»

Großmutter Zirl schaute ihn mit weit geöffneten Augen an und sagte: «Jeder Baum und jedes Tier und jeder Mensch sind ein Beweis, dass es einen Schöpfer der Welt gibt.»

«Warum sehe ich ihn nicht?»

«Weil man die Augen darin üben muss, die Wunder zu sehen, die der Schöpfer in jedem einzelnen Moment vollbringt.»

«Und wie kann ich meine Augen üben?»

«Man muss aufsagen, was im Gebet geschrieben steht: ‹Gott Abrahams, Gott Isaaks und Gott Jakobs›, und dann hinzufügen: ‹zeige auch mir dein Angesicht›.»

«Wie oft am Tag muss man dieses Gebet sprechen?»

«Dreimal.»

«Wenn Gott überall ist, befindet er sich dann auch in mir?»

«Natürlich, mein Vögelchen.»

«Warum spüre ich ihn dann nicht?»

«Du, mein Vögelchen, bist ein vernünftiger Junge, und eines Tages wird Gott sich dir zeigen.»

«Danke, Großmutter Zirl.»

«Für so etwas bedankt man sich nicht, mein Lieber.»

«Noch etwas, Großmutter, gehören dann auch geometrische Übungen zu seinen Wundern?»

«Ja, alles gehört dazu. Er ist sogar an den geheimsten Orten.»

«Ich werde ab sofort meine Augen üben, Großmutter Zirl», versprach Michael.

«Gott schütze dich und uns alle.»

Michael wird nicht nur von Maxi geliebt, wir haben ihn alle gern. Der Junge erinnert uns an zu Hause, an zu Hause und an uns selbst. Alles, was er tut, erledigt er sorgfältig, und zugleich beobachtet er alles, spielt gern das Fünf-Steine-Spiel und lacht viel. «Er hat einen ausgezeichneten Kopf», sagt Maxi immer. «Die mathematischen Aufgaben löst er mit Leichtigkeit, und wer weiß, vielleicht hat er noch andere verborgene Talente. Manchmal denke ich, dass er sehr sprachbegabt ist. Er spricht wenig über sein Zuhause, aber sein Verhalten beweist, dass seine Eltern, seine Großeltern und seine Onkel und Tanten ihn geliebt haben. Und ich habe das Gefühl, dass ihm nichts verborgen bleibt. Einmal hat er mich gefragt, ob wir nach dem Krieg weiter zusammenleben werden, so wie hier. Ich habe gesagt: ‹Jeder von uns wird zu seiner Familie zurückkehren.› Er hat gefragt: ‹Warum können wir nicht in einer Gemeinschaft leben, so wie hier?› Ich wusste nicht, was ich antworten sollte, also sagte ich: ‹Wir werden sehen.›»

33

Unser Alltag besteht aus Hinterhalten, Patrouillen, Streifzügen, und wir sind zufrieden, dass der große Angriff, von dem Kamil unaufhörlich spricht, noch nicht stattgefunden hat. Wir hoffen insgeheim, die Rote Armee würde uns vor diesem Angriff erreichen.

Da tauchte, wie vom Wind herbeigeweht, ein mittelgroßer Hund auf, schnüffelte herum, lief auf Maxi zu und sprang an ihm hoch. «Eduard», rief Maxi laut, mit einer Stimme, in der sich Glück und Verblüffung mischten. «Eduard, was für eine Überraschung! Wie hast du mich gefunden?»

Das war der erste, höchst fassbare Gruß von zu Hause. Maxi hatte Eduard damals als Welpen zu sich genommen und sich während der ganzen Jahre an der Universität nicht von ihm getrennt. Nachdem er geheiratet hatte, teilten er und seine Frau Magda die Zuneigung für den Hund. Sie hatten keine Kinder, aber das tat ihrer Liebe keinen Abbruch. Sie kümmerten sich um ihr Haus und arbeiteten zusammen in der Apotheke.

Maxi fiel auf die Knie. «Wie bist du hergekommen? Wie hast du mich gefunden?»

Wir waren alle gerührt. Ein Hund, der über hundert Kilometer weit gelaufen ist, um seinen Herrn zu finden, das ist keine Kleinigkeit.

Nach der ersten großen Aufregung saß Eduard zu Maxis Füßen und schaute sich wachsam um, als wolle er sagen: Ich hab's geschafft, ich kann es selbst kaum glauben. Ich habe mich zwar oft geirrt, aber am Ende habe ich es geschafft, und jetzt bin ich da.

Eduard ist kein Rassehund. Rassehunde sind verwöhnt, nur mit sich beschäftigt und wollen belohnt werden. Eduard ist ein einfacher Hund, der seinen Herrn mehr liebt als sich selbst. Es ist diese Treue, die es ihm ermöglicht hat, bis zu uns zu kommen.

Maxi hat wie wir alle nur wenig gesprochen. Michael hat er zwar von seinem Hund namens Eduard erzählt, doch sonst wusste keiner von der Existenz des Tieres. Maxi pries ihn nicht, wiederholte nur, er sei ein treuer Hund und bereit, sich für sein Herrchen einzusetzen. Einmal seien Diebe in sein Haus eingedrungen, Eduard habe sie angegriffen und sei schwer verletzt worden, aber er habe nicht lockergelassen, bis sie verschwunden waren. Maxi habe Eduard wochenlang gepflegt und an manchen Tagen nicht mehr geglaubt, dass der Hund von seinen Verletzungen genesen würde, doch Eduard habe es geschafft, und danach sei die Treue zu seinem Herrn noch gewachsen.

Maxis Frau Magda ist während der ersten Transporte geschnappt worden. Nach ihrem Verschwinden waren er und Eduard unzertrennlich, doch das Leben ohne Magda kam ihm sinnlos vor. Er sprach oft mit Eduard, klagte, wünschte sich zu sterben, aber das Schicksal hatte einen anderen Plan: Kamil suchte Maxi auf und teilte ihm mit, dass er und Felix beschlossen hätten, sich abends, wenn sie von der Arbeit kämen, zu verstecken und in die Wälder zu fliehen. Maxi zögerte nicht, der Plan erschien ihm eine geeignete Methode, seinem Leben ein Ende zu setzen. Erst wollte er Eduard den Händen seines ukrainischen Nachbarn anvertrauen, doch dann wurde ihm klar, dass ihn das verraten könnte.

Maxi ging am Morgen zur Arbeit, ohne sich von Eduard zu verabschieden. Sie setzten den Plan von Kamil und Felix in die Tat um und befanden sich dann zu dritt auf dem offenen Feld.

Fast schien es nun, als wollte Maxi seinem Hund alles erzählen, was ihm seit jenem Morgen passiert war, und ihn um Verzeihung bitten, weil er ihn im Stich gelassen hatte. Aber das war ein Irrtum. Maxi saß da, in Gedanken versunken, und brachte kein Wort heraus. Seine erste Freude war verflogen, Traurigkeit hüllte ihn ein. Es war gut, dass sein Freund Salo zu ihm sagte: «Komm, wir stellen Eduard Großmutter Zirl vor. Sie wird sich bestimmt für ihn interessieren und etwas Bedeutungsvolles sagen.» Maxi senkte den Blick, nahm Eduard auf den Arm und folgte Salo, ohne ein Wort zu sagen.

34

Die Melodien sind mittlerweile zu Isidor zurückgekehrt, er hat wieder angefangen, abends zu beten. Seine Stimme ist rein und klar. Die meisten von uns verstehen die Worte der Gebete nicht, doch die Melodien sind anrührend und wecken Sehnsucht nach unserem Zuhause.

Das abendliche Studium führt zugegebenermaßen oft zu Unstimmigkeiten. Die Leute streiten über jedes Wort und jeden Abschnitt. Am streitlustigsten sind die Kommunisten, die behaupten, unsere Beschäftigung mit dem Tanach und dem Chassidismus sei ein Rückzug in dunkle Zeiten. Sie lehnen auch Isidors Gebete ab. Einer von ihnen hat gesagt: «Wenn Isidor beim Beten wenigstens die Mütze abnehmen würde, dann wüssten wir, dass er uns nicht mit seinem Gemurmel vergiften will.» Viele von uns spüren aber, dass Isidor uns zu den Geheimnissen in unserem Innern führt. Oft fängt jemand nach dem Beten an zu weinen oder stößt laute Klagen aus.

Neulich fiel Mirjam nach dem Beten in Ohnmacht, und Salo brachte sie ins Krankenzelt. Stundenlang gab sie kein Wort von sich, doch als sie schließlich aus ihrer Ohnmacht erwacht war, murmelte sie eintönig vor sich hin, bis sie einschlief.

Nach einem Tag im Krankenzelt stand sie auf und kehrte zu ihrer Arbeit zurück. Salo wollte sie noch einen Tag dabehalten, aber Mirjam lehnte es ab. Sie war schon immer zurückhaltend und hat wenig gesprochen, doch nun ist sie noch schweigsamer geworden. Die Leute, die ihr zerrissene Kleidungsstücke bringen, wagen kaum, einen Ton zu sagen, wenn sie vor ihr stehen.

Nur Zila, unsere große Schwester, spricht mit ihr. Einmal hörte ich sie sagen: «Mirjam, meine Liebe, hör auf zu grübeln. Vergiss nicht, viele Menschen sind von uns abhängig. Wir dürfen sie nicht enttäuschen.»

Mirjam hob den Kopf und schaute sie an, als wollte sie sagen, man könne sie dafür nicht verantwortlich machen, sie könne sich einfach nicht beherrschen, weder ihren Körper noch ihre Gedanken.

Zila kennt Mirjams Schmerz. Es ist nicht leicht, dem Feuer entkommen zu sein, man brennt weiter und nimmt sich übel, nicht selbst verbrannt zu sein.

Wir Kämpfer haben es ein bisschen leichter. Wir ziehen fast jeden Abend los und treten dem Krieg direkt gegenüber. Dann kehren wir erschöpft zurück und schlafen traumlos. Doch Mirjam, die Wäsche wäscht und ausbessert, wird durch jedes Kleidungsstück, das sie in die Hand nimmt, an ihr Zuhause erinnert, an ihren Vater und ihre Mutter, an ihren Mann und ihre Kinder.

Zila hat keine Angst vor Hermann Cohen. Sie serviert den Kämpfern einen großen Teller Suppe und dicke Scheiben Brot. Als Hermann sie tadelte, nicht sparsam genug zu sein, sagte sie, eine Kelle Suppe und eine Scheibe Brot machten uns nicht ärmer und nicht reicher, wären aber für die Kämpfer so wichtig wie die Luft zum Atmen.

Zu Mirjam sagte sie: «Mirjam, meine Liebe, du brauchst dich nicht vor ihm zu fürchten. Viel können wir nicht tun, aber das wenige, das uns bleibt, tun wir aus vollem Herzen. Suppe ohne eine Scheibe Brot ist eine Verspottung der Bedürftigen. Nach einer Nacht, in der sie mit schwerem Gepäck auf dem Rücken herumgelaufen sind, brauchen die Kämpfer eine dicke Suppe, sie haben Hunger und Durst. Hermann Cohen gebührt alle Achtung, trotzdem dürfen wir nicht auf Kosten der Kämpfer sparen. Und wenn er mich ermahnt, werde ich mich nicht zurückhalten.»

Mirjam hörte zu und schwieg.

So zermürbend verlaufen unsere Tage hier.

Salo ist aufgefallen, dass ich Zila manchmal um ein Glas Wodka bitte. Er kommt zu mir und fragt, ob ich Hilfe brauche. «Es handelt sich um eine sehr persönliche Sache», sage ich, «und ich bin sicher, dass ich das Problem bald überwunden habe. Danke für deine Achtsamkeit.»

«Ich wollte nur gefragt haben», entschuldigt er sich.

«Danke.»

Abends saß ich zufällig neben Werner, und er gestand mir, dass die Tage im Ghetto für ihn besonders segensreich gewesen seien. Er habe die französischen Klassiker gelesen, ein Buch nach dem anderen. Dabei habe er festgestellt, dass sein Französischunterricht im Gymnasium von großem Nutzen gewesen sei, und das viele Lesen im Ghetto habe seine Kenntnisse noch vertieft.

«Seltsam, ich war ganz in mich gekehrt und nahm an dem Leid um mich herum keinen Anteil. Meine Eltern und mein älterer Bruder kämpften verzweifelt um jedes Stückchen Brot, aber ich war wie besessen und ließ die Hände nicht von den Büchern.

Wenn ich zur Arbeit ging, versteckte ich ein Buch in der Manteltasche und las in der Pause. Ich war verzaubert von Maupassant und Flaubert, und dann, als mir der erste Band von Marcel Proust in die Hände fiel, ‹Auf der Suche nach der verlorenen Zeit›, kannte mein Glück keine Grenzen.

Mein Vater und meine Mutter warfen mir meine Besessenheit nicht vor. Manchmal betrachteten sie mich verwundert. Einmal sagte mein Bruder, in solch schicksalhaften Zeiten dürfe man sich nicht in Bücher vergraben. Doch das hinderte mich nicht daran, von Leuten, die in die Lager geschickt werden sollten, weitere Bücher zu kaufen. Ich war so versunken, dass ich an unseren letzten Tagen zu Hause meine Eltern und meinen Bruder nicht beachtete. Allerdings wusste auch keiner, dass dies die letzten Tage sein würden. Ich redete mir ein, dass sich die Grausamkeit der Deutschen uns gegenüber schon bald als Irrtum herausstellen würde. Sie würden sich entschuldigen und die Juden zum Kriegsdienst heranziehen.»

Dann erkundigte Werner sich, wie meine Zeit im Ghetto verlaufen sei. Seine Frage überraschte mich.

«Ich war ebenfalls besessen», sagte ich, ohne meinen damaligen Zustand weiter zu erklären.

Seitdem unterhalten wir uns manchmal miteinander.

35

Am folgenden Morgen machten wir uns an den Aufstieg zum Gipfel. Zu unserem Glück hatte es aufgehört zu schneien, und eine volle Wintersonne verstrahlte ihr silbernes Licht. Alle stellten sich der großen Anstrengung. Zuerst wurden die Waffen und die übrige Ausrüstung nach oben getragen, dann kamen die Kinder und die alten Leute. Doch auch bei dieser Mühe mussten wir auf der Hut sein. Ein Bereitschaftsdienst bewachte die Aktion.

Der Gipfel erhebt sich über eine weite Fläche, auf der noch die Überreste zweier Festungen aus den Zeiten der Türken zu sehen sind.

Das Unternehmen wurde sorgfältig ausgeführt. Wieder haben wir die Zeltplanen aufgespannt und die Dreifußgestelle für die Töpfe aufgestellt. Hermann Cohen hat Regale gebaut und darin unsere Lebensmittel eingeordnet. Zila kochte ein Mittagessen. Der neue Platz kommt mir, vielleicht wegen der Sonne, ganz anders vor als alle bisherigen.

Diese neue Behausung verleiht uns das Gefühl, niemand könne uns so leicht überraschen. Die Bunker, erklärt Kamil, würden aus zwei Lagen Holz gebaut, die Feuchtigkeit und Kälte abhalten. Wir besitzen Decken und eine nicht unbeträchtliche Anzahl von Schaffellen, um die Wände und den Boden damit zu bedecken.

Vom Gipfel aus liegt das ganze Gebiet vor uns: die Straßen, die Schienen, die Gebäude und die Armeelager. Kamil deutet wieder auf die Karte, auf das Dorf Holowka und den Fluss. Paul ist eine Wunde, die nicht heilen will. Schon oft habe ich Kamil sagen hören: «Wir hätten ihn nicht allein gehen lassen dürfen.» Es ist nun schon über einen Monat her, dass er sich auf den Weg gemacht hat, und es fällt uns schwer, über ihn zu sprechen. Ich sehe ihn deutlich vor mir.

Doch die Zeit drängt. Wir fangen an zu graben und bauen die Grundlagen für unsere Bunker. Sie sollen durch Tunnel verbunden werden. Hermann Cohen ist als Holzfachmann nicht nur unser Berater, er beteiligt sich auch an allen Vorbereitungen. Die Arbeit erfüllt mich mit neuem Leben, das ich gar nicht so leicht beschreiben kann.

Ich habe das Gefühl, als verlaufe unser Leben jetzt geordneter. Ich würde fortan Schach spielen und mich auf das Abitur vorbereiten können. Unter uns sind viele gebildete Menschen, eigentlich sind alle gebildet. Sie würden mich unterstützen können, und nach dem Krieg würde ich dann die Prüfung machen. Ich frage Maxi, ob er bereit sei, mir zu helfen.

«Gern», sagt er und lächelt. Seiner Meinung nach gibt es keinen Grund zur Sorge, der Krieg werde noch lange andauern. In unserem früheren Leben haben wir stets kalkuliert und Konsequenzen gezogen. Im Ghetto haben wir gelernt, dass es sinnlos ist zu planen, das bringt uns nur durcheinander. Die Realität zeigt jeden Tag ein anderes Gesicht.

Nachts träume ich, wir hätten uns in warmen, hellen Bunkern eingegraben und würden Schach spielen. Da hob ein plötzlicher Windstoß die Bedeckung, und kalte Luft drang herein. Wir versuchten, sie wieder zu befestigen, aber der Wind war zu heftig. Hermann Cohen streckte die

Hand aus, und wie durch Zauberkraft kehrte das Dach an seinen Platz zurück.

Das Bauen der Bunker geht langsam, aber stetig voran. Auch die Patrouillen und die Streifzüge finden regelmäßig statt. Da ist es kein Wunder, dass die Kämpfer nach ihrer Schicht wie Säcke in sich zusammenfallen.

Die Stimmung hat sich, seit wir heraufgekommen sind, verändert. Ereignisse und Bilder steigen in uns auf, über die wir bisher nicht zu sprechen gewagt haben. Seltsam, dass ausgerechnet hier, an einem Ort, an dem die Kälte unerbittlich ist, der Mensch mit sich selbst in Kontakt gerät.

Ich sehe meinen Vater und meine Mutter neben mir am Bahnhof stehen. Meine Mutter ist sehr blass. Die kurze Zeit, die sie nach ihrer Operation noch zu Hause gewesen ist, hat nicht gereicht, ihr wieder Farbe zu verleihen. Auch mein Vater sieht aus, als habe er eine schwere Zeit hinter sich. Jetzt kann er nichts mehr tun, außer neben meiner Mutter zu stehen.

«Setz dich auf den Rucksack», bittet er sie mit sanfter Stimme.

«Ich bleibe stehen», antwortet meine Mutter. «Es fällt mir leichter, wenn ich stehe. Bestimmt schicken sie uns gleich in die Waggons.»

Ihre Gestalten in den langen Mänteln werden von Minute zu Minute starrer. Die Leute um uns herum rennen hin und her, als wüssten sie, was uns erwartet. Ohne mich, ohne die Sorge um meine Flucht, würden meine Eltern bestimmt zusammenbrechen.

«Fliehe, Sohn», fleht mein Vater immer wieder. In seiner Stimme liegt ein so unglücklicher Ton, dass ich erschauere. Meine Mutter ergreift meine Hände und sagt: «Lauf weg, mein Junge, fliehe. Hier gibt es keine Zukunft für junge

Menschen.» Sie lässt meine Hände los, und ich verschwinde zwischen den Waggons.

Anlässlich des Aufstiegs haben Zila und Mirjam ein festliches Essen vorbereitet: gebratener Fisch, mit Bergkräutern gewürzt, und Kartoffeln. Außerdem stehen zwei Töpfe mit duftendem Tee auf dem Feuer.

Kamil lobt die Gruppen, die gründlich und genau gearbeitet haben, und Hermann Cohen, der hinter den Kulissen so viel geschafft hat, sowie Zila und Mirjam, die uns königlich bewirten. Und er wiederholt, dass dieser Gipfel «das Herz des Landes vom Bescht» sei. Hier habe der Bescht einen Weg zu Gott gesucht. Zeugen hätten gesagt, als er auf den Berg stieg, sei er mittelgroß gewesen, bei seiner Rückkehr von beeindruckender Größe.

Isidor möchte beten. Er spricht nicht über seine Gefühle oder seinen Glauben, auch nicht über die Gebete. Sie fließen einfach aus ihm heraus, als wären sie schon immer in ihm gewesen. Jemand hat gesagt, er sei wie ein Instrument, deshalb seien seine Gebete auch vollkommen, nicht zu laut und kein Singsang.

Wie kann man beten, ohne die Worte zu verstehen?, fragen die Besserwisser. Isidor gibt keine Antwort. Sein Gesicht zeigt ehrliches Erstaunen und beweist mehr als alles andere, dass es auch ihm unbegreiflich ist.

36

Die Kälte nimmt weiter zu. Wir machen uns daran, die Bunker mit Decken und Schaffellen auszuschlagen. Erst sollen die älteren Leute, Frauen und Kinder Unterkünfte bekommen, und wenn dann welche übrig bleiben, auch die Kämpfer.

Erst kürzlich sind uns Waffen und Munition in die Hände gefallen. Kamil hat beschlossen, neben den Bunkern einen Waffenschuppen zu bauen. Einige Kämpfer wollten ein Fest zu Ehren der Beute feiern. Kamil bat sie, das Fest bis nach der Ankunft der ersten Geretteten zu verschieben.

Kamils Glaube ist unerschütterlich, und er hat auch allen Grund zur Zuversicht: Der russische Sender verkündet optimistisch stimmende Nachrichten, nicht nur von der Front in Stalingrad. Der deutsche Sender hat unterdessen an Begeisterung verloren. Er zählt zwar Siege im Osten und Westen auf, spricht aber nicht mehr von der Niederlage der Feinde.

Bei unserem letzten Streifzug befragte Kamil einen Dorfbewohner zur Kriegssituation. Der Mann verheimlichte ihm nicht, dass sich die Besatzer nicht mehr mit inneren Angelegenheiten beschäftigen, sondern nur noch damit, Menschen für die Arbeit in Fabriken zu rekrutieren. Züge mit Soldaten würden zur Front fahren und mit Kranken und Verwundeten zurückkehren.

Jeder hier liest die Karte der Kriegsschauplätze auf seine Weise. Kamils Haltung unterscheidet sich nicht grundsätzlich von den Meinungen der anderen: Wir müssten uns darauf vorbereiten, Kämpfer und zugleich Juden zu sein. Darin liege kein Widerspruch.

Doch in der Zwischenzeit ist einer unserer Kämpfer in eine tiefe Depression versunken. Er sitzt an seinem üblichen Platz, aber sein Blick ist erloschen. Gestern hat er sich noch über den wunderbaren Maisbrei gefreut, den Zila gekocht hatte. Früher hat er sie, vielleicht noch mehr als wir anderen, für ihr Essen gelobt und ihr gedankt, jetzt sitzt er da, willenlos und verzweifelt, und fragt: «Und wohin soll uns das alles führen?»

«Zu uns selbst», antwortet Kamil. «Und von dort zum Sieg und zum Licht.»

«Wir sind wenige, und sie sind viele, und sie sind entschlossen, uns zu vernichten.»

«Wir waren immer wenige, aber wir sind nicht verzweifelt. Die Verzweiflung ist kein Charakterzug, an dem wir festhalten sollten.»

Der erloschene Blick des Kämpfers ändert sich nicht. Neulich hat er noch mit uns zusammen am Radioapparat gesessen, hat mit uns Entfernungen und Chancen abgeschätzt, und seine Ansichten haben sich von denen der Optimisten nicht unterschieden, und nun ist er plötzlich, ohne erkennbaren Anlass, in ein schwarzes Loch gestürzt.

Kamil wurde in das Hauptquartier gerufen, Salo hat seine Vertretung übernommen. Jetzt nähert er sich dem Mann. «Wovor hast du Angst?», fragt er vorsichtig.

«Vor der großen deutschen Armee und ihrer fabelhaften Ordnung, vor dem Eisenbahnsystem, vor der schrecklichen Luftwaffe. Eine derartige Stärke hat es noch nie gegeben.» Ihm ist anzumerken, dass er eigentlich mehr hätte sagen können, doch aus irgendeinem Grund verschließt er den Mund.

«Aus diesem Grund sind wir auf den Gipfel gestiegen. Vom Gipfel aus können wir uns nicht nur verteidigen, sondern auch zurückschlagen», sagt Salo, der offenbar weiß, wie schwach seine Antwort ist, angesichts der schlimmen Vorstellungen, die sich der Kämpfer macht.

«Aber es sind viele, und sie sind gut ausgebildet», antwortet der Kämpfer leise, als wolle Salo ihn nicht verstehen.

«Nicht alles misst sich nach der Stärke», sagt Salo, jedes Wort betonend. «Manchmal ist ein fester Wille und das Recht der wenigen stärker als die Macht der vielen. Auch die Hasmonäer waren wenige.»

«Wer waren die Hasmonäer? Verzeih mir meine Unwissenheit», sagt der Mann.

«Jüdische Kämpfer.»

«Ich habe nie etwas von ihnen gehört.»

«Sie waren wenige und kämpften gegen das griechische Imperium.»

«Und sie hatten Erfolg?»

«Sogar großen Erfolg.»

Als er das hört, bewegt der Kämpfer den Kopf, als wolle er sagen: Das klingt wie ein Märchen.

Nun ist deutlich zu merken, dass er die Zuversicht der letzten Monate verloren hat. Salo will ihm Worte sagen, die von Herzen kommen, findet sie aber nicht. Schließlich sagt er: «Man darf nicht verzweifeln.»

Da seine oberflächlichen Worte ihm wohl leidtun, versucht er es anders: «Schau doch, wie viel wir schon geschafft haben. Mit dem Bau der Bunker sind wir bald fertig. Wir haben Waffen und Munition in Hülle und Fülle. Wenn die Flüchtlinge zu uns kommen, und sie werden kommen, können wir Züge anhalten, Militärlager überfallen und der Armee überall Fallen stellen. Wir haben genug Zorn, um sie zu schlagen. Ich stimme dir zu: Aus Gründen der Vernunft könnte man manchmal verzweifeln, aber es gibt Höheres als die Vernunft.»

Der Kämpfer blickt Salo an. «Und was soll das sein?»

«Der Glaube», sagt Salo, er spricht das Wort vorsichtig aus.

«Ich habe keinen Glauben», antwortet der Kämpfer mit leerem Blick.

«Du musst diese Hemmung überwinden», sagt Salo, und wieder sieht er aus, als bedauere er seine Worte.

Der Mann versucht, sich zu beherrschen. «Ich habe einfach keinen Glauben. Ich wundere mich über Leute, die wie selbstverständlich vom Glauben sprechen, und verstehe nicht, was sie meinen.»

Salo versucht es noch einmal auf eine andere Weise. «Zweifelst du an unserer gerechten Sache?», fragt er diesmal direkt.

«Ich zweifle nicht an unserer Sache, aber ich bezweifle, dass wir uns aus der Zange des Feindes befreien können. Der Feind ist ein Ungeheuer, das von Tag zu Tag größer und mächtiger wird und seine Tatzen ausstreckt. Alle Menschen unterwerfen sich diesem Ungeheuer und tun, was es will. Wer gesehen hat, wie die Waggons auf dem Bahnhof riesigen Maschinen gleich Tausende Menschen in sich eingesaugt haben, kennt seine unglaubliche Macht. Nie hat die Welt ein solches Ungeheuer gesehen.»

Das Bild seiner Angst wächst mehr und mehr und droht ihn zu verschlingen. Salo legt ihm die Hand auf die Schulter, führt ihn zum Krankenzelt und bittet ihn, auf einer Kiste Platz zu nehmen. «Ich werde dir etwas geben», sagt er, «das dir guttut, du wirst dich gleich besser fühlen.»

Der Kämpfer weigert sich nicht. Er macht den Mund auf und schluckt die Flüssigkeit wie ein gehorsames Kind.

Salo spricht mit angenehmer, gleichmäßiger Stimme weiter auf ihn ein, als würde er ein Märchen erzählen. Der Mann schließt die Augen und schläft im Sitzen ein. Salo wird ihn gleich mit Danzigs Hilfe auf ein Reisiglager legen.

Michael hat unterdessen ein Lied abgeschrieben, das Rabbi Levi Jizchak von Berditschew gewöhnlich vor sich hin gesungen hatte.

Am Abend, als er die Blätter unter den Interessierten verteilt, soll er es vorlesen. Michael ist verlegen, aber Maxi, der neben ihm steht, ermutigt ihn, also liest er:

«Wo ich gehe – du!
Wo ich stehe – du!
Nur du, wieder du, immer du!
Du, du, du!
Ergeht's mir gut – du!
Wenn's weh mir tut – du!
Nur du, wieder du, immer du!
Du, du, du!
Himmel – du, Erde – du,
Oben – du, unten – du,
Wohin ich mich wende, an jedem Ende
Nur du, wieder du, immer du!
Du, du, du!»

Dieses Lied aus dem Mund des Jungen klingt, als sei es für ihn geschrieben worden, und selbst die scharfzüngigen Denker unter uns, die sich sonst auf Gedichte stürzen, um sie zu analysieren, schweigen. Ergriffenheit breitet sich aus, unterdrücktes Weinen ist zu vernehmen.

37

Wir werden vom wachsenden Strom der Eisenbahnzüge angetrieben. Die Patrouillen haben Informationen gesammelt, nach denen sich die Zugbewegungen in den letzten Tagen verdoppelt haben. Manche der Züge, die zur Front fahren, bringen auch die Juden in die Lager. Die Zeugenaussagen, die wir haben, ergeben, dass diese Lager Todeslager sind, aus den Schornsteinen dort steigt Tag und Nacht Rauch auf.

Kamil knirscht mit den Zähnen. «Wir dürfen nicht länger zuschauen. Unsere Aufgabe ist, diese schrecklichen Transporte zu stoppen.»

Dann zieht er sich in sein Zelt zurück und beugt sich über die große Karte. Er plant die Aktion in allen Einzelheiten. Manchmal lädt er die Anführer der verschiedenen Gruppen ein, um ihre Meinung zu hören. Wir kennen das ganze Gebiet zwar so gut wie unsere Westentasche, aber man muss mit unvorhersehbaren Dingen wie Unwetter oder feindlichen Patrouillen rechnen.

Mittlerweile herrscht eisige Kälte, unaufhörlich fällt Schnee, und das ist ein Zeichen, dass sich unser Leben verändert und intensiver wird. Uns steht immer weniger Zeit zur Verfügung.

Kamil will nicht improvisieren. Er bereitet zwei Stoßtrupps für diesen Auftrag vor. In Hermann Cohens Lagerschuppen probieren die Kämpfer Schuhe und Kleidung an, die für ihre Aufgabe geeignet sind. «Es ist besser, unter der Kälte zu leiden als unter Unbeweglichkeit», wiederholt Kamil ein ums andere Mal.

Wir bringen Großmutter Zirl, begleitet von den liebevollen Blicken der Männer, in einen der Bunker. Die Aufmerksamkeit bereitet ihr Unbehagen. «Ich hätte längst in die wahre Welt gehen sollen, statt euch hier zur Last zu fallen», sagt sie, als Kamil aus seinem Zelt kommt, um sie zu begrüßen.

Großmutter Zirl sitzt nie am Radio, sie nimmt nur die Stimmen wahr, die sie hört, und die Gestalten, die sie sieht.

Ihre Vorfahren zeigen ihr den Weg, auch in dieser Zeit der Prüfung. Sie sagt oft: «So haben es meine Väter gemacht, und so versuche auch ich es zu machen.» Sie fürchtet sich nicht vor Widersprüchen, vor Verständnislosigkeit oder verwirrenden Fragen. Meist beantwortet sie die Fragen klar und einfach. Wenn sie keine Antwort weiß, sagt sie: «Wenn Gott mir die Worte in den Mund legt, werde ich antworten können. Wenn er es nicht tut, ist das ein Zeichen, dass ich sie nicht verdient habe.» Für sie ist Gott einer, der den Menschen nahe ist, ihnen viel Gutes tut und ihnen seine Gnade schenkt. Man müsse sowohl das Gute als auch das Unheilvolle annehmen und dürfe sich nicht beklagen. Sie wird nicht müde, das zu sagen. Diese Sätze, die Großmutter Zirl immer wiederholt, empören die Kommunisten, und nicht nur sie. Einmal ist einer laut geworden und hat geschimpft: «Das ist alles eitel und ein Haschen nach Wind, außerdem führen solche Worte die Menschen in die Irre.»

Alles läuft bei uns mit Schwierigkeiten ab, mit Aufregungen, die uns erschüttern. Manchmal habe ich das Gefühl, dass nicht nur die Deutschen und die hiesige Bevölkerung einen Vernichtungskrieg gegen uns ausgerufen haben, sondern auch die Natur. Vor einigen Tagen hat uns nämlich ein Rudel Wölfe angegriffen. Sie waren hungrig und bereit, uns zu zerreißen. Felix warf eine Handgranate nach ihnen. Das war alles andere als erfreulich. Wir sahen die Gliedmaßen der Wölfe durch den Schnee fliegen und wurden an das Ghetto erinnert: Dort hatten die Soldaten ziellos um sich geschossen, Arme und Beine der Menschen hatten nackt und rot auf dem Boden gelegen.

Inzwischen hat Kamil einen Sonderbefehl herausgegeben, in dem steht:

«Die Tage, an denen wir dem Feind von Angesicht zu

Angesicht gegenüberstehen, rücken näher. Das ist kein Geheimnis, der Feind ist stark und plant, uns alle zu vernichten. Wir sind Gott sei Dank frei, gut trainiert und kampfbereit.

Wir sind wenige, aber auch wenige können Züge stoppen, die Juden in den Tod bringen sollen. Allerdings haben wir Kommandanten und Kämpfer unter uns, die gegen eine solche Aktion sind, Felix und ich übernehmen jedoch die volle Verantwortung. Es ist zweifellos gefährlich, aber es war Mut, der uns bei unserer Flucht aus dem Ghetto geleitet und hierhergeführt hat. Der Mut wird uns auch jetzt leiten, wenn wir hinuntergehen, um den Eisenbahnanlagen und ihren Bewachern Schaden zuzufügen. Diese Gefahr ist notwendig und heilig. Das Leben ist schützenswert und teuer, aber wir können nicht nur danebenstehen und zuschauen. Wenn dich jemand töten will, töte ihn zuerst. Das ist es, was zur Stunde von uns gefordert wird.

Kommandant Kamil.»

38

Eine unserer Patrouillen hat einen Ukrainer entdeckt, der sofort die Hände hob und sagte, dass er bei uns Schutz suche. Er wurde zu den Befehlshabenden gebracht und bekannte ohne jeden Druck sein Geheimnis: «Vor ein paar Tagen wurden die letzten Juden, die im Steinbruch gearbeitet haben, in Ketten in den Fluss getrieben und erschossen. Seither kann ich nicht mehr ruhig leben. Die Schreie hallen in meinem Kopf wider. Ich kann weder essen noch schlafen.

Ihr müsst mich aufnehmen. Macht mit mir, was ihr wollt. Ich kann nicht länger in meinem Dorf bleiben.»

Kamil befragte ihn nach seinem Dorf und nach den umliegenden Dörfern und erkundigte sich, welches Schicksal die Juden dort erlitten hatten.

«Man hat sie alle umgebracht. Sie wurden gezwungen, Gruben im Wald auszuheben, und wenn sie fertig waren, wurden sie von hinten erschossen und stürzten hinein. Dann wurden weitere Juden herbeigebracht, damit sie die Gruben zuschaufelten, und anschließend hoben sie Gruben für sich selbst aus. So ist es Tag für Tag gegangen. Jetzt gibt es in der ganzen Gegend keinen einzigen Juden mehr. Die Juden aus dem Steinbruch waren die letzten. Ich kann nicht mehr hier leben.» Er zitterte am ganzen Körper.

«Wie viele Tage hast du uns gesucht?», fragte Kamil verhalten.

«Zwei Tage.»

«Weiß man unten über uns Bescheid?»

«Ja, das tut man.»

Salo brachte ihn in die Küche, wo ihm Zila einen Teller Suppe gab. Er aß, hörte aber nicht auf zu zittern.

Noch am selben Abend befragte Kamil ihn zu den Eisenbahnbewegungen und den Militärlagern entlang der Hauptstraßen. Das Gesicht des Mannes entspannte sich, und er bestätigte, dass die Zahl der Züge sich in den letzten Tagen verdoppelt habe. Der zivile Zugverkehr sei lahmgelegt. Über die Züge, die Juden transportierten, sagte er: «Die Schreie aus den Waggons dringen bis zum Himmel.»

«Was willst du tun?», fragte Kamil freundschaftlich.

«Ich möchte bei euch bleiben», sagte er und brach in Weinen aus.

Und er ist bei uns geblieben.

Eines Tages verkündet Danzig glücklich, dass Milio ihn Papa genannt habe.

«Wie oft hat er es gesagt?»

«Nur einmal.»

«Bist du sicher?»

«Ja.»

Alle freuen sich mit ihm und vergessen für einen Moment die gefährlichen Aufgaben, die uns erwarten.

«Milio ist nicht stumm, da war ich mir immer sicher», wiederholt Danzig und murmelt Worte, die zu einem großen Mann wie ihm, der noch dazu Kommandant ist, nicht passen.

«Wenn er Papa gesagt hat», meint Salo, «ist das ein Zeichen, dass er sprechen lernt und es bald beherrscht.»

Milio ist unser ständiges Geheimnis. Seine großen Augen begleiten uns. Es ist schwer, sie nicht zu beachten, selbst wenn man es wollte. Sein Nichtsprechen ist stärker als jedes Sprechen, doch was er meint, ist schwer zu verstehen.

Vermutlich nimmt er viel intensiver wahr, was um ihn herum geschieht. Doch manchmal verändert sich plötzlich sein Blick, und er sieht traurig aus, traurig über sich selbst und über Danzig, darüber, dass wir heute zusammen sind und nicht wissen können, was morgen sein wird. Seine Augen scheinen zu sagen: Früher hatte ich einmal Eltern, aber ich habe sie verloren. Jetzt habe ich Angst, dass Danzig weggeht und nicht wiederkehrt.

Das Wort Papa, das über Milios stumme Lippen gekommen ist, hat Danzig verändert, und wie immer, wenn er sich freut, sieht er aus wie ein Kind. Wer mit ihm zu einer Aktion loszieht, weiß, wie treu er jedem Einzelnen gegenüber ist. Manchmal scheint es fast so, als würde er den ganzen

Stoßtrupp unter einen Baum setzen und den Auftrag allein erledigen.

Großmutter Zirl hat einmal gesagt: «Freude muss man von Danzig lernen. Er versteht es, alles zu verbannen, was nicht zur Freude gehört, und sich anschließend zu freuen.» Wenn Danzig Großmutter Zirl besucht, gerät sie außer sich und sagt: «Ich freue mich so sehr, dass du zu mir gekommen bist, nicht jeden Tag besucht mich ein solcher Riese.»

39

Maxi war im letzten großen Krieg Sprengstofffachmann. Er kennt sich also mit der Verwendung von Sprengstoffen aus und begleitet nun die Stoßtrupps, die zu einer schwierigen Aktion aufbrechen.

Diesmal verliefen die Vorbereitungen ein bisschen anders. Vielleicht lag es an den Briefen, die einige von uns schrieben und bei den Kameraden im Stützpunkt ließen, vielleicht auch an der dicken Lage Schnee, die den Boden bedeckte, oder an der Aufregung vor einem Auftrag, wie wir ihn nie zuvor erledigt hatten.

Kamil breitete die Karte aus und deutete auf die abgesteckte Trasse. In den letzten Tagen hatten die Stoßtrupps neben dem Umgang mit Sprengstoff auch den Kampf unter Feuerbeschuss und in bebauten Gebieten geübt. Das Training war eine Vorbereitung auf künftige Aktionen, bei denen wir Züge, mit denen Juden transportiert wurden, entgleisen lassen wollten.

Michael wich nicht von Maxis Seite. Er bedrängte ihn

nicht mit Fragen, er beobachtete nur jede seiner Bewegungen und betrachtete das Gepäck, das er auf dem Rücken tragen würde. Und dann versprach er ihm, sämtliche geometrischen Aufgaben zu erledigen, die er von ihm bekommen hatte, und wenn ihm noch Zeit bliebe, würde er Zila in der Küche helfen. Danzig, der Milio zu Zila brachte, murmelte die ganze Zeit: «Milio hat in den letzten Wochen große Fortschritte gemacht. Wenn er nach mir fragt, sagt ihm, dass ich bald wieder da bin.»

Kamil gab als Parole für die Aktion das Wort «Freude» aus. «Der Bescht, in dessen Land wir uns jetzt befinden, wünschte von den Menschen, dass sie alles mit Freude tun, auch in Tagen der Verzweiflung, weil die Freude Herz und Verstand öffnet. Freude ist das Gegenteil von Trauer. Man muss sich an die Freude halten, sie bringt uns den Menschen und Gott näher. Deshalb wird unsere Parole heute ‹Freude› sein, vergesst das nicht.»

Großmutter Zirl segnete die Kämpfer mit flüsternder Stimme. Kamil sagte tonlos den Psalm «Der Herr ist mein Hirte» auf, drückte seinem Stellvertreter Felix die Bibel in die Hand und begab sich an die Spitze des Trupps. Mir tat es leid, dass sie mich zurückließen, damit ich den Stützpunkt bewache. Ich schaute ihnen nach, wie sie sich entfernten, und ein Teil von mir begleitete sie.

An diesem Abend betete Isidor die Gebete der Furchtbaren Tage. Seine Worte drangen bis zu Großmutter Zirls Ohren, sie pries seine klare Stimme und erklärte: «Er trägt die Melodien der Wischnitzer Chassidim in sich.»

Es war ein Gefühl wie an Jom Kippur, als würden wir gerichtet.

Ich erinnerte mich, dass es bei uns zu Hause an Jom Kippur immer düster war, weil wir die Vorhänge zuzogen.

Mein Vater und meine Mutter fasteten zwar, aber sie gingen nicht in die Synagoge. Sie lasen die Bücher, die sie sich zuvor bereitgelegt hatten. Am letzten Jom Kippur hatten sie «Auf der Suche nach der verlorenen Zeit» von Proust gelesen. Meine Mutter trug mir ein paar Passagen vor, und auch ich war verzaubert von der wunderbaren Melodie, von der Gelassenheit, von dem feinen Sommerlicht. Ich gab mich der Stimme meiner Mutter und Prousts Worten hin. Mein Vater war völlig in die Lektüre versunken, er war nicht in der Lage, seine Eindrücke mitzuteilen. Erst abends, am Ende des Feiertags, hob er das Gesicht und sprach über den letzten Satz Prousts, der ihn beeindruckte.

Als Isidor aufhörte zu beten, war es beinahe ein Uhr nachts. Wir wussten, dass der Stoßtrupp noch etwa eine Stunde von seinem Ziel entfernt war. Nach den Informationen, die wir gesammelt hatten, würden sie die Eisenbahn um zwei Uhr passieren, und wenn der Sprengstoff wie geplant detonierte, würden die Lokomotive und die Waggons aus den Schienen springen, die Wachmänner in alle Richtungen davonlaufen und unsere Leute das Feuer auf die fliehenden Soldaten eröffnen.

Wir standen in der Bunkeröffnung und lauschten gespannt nach der Sprengung, doch sie ließ auf sich warten. Erst um zehn nach zwei war eine gewaltige Explosion zu hören, und wir wussten, dass Kamils sorgfältige Planung wie immer aufgegangen war.

Schweigend standen wir da. Wir kannten die Raubüberfälle auf private Häuser, und wir kannten Zusammenstöße, aber noch nie hatten wir eine militärische Aktion durchgeführt. Mich beschlich das Gefühl, wir hätten unsere Kameraden im Stich gelassen. Ich dachte, eine solche Aktion unternimmt man nicht mit zwölf Kämpfern, auch wenn sie noch so gut trainiert sind. Ich sah sie vor mir, Maxi und Danzig mit dem Sprengstoff auf dem Rücken, und die anderen Kämpfer, wie sie von der Dunkelheit verschluckt wurden, und bei dem Gedanken an ihren Abstieg in die Hölle litt ich mit ihnen.

Isidor fragte, ob die Aktion gefährlich sei. Ich wusste nicht, was ich antworten sollte, deshalb sagte ich bloß: «Die Kämpfer sind hervorragend trainiert.»

Isidor bleibt uns ein Rätsel. Er betet, aber Gebete wie die seinen haben wir nie zuvor gehört, sie sind etwas ganz Eigenes, und zugleich klingen sie, als wäre er mit vielen anderen Betenden verbunden. Dabei sieht er nicht sehr anders aus als wir, und würde er abends nicht beten, hätten wir nicht geglaubt, dass er es überhaupt beherrscht.

Fast hätte ich ihn gefragt, ob er sich auf das abendliche Beten vorbereitete, doch mir wurde sofort klar, dass dies eine dumme Frage war. Isidor hatte wohl gespürt, was ich fragen wollte, jedenfalls sagte er: «Wenn ich die Augen schließe und den Mund öffne, steigt das Gebet in mir auf. Mein Großvater hat mir die Buchstaben und die Wörter beigebracht, aber ich habe nicht gewusst, dass die Melodien in mir stecken.»

«Was ist ein Gebet, Teuerster?», fragte ich, indem ich unwillkürlich diese Sprache benutzte.

«Sehnsucht», sagte er, und ein feines Lächeln breitete sich auf seinen Lippen aus.

40

Den Rest der Nacht verbrachten wir neben der Küche, wir tranken Tee und schwiegen. Ich spürte auf einmal die gleiche große Angst, die in den Wochen vor der Vertreibung bei uns zu Hause geherrscht hatte. Das Gesicht meiner Mutter war von der Krankheit gezeichnet. Mein Vater rannte zwischen Krankenhäusern und Privatkliniken hin und her. Einige der Ärzte waren überzeugt, dass eine sofortige Operation notwendig sei, andere wollten den Eingriff verschieben, bis wir uns an dem neuen Ort eingerichtet hätten. Mein Vater sagte: «Wer weiß, was uns an dem neuen Ort erwartet», und entschied, dass der bekannte Chirurg Dr. Orenschtajn die Operation vornehmen solle.

Damals besuchte ich noch das Gymnasium und konnte meinen Vater am Tag der Operation nicht begleiten. Ich bereitete mich auf die entscheidende Prüfung im Fach Deutsch vor. Doch mein Inneres war erfüllt von Anastasia. Überall kursierten bereits schlimme Gerüchte, aber ich hörte nicht auf, sie Abend für Abend zu treffen.

Wir versprachen uns Treue und ewige Liebe. In Anastasias Augen tauchte ein Lächeln auf, das ich noch nicht kannte. Ich fragte sie, ob sie ihre Versprechen bereue. Sie lachte laut, als hätte ich sie nicht verstanden. Ich bat sie um Verzeihung.

Es ist kaum zu begreifen, wie blind ich war, aber ich litt nicht nur an Blindheit. Ich sah, dass es meinen Eltern schlechtging, aber ihr Leid berührte mich nicht. Meine Beziehung zu ihnen beschränkte sich auf einen hastigen Gruß am Morgen und am Abend. Kaum hatte ich das Haus verlassen, stand mir Anastasia vor Augen. Ich rannte los, um sie in der Fliederstraße zu treffen.

Mittlerweile hatte meine Mutter die Operation hinter sich, mein Vater wich nicht von ihrem Bett. Sie begleitete mein Kommen und Gehen mit teilnahmsvollen Blicken. Ich wusste durchaus, was ich zu ihr hätte sagen sollen, doch ich tat es nicht.

Ich war ein Einzelkind und die ganze Hoffnung meiner Eltern. Sie sahen, dass ich mich von ihnen entfernte, und aus irgendeinem Grund ließen sie es zu. Vermutlich wollten sie mein Glück nicht stören. Wer weiß, was sie damals über mich dachten, in jenen Tagen an der Schwelle zum Abgrund.

Das Ghetto öffnete mir die Augen, aber nicht weit genug. Ich redete mir die ganze Zeit ein, das alles sei ein Missverständnis. Stundenlang stand ich am Zaun und hoffte darauf, Anastasia zu sehen. Ich bildete mir ein, man hätte sie zu Hause eingesperrt, deshalb könne sie nicht kommen. Ihr Vater hatte einmal zu mir gesagt: «Edmund, gehe nicht den Weg der Juden.» Für mich hatte sich das angehört wie ein Witz. Erst viel später verstand ich, dass es eine Warnung gewesen war und er wohl gemeint hatte: Geh nicht zu weit, bei uns bewahren die Mädchen, anders als bei euch Juden, ihre Jungfräulichkeit bis zur Hochzeit.

Später, am Bahnhof, als wir schon von Dutzenden Soldaten umringt waren, suchte ich noch immer unter den Menschen, die unweit des Zauns frei herumliefen, nach Anastasia.

Ein paar junge Leute flohen vom Bahnhof. Auch ich wollte fliehen, aber in mir meldete sich, verspätet, ein gewisses Pflichtgefühl. Ohne meinen Vater, der mich mit leiser Stimme drängte: «Fliehe, mein Sohn, fliehe», wäre ich vielleicht nicht davongelaufen.

Isidor trat neben mich und legte mir die Hand auf die Schulter. Ohne es vorzuhaben, holte er mich aus den Bildern der Erinnerung. Er dachte in jener Nacht nur an die Kämpfer, die zu dieser gefährlichen Aktion losgezogen waren. Ich schämte mich, dass meine Gedanken in dieser schicksalhaften Stunde nicht bei jenen waren, die hinabgestiegen waren und ihr Leben riskierten.

Ich sagte: «Deine Gebete, Isidor, rühren nicht nur das Herz, sie zeigen uns auch unsere Eltern und Großeltern in einem anderen Licht, so wie wir sie nie zuvor gesehen haben.»

Isidor senkte den Kopf. «Ich weiß nicht, was ich dir antworten soll.»

«Meine Eltern haben sich von der Tradition gelöst, aber in ihrem Herzen waren sie immer mit dem Geheimnis der Natur und der Kunst verbunden. Ihre anhaltende Liebe zu Bach verband sie vermutlich weiterhin mit Gott.»

Isidor, offenbar verwirrt von meinen Worten, schloss die Augen.

Mir ging durch den Kopf, dass Isidor kein offizieller Kantor war, sondern eher ein Künstler des Gebets, und wie ein echter Künstler konnte er wohl nicht genau wissen, was er tat und was er bewirkte. Ich wollte ihn nicht weiter verwirren, deshalb schwieg ich.

«Schade, dass ich mich den Kämpfern nicht anschließen durfte», sagte Isidor mit erstickter Stimme.

Die Zeit kroch dahin, wir waren alle angespannt. Zila und Mirjam bereiteten belegte Brote für die Rückkehr der Kämpfer vor.

Ein Kamerad, ein Kämpfer, dessen Stimme ich bisher nicht kannte, versuchte einem anderen, der neben ihm saß, seine Sicht der Welt zu erklären: «Der Mensch muss sich vom Darwinismus lösen, er darf sich nicht vom Existenzkampf bestimmen lassen. Wir haben eine innere Welt, die uns leitet.»

Sein Gesprächspartner sagte: «Wenn du von einer inneren Welt sprichst, meinst du vermutlich die Ethik.»

«Ja, so ist es.»

«Und wer herrscht über die innere Welt?»

«Was soll das heißen? Das innere Ich eines jeden von uns.»

«Könnte dieses Ich sich nicht irren und sich nur auf sich selbst berufen oder auf irgendeine korrupte Ideologie? Das Herz des Menschen ist böse von Jugend an.»

«Dieses Ich, wenn man es nicht verletzt und wenn es nicht beschmutzt wird, ist gut, es ist ethisch richtig.»

Dieses Gespräch klang, als wäre es einem anderen Ort entrissen und hierhergebracht worden. Der Kamerad hatte vermutlich vergessen, wo wir uns befanden und was wir durchgemacht hatten, und war, um sich abzulenken, an seinen liebsten Ort zurückgekehrt – dem philosophischen Zirkel im Gymnasium.

Ich ging mit Isidor hinaus. Es hatte nicht aufgehört zu schneien, die weißen Flocken erhellten die Dunkelheit. Der Reiz dieses Anblicks, der mich schon in meiner frühesten Kindheit verzaubert hatte, ließ nicht nach.

«Hast du das Gymnasium beendet?», fragte ich Isidor.

«Ja, vor einem Jahr.»

«Ich stand kurz vor dem Abitur, aber ich habe es nicht gemacht. Wieso habe ich dich in der Schule nie getroffen?»

«Wir waren viele, wir rannten über die langen Flure, jeder zu seinen Prüfungen.»

«Bei uns zu Hause ist in den letzten Wochen vor der Vertreibung viel passiert, aber alles ist an mir vorbeigeflogen, ohne mich wirklich zu berühren», brach es aus mir heraus. «Sogar die Krankheit meiner Mutter.»

41

Während die Dunkelheit uns immer weiter einhüllte, betrat Felix mit Viktor, dem Ukrainer, der sich uns angeschlossen hatte, die Küche. Zila gab Viktor ein belegtes Brot und eine Tasse Tee und forderte ihn auf, sich auf eine Kiste zu setzen. Wir sahen ihn zum ersten Mal aus der Nähe.

Nachdem Viktor seine Mahlzeit beendet hatte, sagte Felix auf seine sachliche Art: «Erzähl den Kameraden bitte, was du dem Kommandanten und mir erzählt hast.»

Viktor hob den Kopf, schaute Felix in die Augen und sagte zu unserer Überraschung: «Im Moment fällt es mir schwer zu sprechen.» Seine Stimme schien um Rücksicht zu bitten.

Felix überhörte die Bitte. «Warum fällt es dir denn so schwer?», wollte er wissen.

«Wenn ich es erzähle, sehe ich die Gruben vor mir und die Soldaten, die den Menschen in den Rücken schießen, und das Entsetzen raubt mir die Worte.»

«Die Kämpfer müssen wissen, wofür sie ihr Leben riskieren», sagte Felix in seiner monotonen Stimmlage.

Nach einigem Zögern überraschte uns Viktor, als er sagte: «Ich bete zu Gott, er möge mir die richtigen Worte in den Mund legen, damit ich nicht davor zurückschrecke, zu erzählen, was ich gesehen habe. Ihr wisst besser als ich, wie schwer es ist, anderen zu beschreiben, was geschehen ist, besonders wenn es sich um etwas Entsetzliches handelt. Man wird dann leicht ungenau und verfälscht die Tatsachen, um sich selbst zu rechtfertigen und in besserem Licht zu erscheinen.

Ich gebe es gleich zu: Ich bin nicht anders als die anderen Leute in meinem Dorf. Auch ich stand gleichgültig daneben, als man die Juden im Dorf ermordet hat. Auch ich habe nach dem Massaker in meinem bequemen Bett geschlafen, aber irgendetwas in mir, nennt es Angst, raubte mir den Schlaf und führte mir ihren schrecklichen Tod vor Augen. Ich wollte dem Anblick entfliehen und ging zum Fluss, in die Berge. Doch überall sah ich sie vor mir, als hätten sie auf mich gewartet.

Viele Wochen lang quälten mich diese Bilder. Ich wusste nicht, was ich mit mir anfangen sollte. Ich hatte Angst, meiner Familie von meinen Empfindungen zu erzählen, ich dachte, sie würden mich verachten und verspotten. Oder noch schlimmer, sie würden mich für verrückt erklären. Also schwieg ich, doch das Schweigen drohte mich zu ersticken.

Entschuldigt bitte, ich habe den Ereignissen vorgegriffen, ich werde, wenn es erlaubt ist, etwas hinzufügen. Ich wurde in Holowka geboren, einem nicht besonders großen Dorf. Mein Vater besaß einen Bauernhof, auf dem die ganze Familie arbeitete, wir standen auf dem Acker, hüteten die Herde, halfen bei der Ernte oder brachten Obst und Gemüse zum Markt.

Als ich achtzehn war, wurde ich in das Heer des Kaisers eingezogen und nach der Grundausbildung zum Bewachen von Lagerschuppen eingeteilt. Zu meinem Pech gab es in einem Schuppen eine Explosion, mein rechtes Bein wurde verwundet. Ich wurde aus der Armee entlassen und kehrte zurück nach Hause auf den Hof. Mein Bruder und meine Schwestern hatten in der Zwischenzeit ihre Bestimmung gefunden, nur ich war noch da und half dem Verwalter. Ich war nicht mehr wie meine Geschwister, die Verwundung an meinem Bein, von der eine Narbe geblieben ist, hatte mich zu einem anderen Menschen gemacht. Wer eine so große Narbe hat, schläft nicht richtig, macht sich Sorgen, ob berechtigte oder unberechtigte, und fürchtet sich vor den Menschen. Die Frau, die mir seit frühester Jugend nahestand, die ich liebte und die mich liebte, löste die Verlobung, nachdem sie mein Bein gesehen hatte, sie sagte, so etwas Ungeheuerliches sei ihr noch nie vor Augen gekommen.

Ich gebe zu, eine Narbe wie meine ist kein angenehmer Anblick, trotzdem, finde ich, hat sie übertrieben. Bekanntlich neigen Frauen zur Übertreibung.

Warum ich euch das alles erzähle? Welche Bedeutung haben so nebensächliche Dinge angesichts der Ereignisse, die da kommen? Warum habe ich sie überhaupt erwähnt? Weil ich glaube, dass mein Leben ohne die Narbe anders verlaufen wäre. Ich hätte mich in die Hofarbeit eingefügt oder einen eigenen Betrieb gegründet, und der Tod der Juden hätte mich nicht groß gekümmert. Doch was soll ich machen, ein Mensch hat sein Schicksal nicht in der Hand. Die Narbe hat mich zu einem anderen Menschen gemacht, aber keinesfalls zu einem gerechten.

Als die Deutschen in unser Dorf eindrangen, schienen sie erst einmal höflicher als unsere eigene Polizei und irgendwie gerecht. Ein paar der Offiziere waren zwar eingebildet, aber so sind Eroberer nun mal, sagten die Alten, die in ihrem Leben schon andere Eroberer kennengelernt hatten.

In unserem Dorf lebten fünf jüdische Familien, die allerdings ganz anders behandelt wurden als wir. Sie wurden aus ihren Häusern geholt und in einer Reihe aufgestellt, auch alte Leute, Frauen und Kinder, und zu Fuß durch den Ort getrieben. Wer nicht laufen konnte, musste kriechen, aber abgesehen von dieser Erniedrigung wurden sie nicht weiter schikaniert. Am Abend schickte man sie wieder nach Hause.

Im Dorf herrschte Verwirrung, gemischt mit Schadenfreude. Für die restlichen Bewohner war der seltsame Marsch eine Art unterhaltsame Quälerei, aber nicht mehr als das. ‹Gut, dass man die Juden daran erinnert, dass sie sich bescheiden und anständig verhalten und sich nicht auf Kosten anderer bereichern sollen›, sagte mein Vater entschieden.

Im Dorf war das Verhältnis den Juden gegenüber immer zurückhaltend gewesen. Man behandelte sie mit Respekt, schenkte ihnen aber nicht allzu viel Vertrauen. Die Volksschule besuchte ich gemeinsam mit jüdischen Kindern. Die meisten waren ehrgeizig, aber es gab unter ihnen zwei etwas zurückgebliebene Jungen, die verspottet wurden. Die jüdischen Kinder weckten meine Neugier, ohne dass ich sie mochte. Ihre Fremdheit erregte meine Aufmerksamkeit. Es gefiel mir, ihnen Fragen zu stellen und ihre Antworten zu hören, und manchmal träumte ich von ihnen. Oft kamen sie mir vor wie Wesen, die Wunderdinge vollbringen können, dann wieder wie kleine Ungeheuer, die herumkriechen und Menschen anfallen.

Ich kehre nun zur Hauptsache zurück. Die Juden wurden wieder aus ihren Häusern geholt und in drei Gruppen durch das Dorf geführt, doch diesmal wurden die Männer und Frauen gezwungen, zu tanzen und sich zu küssen. Das sah sehr witzig aus. Alle lachten, sogar die Blinden und die Tauben. Dieses Spektakel dauerte ungefähr zwei Stunden, und am Ende schickte man sie wieder nach Hause.

Jeden Tag hat sich der Kommandant eine neue Schikane ausgedacht. Einmal ließ er ein Schwein auf den Platz führen und zwang die Juden, um das Schwein herumzutanzen, sich vor ihm zu verbeugen und es zu küssen. Alle bogen sich vor Lachen und warteten auf die nächste Vorführung.

So ging es ungefähr drei Wochen, vielleicht noch länger. Inzwischen waren zwei Greise gestorben, sie hatten die Märsche nicht überstanden, und ein Junge namens Max, der mit mir zur Schule gegangen war, brachte sich um. Eine Frau war verrückt geworden, hatte die Soldaten angegriffen und sie eine üble Horde genannt. Ihr wurde in den Bauch geschossen.

Danach fuhren der Kommandant und sein Stellvertreter weg und ließen die Juden in ihren Häusern. Sie öffneten ihre Geschäfte, die Grausamkeiten hörten auf, und es sah aus, als wäre alles wieder wie zuvor.

Doch es war, wie sich herausstellte, nur eine Pause.

Der Kommandant kam zurück, und schon am Tag darauf befahl er den Juden, in ihren Festkleidern auf dem Rathausplatz zu erscheinen. Diesmal wurden sie zum Fluss getrieben, und man befahl ihnen, ins Wasser zu gehen. Wer es nicht tat, wurde gestoßen. Unser Fluss ist nicht breit, aber tief. Die Alten und die Kinder versanken schnell, und wer versuchte zu schwimmen, wurde erschossen. Das Flusswasser färbte sich rot. Manche schrien, dann wurde es still.

So gingen die Juden von Holowka in ihre Welt. Auch in den umliegenden Dörfern misshandelte man die Juden, aber sie starben auf andere Art. Man brachte sie in den Wald, dort mussten sie Gruben ausheben, dann wurden sie erschossen. Ihre Brüder, die danach kamen, bedeckten die Gruben mit Erde und hoben neue für sich selbst aus.

So ist das Morden abgelaufen. Im Dorf ging das Leben weiter. Die Bauern arbeiteten auf den Feldern, ernteten Gemüse und Obst. Leute drangen in die Häuser der Ermordeten ein und schnappten sich alles, was ihnen in die Hände fiel.

Mein Vater sagte dazu: ‹Sie haben es sich selbst zuzuschreiben›, und ich hatte das Gefühl, dass alle ihm insgeheim zustimmten. Damit ihr es nicht falsch versteht, ich bin kein Gerechter. Ohne die Narbe an meinem Bein wäre mir das, was ich gesehen habe, schnell in Vergessenheit geraten und ich wäre zu meiner Arbeit zurückgekehrt, aber so ist es nun mal, die Bilder ließen mich nicht mehr los. Ich fühlte mich, als hätte man mir einen Strick um den Hals gelegt und ich würde ersticken, wenn ich den Ort nicht verlasse. Und so stehe ich jetzt vor euch.»

Da drehte sich Felix zu ihm und fragte höflich: «Vielleicht hast du etwas über einen jungen Mann namens Paul gehört, er ist vor etwa einem Monat verschwunden, und wir wissen nicht, was mit ihm passiert ist.»

«Nein», antwortete Viktor, doch dann griff er sich nachdenklich an den Kopf und sagte: «In einer Hütte außerhalb des Dorfs hat seit kurzem ein seltsames Paar mit seiner Tochter gelebt. Der Mann arbeitete als Tagelöhner und sie im Haus. Eines Abends drang ein Fremder bei ihnen ein, erschoss die beiden und raubte das Kind. Über die beiden kursierten allerhand Gerüchte im Dorf. Man begrub sie außerhalb des Friedhofs, und der Vorfall geriet rasch in Vergessenheit.»

«Was hat man noch gesagt?», fragte Felix.

«Das ist alles, was man gesagt hat, sonst nichts.»

Wir wussten, dass der Mann Paul gewesen ist.

Viktor blieb eine ganze Weile bewegungslos auf der Kiste sitzen. Was er uns erzählt hatte, hing noch in der Luft. Wir kannten Grausamkeiten aus dem Ghetto, aber diese entsetzlichen Geschehnisse, von denen Viktor berichtet hatte, waren schlimmer und schrecklicher.

42

Es war fünf Uhr in der Frühe. Um die Uhrzeit kehren die Kämpfer normalerweise von ihren Streifzügen zurück, die Kameraden verlassen ihre Zelte, zünden sich Zigaretten an und empfangen sie. Diesmal jedoch waren wir gefangen von dem, was Viktor uns erzählt hatte, und unsere Sorge um die Kämpfer, die noch immer nicht zurück waren, wuchs.

«Bestimmt hält der Schnee sie auf», sagte Felix, der aus dem Zelt gekommen war. Er streckte die Hände nach den Schneeflocken aus.

Wir standen da und stampften mit den Füßen. Michael, der kurz eingeschlafen war, wachte auf und stellte sich zu uns. Wir hatten unsere Patrouille vor Augen, die sich nach den Regeln bewegte, die Kamil uns beigebracht hatte. In ihrer dicken Kleidung sahen sie kleiner aus, gebückter, und einen Moment lang fürchteten wir, dass sie, sollten sie plötzlich Schüsse hören, sich nicht hinlegen, sondern einfach versinken würden.

So verging eine weitere Stunde. Viktor saß noch immer auf der Kiste im Zelt, er kam nicht heraus. Felix ging wieder hinein und erkundigte sich erneut nach dem Paar mit der

Tochter. Viktor bekannte, dass er damals von Bildern des Todes umgeben gewesen war und keine Kraft gehabt hatte, für irgendetwas Interesse aufzubringen. Felix erzählte ihm, dass Paul, ein mutiger Kämpfer und geliebter Mensch, wohl losgezogen war, um seine Tochter zu holen, die man ihm weggenommen hatte, und sich seither seine Spur verloren habe.

Michael, der die Anspannung spürte, fragte mich, ob alles in Ordnung sei.

«Vermutlich», sagte ich. Das war die Antwort, die Maxi ihm normalerweise gab.

«Worin unterscheidet sich dieser Streifzug von den früheren?», fragte er und überraschte mich mit dieser Frage. Ich wunderte mich über seine Reife, wusste aber nicht, was ich ihm antworten sollte. Ich entschied, ihn nicht zu belügen, und sagte: «Diesmal sind die Kämpfer ausgezogen, um einen Zug zum Entgleisen zu bringen.»

«Ich weiß», sagte Michael. «Meine Frage ist, ob diese Aktion gefährlicher ist.»

Michael war in den Monaten, seit er bei uns lebte, erwachsener geworden. Seine Gedanken waren schnell, und er formulierte sie gut. Nicht umsonst glaubte Maxi, dass Michael uns in Zukunft noch überraschen würde.

Als der Himmel sich langsam rosa färbte, entdeckte Felix die Heimkehrer am Hang, und wir liefen ihnen entgegen. Die hohen Schneewehen behinderten ihren Aufstieg, dennoch bewegten sich die Kämpfer rasch und halfen sich gegenseitig. Kamil ging an ihrer Spitze.

Als sie den Gipfel erreichten, sahen wir sofort, dass Danzigs Arm verbunden war. Es war Danzig, und er war es nicht: Seine Schultern wirkten schmaler, er sah kleiner aus. Salo, der sich auf dem ganzen Weg um ihn gekümmert hatte, führte ihn zum Krankenzelt. Mich bat er darum, Danzig die Schuhe auszuziehen, dann legten wir ihn auf eine Pritsche.

Danzig klagte nicht, aber er biss die Zähne zusammen, und wir sahen, dass er von Schmerzen gequält wurde. Salo gab ihm eine schmerzstillende Spritze und bat mich, Säckchen mit Eis zu füllen.

In der Küche servierte man den Kämpfern die belegten Brote und dazu Kaffee. Sie hatten Hunger, aber ihre Müdigkeit war stärker, die meisten schliefen mit der Tasse in der Hand ein. Unterdessen brachte man Milio zu Danzig.

Wegen der Verwundung fiel sein Empfang anders aus als sonst. Danzig, dessen Schmerzen nach der Spritze nachgelassen hatten, öffnete die Augen und rief mit leiser Stimme Milios Namen.

Milio betrachtete ihn schweigend.

«Was ist mit dir, mein Sohn, erkennst du mich nicht? Ich hatte große Sehnsucht nach dir.»

Milio hob beide Hände, ließ sie wieder fallen und stieß einige Silben aus. Auf Danzigs Gesicht erschien ein kurzes Strahlen. «Er freut sich, dass ich zurückgekommen bin.»

Am Abend berichtete Kamil von der Aktion. «Die beiden Stoßtrupps haben Erstaunliches geleistet», fing er an. «Wir kamen rechtzeitig am Ziel an und schwärmten aus. Salo und Danzig trugen den Sprengstoff zu den Schienen. Alles verlief präzise nach Plan: Der Sprengstoff explodierte, drei Waggons sprangen aus den Schienen, und unter den Soldaten brach Panik aus. Sie irrten kopflos umher und suchten Schutz. Wir schossen auf sie und erwischten viele. Wenn dein Feind fällt, sollst du dich nicht freuen, so mahnen unsere Quellen, aber wir konnten nicht anders, als Schadenfreude zu empfinden. Wäre da nicht der deutsche

Soldat gewesen, der aus lauter Panik wild um sich schoss und ein paar seiner Kameraden und Danzig traf, wäre es eine rundum gelungene Aktion gewesen.

Das ist nur der Anfang, von nun an müssen wir vorsichtig sein. Ich nehme an, dass ihre Vergeltungsaktion nicht lange auf sich warten lässt. Die Wehrmacht kann sich eine derart beschämende Niederlage nicht erlauben. Wir müssen wachsam sein. Ab heute werden wir uns Tag und Nacht vorbereiten, doch darüber dürfen wir die Hauptsache nicht vergessen: Wir müssen weitere Züge, mit denen Juden in die Lager gebracht werden sollen, entgleisen lassen. Wir dürfen uns keine Illusionen machen, es wird Verwundete geben, aber jeder Jude, den wir aus ihren Fängen befreien, ist Grund für ein Fest.»

Es herrschte Schweigen, niemand widersprach. An diesem Abend zeigte Kamil sich uns als Mann, der die Last einer großen Verantwortung auf den Schultern trägt.

Am Ende bat er uns überraschend, für Danzigs Besserung zu beten.

«Was sollen wir sagen?», fragte einer der Kämpfer.

«Ganz einfach: Gott, heile unseren lieben Danzig, das ist alles», sagte Kamil und lächelte, als habe er eine Hemmschwelle überschritten.

Die Patrouillen und die Stoßtrupps machten sich wieder auf den Weg. Die Wachen nahmen ihre Plätze ein, und die Verbliebenen versammelten sich im großen Zelt. Der Gedanke, dass man bei zukünftigen Aktionen gefangene Brüder aus den Waggons befreien würde, hob die Stimmung.

Ich schloss die Augen und sah meine Eltern und mich in den großen Ferien in Dismora, den Park und die Wälder, die das familiäre Hotel umgaben.

Ich bin fast acht Jahre alt, und meine Eltern und ich befinden uns in liebevoller Umgebung. Der Hotelbesitzer unterhält sich mit meinem Vater über die Gesellschaft und über Politik, und die beiden spielen oft Schach miteinander. Der Oberkellner bemüht sich, uns wohlschmeckende und abwechslungsreiche Mahlzeiten zu servieren.

Die Tage vergehen langsam. Wir unternehmen Spaziergänge durch die Wälder und um die Seen und erreichen schließlich den Fluss. In dieser Jahreszeit ist der wilde Pruth ruhig. Sein Wasser ist klar, und über den Grund sieht man kleine Fische huschen. Mein Vater und meine Mutter schwimmen. Ich kann auch schon schwimmen und lasse mich treiben.

Doch plötzlich, mitten im Glück, überfällt mich Angst; sie lässt mich erzittern und verdunkelt den hellen Tag. Ich habe das Gefühl, als ließe ein menschenähnliches Geschöpf uns nicht aus den Augen. Und dieses Geschöpf ist nicht allein, in den Bäumen verstecken sich weitere und lauern uns auf. Nichts ist zu hören, nur das gleichmäßige Fließen des Pruth und das Säuseln des Windes. Meine Eltern konzentrieren sich aufs Schwimmen, und als sie aus dem Fluss steigen, perlen Wassertropfen über ihre Gesichter und Hälse. Sie sehen so zufrieden aus, dass ich ihr Glück nicht stören möchte, also sage ich kein Wort. Doch es geschieht ein Wunder – als ich mich wieder umblicke, sind die Gestalten verschwunden, und ich bin froh, dass ich nichts gesagt habe. Aber ich kann es nicht ändern, diese Angst überfällt mich immer wieder, auch wenn wir im Wald oder im Park spazieren gehen oder im gepflegten Garten des Hotels sitzen.

Ich versuche mich zu beruhigen, das sind bloß Halluzinationen, rede ich mir ein und freue mich über das Wort, das mir eingefallen ist, sage aber nichts zu meiner Mutter. Sie ist jedoch aufmerksam und fragt: «Worüber denkst du nach, Edmund?»

«Werden wir immer zusammen sein?», frage ich und bereue diese Frage sofort.

«Das ist anzunehmen», antwortet sie. «Warum fragst du das, mein Schatz?»

«Mir ist eingefallen, dass man uns eines Tages trennen könnte.»

«Wer sollte das wagen?»

«Keine Ahnung.»

«Natürlich wirst du erwachsen werden», antwortet meine Mutter mit fester Stimme. «Du wirst das Gymnasium beenden, du wirst anfangen zu studieren, du wirst heiraten und selbst Kinder haben, aber wir werden immer zusammen sein. Und wir werden deine Frau und deine Kinder lieben, wie wir dich lieben.»

«Entschuldige», sage ich.

Und als wir nach einem Tag voller Wasser und Sonne zurückkehren, erwartet uns ein reichhaltiges Abendessen. Im Sommer sind die Tage lang, wir sitzen am Fenster und beobachten den Sonnenuntergang, der die Farben verändert. Die Nacht kommt noch lange nicht. Das Essen wird mit großer Ehrerbietung serviert, diesmal sind es Flussfische, neue Kartoffeln und duftende Erbsen. Das Essen hier schmeckt besser als zu Hause, vielleicht ist unser Appetit größer, oder es liegt daran, wie man es uns darbietet.

Nach dem Essen sitzen wir im Park und atmen die Nachtluft ein. Die Angst, die mich am Morgen am Wasser überfallen hat, taucht wieder auf, aber diesmal in realer Gestalt: ein schwankender Trunkenbold, der spuckt und mit schrecklicher Stimme folgende Sätze ausstößt: «Weg mit den Juden, man muss sie von dieser heiligen Erde vertreiben, sie machen sie schmutzig.»

Ich denke, mein Vater wird gegen diesen Schuft protestieren, der unsere Ruhe gestört hat, aber er sagt kein Wort. Wir stehen auf und kehren ins Hotel zurück.

Wir setzen uns in den Salon, mein Vater und meine Mutter bestellen Tee und Erdbeerkuchen mit Sahne und für mich Kakao und Schokoladenkuchen. Das angenehme Licht der Lampe dämpft den Schrecken und verwischt das Bild des Trunkenen. Aber meine Mutter ist noch erschrocken, sie sagt: «Teufel gibt es vermutlich überall, sogar im ruhigen Dismora.» Mein Vater reagiert anders. Er zündet sich eine Zigarette an und fragt: «Du nennst sie Teufel?»

«Wie würdest du sie nennen?»

«Teufel und Geister waren im Gymnasium Wörter, die man nicht gern benutzt hat.»

«Ich finde sie aber passend.»

«Vermutlich hast du recht, wie immer.»

«Du verspottest mich, aber ich verzeihe dir», sagt meine Mutter lächelnd.

Das sind die letzten Worte, die ich an jenem langen, hellen Abend aufnehme, wir gehen in unser Zimmer und setzen uns auf den Balkon, aber sowohl das Gesagte als auch das Schweigen fließen an mir vorbei.

Vermutlich trägt mich mein Vater ins Bett, ich gleite in den Schlaf, als die Hände meiner Mutter mir über die Stirn streicheln, und Minuten später schlafe ich tief und fest.

43

Von Tag zu Tag fällt mehr Schnee. Die Frauen, die Kinder und die Alten finden Schutz in den Bunkern. Die Kämpfer, die jungen Männer in Ausbildung sowie Kamil und Felix schlafen in Zelten. Das Training ist in den letzten Tagen strenger geworden. Bald werden wir zu einer Aktion losziehen: Die Vorräte gehen zur Neige, neue müssen beschafft werden.

Im russischen Sender wird gefeiert: Die Frontlinie vor Stalingrad ist durchbrochen. Die deutsche Armee zieht sich trotz Nachschub zurück. Die Stimme des Sprechers klingt entschieden und lässt keinen Raum für Zweifel. Wir sollten uns also freuen, aber Danzigs Verwundung und der schlechte Gesundheitszustand von Großmutter Zirl dämpfen die Freude. Kamil überlegt, zwei Stoßtrupps loszuschicken, um einen Chirurgen gefangen zu nehmen, der Danzig behandeln könnte, aber das scheint dann doch zu gefährlich und nur wenig aussichtsreich.

Viktor erinnert uns immer wieder daran, dass die Lager, in welche die Juden gebracht werden, Todeslager sind. Manche Kämpfer zweifeln an seinem Bericht, aber Kamil und Felix vertrauen ihm und hoffen, dass wir es bald schaffen werden, einen der Züge, mit denen Juden in den Tod geschickt werden, zum Entgleisen zu bringen.

Die Anspannung ist enorm, dennoch verteilt Michael an manchen Abenden Blätter, auf denen in seiner schönen Handschrift Abschnitte aus der Bibel stehen, oder Geschichten, die er aus Martin Bubers chassidischen Erzählungen abgeschrieben hat. Das abendliche Lernen am Feuer erinnert uns an die Zeit, als wir noch ein Zuhause hatten,

Eltern und Großeltern, und bis spät in die Nacht am Ofen saßen und lasen. Lange Winterabende lesend und schweigend zu verbringen ist unvergleichlich.

Ich erinnere mich: Als ich in der ersten Klasse war, brachte meine Mutter mich jeden Tag in die Schule und holte mich nach dem Unterricht wieder ab. Der Weg zur Schule war eigentlich nicht lang, aber mir kam er so lang vor, dass ich ihn nicht allein zurücklegen konnte. Außerdem liebte ich es, mit meiner Mutter spazieren zu gehen, die Menschen zu betrachten, die Vögel, und sie mit Fragen zu bestürmen. Oft bat sie mich: «Geh weiter, Schatz, ich laufe hinter dir», aber das wollte ich nicht, ich klammerte mich an ihre Hand und ließ nicht los.

Die meisten Kinder kamen ohne ihre Mütter zur Schule. Mir fiel auf, dass nur wenige meiner Klassenkameraden bis zum Schultor begleitet werden mussten. Wir wurden deshalb oft verspottet. Die anderen Kinder riefen: «Ihr seid noch Wickelkinder, ihr könnt nicht ohne den Busen eurer Mütter leben.» Sie waren unverschämt und fluchten wie Erwachsene.

Meine Mutter sagte dann: «Achte nicht darauf, sie sind einfach schlecht erzogen.» Aber ich konnte den Spott nicht ignorieren. Erst später, im Gymnasium, bekam ich durch Leibesertüchtigung Muskeln und lernte, Schläge auszuteilen und zu ertragen.

Großmutter Zirls Gesundheitszustand hat sich verschlechtert. Salo und Maxi haben sie aus dem Bunker geholt und im Krankenzelt untergebracht. Großmutter Zirl beklagt sich nicht, sie wiederholt oft, es sei an der Zeit, die Schwelle von dieser zu jener Welt zu überschreiten, dann würde sich herausstellen, dass der Tod nur eine Illusion sei. «Salo, mein Lieber, spare die Medikamente für die Kämpfer auf und vergeude sie nicht an mich. Ich brauche sie nicht mehr.»

«Großmutter Zirl, hab es nicht so eilig, uns zu verlassen», sagte Kamil, der sie besuchte. «Wir brauchen dich jetzt noch dringender als sonst.»

«Womit kann ich euch schon helfen, mein Lieber, ich bin so schwach. Mir wird bei der kleinsten Bewegung schwindlig.»

«Bald gehen wir hinunter, um einen Zug entgleisen zu lassen, wir brauchen deinen Segen, bevor wir uns auf den Weg machen.»

«Man hat mir schon verkündet, mein Lieber, dass man mich bald holen wird.»

«Wirst du nicht am Tag des Siegs mit uns sein?»

«Mach dir keine Sorgen, mein Lieber, ich bin sicher, dass diese treue Gemeinde hier noch Wunder erleben wird.»

Kamil senkte den Kopf und verließ sie.

Später ging ich mit anderen zu ihr. Sie erkannte mich sofort und sagte: «Mach dir keine Sorgen; Bunja, deine Mutter, schützt dich.»

«Wo ist sie jetzt, Großmutter?»

«An dem Ort, den Gott für sie bestimmt hat.»

«Werde ich sie wiedersehen?»

«Wenn Gott es so will.»

Sie erkannte auch Isidor und sagte zu ihm: «Itsche Meir, hör nicht auf zu beten. Du bist ein glücklicher Mensch, dein Großvater Itsche Meir hat dir die Gebete geschenkt, sie sprechen aus dir heraus. Du bist die Feuersäule unseres Lagers.» Dann schloss sie die Augen, man sah ihr an, dass das Reden sie erschöpft hatte.

In der Nacht kam ein heftiger Sturm auf und riss Raw Chanoch und sein Zelt mit sich. Als wir morgens aufstanden, war dort, wo es gestanden hatte, nur noch weißer Schnee.

Kamil befahl den Männern, die bereits angefangen hatten zu trainieren, den Gipfel zu umrunden und Raw Chanoch zu suchen. Später schlossen sich ihnen noch andere Trupps an. Sie fanden kein Zeichen von ihm, und Schrecken breitete sich aus. Niemand sagte etwas, es war, als wären wir von einem heftigen, unerklärlichen Schlag getroffen worden.

Der Sturm hielt an, wir waren starr vor Kälte, suchten jedoch keinen Schutz. Erst jetzt wurde uns klar, was Raw Chanoch uns bedeutete. Was hätten wir ohne seine Mützen und seine Strümpfe getan, ohne die Handschuhe und ohne die Westen. Wir hatten alles wie selbstverständlich hingenommen.

Kamil gab nicht auf. Er befahl, bergab zu gehen und weiterzusuchen.

44

Am Tag darauf zogen zwei Stoßtrupps los. Die Vorräte sind geschwunden, uns bleiben nur Überfälle übrig, um genügend Nahrungsmittel zu erobern, damit wir die Befreiten, die wir erwarteten, ebenfalls würden durchfüttern können.

Bevor wir uns auf den Weg machten, brachte Kamil uns zu Großmutter Zirl, die uns segnen sollte. Sie bedeckte mit beiden Händen ihr Gesicht und murmelte leise den Segen, dann sagte sie: «Gott schütze euch.»

Großmutter Zirls wunderbare Existenz ist zu einem festen Teil unseres Lebens geworden. Wir sehen sie nicht nur, wir denken auch an sie, wenn wir trainieren oder uns vorbereiten. Wir haben ihr Gesicht, ihre Hände und sogar den Schal um ihren Hals immer vor Augen. «Ihr braucht euch keine Sorgen zu machen», verspricht sie uns wieder und wieder, «wir werden immer zusammen sein. Jede Trennung ist nur vorübergehend. Was wir jetzt für unmöglich halten, ist am Ende ganz einfach. Zweifel und Widrigkeiten werden sich als Irrtum herausstellen.»

Wir zogen in die Nacht hinaus, ruhig und überzeugt, dass es in unserer Macht lag, unser Leben in die Hand zu nehmen.

Seit wir das Ghetto verlassen haben, spüren wir den inneren Drang, die Welt und uns, wie Kamil es sagte, zu verändern, und jeder Auftrag, den wir übernehmen, ist eine persönliche Aufgabe. Kein Wunder, dass die Kämpfer nach einer gelungenen Aktion manchmal in Tränen ausbrechen.

Der Weg dauerte etwa zwei Stunden. Die Informationen, die unsere Patrouillen gesammelt hatten, stimmten. Wir überfielen einen Bauernhof und überraschten die Bewohner im Schlaf, und wären nicht zwei kleine Kinder aufgewacht und hätten erschrocken angefangen zu schreien, wäre alles problemlos über die Bühne gegangen.

Ein alter Mann, vermutlich ihr Großvater, wandte sich an Felix und sagte: «Schaut nur, was ihr angerichtet habt.» Sicher meinte er die weinenden Kinder. Felix antwortete höflich: «Wir sind Partisanen und schützen die Heimat und stehen für Gerechtigkeit ein. Wir sind keine Räuber, sondern erfüllen einen Auftrag. Wir brauchen Nahrungsmittel, Kleidung, Decken. Es wäre gut, wenn ihr uns die Sachen freiwillig gebt. Wenn ihr unserer Bitte nicht nachkommt, nehmen wir uns, was wir brauchen.»

«Nehmt, was ihr wollt, es ist mir egal», sagte der Großvater verächtlich. Zwei seiner grobschlächtigen Söhne standen neben ihm, ohne ein Wort zu sagen. Ihnen stand der Zorn ins Gesicht geschrieben. Wir hatten Erfahrung mit solchen Situationen, unsere Waffen waren gespannt.

«Wer seid ihr?», wollte der alte Mann wissen.

«Partisanen», sagte Felix. «Sieht man uns nicht an, dass wir Partisanen sind, die für die gerechte Sache kämpfen?»

«Ich finde, ihr seht aus wie Juden.»

«Macht das einen Unterschied?»

«Man erwartet von Juden nicht, dass sie kämpfen.»

«Es wird Zeit, die Vorurteile abzulegen.»

«Ich will Juden kein Essen geben», rief der Alte.

«Wenn du es uns nicht gibst, werden wir es uns nehmen.»

«Verflucht sollt ihr sein», stieß er aus.

Felix zögerte nicht. «Fesseln», befahl er.

Wir fesselten den Alten und seine Söhne. Die Kinder und die Frauen weinten laut. Wir hatten keine Wahl, wir mussten sie zum Schweigen bringen. Felix schoss in die Zimmerdecke, und alle wurden still. Dann nahmen wir, was uns in die Hände fiel, und zogen uns nach allen Regeln der Kunst zurück.

Noch etwa einen Kilometer lang hörten wir das Fluchen der Männer. Sie wünschten noch dem letzten Juden den Tod.

Die Aktion war gelungen, aber wir fühlten uns bedrückt. Die Verwünschungen des alten Mannes und seiner Söhne taten uns noch weh, als wir uns schon dem Stützpunkt näherten. Manche der Kämpfer glaubten, wir wären zu weich: Es wäre an der Zeit, meinten sie, unsere Muskeln zu zeigen. Felix schwieg, und wie immer war sein Schweigen ein Beweis seiner Stärke.

Salo, der diesmal nicht mit uns losgezogen war, verkündete uns gleich nach unserer Rückkehr, dass sich Danzigs Zustand leicht gebessert habe, seine Schmerzen hätten nachgelassen, und Milio schlafe neben ihm, das bereite ihm große Freude.

Großmutter Zirl ging es zwar nicht besser, aber sie war noch klar im Kopf, ihr Gedächtnis war hellwach, und sie freute sich über jeden, der zu ihr kam.

Ich beschloss, sie im Krankenzelt zu besuchen. Großmutter Zirl saß da, an Kissen gelehnt, und als sie mich erblickte, rief sie laut: «Bunjas Sohn kommt zu mir, eine Schande, dass ich seinen Namen vergessen habe.»

«Ich heiße Edmund», sagte ich.

«Ich nehme an, dass dein jüdischer Name in deinem christlichen verborgen ist. Früher konnte ich den jüdischen Kern herausfinden, jetzt hat mein Gedächtnis nachgelassen, auch das ein Zeichen, dass es an der Zeit ist, in die wahre Welt zu gehen.»

«Ich habe meinen Vater und meine Mutter am Bahnhof zurückgelassen und bin geflohen», sagte ich. «Was kann ich tun, um diese Schuld zu sühnen, Großmutter Zirl?» Ich hielt die Luft an.

«Alles, was du jetzt tust, mein Sohn, ist gerecht, und wie du weißt, rettet Gerechtigkeit vor dem Tod. Gott im Himmel kennt dich gut und weiß, dass du nicht aus Bosheit gehandelt hast.»

«Was kann ich noch tun, Großmutter?»

«Du tust schon mehr als genug. Reuevolle Gedanken sind nützlich, aber sie dürfen deinen Willen zu gerechten Taten nicht beeinträchtigen. Gerade bist du von einer Aktion zurückgekommen und hast einen Sack mit Nahrungsmitteln auf dem Rücken geschleppt. Nicht um deiner selbst willen hast du dich abgemüht, sondern du hast Essen für uns alle gebracht. Wer sich so für die Allgemeinheit einsetzt wie du, über den wachen die Engel.»

«Werde ich meinen Vater und meine Mutter wiederfinden?»

«Dein Vater und deine Mutter sind immer bei dir, egal, wo sie jetzt sind. Du bist ihr einziger Sohn.»

«Danke, Großmutter Zirl», sagte ich und wusste zugleich, dass es für solche Worte keinen Dank gab.

«Mach dir keine Sorgen, Gott im Himmel kennt die Herzen seiner Kinder.»

Am Abend fasste Felix die Aktion mit dem Satz zusammen: «Unser Vorhaben ist gelungen, aber leider können wir es nicht ändern, dass immer ein trüber Rest bleibt, auch wenn wir nicht schuld daran sind.»

Kamil, der nach ihm sprach, eröffnete uns, dass nach allen Informationen, die uns vorlagen, die meisten Eisenbahnzüge Soldaten und Waffen transportierten, am Dienstag nach Mitternacht aber ein Zug kommen würde, «Sonderzug» genannt, der voll beladen mit Juden wäre, die in Lager gebracht werden würden. «Wir haben vor, ihn entgleisen zu lassen. Das wird unsere große Prüfung sein.»

An diesem Abend sprach Isidor mit klarer, hingebungsvoller Stimme das Gebet «Ich bin der Tatenlose». Die Menschen bedeckten ihre Gesichter und weinten. Sogar Felix, der sonst ein Fels in der Brandung war, vergoss Tränen.

Kamil gab nicht auf. Er bat eine Patrouille, bergab zu gehen und laut «Chanoch, Chanoch» zu rufen.

45

Eines Tages verkündete Großmutter Zirl, sie würde am nächsten Tag in ihre Welt gehen und wolle uns noch einmal sehen. Als Erster betrat Kamil das Zelt. Lange saß er neben ihr, ohne dass wir erfuhren, was sie zu ihm gesagt und worum er sie gebeten hatte. Mit gesenktem Kopf kam er wieder heraus.

Der Nächste war Felix. Man konnte sich nur schwer vorstellen, dass Felix Fragen stellte und viel redete. Vermutlich sprach Großmutter Zirl, und Felix hörte zu. Er blieb nicht ganz so lange bei ihr wie Kamil, und als er herauskam, lag ein Staunen in seinem Gesicht. Dieser zurückhaltende und praktische Mann sah ungewohnt nachdenklich aus, ganz als habe er Dinge erfahren, an die er nie zuvor gedacht hatte.

Nach Kamil und Felix traten die Kämpfer ein. Großmutter Zirl saß in ihrer Sänfte, an zwei Kissen gelehnt, und ihrem Gesicht war keine Veränderung anzusehen, es zeigte nur ein kleines Lächeln der Vorfreude auf ihre Söhne und ihre Töchter, die sie lange nicht gesehen hatte.

«Etwas möchte ich euch noch einmal sagen, meine Lieben», fing sie an. «Die Trennwand zwischen dieser Welt und der kommenden ist sehr dünn. Der Tod ist eine Illusion. Morgen um diese Zeit werde ich bereits bei meinen Lieben sein. Trauert nicht zu sehr. Unser Leben in diesen wunderbaren Bergen war voller Hingabe, jede Minute, die wir zusammen verbracht haben. Wir haben die Verzweiflung überwunden und nicht zugelassen, dass das Gift uns durchdringt. Die Verzweiflung ist unser größter Feind. Sie macht uns blind und verschließt unsere Seelen. Man darf sie nicht in sich eindringen lassen.

Wir haben viel Leid auf dieser Welt gesehen, mehr als die Generationen vor uns, kein Wunder, dass wir nicht geläutert sind. Übergroßer Schmerz drückt den Menschen nieder, er erhellt ihn nicht. Aber wir müssen Gott danken, dass er uns in diese wundersamen Berge geleitet hat, sie haben uns aufgerichtet und zu uns selbst geführt, und jetzt ist jeder Einzelne von euch ein Abgesandter Gottes auf dieser Welt. Frühere Generationen haben Gott an jedem Ort erkannt, sogar im kleinsten Unkraut, in unserer Generation dagegen sind viele blind, sie sehen nur das, was offensichtlich ist. Gott hat sich in unser Inneres zurückgezogen. Lasst Gott, meine Kinder, in euch wohnen, lasst zu, dass er euer Inneres leitet: Liebt und vermehrt die Liebe, habt Erbarmen und vermehrt das Erbarmen. Sucht Gott nicht außerhalb von euch selbst. Die Außenwelt wird vom Bösen beherrscht, und wer weiß, wie lange diese Herrschaft noch dauern wird. Macht die Augen auf und schaut in euer Inneres, Gott ist in euch.» Mit diesen Worten beendete sie ihre Rede.

Wir standen lange reglos da. Vielleicht hatten wir nicht alles verstanden, aber wir spürten, dass wir von diesem Moment an nicht mehr dieselben Menschen sein würden wie vorher.

Und dann brach es aus einem der Kämpfer heraus: «Verlasse uns nicht, Großmutter Zirl.» In seiner Stimme lag eine Kraft, die uns erschütterte.

Großmutter Zirl erschrak nicht bei diesem Aufschrei. Ruhig sagte sie: «Höre, was eine alte Tochter Israels dir sagt: Wir werden immer zusammen sein. Diese Berge haben uns gelehrt, zusammen zu sein, und wenn du mich morgen nicht mehr an meinem üblichen Platz siehst, stelle dir im Herzen vor, wie ich in der wahren Welt sitze. Es gibt keine

Trennung, wie wir irrtümlich angenommen haben. Die Tora und die Liebe verbinden uns hier wie dort. Türen und Tore sind nur eingebildet, sie sind eine Erfindung des Satans. Wer die Stimmen und die Blitze auf dem Berg Sinai erlebt hat, ist Teil des Höchsten.»

46

Nachdem Großmutter Zirl ihre Rede beendet hatte, merkten wir, dass dies ihre letzten Atemzüge gewesen waren. Salo trat zur Sänfte und setzte sich auf die Erde. Wir wagten nicht, den Kopf zu heben und ihr stummes Gesicht zu betrachten. Wir standen da und wussten, dass Großmutter Zirl ein Engel war, den Gott uns geschickt hatte, als unsere Welt unterging. Wir hatten sie nicht leichten Herzens aufgenommen. Es gab Tage, da kamen uns ihre Reden unsinnig vor, doch an anderen Tagen spürten wir, dass sie aussprach, was in uns verborgen war.

Wir hielten die Stille und die Fülle nicht aus und verließen das Zelt. Seltsam, niemand weinte. Doch die Zigaretten, die herausgeholt und angezündet wurden, waren Zeichen genug. Was konnte man schon über einen Engel Gottes, den wir alle gesehen hatten, sagen, und was konnte man sagen, wenn er plötzlich die Flügel zusammenfaltete?

Wir standen draußen wie am Tag zuvor, und doch war alles anders. Die Zelte, die Öfen, die Dreifußgestelle mit den großen Töpfen darauf, Geräte, die wir mühsam gesammelt hatten, damit wir uns wärmen und ernähren konnten – sie alle waren real. Man konnte sie anfassen, und trotzdem war es, als wären sie nur zufällig hier gelandet und man müsste zweifeln, ob sie weiterhin hier bleiben würden.

Isidor bat mich um eine Zigarette. Er zündete sie an, indem er die Flamme mit der Hand schützte. Auch seine Bewegungen schienen zu sagen: Was hat das Leben schon für eine Bedeutung, wohin führt es, werden wir bald hinuntersteigen und unsere Lieben sehen, oder sollen wir hier stehen bleiben, bis uns Kälte und Krankheiten verschlingen?

Sogar die Kommunisten, die Großmutter Zirls Reden abgelehnt hatten, manche insgeheim, andere ganz offen, waren betroffen von ihrem Fortgang. Karl sagte: «Ich habe nicht begriffen, was sie gesagt hat, und mit dem, was ich begriffen habe, war ich nicht einverstanden, aber ich habe sie gerngehabt. Es fällt mir schwer, diesen Widerspruch zu erklären.»

Salo erlöste uns aus der Verwirrung. Er zog ein Blatt aus seiner Manteltasche und verlas das Testament, das Großmutter Zirl ihm am Tag zuvor diktiert hatte. Es lautete: «Macht euch nicht zu viel Arbeit mit mir. Begrabt mich unverzüglich, nachdem mich meine Seele verlassen hat, zusammen mit meiner Sänfte, die schon ein Teil von mir geworden ist. Itsche Meir soll das Kaddisch sprechen, und ihr sollt mit Amen antworten. Betrauert mich nicht. Es ist nicht die Zeit, Einzelne zu betrauern, sondern es ist die Zeit, laut zu beklagen, was der Satan uns antut.

In der Nacht meines Hinscheidens macht ihr euch auf den Weg zu einer großen, gefährlichen Aktion, und ich werde von meinem neuen Platz aus beten, dass ihr viele Juden rettet. Ich weiß nicht, ob ich in der Lage sein werde, euch von dort aus ein Zeichen zu schicken, aber ihr könnt sicher sein, dass ich bei euch bin, und ich werde nicht aufhören, im Himmel zu erzählen, was die Räuber uns antun.

Doch ihr sollt das Gute und nur das Gute in jedem Einzelnen von euch sehen.»

Mit zitternden Händen faltete Salo das Blatt zusammen, man sah ihm an, dass er an einem Abgrund stand. Er umarmte Michael, der ebenfalls zitterte, und sagte: «Du brauchst dir keine Sorgen zu machen, Großmutter Zirl ist ruhig und friedlich gestorben, und jetzt befindet sie sich auf dem Weg zum Himmel.»

«Und wir sehen sie nie wieder?»

«Vermutlich nicht.»

Die Kälte draußen war heftig. Einige Kämpfer machten sich daran, eine Grube ins Eis zu schlagen. Wir waren Großmutter Zirl so nahe, aber wir wussten nicht, wie wir unsere Liebe ausdrücken sollten. Der verwundete Danzig, der zum Zelt gebracht worden war, rief mit heiserer Stimme: «Wir können Großmutter Zirl nicht mehr fragen, was mit uns geschehen wird.»

Die Kämpfer, die das Grab ausgehoben hatten, holten die Sänfte. Großmutter Zirls Gesicht war mit dem Schal bedeckt, den sie sich immer umgelegt hatte. Bevor sie die Sänfte in die Grube senkten, bedeckten sie sie mit Brettern. Die Sänfte verlor ihre alte Form und sah jetzt aus wie ein schlichter Sarg.

Isidor sagte das Kaddisch und das «Gott voller Erbarmen» und betonte dabei jedes Wort. Plötzlich wirkte er viel älter, als habe er für diesen Anlass die Gestalt seines Großvaters angenommen.

Die Kämpfer, die das Grab ausgehoben hatten, bedeckten es mit Erde und Schnee. Mirjam wurde ohnmächtig, und Salo kümmerte sich um sie. Sonst rührte sich niemand von der Stelle. Es fing an zu schneien, dicke Flocken fielen vom Himmel. Die Menschen, die darauf warteten, dass

Kamil etwas sagte, verstanden nicht, dass er mit Bedacht schwieg, doch die anderen, die keine lange Rede erwarteten, schätzten seine Zurückhaltung in diesem Moment. Felix murmelte vor sich hin: «Was gibt es da schon zu sagen?»

Wir saßen noch lange zusammen und tranken Tee und empfanden, dass mit Großmutter Zirls Tod auch ein Teil unseres Gemeinschaftsgefühls dahingegangen war. Von nun an würden wir die Befehle unserer Kommandanten ausführen, aber jeder Einzelne würde sich tiefer in sich selbst zurückziehen. Kamil würde sicher nicht versuchen, den Platz von Großmutter Zirl einzunehmen, höchstens einige ihrer Sprüche übernehmen. Er war ein großer Kommandant, doch die Kraft der Vorväter besaß er nicht.

Etwa eine Stunde vor Mitternacht war seine klare Stimme zu vernehmen: «Die Kämpfer werden gebeten, die Waffen zu reinigen und ihre Gamaschen anzulegen. Sie sollen zu Abend essen und sich Punkt Mitternacht zum Abmarsch aufstellen.» Diese deutlichen Worte zerrissen das Schweigen, in das wir versunken waren.

Jemand sagte: «Vielleicht treffen wir unterwegs ja Raw Chanoch.»

47

Ich war froh, dass ich mich diesmal an der Aktion beteiligen durfte. Wir rutschten den Berg hinunter, und bei jedem neuen Schritt spürte ich, dass Großmutter Zirls Tod mich begleitete. Wie sehr sie uns gestützt hat, dachte ich.

Auch als sie noch lebte, wussten wir, dass sie nicht so war wie alle anderen Menschen, doch jetzt war ihre Persönlichkeit noch gewachsen.

In der Nacht vor ihrem Tod hatte ich sie im Traum gesehen, sie unterhielt sich mit meiner Mutter, und ich freute mich, dass diese sich erholt hatte und über ganz alltägliche Dinge sprach. Ich wollte zu ihnen hinlaufen, wagte es aber nicht. Sie wirkten vertraut wie Freundinnen, wie Schwestern, die sich lange nicht gesehen hatten.

Schließlich bemerkte mich Großmutter Zirl und winkte mich heran. Ich ging zu ihnen hin und war mir sicher, dass meine Mutter sich freuen würde. Doch sie schaute mich an und fragte: «Wer ist dieser junge Mann?»

«Erkennst du ihn nicht?», fragte Großmutter Zirl und lächelte.

«Er sieht aus wie mein Sohn Edmund, aber er ist es nicht.»

Großmutter Zirl stieß einen Ruf des Entzückens aus. «Doch, er ist dein Sohn, er ist es, du kannst dich an ihm freuen.»

Ich dachte, so muss es in der Welt von Großmutter Zirl sein. Lebendige Menschen und Menschen, die nicht mehr sind, existieren gemeinsam. Oft erkennt einer den anderen zunächst nicht, doch am Ende treffen sie sich, erkennen einander und weinen vor Glück.

Wir liefen energisch und mit der nötigen Vorsicht. Kamil und die Sprengstoffträger gingen voraus, wir anderen folgten ihnen auf dem Fuß. Ich stellte mir vor, wie die Kämpfer bald den Sprengstoff neben den Schienen ablegen würden, wir würden einen Zug entgleisen lassen und dann auf die Gefangenen zulaufen und laut rufen: «Ihr seid befreit, beeilt euch, folgt uns!» Dieser Gedanke beschleunigte meine

Schritte, und offenbar nicht nur meine, jedenfalls kamen wir schon vor der Zeit an.

Wir gruben uns ein und warteten. Isidor, der neben mir lag, fragte mich flüsternd, ob meine Zehen sich auch so erfroren anfühlten. Ich sagte, ich hätte noch ein Paar Strümpfe für den Notfall in der Tasche und sei bereit, sie ihm zu geben.

Isidor dankte mir und sagte: «Wenn ich ein gläubiger Mensch wäre, hätte ich alles gesegnet, was mir in den letzten Monaten geschehen ist.»

«Ein Mensch, der betet, ist doch gläubig, oder etwa nicht?»

«Die Gebete sind in mir, der Glaube ist es nicht.» Auch in der Stunde der Prüfung war Isidor mir gegenüber ehrlich.

«Wir werden noch einmal darüber sprechen», sagte ich, obwohl mir klar war, dass ich nichts zu sagen hatte.

«Seit ich an den Aktionen teilnehme, habe ich mich verändert», sagte Isidor. «Den Tod fürchte ich noch immer, aber ich habe gelernt, diese Furcht zu bezwingen, bevor sie sich ausbreitet. Was tust du, um sie zu bezwingen?»

«Ich sage mir, meine Eltern, die in ein Lager geschickt wurden, leiden bestimmt mehr als ich», sagte ich und erschrak über meine eigenen Worte.

Plötzlich verstand ich, dass jeder von uns nicht nur schwere Erlebnisse mit sich herumtrug, die ihn in manchen Stunden erschüttern, sondern auch starke Worte für diese Erlebnisse. Wie Kamil, wie Großmutter Zirl, wie Hermann Cohen, wie Karl und alle anderen, die ihrem Beispiel folgten – auch Isidor gehörte jetzt dazu.

Der Zeitpunkt rückte näher. Die Sprengstoffträger schlugen die Richtung zu den Gleisen ein, und die Kämpfer bereiteten ihre Waffen vor. Ich erinnerte mich, dass Kamil schon öfter beim ersten Morgenlicht, wenn wir bereits auf dem Rückweg zum Stützpunkt waren, gesagt hatte: «Schaut euch den Himmel an, was für eine Schönheit, was für eine Reinheit, die Natur ist nicht sentimental; was sie zu sagen hat, ist immer voll und stark. Dankt Gott, dass wir diesem Wunder gegenüber nicht gleichgültig sind.» So ist Kamil, es fällt uns leicht, ihn zu lieben und ihm zu folgen, auch wenn wir das, was er sagt, nicht immer verstehen.

Einmal, in einem Moment erhabener Gefühle, hat er gesagt: «Ich liebe jeden von euch gleichermaßen, auf euch gründet die Welt. Wir sind keine Räuber und keine Rowdys, sondern hüten Gottes Bild auf dieser Welt.»

48

Bald wäre es so weit. Wir wussten: Die Züge, nicht nur die Militärzüge, verspäten sich so gut wie nie. Pünktlichkeit ist einer ihrer Grundsätze. Aus Erfahrung haben wir gelernt, dass die deutschen Patrouillen anders sind als die ukrainischen. Die Deutschen sind bereit, verbissen und mit knirschenden Zähnen zu kämpfen.

Dann kam der Zug. Auch diesmal zündete der Sprengstoff, die Lokomotive und die vorderen Waggons sprangen aus den Gleisen. Doch die Soldaten, die den Zug bewachten, schossen nach allen Seiten. Wir griffen sie an. Die Soldaten fluchten und schossen weiter, auch als Verwundete auf der Erde lagen. Glücklicherweise waren sie nicht so viele – wir machten sie nieder.

Kamil kommandierte die Räumung des Zugs. Erst befreiten wir die Kinder, dann die Frauen und die Alten. Salo und Maxi kümmerten sich um die Verletzten. Wir waren gezwungen, zu entscheiden, wen wir mitnahmen und wen wir daließen.

Der Rückzug in den Wald musste schnell gehen. Wir teilten uns in drei Gruppen auf. Jede Gruppe machte sich unter unserer Leitung auf den Weg. Die Angst, dass bald feindliche Verstärkung eintreffen und uns angreifen würde, verließ uns nicht, auch als wir schon tief in den Wald vorgedrungen waren.

Es tauchte keine Verstärkung auf, aber Sturm und starker Schneefall ließen uns nur langsam vorwärtskommen. Die Geretteten waren geschwächt, und wir hatten noch nicht einmal ein Stück Brot, das wir ihnen geben konnten.

Gegen Morgen öffnete sich der Himmel, und die Sonne ging auf. Kamil, der ein Kind auf dem Arm trug, forderte alle auf, sich noch ein bisschen anzustrengen, wir würden uns dem Stützpunkt nähern, dort wären wir unter uns. Nur unter uns. Und wir hätten Zelte, Nahrungsmittel und Wasser.

Unter den Geretteten war ein Mann, der Maxi erkannte, ein Kommilitone von der Universität. Er umarmte ihn und rief laut: «Ihr seid Engel. Wir haben nicht geglaubt, dass wir am Leben bleiben.» Überrascht von diesem Zusammentreffen, sagte Maxi: «Ihr braucht keine Angst zu haben, wir kennen das Gebiet hier wie unsere Westentasche, bald sind wir zu Hause.»

49

Doch auch am Tag ging der Marsch nur langsam voran. Wir trugen die Erschöpften, die Alten und die Kinder, und bei jeder Ruhepause zündeten wir ein Feuer an, um uns aufzuwärmen. Kamil erzählte den Geretteten alles über dieses Gebiet, er sprach über die geistigen Eigenschaften, über die Sicherheitsbedingungen und vor allem über den Gipfel, der einer Festung gleicht, die wir verteidigen. Die Leute waren so entkräftet, dass sie vielleicht gar nicht verstanden, was er sagte.

Felix, der uns schon von weitem entdeckt hatte, schickte uns geschnittenes Brot, Käse und einen Topf Tee entgegen. Aber die Geretteten, erschöpft, wie sie waren, nahmen höchstens einen Schluck lauwarmen Tee zu sich.

Erst gegen Abend, als wir sie auf den Gipfel gebracht hatten, war ihr Zustand deutlich zu erkennen: drei halbverhungerte Kinder, die fast nicht mehr stehen konnten, vier Frauen mit geschwollenen Augen und dem Zusammenbruch nahe, einundzwanzig Männer unterschiedlichen Alters, dünn und ausgehungert. Das waren alle, die wir hatten retten können. Die Übrigen waren dem Zug vermutlich entkommen und hatten sich verstreut, oder sie waren einfach auf der Erde liegen geblieben.

Wir standen vor dem großen Elend, das alles andere als ansehnlich war. Das war der Grund, weshalb Kamil uns bat, nur das Leiden des Menschen zu sehen, nicht seine Hässlichkeit. Wir dürften eines nicht vergessen: Die Hässlichkeit sei nur das äußere Zeichen des Leidens, hinter jedem einzelnen Leidenden stehe ein Mensch. Alle beeilten sich, ihnen Tee anzubieten, dazu Kekse, die Zila und

Mirjam für sie gebacken hatten. Salo und Maxi kümmerten sich um die Verletzten, und unser Stützpunkt sah auf einmal ganz anders aus.

So hatten wir uns die Rettung nicht vorgestellt. Wir hatten zwar geschwächte Menschen erwartet, verletzt und mit Schmerzen, aber keine, die vor Erschöpfung dem Tod näher waren als dem Leben. Wir hatten vergessen, was im Ghetto geschehen war, was die Arbeitslager anrichten und welche Folgen der Todeszug hat. Der Mensch ist aus Fleisch und Blut, nicht aus Eisen. Kamil sagte nachdrücklich: «Ab sofort müssen wir nicht nur kämpfen, wir müssen uns um alle kümmern, die Pflege benötigen.»

Unsere Prüfung begann sofort. Einige hatten so dünne Beine, als würden sie von innen aufgefressen. Die Beine zweier Frauen waren dagegen erschreckend stark angeschwollen. Ich dachte an Großmutter Zirls letzte Worte: «Liebt und vermehrt die Liebe, habt Erbarmen und vermehrt das Erbarmen.» Vermutlich war es das, was sie gemeint hatte.

Einer der Geretteten, ein Mann mittleren Alters, sagte, sie wären fünf Tage lang in den Waggons eingesperrt gewesen, viele seien verdurstet oder erstickt. Das war alles, was er herausbrachte, ein heftiges Schluchzen hinderte ihn daran, weiterzusprechen. Die anderen saßen schweigend auf den Reisigbündeln in dem großen Zelt, das die Kämpfer für sie hergerichtet hatten. Der Ofen verströmte Licht und Wärme und beleuchtete ihre Gesichter.

Kamil wandte sich an die Kämpfer, die an der Aktion teilgenommen hatten. «Es war uns vergönnt, eine kleine Anzahl Menschen, teure Menschen, heilige Menschen, aus den Klauen des Raubtiers zu befreien. Wir haben gegen das Böse gekämpft, und das ist erst der Anfang. Wir werden unsere Brüder pflegen, bis sie wieder auf ihren Beinen stehen können.

Noch etwas möchte ich euch sagen: Das menschliche Leiden ist heilig, wir werden die Geretteten voller Liebe pflegen und Gott dafür danken, dass wir sie pflegen dürfen.»

Ich empfand Mitleid für diesen starken Mann, dem eine so große Verantwortung zugefallen war.

Einige der Kämpfer zweifelten weiter an dieser Rettungsaktion, sie fragten sich, ob wir dadurch das Leiden nicht nur verlängern. Wie sollten wir sie heilen, wie ernähren, wie sollten wir bei dieser strengen Kälte die Zelte warm halten? Dem trat Kamil mit aller Entschiedenheit entgegen: Das Leben ist teuer, das Leben ist heilig, und wir werden uns den Kranken hingebungsvoll widmen.

Noch in derselben Nacht wurde auf Salos und Maxis Rat hin beschlossen, dass eine Gruppe an Kameraden hinuntergehen, einen Arzt gefangen nehmen und ihn heraufbringen solle, damit er die Kranken und Verwundeten versorgte.

Wir schleppten Decken und Schaffelle und einen weiteren Ofen in das Zelt. Zila und Mirjam kochten Grießbrei, und wir knieten uns auf den Boden und fütterten die Geretteten. Da sahen wir zum ersten Mal Dankbarkeit in den Augen der armen Menschen.

Aber sie waren sehr, sehr schwach, viele brachen zusammen, und wir deckten sie mit Decken und Fellen zu. Salo meinte, es sei besser, sie vorläufig in den Zelten zu lassen und einen Teil erst später, wenn sie zu Kräften gekommen wären, in die Bunker zu bringen.

Noch in derselben Nacht sollten sich zwei Stoßtrupps auf den Weg machen, um den Arzt zu holen. Felix, der die Leitung hatte, erkundigte sich zuvor bei Viktor, welche Straßen des Städtchens durchgängig waren und welche gesperrt. Viktor zeichnete ihm eine Karte. Klar war, dass es sich um eine komplizierte und gefährliche Aktion handelte, der Arzt wohnte mitten in der Stadt, und es war anzunehmen, dass sein Geschrei andere Bewohner wecken würde.

Felix plante die Aktion genau, und Viktor, der das Haus des Arztes kannte, skizzierte den vorderen und den hinteren Eingang sowie den Hof.

Voller Sorge stimmten wir zu, unsere Kameraden ziehen zu lassen. Die größte Angst hatte vielleicht Kamil. Er sprach immer wieder von der Pflicht, das Leiden der Geretteten zu lindern. Die letzten Tage hatten ihn gezeichnet: Sein Gesicht war blass, und seine rechte Hand, die eine Zigarette hielt, zitterte.

Nachdem die Entscheidung gefallen war, waren die Diskussionen beendet. Die Kämpfer hörten Kamil zu, ohne ein Wort zu sagen. Vielleicht begriffen sie endlich, wie einzigartig er war. Einer der Kommunisten, ein ruhiger Kämpfer, dessen Stimme man nur selten vernahm, sagte: «Alles haben wir der Revolution zu verdanken, der Roten Armee. Wer sich dem Kommunismus widersetzt, ist böse oder wertlos. Bald werden wir die rettende Armee sehen, und alle, die Lenins und Stalins Namen besudelt haben, werden um Verzeihung bitten. Eines ist sicher: Der alte Glaube ist tot. Bald werden die Tage der Erleuchtung kommen, die Tage der Gerechtigkeit. Jeder wird so viel arbeiten, wie er kann, und so viel bekommen, wie er braucht.»

Seltsam, das Gesicht des Sprechers zeigte keine Freude, keinen Triumph. Mund und Herz sprachen vermutlich verschiedene Sprachen. Sein Mund fuhr fort, die alten Parolen zu verkünden, aber im Herzen wusste er: Wir waren zu wenige, als dass wir uns freuen könnten.

50

Auch in dieser Nacht machten wir kein Auge zu. Salo und Maxi hatten alle Hände voll zu tun: Sie verbanden die Verwundeten und fütterten die Erschöpften. Draußen hörte es nicht auf zu schneien, und die Sorge um die Kameraden, die hinuntergezogen waren, wurde von Stunde zu Stunde größer.

Kamil kniete sich hin und versuchte, mit den Kindern zu sprechen, aber sie waren so müde und schwach, dass sie kein Wort herausbrachten.

Unser früheres Leben hier wurde plötzlich von menschlichem Leid überflutet. Kamil erinnerte uns daran, dass wir bisher alles nur für uns selbst getan hatten, jetzt stelle man uns auf die Probe, denen zu helfen, denen wir helfen konnten.

Die Essensvorräte gehen langsam wieder zur Neige. Kamil hat Hermann Cohen versprochen, dass wir den Vorratsschuppen bald wieder füllen würden. Im Moment gilt unsere Hauptsorge den Geretteten, die fünf Tage lang in Waggons eingesperrt waren.

Danzig geht es besser, aber er hat nicht genug Kraft in den Armen, um Milio zu tragen. Doch er steht auf beiden Beinen und hilft Mirjam, Brei zu kochen, denn die Geretteten können noch keine feste Nahrung zu sich nehmen, nur Brei und heißen Tee.

Einer von ihnen rief mich zu sich. Ich dachte, er würde mich um ein Glas Tee bitten, aber ich hatte mich geirrt.

«Woher bist du?», fragte er.

Ich sagte es ihm.

«Wie ist dein Familienname?»

Auch diese Frage beantwortete ich.

«Ich habe deinen Vater und deine Mutter gekannt.»

«Hast du sie vielleicht getroffen?»

«Nein.»

«Ich habe sie am Bahnhof zurückgelassen», bekannte ich.

«Jeder von uns hat großes Unrecht begangen», sagte er und schloss die Augen.

Wir verstärken die Zelte, ziehen die Planen stramm und schlagen die Heringe fester. Die Schmerzen der Menschen haben nicht nachgelassen. Danzig, der in den letzten Wochen selbst große Schmerzen kennengelernt hat, versucht, die Pflegekräfte zu unterstützen. Seine Körpergröße und seine angenehme Stimme wirken beruhigend. Er hat es sogar geschafft, eines der Kinder zum Lachen zu bringen.

Ein anderes Kind fragte, ob man hier bestraft würde. Danzigs Antwort ließ nicht auf sich warten. «Nein, hier liebt man nur. Hier ist das Land der Liebe, und Strafen sind verboten. Unsere geliebte Zila kocht Tag und Nacht. Onkel Hermann ist ein sehr liebevoller Mann, bei ihm im Schuppen werden Essensvorräte, Kleider und Arbeitsgeräte aufbewahrt, und wenn es euch besser geht, könnt ihr euch alles anschauen.» Er deutete auf Hermann Cohen.

«Und wir werden nicht mehr in den Zug gebracht?»

«Auf gar keinen Fall. Dieses Land gehört uns. Hier teilt man das Essen gerecht auf. Die Erwachsenen arbeiten auf dem Stützpunkt, und die jungen Leute ziehen hinaus, um den Ort zu schützen und um Essen zu beschaffen, und manchmal gehen sie zu einem Zug, um Juden zu holen. In ein oder zwei Wochen wird es hier viele Juden geben. Bislang hatten wir nur zwei Kinder, deshalb gibt es keine

Spielsachen, aber bald werden viele Kinder unter uns sein, und dann werden wir auch Spielsachen besorgen.»

«Und wann kommen unsere Eltern?»

«Wir werden alles tun, um sie herzubringen. Wir werden Züge zum Entgleisen bringen und die Gefangenen befreien und zu uns heraufführen, damit sie bei uns leben können.»

«Und was ist mit denen, die erschossen wurden?»

«Sie steigen auf zum Himmel, mein Schatz. Dort finden sie Ruhe. Dort ist alles ruhig und friedlich.»

«Und wann kommen wir dorthin?»

«Wenn wir alt sind und nicht mehr in dieser Welt leben wollen.»

Der Junge schwieg. Danzig erhob sich und sagte: «Ich habe hier einen Jungen, der ist zweieinhalb Jahre alt. Er heißt Milio. Er ist sehr lieb, seine Augen sprechen mehr als sein Mund. Wenn es euch besser geht, könnt ihr mit ihm spielen.»

Man stellte ihm keine weiteren Fragen, aber von überall her waren Seufzer zu hören. Salo verteilte Tabletten gegen die Schmerzen und versprach Erleichterung.

Karl, ein Mann aus der zweiten Generation von Kommunisten, der bei uns Karl der Große genannt wird, verkündete erneut, dass es bisher schwer gewesen sei, die Welt zu verändern, aber in diesem kleinen Winkel der Welt gebe es Gerechtigkeit, jeder bekomme Aufmerksamkeit und Hilfe, und zwei Stoßtrupps seien aufgebrochen, um einen Arzt und Medikamente zu besorgen. Die Welt sei voller Bosheit und Grausamkeit, voller gemeiner Mörder, die unsere Vernichtung planen, aber wir hätten die Menschlichkeit nicht verloren. Wir würden sie bewahren. Er sprach mit klarer, fester Stimme. Die Geretteten verstanden vermutlich nur wenig von dem, was er sagte, sie waren so krank und so schwach, dass sie nur mit Mühe einen Löffel Grießbrei halten konnten.

51

Gegen Morgen kehrten die Stoßtrupps zusammen mit dem gefangenen Arzt zurück. Werner war bei der Aktion verwundet worden, ein Kämpfer, den ich noch nicht näher kennengelernt hatte. Er nimmt oft an den Studienabenden teil. Wie wir alle besitzt er nur geringe Kenntnisse des Judentums, hat aber ein ausgeprägtes Verständnis für den Text, das Wort und die Melodie. Er ist ein zurückhaltender Mann, der seine Worte sorgfältig wählt. Auf dem Gymnasium war er ein ausgezeichneter Schüler. Sein zweites Jahr an der Universität konnte er wegen des Kriegsausbruchs nicht beenden. Er hatte französische Literatur studiert. Oft äußert er einen Spruch oder eine Lebensweisheit, in perfekter Aussprache, ohne jede provinzielle Färbung.

Ich schaue ihm gern zu, wie er eine Zigarette raucht oder Tee trinkt. Bei den abendlichen polemischen Diskussionen versucht jede Seite, ihn für sich zu gewinnen. Werner ist kein Ideologe. Die Worte fließen ihm nicht leicht aus dem Mund – er beobachtet lieber, als dass er spricht. Aber immer wenn er etwas Sinnvolles hört, lächelt er.

Die Aktion hatte einen überraschenden Verlauf genommen, doch die Stoßtrupps, von Felix geleitet, sind vorsichtig gewesen. Sie erwiderten das Feuer zum richtigen Zeitpunkt und konnten die Angreifer in die Flucht schlagen.

Werner ist am Bauch verwundet worden. Die anderen leisteten ihm Erste Hilfe, hoben ihn auf eine Trage und wichen während des gesamten Transports nicht von seiner Seite.

Kamil stand am Eingang zum Stützpunkt und begrüßte jeden heimkehrenden Kämpfer einzeln und bedankte sich für die gelungene Aktion. Werner lag auf der Trage, mit halbgeöffneten Augen. Auf Kamils Frage, ob er Schmerzen habe, nickte er nur. Salo brachte ihn sofort in das Krankenzelt.

Dem gefangenen Arzt wurde befohlen, sich die Wunde anzuschauen. Er untersuchte Werner und sagte: «Ohne Krankenhaus stehen seine Chancen schlecht.» Salo und Maxi wollten seine Meinung nicht akzeptieren, sie kümmerten sich nur noch intensiver um Werner.

Die Stoßtrupps, der gefangene Arzt und Kamil betraten das Küchenzelt. Zila, Mirjam und Hermann Cohen reichten jedem einen Becher Tee und ein belegtes Brot. Die Kämpfer waren hungrig und durstig und machten sich wortlos ans Essen. Danach bekam jeder noch eine Handvoll Trockenobst und eine Tasse Kaffee. Der Arzt schaute sich misstrauisch um. Er fragte nichts, und es stellte ihm auch keiner eine Frage.

Nach dem Essen und einer Zigarette wandte sich Kamil an den Arzt und sagte: «Wir sind jüdische Partisanen. Wir haben beschlossen, Herr unseres Schicksals zu sein, und haben eine Gruppe von Leuten aufgenommen, Männer, Frauen und Kinder, die wir aus den Todeszügen geholt haben. Die Geretteten waren fünf Tage lang in Viehwaggons eingesperrt, ohne Essen, ohne Wasser, ohne Luft. Sie sind mit letzter Kraft hier angekommen. Wir haben Sie hergeholt, Doktor Krynicki, und bitte entschuldigen Sie unser

Vorgehen, damit Sie uns helfen, die wenigen übrig gebliebenen Opfer des großen Schlachtens zu versorgen.»

Der Arzt kniff die Augen zusammen und wandte dem Sprecher den Kopf zu, als wolle er etwas sagen, doch dann überlegte er es sich offenbar anders und hielt den Mund.

Kamil, der ihn genau beobachtet hatte, fragte: «Sind Sie bereit, uns bei dieser heiligen Aufgabe zu unterstützen?»

Diesmal antwortete der Arzt. «Ruft man etwa auf diese Weise einen Arzt? So führt man einen Verbrecher ab. Ich habe nie jemandem etwas zuleide getan, ich hatte früher sogar jüdische Patienten.» Man sah ihm an, dass der Zorn seine Worte erstickte, er brachte nur einen Bruchteil dessen hervor, was er eigentlich sagen wollte.

«Doktor Krynicki, bitte seien Sie nicht böse auf uns. Sie wissen doch genau, was die Verbrecher auch in Ihrer Stadt angestellt haben.»

Der Arzt sprang auf. «Dafür kann ich nichts.»

«Wir haben Sie nicht beschuldigt.»

«Aber die Höflichkeit, wo bleibt das gute Benehmen? Weckt man einen Mann mitten in der Nacht und entführt ihn aus seinem Haus? Ist das Anstand? Ist das Kultur?»

«Und was man in Ihrer Stadt den Juden angetan hat, ist das Anstand? Ist das Kultur?»

«Dafür kann ich nichts», beharrte der Arzt.

Kamil ließ von ihm ab. Nach einigen Minuten kehrte er zurück und sagte: «Von einem Arzt erwarten wir etwas Mitgefühl, etwas Menschlichkeit. Sie haben mit eigenen Augen gesehen, was diese Verbrecher den Juden angetan haben, wie sie sie quälten und wie sie ihre Kinder umbrachten.»

«Dafür kann ich nichts», sagte der Arzt noch einmal.

Felix, der danebenstand, konnte sich nicht beherrschen und rief: «Wir erwarten kein Mitgefühl von Ihnen, keine

Menschlichkeit, auch keine Erkenntlichkeit. Wir erwarten, dass Sie sich wie ein Arzt verhalten, dass Sie Ihre Gefühle unterdrücken und tun, was Ihre Pflicht ist. Wenn Sie nachlässig handeln oder uns sabotieren wollen, werden wir ein Tribunal aufstellen und über Sie richten. Wir sind jüdische Kämpfer, und ich rate Ihnen, sich vernünftig zu verhalten.»

Der Arzt verstand, dass es besser für ihn war, den Mund zu halten.

Danzig kehrte zu den Kindern zurück. Sie waren zwar halb verhungert, aber sie hatten ihre Neugier nicht verloren. Ein Junge fragte, ob sie immer im Land der Juden bleiben würden.

«Wir werden uns alle Mühe geben», sagte Danzig und lachte.

Karl brachte süßen Brei und fütterte die Kinder damit. Sie waren so mager, dass man Angst hatte, sie anzuschauen, geschweige denn sie zu berühren. Danzig, der seit seiner Verwundung empfindlich geworden war, rief mit einer fremden Stimme: «Gott im Himmel, zeig uns, wie man mit diesen Vögelchen umgeht, bring uns bei, was wir ihnen sagen und welche Lieder wir singen sollen. Lehre uns, Eltern zu sein, Großeltern, Onkel. Sie sind so mager und so schwach.»

52

Salo und Maxi sortierten die Apparate und Medikamente, die die Kämpfer mitgebracht hatten, während Isidor und ich Töpfe mit heißem Wasser brachten. Karl und Hermann

Cohen wuschen die Geretteten, desinfizierten ihre Wunden und wechselten ihre Kleidung. Die Frauen wurden von Zila und Mirjam gewaschen.

Alle erledigten ihre Aufgaben sorgfältig, aufmerksam und behutsam. Zum ersten Mal sah ich Karl den Großen bei der Arbeit, er war ganz und gar Kraft und Hingabe.

Werners Zustand verschlechterte sich, Doktor Krynicki untersuchte erneut seine Wunde. «Ich habe es ja schon gesagt», sagte er, «er braucht eine chirurgische Behandlung.»

«Wir haben alle Geräte Ihrer Praxis mitgebracht.»

«Hier gibt es keine ausreichenden sanitären Bedingungen.»

«Wir werden dafür sorgen.»

Krynicki wurde offenbar erst spät klar, dass er gefangen war, er stimmte zu, den Verwundeten zu operieren. Salo und Maxi assistierten ihm. Es stellte sich heraus, dass die inneren Verletzungen nicht so gravierend waren wie erwartet; wenn er den Blutverlust und die Infektion gut überstand, würde er wieder gesund werden.

Salo dankte dem Arzt.

Auch diesmal konnte der sich eine Bemerkung nicht verkneifen: «Ihr hättet euch nicht so benehmen müssen.»

«Was hätten wir tun können?»

«Gebt ihr mir meine Instrumente zurück?»

«Gleich nach Kriegsende», sagte Salo und legte sich die Hand aufs Herz.

«Die Juden haben doch so viele Ärzte, wo sind sie alle?»

«Mir scheint, dass es auf Ihre Frage eine klare Antwort gibt.»

«Die Söhne des hebräischen Volkes sind normalerweise gut erzogen», sagte er, dem Wort «Juden» ausweichend. Und es schien, als würde er seinen Augen nicht trauen.

Juden, wie man sie gestern noch misshandelt und getötet hatte, hatten ihn gefangen genommen, und er musste tun, was sie sagten.

Danzig geht es mittlerweile viel besser, auch wenn er noch nicht ganz genesen ist. Er nimmt nicht an Aktionen teil, hilft aber, wo immer Hilfe gebraucht wird, und er widmet Milio viel Aufmerksamkeit. Anfangs schien es, als würde seine Verwundung den Jungen zum Sprechen anregen. Milio nimmt zweifellos alles wahr, was um ihn herum geschieht, auch die Ankunft der Geretteten ist ihm nicht verborgen geblieben. Doch er spricht noch immer nicht.

Früher hat Danzig ihn in Schutz genommen. Jetzt, nach seiner Verwundung, meint er, Milio würde sich in seinem eigenen Rhythmus entwickeln. An seiner Vernunft bestehe kein Zweifel, und man könne davon ausgehen, dass er es bald schaffen würde, seine Sprachhemmung zu überwinden.

Doktor Krynicki untersuchte die Kranken und stellte fest, dass zwei von ihnen an Typhus leiden und isoliert werden müssen. Einige waren stark unterernährt und sollten vorsichtig aufgepäppelt werden.

Die Annahme, dass die Geretteten in ein oder zwei Wochen wieder gesund wären, erwies sich als falsch. Ihre Genesung sei eine Sache von Monaten, erklärte Krynicki. Kamil hat es wohl schon geahnt. Die großen, entscheidenden Aktionen stehen uns noch bevor, doch er lässt sich nicht entmutigen. Er hat unter den Geretteten einen Studienkollegen entdeckt, und alle paar Stunden geht er zu ihm und sagt leise: «Bruno, du bist in guten Händen. Gib dir noch ein bisschen Mühe, dann schaffst du es.»

In der Nacht träumte ich, meine Mutter befände sich unter den geretteten Frauen. Über ihr Gesicht zog sich eine lange, rosafarbene Narbe, dennoch war es meine Mutter, ich erkannte ihre Kopfbewegungen, ihren Mund, ihre Stirn.

Ich fiel auf die Knie und wollte «Mutter» rufen, doch ich wagte es nicht. Die Frauen neben ihr waren fast besinnungslos, sie regten sich nicht. Schließlich konnte ich mich nicht mehr beherrschen, ich rief: «Mutter!»

Sie öffnete die Augen, schaute mich kurz an und schloss sie wieder. Ich konnte mich an diesen Gesichtsausdruck nicht erinnern, aber die Körperhaltung war mir vertraut, ich hatte sie oft an ihr gesehen, wenn sie nachmittags auf dem Sofa lag. Als Kind hatte ich jede ihrer Regungen genau beobachtet.

«Mutter», rief ich noch einmal. Sie öffnete kurz die Augen und sagte: «Was willst du von mir?» Diese Worte taten mir weh, doch ich überwand mich und sagte: «Erkennst du mich nicht?»

«Auch hier lässt man mir keine Ruhe», sagte sie mit geschlossenen Augen.

Ich erhob mich, blieb aber neben ihr stehen und hörte nicht auf, sie zu betrachten. Zwischen den halb ohnmächtigen Frauen verlor ihr Gesicht seine Besonderheit, aber ihre Züge ließen keinen Zweifel, sie war meine Mutter.

«Mutter», sagte ich ein weiteres Mal, doch ich wusste, es war besser, sie in Ruhe zu lassen. Ihr Gesicht verzog sich, man sah, dass ihre Schmerzen, die der Schlaf linderte, sie erneut quälten. Sie legte die Hand vor den Mund. Diese Bewegung kannte ich genau, immer wenn sie verlegen war, hatte sie sich die Hand vor den Mund gelegt. Ich war froh. Alle Zweifel verschwanden, es war meine Mutter, die zu mir zurückgekehrt war. Ich fiel neben ihr auf die Knie, tat mir aber dabei weh und wachte auf.

53

Doktor Krynicki will sich nicht mit der Situation abfinden. Insgeheim ist er noch immer zornig. Manchmal fragt er Salo: «Wann bringen Sie mich zurück? Ich habe Familie, eine Praxis und Patienten.»

«Am Ende des Kriegs, momentan leisten Sie einen großen humanen Dienst.»

«Es ist nichts anderes als Zwangsarbeit, das müssen Sie doch zugeben.»

Viktor weiß, dass Doktor Krynicki als Judenhasser bekannt ist, er pflegte Kontakte zu deutschen Offizieren, mit denen er Poker spielte und Orgien feierte. Er habe, sagt Viktor, oft genug verkündet, wie gut es sei, dass die Deutschen die Juden von slawischem Boden vertreiben, nun könnten die Slawen aufatmen.

Werner ist außer Gefahr, er schläft die meiste Zeit des Tages. Sein Freund Karl besucht ihn oft und sagt immer wieder: «Streng dich an, halte noch ein bisschen durch, der Sieg ist nicht mehr weit.»

Die Aktionen hören nicht auf. Seit die Geretteten zu uns gekommen sind, ziehen die Kämpfer Nacht für Nacht los. Wir brauchen nahrhaftes Essen. «Mehr Obst und mehr Gemüse», hat Salo gebeten. Wir vermeiden es, Fleisch zu essen.

Noch vor Einsetzen der Schneefälle hatten die Kämpfer eine Kuh heraufgebracht. Kamil hat sofort befohlen, sie wieder freizulassen. Die Vorstellung, sie zu schlachten und ihr Fleisch zu essen, hatte Widerstand geweckt. Die Kuh war freigelassen worden und hatte viele Tage lang um den Stützpunkt herum gegrast, als wüsste sie, dass wir ihr nichts tun würden.

Wir ernähren uns mehr und mehr von Fischen. Zila und Hermann Cohen lernen immer besser, sie zuzubereiten. Nach Salos Ansicht sind es die Fische, die uns gesund erhalten.

Unser großes Problem ist die Kälte. Wir besitzen einige Öfen, aber sie reichen nicht aus, um die Zelte zu heizen. Wir zersägen Stämme, doch das Holz ist zu frisch, es qualmt beim Verbrennen und lässt uns kaum Luft zum Atmen.

Doktor Krynicki beklagt sich darüber, dass er nachts friere, bald würde er krank werden und wir müssten ihn pflegen. Man kann sich nicht auf ihn verlassen. Salo und Maxi misstrauen seinen Ratschlägen. Den Alten gegenüber verhält er sich abschätzig. «Alte Leute in diesem Zustand lassen sich nicht retten», behauptet er. Salo reagiert nicht darauf, er hat dem Arzt schon zu verstehen gegeben, dass wir die Alten ebenso pflegen würden wie die Jungen, sogar noch sorgfältiger.

Nach einer Woche sorgfältiger Pflege sehen wir den Erfolg. Ein paar der Geretteten haben die Köpfe gehoben, ihre Augen waren wach, sie fragten: «Wo sind wir?» Auch den Kindern geht es besser. Milio und Michael dürfen sie jetzt ab und zu besuchen.

Milio spricht nicht, aber die ständigen Laute, die er ausstößt, machen Danzig glücklich. Seiner Meinung nach darf man ihn nicht drängen. Wie er Menschen und Dinge beobachte, beweise mehr als genug, dass er nachdenkt und Wissen sammelt, es werde nicht mehr lange dauern, dann werde er auch den Mund aufmachen.

«Was für eine Art Wunder erwartest du?»

«Man fragt nicht nach Wundern», antwortet Danzig und lächelt.

«Hast du eine Vorstellung?»

«Ja, habe ich, aber ich werde sie nicht verraten.»

Maxi hingegen freut sich über Michaels Fortschritte. Nach dem Krieg, wenn Michael zu seinen Eltern und in die Schule zurückkehrt, kann er mindestens zwei Klassen überspringen.

An jedem zweiten Tag nehme ich an den Überfällen teil. Selbst im Gehen döse ich, und ich schlafe oft ein. Meistens begleite ich Felix. Er äußert weder Vermutungen noch Ansichten. Er ist vollkommen auf das konzentriert, was er tut, aber in den Pausen und auf dem Rückweg zum Stützpunkt summt er ganze Symphonien. Er hat ein phänomenales musikalisches Gedächtnis. Manchmal glaube ich, wenn man ihm ein Cello brächte, würde er mitten im Schnee anfangen zu spielen. Sein Körperbau passt zu einem Cello. Er trägt die Musik in sich. Er spricht wenig, und die geschriebene Sprache rührt ihn nicht. Wenn er keine Symphonien summt, schweigt er. Diskussionen meidet er wie das Feuer.

«Was soll man sagen, wenn man es nicht ändern kann», hat er einmal einen bekannten Schriftsteller zitiert.

54

Eine unserer Patrouillen hat einen Spähtrupp entdeckt, das Feuer eröffnet und einen der Späher gefangen genommen. Bei der Befragung gesteht uns der Ukrainer, dass die Deutschen einen großangelegten Angriff auf uns planen, mit vier Kompanien, bewaffnet mit Granatwerfern. Der Spähtrupp sei losgeschickt worden, um das Gelände zu erkunden.

Inzwischen hat der russische Sender vom Rückzug der Deutschen an allen Fronten berichtet und die Partisanen aufgefordert, die Armee nach Kräften zu sabotieren.

«Die Deutschen sind im Rückzug», sagt Kamil zu dem gefangenen Späher. «Warum sollten sie uns jetzt noch angreifen wollen?»

Der Ukrainer reagiert keineswegs verwirrt auf diese Frage. «Die Vernichtung der Juden ist ihr oberstes Ziel», sagt er, als wäre das selbstverständlich.

Nachdem Kamil ihn verhört hat, wird der Mann auch von Felix befragt, der herausfindet, dass mindestens einmal in der Woche, immer dienstags, ein Zug mit Juden vorbeifährt, die Schreie würde man bis zum Himmel hören. Auf die Frage, ob es noch Juden in der Region gebe, antwortet er mit einer Miene, die schwer zu deuten ist: «Nein, keinen einzigen.»

Wir befinden uns in einem Dilemma: Nach Kamils Ansicht müssen wir jeden Dienstag hinuntergehen, die Schienen sprengen und Juden retten. Doch jetzt, im Winter, ist das schwierig, und wegen der logistischen Probleme verzögert sich der Plan. Zwar genesen die Geretteten zusehends, doch bis sie wirklich wieder auf den Beinen stehen, wird es noch Wochen dauern. Wo sollen wir Neuankömmlinge in diesem harten Winter unterbringen? Wo können wir genug Essen auftreiben, um sie satt zu bekommen? Und das größte Problem droht uns noch: der Angriff.

Auch Viktor ist überzeugt, dass es das oberste Ziel der Deutschen sei, die Juden zu vernichten. Sie seien besessen von dieser Idee. Oft habe er gesehen, wie sie ein einziges jüdisches Kind verfolgten und nicht lockerließen, bis sie es geschnappt hatten.

Kamil meint, wir müssen uns auf diesen Angriff vorbereiten und zugleich weiter unsere üblichen Streifzüge durchführen und so viele gefangene Juden wie möglich aus den Waggons befreien. Ohne Menschenleben zu retten, hätte unser Dasein keine Berechtigung. Felix ist derselben Meinung: «Die Geretteten sind keine Last, sondern eine klare Rechtfertigung dessen, was wir hier tun.»

Am Abend spricht Isidor das Schabbatgebet und die Gebete der Furchtbaren Tage. Die Geretteten, die diese Gebete lange nicht gehört haben, fangen an zu weinen. Auch Zila weint, doch diesmal vor Erleichterung: Sie kann dazu beitragen, die armen Menschen am Leben zu erhalten.

Erst jetzt entdecken wir unter den Geretteten allmählich ein paar Verwandte und Freunde. Ich finde Emil, einen Klassenkameraden. In den naturwissenschaftlichen Fächern war er hervorragend, hatte aber Probleme beim Auswendiglernen von Gedichten. Der Mathematiklehrer hat ihn förmlich vergöttert und ihn oft aufgefordert, uns die Lösung einer Rechenaufgabe vorzuführen. Emil schrieb so hurtig Zahlen, Brüche und Wurzeln an die Tafel, als handle es sich nicht um eine Matheaufgabe, sondern um ein lustiges Rätsel. Die Zahlen flossen wie durch Zauberhand aus seinen Fingern.

Während für die meisten von uns das Lernen ein Joch war, das man abwerfen musste, um sich zu vergnügen, war es für Emil ganz anders. Er musste für den Lebensunterhalt der Familie mitsorgen. Seine Eltern waren von Geburt an blind, und Emil unterstützte sie nicht nur dadurch, dass er Nachhilfestunden gab, er brachte sie auch Tag für Tag in den Park, damit sie frische Luft schnappen und dem Gezwitscher der Vögel lauschen konnten. Und im Sommer fuhr er oft mit ihnen mit der Straßenbahn zum Fluss.

Seine Eltern waren unter den Ersten, die sich verlocken

ließen, zu einem «landwirtschaftlichen Vorbereitungskurs» zu gehen, dort, so hatte man ihnen versprochen, arbeite jeder, so viel er könne, und bekomme, so viel er benötige, sogar Blinde und alte Menschen. Doch in Wahrheit handelte es sich um die Vorbereitungen für die ersten Deportationen.

Emil war in verschiedene Arbeitslager gesteckt worden, und schließlich hatte man ihn zum Zug gebracht und in einen der Waggons gestoßen. Er war sicher gewesen, dass er diese erstickende Enge nicht überleben würde.

Zu meiner Verwunderung hat er sich nicht verändert. Sein Gesicht, das Gesicht eines Knaben, ist erstaunlich klar, und auch jetzt, auf dem Lager aus Reisig, sieht er noch so aus, wie ich ihn gekannt habe. Sein Erscheinungsbild drückt Arglosigkeit und Güte aus. Während der gesamten Zeit im Gymnasium hat er unter seinen guten Noten und seiner Naivität gelitten: Jene Jungen und Mädchen, die zur Zügellosigkeit neigten, verspotteten ihn und machten sich einen Spaß daraus, ihn zu ärgern, wie um ihm zu zeigen, dass seine mathematischen Fähigkeiten ihn keineswegs überlegen machten, im Gegenteil, in praktischen Dingen sei er schlechter als jeder Durchschnittsschüler.

Ich habe ihn ungefähr seit einem Jahr nicht mehr gesehen. Äußerlich hat er sich, wie gesagt, nicht sehr verändert, innerlich vermutlich auch nicht. Vor lauter Entsetzen findet er keine Worte.

Felix setzt die Befragung des ukrainischen Spähers fort. «Hast du dich freiwillig zum Dienst gemeldet, oder hat man dich gezwungen?»

«Freiwillig», gibt der Mann zu.

«Warum?»

«Der Sold ist hoch, und man erhält zusätzliche Vergütungen. Meine Familie ist arm, und seit ich mich als Freiwilliger gemeldet habe, geht es uns allen besser. Mein Vater hat gesagt, es wäre gut, sich mit den Deutschen anzufreunden, sie seien anständig und würden uns nicht so betrügen wie die Kommunisten.»

«Hattest du keine Angst davor, Juden umzubringen?»

«Das habe ich nicht getan», versichert er schnell. «Wir haben sie nur zusammengetrieben und in den Wald gebracht.»

«Aber man hat sie unterwegs gepeitscht, und wer keine Kraft mehr hatte oder zu fliehen versuchte, wurde erschossen.»

«Das war ein Befehl.»

«Und Gott hast du nicht gefürchtet?»

«Doch, aber noch mehr habe ich mich davor gefürchtet, einen Befehl zu verweigern.»

«Ich verstehe», sagt Felix und lässt von ihm ab.

Felix kann seine Gefühle nur schwer im Zaum halten. Wenn es nach ihm ginge, würde er den Mann bestrafen, nicht nur für das, was er getan hat, sondern auch für seine Worte.

«Werdet ihr mich umbringen?», fragt der Ukrainer voller Panik.

«Wir werden sehen», sagt Felix, ohne ihn anzuschauen.

«Ich habe drei kleine Kinder, bringt mich nicht um», fleht der Mann mit zitternden Lippen.

«Als du Juden umgebracht hast, hast du da nicht an deren Kinder gedacht?»

«Doch, ich habe an sie gedacht, aber was hätte ich tun können?»

«Lüg nicht, Lügen bestrafen wir doppelt. Jetzt stelle ich dir eine Frage, die du knapp beantworten sollst: Hast du Juden umgebracht?»

«Ja, habe ich.»

«Wir werden sehen, was wir zur Strafe mit dir tun.»

«Es tut mir leid», sagt der Mann und fängt an zu weinen.

55

Seit uns der ukrainische Späher von dem geplanten Angriff der Deutschen berichtet hat, haben wir unsere Vorkehrungen verdoppelt. Die einzige Ruhestunde am Tag ist die vor dem Radioapparat. Die deutsche Armee ziehe sich von allen Frontlinien zurück, wiederholt der Sprecher mit schneidender Stimme.

Ich bewundere die Kameraden, die sich um die Pflege der Geretteten kümmern: Sie zeigen weder Abscheu noch Ekel. Sie waschen die knochigen Körper, die mit eiternden Wunden übersät sind, und singen dabei Lieder, die sie vom Bund und von der Jugendbewegung kennen. Mirjam kümmert sich zusammen mit zwei Kämpfern um die Wäsche. Ich sorge für das Feuer und für Töpfe mit heißem Wasser.

Der Schnee, der viele Tage lang vom Himmel gefallen ist, lässt plötzlich nach. Das Land des Wassers hat sich in ein Eisland verwandelt. Die Temperatur sinkt auf minus zehn Grad. Die schwere Kleidung der Gendarmen schützt uns vor der Kälte, und Hermann Cohen bringt zwei weitere Öfen in die Zelte. Leider haben wir kein trockenes Holz.

Mein Freund Emil fühlt sich besser. Er ist zwar sehr dünn und kann sich kaum auf den Beinen halten, aber das Licht ist in seine Augen zurückgekehrt. Er liebt Zilas Suppen und löffelt sie begeistert. Außerdem bekommt er jeden Tag Fisch und zwei Kartoffeln.

Bei der letzten Aktion, an der ich teilnahm, haben wir in einer Speisekammer Öl, Salz, Zucker und viele Gewürze gefunden. Der Anblick der Büchsen machte uns große Freude, besonders, weil sie uns an die Vorratsschränke zu Hause erinnerten.

Zila hat versprochen, dass die Mahlzeiten von nun an noch schmackhafter werden. Alle bewundern ihre Kochkünste und nennen sie beizeiten «Zauberin». Und an allen, die ihr helfen, bleibt etwas von ihrem Geist hängen.

Kamil beschäftigt sich damit, herauszufinden, was die Feinde planen, außerdem bereitet er zwei Kompanien auf eine Schienensprengung vor. Es sei unsere Pflicht, die Züge aufzuhalten, die Juden in den Tod bringen. An die Dringlichkeit dieser Aufgabe erinnert er uns in jeder Minute des Tages, und wir sind bereit, seinen Anweisungen zu folgen.

Hermann Cohen wiederholt, wir hätten weder genug Zelte noch genug zu essen, und es fehlten uns Blechtonnen, um Öfen daraus zu bauen. Die Bunker seien bis auf den letzten Platz besetzt. Diese Einwände können Kamil jedoch nicht schrecken. Nach unseren Informationen wird der nächste Todeszug in zwei Tagen erwartet, wir werden unsere Pflicht tun und ihn entgleisen lassen.

Früher haben sich nicht wenige gegen diese Aktion ausgesprochen. Doch mittlerweile ist allen klar, dass es sich um Todeszüge handelt. Wer nicht in den Waggons erstickt, wird in den Lagern sterben.

Wieder hatte ich meinen Vater und meine Mutter vor Augen, wie sie in ihren langen Mänteln auf dem Bahnhof standen. Meine Mutter war kalkweiß, ihre Blässe hatte auf meinen Vater abgefärbt, sein Gesicht war fast so weiß wie ihres. In diesem schrecklichen Moment hatte ich mich nicht bewährt. Meine Gedanken hatten nicht ihnen gegolten. Jedes Mal, wenn ich nun Emil sah, hatte ich Angst, er könnte mich nach meinen Eltern und nach Anastasia fragen.

Emil ist so alt wie ich, aber er hat weitaus Schlimmeres erfahren als ich. Er ist in drei Arbeitslagern gewesen, bevor man ihn zum Bahnhof gebracht hat.

«Wie hast du diesen Hunger und die Kälte ausgehalten?», fragte ich ihn, und sofort bereute ich, die Frage gestellt zu haben.

«Ich habe die ganze Zeit an meine Eltern gedacht und zu Gott gebetet, er möge mich zu ihnen zurückbringen.»

«Bist du gläubig?»

«Nein. Aber mir ist etwas geschehen, das ich nicht verstehe und das mich verändert hat. Ich weiß nicht, wie ich es einordnen soll. In einer der Nächte, in denen es schmerzhaft kalt war, spürte ich, dass mein Ende nahe war. Erst hoffte ich, dass Leon, unser Barackenältester, kommen würde, um mir eine Decke zu bringen. Er kam nicht. Ich war sicher, dass ich es nicht bis zum nächsten Morgen aushalten würde, und schloss vor Schmerzen die Augen. Plötzlich sprach eine Stimme zu mir und sagte: ‹Emil, hab keine Angst, dein Leben ist nicht vorbei. Dich erwartet noch viel.› Erst glaubte ich, es wäre die Stimme meines Vaters. Ich irrte mich. Es war eine andere Stimme, aber sie galt mir. Ich sagte mir wieder: Leon wird kommen und mir eine Decke bringen.

Leon kam nicht, und die Stimme kehrte auch nicht wieder, aber auf wundersame Weise überstand ich die Kälte.»

«Wer war es dann, der mit dir gesprochen hat?», fragte ich vorsichtig.

«Ich habe keine Ahnung. Ein Mensch, der mit einem

Glauben aufgewachsen ist, würde vielleicht an eine Offenbarung denken. Ich kann mir das nicht vorstellen.»

«Aber die Stimme hat dich trotzdem gestärkt.»

«Das stimmt. Ich habe gehofft, sie würde zurückkommen, aber das tat sie nicht. Doch ich messe solchen Stimmen keine Bedeutung bei. Ich habe keine Neigung zu übernatürlichen Dingen.»

Ich konnte mich nicht beherrschen und fragte: «Der Mensch ist also allein in der Welt?»

«Vermutlich.»

Er tat mir leid, mein Freund mit seinem klaren, offenen Gesicht, weil er sich vor der Stimme verschloss, die ihm gegolten und die er abgelehnt hatte.

56

Es kam der Befehl, sich zum Abmarsch bereit zu machen. Zum Glück hatte ich die Kleidung, die ich beim letzten Mal getragen hatte, noch nicht in den Lagerschuppen zurückgebracht. Kamil ist zwar der Meinung, wir sollten lieber leichte Kleidung tragen, nicht die Uniformen der Gendarmen, die das Laufen erschwerten, doch angesichts der Kälte ist sein Widerstand schwächer geworden.

Wenn Kamil sich für eine Arbeit oder eine Aktion ereifert, steckt er uns mit seiner Begeisterung an. Er kann traurige Gedanken oder, besser gesagt, Enttäuschungen offenbar leicht zur Seite schieben, sie sind ihm nicht anzumerken.

So war es auch diesmal. Unsere Gruppe bestand aus

sechzehn Männern. Die Parole lautete «der Einzige». Dieses Wort sei kostbar, auf ihm ruhe die Welt.

Kamil gebraucht zuweilen große Worte, aber er steht, wie wir gelernt haben, voll und ganz dahinter. In jeden seiner Sätze legt er seine Seele. Wir alle sind zurückhaltend, wenn es um Worte geht, selbst jene, die jahrelang nur Phrasen von sich gegeben haben, versuchen jetzt, sie zu vermeiden. Kamil nimmt sich beim Reden oft zurück und sagt: «Entschuldigt, wenn das, was ich sage, vielleicht phrasenhaft klingt, ich habe noch nicht die richtigen Worte gefunden, deshalb muss ich meine Gedanken ein bisschen feierlich einkleiden.»

Auf dem Gymnasium hat man uns beigebracht: Der Stil ist der Mensch. Kamil reagiert empfindlich auf zu viele Worte, auf Scherze, auf Verstellung, um nicht zu sagen, auf Heuchelei. Wenn ihm ein überflüssiges Wort über die Lippen kommt, schlägt er sich die Hand vor den Mund. Seine Sprache ist klar, birgt aber stets ein Geheimnis. Bevor wir losziehen, sagt er oft: «Denkt daran, es gibt keine Erde ohne Himmel.» Felix kennt ihn von der Universität. Schon damals ist Kamils Blick auf die Welt besonders gewesen. Er beteiligte sich nicht an ideologischen Diskussionen, aber seinem Gesicht war abzulesen: Das Leben lohnt sich, auch wenn es böse und hässlich ist. In seinem Inneren verbirgt sich Schönheit und Zartheit. Das Böse muss man überwinden, und die innere Schönheit muss man hüten und bewahren.

Als Student hat er Fechten und Boxen gelernt, und oft genug hat Felix gehört, wie er sagte: «Wir werden die Bösen schlagen, damit sie unser Leben nicht hässlich machen.»

Die Grundlagen seines Glaubens hat er bei Sergej gelernt, einem Mönch, den er einmal in der Woche im Kloster besucht hatte. Diese Besuche hat er nie geleugnet. Im Gegenteil, er sagte oft: «Von Sergej habe ich gelernt, was Religion bedeutet. Aber ich habe den Juden in mir gesucht, die Bücher, die den Juden in mir nährten, und die Menschen, mit denen ich mich anfreunden konnte.» Damals entdeckte er Martin Buber und Franz Rosenzweig, und um Rosenzweig zu folgen, wollte er zunächst auch die Tefillin legen.

Bevor wir zu einer Aktion aufbrechen, veranschaulicht er seine innere Haltung. Diesmal trug er eine dicke Schirmmütze, die ihm das Aussehen eines Fischers verlieh. Die Aktion barg viele Risiken, doch wir waren nicht leichtsinnig; wenn wir es schaffen würden, eine Handvoll Menschen zu retten, dann wäre unser Kampf gegen das Böse und gegen die Gewalt nicht umsonst.

Kamil las den Psalm «Der Herr ist mein Hirte». Er las ihn fordernd, als schlage er auf weiß glühenden Stahl. Ich fragte Isidor, ob seine Art zu lesen unserer Tradition entspreche oder ob es sich um eine ganz persönliche Ausdrucksweise handle. Isidor wusste keine Antwort, er sagte nur: «Früher, zu Hause, haben die Chassidim nicht so gelesen wie Kamil.»

57

Es war sehr kalt. Die oberste Schneeschicht war gefroren, und wir waren froh, dass wir Stöcke dabeihatten, auf die wir uns stützen konnten, um nicht abzurutschen. Der steile Abstieg hinunter zu den Eisenbahngleisen dauert zu dieser Jahreszeit ungefähr drei Stunden. Man darf Patrouillen und Späher ebenso wenig außer Acht lassen wie die Gefahr, sich das Bein zu brechen. Für den Ernstfall tragen Salo und Maxi Fixierschienen aus Holz, Mullbinden, Desinfektionsmittel und Medikamente mit sich. Dennoch bleiben Überraschungen nie aus. Noch während wir bergab schlidderten, entdeckten wir einen jungen deutschen Offizier, der, dem Erfrieren nahe, im Eis lag. Wir hätten ihn einfach liegen lassen und weitergehen können, dafür hätte es gute Gründe gegeben, doch Kamil war der Ansicht, wir sollten ihm ein bisschen Essen und Wasser dalassen und ihn auf dem Rückweg mitnehmen. Ein gefangener deutscher Offizier war nicht zu verachten.

Wir gaben ihm Wasser, und Karl fragte ihn, warum er von seiner Einheit abgeschnitten war. Er bekannte, dass ihn die Kraft verlassen hatte, er sei gestürzt und vermutlich eingeschlafen. Über den Einsatz selbst sagte er: «Wir sollten das Gebiet erkunden, als Vorbereitung auf einen Angriff auf Juden, die aus dem Ghetto geflohen sind.» Von einem Rückzug von der Ostfront wusste er nichts, oder er wollte uns nichts davon sagen.

«Seid ihr Juden?», fragte er plötzlich, offenbar hatte er sich wieder gefasst.

«Richtig.»

«Und ihr bringt mich nicht um?»

«Nein.»

«Danke. Das ist ungewöhnlich anständig.»

«Warum?»

«Wir haben wahllos Juden umgebracht.»

«Was bedeutet die Formulierung ‹wahllos›?»

«Wir haben sie nur deshalb umgebracht, weil sie Juden waren.»

«Tut es dir leid?»

«Es war ein Befehl, und Befehle muss man ausführen. Es

war kein angenehmer Auftrag, das stimmt, und manchmal war es schrecklich, aber so lautete nun einmal der Befehl. Ein Befehl ist dazu da, dass man ihn befolgt und erst dann darüber nachdenkt.»

«Du hast gesagt, es war kein angenehmer Auftrag. Was hast du damit gemeint?»

«Jeden Tag zu töten.»

Plötzlich war sein Gesicht nackt, ein junges Gesicht, er war höchstens dreiundzwanzig oder vierundzwanzig Jahre alt, von Schwäche gezeichnet. Ihm war anzusehen, dass ihn das, was er sagte, selbst erstaunte.

«Und wenn du wieder einen solchen Befehl bekämst, würdest du ihn befolgen?»

«Ich kann mir nicht vorstellen, einen Befehl zu verweigern.»

Das verwunderte uns. Er hätte lügen können, er hätte sich verstellen oder die Schuld auf seine Vorgesetzten abwälzen können. Doch er zog es vor, den Eid, den er zum Abschluss seiner Offiziersausbildung geleistet hatte, nicht zu brechen.

Karl wechselte das Thema. «Hast du Eltern?»

«Ja», sagte der junge Offizier überrascht.

«Wo leben sie?»

«In Düsseldorf», sagte er, und ein Lächeln erschien auf seinem Gesicht.

«Bist du verheiratet?»

«Ich bin verlobt.» Wieder lächelte er.

«Was arbeitet dein Vater?»

«Er ist Apotheker.»

«Was hast du gedacht, als du jeden Tag Juden getötet hast?»

«Ich habe nichts gedacht, erst kommt der Befehl.»

«Und was ist mit der Mitmenschlichkeit? Die Juden sind doch auch Menschen.»

«Stimmt, aber es heißt, sie seien anders.»

«Worin sollen sie anders sein?»

«Sie schaden der Menschheit.»

«Kannst du das erklären?»

«Sie sind Spekulanten», sagte der Deutsche und konnte sich das Lächeln kaum verkneifen.

«Du bist ein gebildeter junger Mann, ich nehme an, dass du das Gymnasium beendet und die deutschen Klassiker gelesen hast. Du hast klassische Musik gehört, du hast Theater besucht, aber du sprichst wie ein nichtswürdiger Mörder. Wer hat aus dir einen solchen Mörder gemacht? Verstehst du meine Frage? Selbst wenn man annimmt, die Juden wären Spekulanten, bringt man sie deshalb vielleicht um?»

Der junge Offizier hatte offenbar verstanden, dass er zu weit gegangen war, er schwieg. Karl wartete einen Moment, dann fragte er mit fester Stimme: «Sag mir, hast du Goethes Gedichte gelernt?»

«Ja», sagte der Deutsche leise. Dann hob er plötzlich den Kopf und fragte: «Habt ihr vor, mich zum Tod zu verurteilen?»

«Wir werden sehen», sagte Karl trocken.

«Bitte, ich möchte einen kurzen Brief an meine Eltern und an meine Verlobte schreiben.»

«Und was wirst du ihnen schreiben?»

«Dass ich meinem Eid treu war, bis zur letzten Minute meines Lebens.»

«Du hast keinen Charakter», sagte Karl und warf ihm einen verächtlichen Blick zu.

Wir waren der Ansicht, man sollte ihn umbringen. Aber

Felix meinte, es wäre besser, ihn am Leben zu lassen, auf dem Rückweg abzuholen und zu verhören. Wir nahmen ihm die Waffen und die Schuhe ab und ließen ihm eine Decke da, in die er sich wickeln konnte.

Ohne uns weiter um ihn zu kümmern und ohne ein Wort zu sagen, setzten wir unseren Weg fort.

Uns blieben noch zwei Stunden. Ich dachte nicht an die Gefahren, die uns erwarteten, ich freute mich, dass ich an der Aktion teilnahm, mein Herz schlug kräftig, meine Beine waren warm und trocken. Die Waffe in meiner Hand war neu, ich hatte fünf Magazine und vier Handgranaten dabei, und ich war mit Menschen zusammen, auf die ich mich verlassen konnte.

Ich erinnerte mich, wie ich zum Stützpunkt gekommen war, ich dachte an Kamil und Felix, an Salo, Maxi und Karl, für mich waren es Männer, die ein großes Ziel im Leben hatten, dem sie mit Herz und Seele ergeben waren. Sie waren bewaffnet, aber nicht grausam. Ihre Bewegungen waren ruhig und beherrscht, sie sprachen wenig, und was sie sagten, konnte ich nicht immer verstehen.

Ich erinnerte mich auch an die ersten Übungen: an die Dauerläufe, das Seilklettern, das zügige Vorwärtsrobben, an die Pausen zwischen den Übungen, die belegten Brote und die regelmäßige Pause um zehn. Ich hatte damals nicht gewusst, dass all das auch eine mentale Vorbereitung sein würde. Ich hatte noch nicht gelernt, meinen Egoismus zu überwinden und mich meinen neuen Kameraden anzuschließen. Aber ganz langsam hatte ich begonnen, ihr Schweigen zu verstehen. Ich hatte gelernt, zu helfen und mir helfen zu lassen.

58

Von da an war der Weg ohne Hindernisse, wir kamen rasch vorwärts und erreichten unser Ziel eine Stunde vor der erwarteten Ankunft des Zuges. Vom Wäldchen aus konnten wir die Schienen sehen, Maxi und Karl brachten den Sprengstoff an, und wir verstreuten uns – bereit zum Sprung.

Ich freute mich, dass Isidor und ich wieder zusammen waren. Obwohl er mit seinen Gebeten jede Woche wahre Wunder bewirkte, war er kein bisschen hochmütig. Sie wurden mit Erstaunen aufgenommen, aber ohne Dankbarkeit. Zuweilen kam es mir vor, als würden sich manche sogar vor seinen Gebeten fürchten. Nachdem er sie gesprochen hatte, zündete er sich eine Zigarette an, lehnte sich an einen Baum und atmete tief den Rauch ein. Oft hatte ich jemanden fragen hören, welchen Sinn sein Beten habe und ob man es tatsächlich als Gebet betrachten könne.

Pünktlich um zwei Uhr nachts näherte sich der Zug. Der Sprengstoff ging los, und die Erde zitterte unter der Explosion. Zwei Waggons sprangen aus den Gleisen, und als sie sich wieder gefasst hatten, eröffneten die Wachleute das Feuer auf uns. Wir standen bereit, und unsere Schüsse waren gezielter – nach ein paar Minuten hatten wir sie besiegt.

Aus den geöffneten Waggons strömten Menschen, wir liefen auf sie zu. Die Aktion hatte nicht länger als eine halbe Stunde gedauert, doch diese Zeit hatte sich unserem Empfinden nach unendlich in die Länge gezogen. Auf dem Boden und in den Waggons lagen viele Gefallene. Wir liefen von einem Waggon zum anderen, um zu kontrollieren, ob Menschen am Leben geblieben waren.

Diesmal wurden nicht nur zwanzig gerettet, sondern mehrere Dutzend. Wir baten die Jüngeren, sich jeweils um einen Alten oder ein Kind zu kümmern, und von uns nahm jeder zwei, drei Gerettete unter seine Fittiche. Karl ging voraus, er kümmerte sich um den Transport der Verwundeten und Kranken, Kamil um jene, die noch genug Kraft hatten, auf eigenen Beinen vorwärtszukommen. Salo und Maxi liefen von einer Gruppe zur nächsten und behandelten die Verwundeten. Ein alter Mann, den ich beim Gehen stützte, segnete mich und murmelte: «Du bist ein Engel, dich hat der Himmel geschickt.»

Gegen Morgen blieb die Kolonne stehen, und Kamil verkündete mit zitternder Stimme: «Wir haben schon ein schönes Stück des Weges geschafft, jetzt werden die Kämpfer eine kleine Stärkung verteilen. In unserem Stützpunkt gibt es Zelte und Nahrungsvorräte, dort werden wir essen und uns ausruhen.»

Kamil, der immer wusste, was zu sagen war, um Hoffnung zu wecken, sprach diesmal sehr sachlich. Er beschrieb die Situation im Wald und die Waffen, die wir organisiert hatten, um uns zu verteidigen, und dann sagte er: «Teure Brüder, dankt Gott, der es den Menschen erlaubt, seinem Nächsten beizustehen. Niederträchtige Menschen haben uns Hilfe und Liebe verweigert. Ab jetzt werden wir uns gegenseitig helfen, die Schwachen und Verwundeten gehen voraus, und wenn ihr Schüsse hört, müsst ihr euch auf den Boden legen und dürft ja nicht den Kopf heben.»

Der deutsche Offizier, der uns erkannte, glaubte, dass seine letzte Stunde gekommen sei, er hob beide Hände und sagte: «Ich werde wohl nicht länger leben.»

Karl versprach ihm, wenn er sich anständig verhalte, die

Anweisungen befolge und uns offen berichte, was er wisse, würde das die Strafe mildern.

Der Offizier gab sofort zu, dass er zu einem Sonderkommando gehört hatte, das Juden ermordete. Er erinnerte sich auch an die Namen der Dörfer und Städte, in denen sie umgebracht wurden.

«Und du hattest keine Hemmungen, Frauen und Kinder zu töten?»

«Das war der Befehl.»

Kamil wurde lauter. «Ich habe dich nicht nach dem Befehl gefragt, sondern nach deinen Gefühlen.»

«Wenn man Befehle ausführen muss, hat man keine Gefühle.»

«Hast du jetzt Angst?»

«Ja.»

«Was für einen Auftrag hattet ihr diesmal?»

«Wir haben die aus militärischer Sicht kürzeste und beste Strecke gesucht, um an den Ort zu gelangen, wo sich die Juden verschanzt haben. Dann hat uns eine feindliche Patrouille entdeckt, und wir waren gezwungen, uns zurückzuziehen.»

«Sprich nicht von einer feindlichen Patrouille, sag ‹eine jüdische Patrouille›.»

«Es fällt mir schwer, das auszusprechen», sagte er, ohne den Kopf zu heben.

Dafür bekam er einen Schlag ins Gesicht.

59

Bei Tageslicht sahen wir, wie mager und erschöpft die Menschen aus dem Zug waren, weit über Hunger und Durst hinaus. Freuten sie sich überhaupt, dass sie noch am Leben waren? Das konnte man kaum wissen. Ihre Gesichter, die schon lange keine Freude mehr kannten, waren eingefallen, starr und ausdruckslos.

Kamil bewachte die hinteren Gruppen – wir waren immer auf der Hut vor eventuellen militärischen Angriffen. Die Kämpfer gingen von einem Geretteten zum anderen, stützten Geschwächte und trugen Kranke. Der große Karl nahm drei Kinder. Auf diese Situation hatte Kamil uns vorbereitet. Das tägliche Training zeitigte nun Erfolg. Wir stellten unsere Schützlinge zu einer Kolonne auf und führten sie weiter.

Am Nachmittag sahen wir von weitem vier Menschen, die zwei große Töpfe schleppten. Wir wussten, dass sie uns den Tee und die Kekse brachten, die Zila uns schickte. Wir riefen ihnen einen Gruß zu, und sie antworteten. Unsere Freude war größer als die der Geretteten, die keine Kraft mehr hatten, sich zu freuen. Wir fütterten sie löffelweise mit Tee und mit Keksen. Selbst das wenige brachten sie kaum hinunter.

Schnell ließ sich erkennen, dass sich unter den Leidenden auch wache Menschen befanden, die uns verwundert anblickten. Ihre Gesichter drückten aus, dass sie nicht mehr damit gerechnet hatten, mitfühlende Menschen zu treffen.

Wir machten zwei Lagerfeuer, füllten die Töpfe mit Schnee und bereiteten neuen Tee zu. Kamil reckte seinen Kopf und setzte zu einer Rede an. «Die Welt ruht auf dem

Einzelnen, und wir bewachen jeden Einzelnen wie unseren Augapfel», sagte er. «In den Augen der Feinde waren wir Untermenschen; sie haben Nummern aus uns gemacht. Jetzt wird jeder wieder seinen eigenen Namen und den Namen seiner Familie tragen. Wir sind Kinder von Eltern und Eltern von Kindern. Der Feind wollte nicht nur uns töten, sondern auch das Ebenbild Gottes in uns. Gott sei Dank sind wir nun wieder das, was wir früher waren, und das ist nicht wenig. Brüder und Schwestern, ab heute werdet ihr alle euren persönlichen Namen tragen und den eurer Familie, der seit Generationen weitergegeben wurde. Man darf sie auf keinen Fall verlieren. Wir werden darauf achten, jeden bei seinem Namen zu nennen. Helft uns, den Bund zwischen uns und unseren Namen zu erneuern.»

Die Menschen schauten sich an und trauten ihren Ohren nicht. Eine solche Rede hatten sie schon lange nicht mehr gehört. Es war gut, dass Kamil diese Aktion leitete. Hätte Felix das getan – er hätte geschwiegen. Er handelte lieber, als dass er sprach.

Lagerfeuer, Tee und Kekse taten ihre Wirkung. Die Helfer gingen von Kind zu Kind, von Greis zu Greis, sie verbanden Wunden, schienten verrenkte Beine, verteilten Tabletten gegen die Schmerzen, und bei alldem erfuhren sie die Namen der Menschen.

Kamil hatte vorgehabt, den Marsch in der Nacht fortzusetzen. Doch der Sturm und die schneidende Kälte hinderten uns daran. Die Lagerfeuer und die großen Töpfe mit Tee schenkten ein bisschen Wärme. Gegen Morgen ließ der Wind nach, und wir machten uns wieder auf den Weg.

Inzwischen war eine Gruppe den Gipfel herabgestiegen und half uns, die Kranken zu tragen. Kamil freute sich und verteilte sofort die Aufgaben. Für Zweifel blieb keine Zeit, wir hatten alle Hände voll zu tun. Felix hatte recht, wenn er sagte: «Überlasst dem Tun, was nötig ist. Letztlich liegt darin die Lösung aller Probleme, nicht in den Forderungen des Herzens.»

Plötzlich bedauerte ich den Verlust der Intimität, die zwischen uns geherrscht hatte: vertrauliche Gespräche, nächtliches Training, gemeinsam Sonnenuntergänge betrachten, Zilas Abendessen, Milios weitgeöffnete Augen, Michaels Eifer beim Lernen. «Ab heute», hatte Kamil gesagt, «gilt unsere Hingabe der Allgemeinheit, und danken wir Gott, dass wir diese Tätigkeit übernehmen können. Wir können unmöglich alle Todeszüge stoppen, aber was in unserer Macht steht, das werden wir tun. Wir werden nicht tatenlos herumsitzen.»

60

Am nächsten Tag hatten die meisten der Geretteten den Gipfel erreicht. Seit seiner Verwundung half Danzig in der Küche aus. Sein Arm war noch immer kräftig genug, mittelgroße Gegenstände zu heben. Wenn er Milio umarmte, zitterten seine Finger, und die Tabakflecken traten deutlich hervor.

Hermann Cohen entdeckte unter den Geretteten seine Nichte Teresa. Sie war sechzehn, aber ihr mageres Gesicht wirkte viel älter. Er kniete sich neben sie und fragte, ob sie ihn erkenne. Das Mädchen antwortete mit einem Ja und schloss die Augen. Hermann Cohen bedeckte traurig sein Gesicht. Salo legte die Arme um ihn und sagte: «Das Mädchen wird gesund werden, in ein paar Tagen wirst du mit ihr sprechen können.»

Es fällt uns schwer, dem gefangenen Arzt zu vertrauen. Er murrt die ganze Zeit über und behauptet, seine Gefangenschaft sei nicht legitim. Auch Kamil hat schon mit ihm geschimpft, doch er bleibt dabei. Salo verachtet ihn, ist aber auf seine Hilfe angewiesen. Zwei dringende Operationen standen bevor. Krynicki wurde geholt, um die Patienten zu untersuchen, und zeigte sich alles andere als wohlgesonnen. Kamil drohte ihm, wir würden, wenn nötig, ein Militärgericht einrichten und ihn wegen Befehlsverweigerung verurteilen. In Kriegszeiten stehe auf Befehlsverweigerung der Tod.

Krynicki verstand offenbar den Ernst der Lage und machte sich an die Arbeit, doch bevor er anfing zu operieren, verkündete er, nicht verantwortlich für das Ergebnis zu sein. Kamil, der ihm nicht von der Seite wich, war wütend und warnte ihn, wenn er nachlässig arbeite und seine ärztliche Pflicht nicht erfülle, würde das Blut auf sein Haupt kommen.

Felix sah zähneknirschend zu. Seiner Meinung nach hätte man sofort ein Tribunal einrichten und den Mann verurteilen sollen. Ein Arzt, der die Kranken nicht freiwillig und gewissenhaft behandle, sei ein Verbrecher.

Am nächsten Morgen operierte Krynicki zwei weitere Patienten. Es gab noch mehr Gerettete, die operiert werden mussten, doch zuvor wollten wir sehen, wie sich die ersten von der Operation erholten.

Der deutsche Offizier war zum Gipfel gebracht worden, aber bevor er gründlich verhört werden konnte, erkrankte er an Typhus, bekam hohes Fieber und behauptete in seinem Wahn immer wieder, er sei seinem Heimatland treu und habe seinen Eid nicht gebrochen. Seine Anwesenheit und seine lauten Schreie belasteten uns, vielleicht hätten wir ihn besser dort lassen sollen, wo wir ihn gefunden hatten. Doch das ließ sich nun nicht mehr rückgängig machen.

Nachts unternahmen wir Streifzüge. Die Essensvorräte wurden immer weniger. Mittlerweile waren wir hundertdreiundsiebzig Personen. Wenn wir nicht bald für Nachschub sorgten, würden die Geretteten verhungern. Hermann Cohen konnte der Küche nur noch geringe Mengen Grieß und Mehl liefern. Seit die Neuen angekommen waren und er seine Nichte entdeckt hatte, hatte er sich verändert. Er steckte eine Zigarette nach der anderen an. Ein- oder zweimal am Tag betrat er das Zelt, in dem seine Nichte lag, und betrachtete sie. Dieser kräftige Mann, der auch schwierige Situationen meistern kann und stets ein wunderbarer Ratgeber ist, was Logistik betrifft, war dem Zusammenbruch nahe. Kamil umarmte ihn und sagte: «Wir haben gemeinsam ein ganzes Stück Weg zurückgelegt, und wir werden weitermachen. Die nächsten Tage sind die kritischen. Die Rote Armee ist auf dem Weg zu uns. Die Frage ist, ob wir noch einen Monat durchhalten. Ohne dich, das sage ich im Bewusstsein meiner Verantwortung, schaffen wir es nicht.» Hermann Cohen antwortete auch auf diese Bitte nicht. Er bedeckte mit beiden Händen sein Gesicht.

61

Bevor wir zu unserem Streifzug loszogen, sprach Kamil zu uns. «Unser Schicksal, meine Freunde, liegt heute in eurer

Hand. Unser Lager ist, dank Gott, gewachsen, doch die Menschen leiden unter Schmerzen, und wenn wir ihnen nichts zu essen geben, werden sie sterben. Wir benötigen Nahrungsmittel, Zelte und Blechtonnen, aus denen wir Öfen bauen können. Wir müssen die gequälten und geschundenen Körper retten, damit die Seelen in sie zurückkehren können. Früher waren wir wenige, doch jetzt sind wir, dem Himmel sei Dank, viele. Ihr seid die Abgesandten einer gottgefälligen Tat, die Getreuen Gottes auf dieser Erde.»

Wenn Kamil spricht, spüren wir, dass wir nicht allein sind auf der Welt. Wir sind umgeben von treuen Menschen, und wir wachsen über uns hinaus. Kamil spricht nie von Aufopferung. Dieses Wort lehnt er ab. Er hat schon mehrmals erklärt: «Wir suchen nicht den Tod, sondern das Leben. Unsere Gemeinschaft ist ein wunderbares Einssein.»

Kamil wirft Gott nicht vor, keine Gerechtigkeit auf die Welt zu bringen, sondern er klagt die Menschen an, die den Namen «Menschen» nicht verdienen.

«Gedanken, auch erhabene Gedanken, helfen uns nicht, wir müssen uns auf Taten konzentrieren», sagt Felix. Es fällt mir allerdings schwer, diesen Spruch, der so typisch für ihn ist, zu akzeptieren. Seit die Geretteten zu uns gekommen sind, laufe ich ein wenig ratlos umher. Mir fehlt noch die Verbindung zu den Neuankömmlingen.

Tagsüber bin ich verantwortlich dafür, Wasser zu erhitzen und Salo, Maxi und Karl zu helfen, die geschwächten Leiber der Geretteten zu waschen. Ich muss zugeben, dass ich vor den skelettartigen Körpern zurückschrecke. Sie sehen geisterhaft aus. Die Hände tun alles Notwendige, aber das Herz weigert sich, die Menschen anzuerkennen. Auf die Verzweiflung und den Tod, den die Geretteten ausstrahlen, findet das Herz nicht die Antwort, die es eigentlich geben sollte: Sie sind meine Brüder und Schwestern, ich muss mich an ihnen freuen.

Danzigs riesige Erscheinung reißt die Geretteten aus ihrer Verzweiflung, sie schauen zu ihm auf wie zum rettenden Gott. Doch wer am meisten dazu beiträgt, sie ins Leben zurückzuholen, ist überraschenderweise Viktor, der Ukrainer. Er schreckt selbst vor Exkrementen nicht zurück. Er lehrt uns, was Menschenliebe bedeutet.

Viktor ist den Gequälten sehr nahe und tut alles, um ihnen ihr Los zu erleichtern. Man sieht ihm an, dass er sich verändert hat. Der ukrainische Bauer ist noch zu erkennen, und vermutlich hätte man ihn auf einem Maisfeld nicht von seinen Brüdern unterscheiden können, aber hier oben, unter uns, erinnert er manchmal an einen Mönch, der seinen Egoismus abgelegt hat und sich ganz der Nächstenliebe widmet.

Kamil fragt ihn oft nach Einzelheiten, die sein Dorf und die anderen Dörfer in der Gegend betreffen, und erkundigt sich immer wieder nach jenem Ukrainer und seiner Freundin, die ermordet wurden und deren Tochter man entführt hat. Viktor gibt sich Mühe, sich zu erinnern, doch ihm fällt nicht mehr ein als das, was er uns bereits erzählt hat.

«Paul, Paul, wohin bist du verschwunden?», hörte ich Kamil einmal stöhnend rufen. Sofort sah ich Paul vor mir, groß und wendig, ein stiller, schöner Mann

62

Wir ziehen jeden Tag los und bringen Nahrungsmittel, Kleidung, Hausrat, Stoffe und Schaffelle zum Stützpunkt.

Unter unserer Beute befinden sich manchmal städtische Kleidungsstücke oder auch Haushaltsgeräte, wie sie nur von Juden benutzt werden. Einmal fanden wir zwei Kerzenständer, auf deren Sockel in hebräischen Buchstaben «Schabbat Kodesch» stand.

Vieles spricht dagegen, in ein Haus einzubrechen, das bereits einmal überfallen wurde. Deshalb dehnen wir unsere Streifzüge auf vereinzelte Häuser am Rand der Berge aus, oder auf solche, die sich im Schoß der Hänge verstecken.

Kamil hatte eigentlich vor, jede Woche einmal hinunterzugehen, um Züge, die Juden in die Todeslager brachten, zum Entgleisen zu bringen. Bisher schaffen wir das noch nicht. Doch wir senden weiterhin Patrouillen und Späher aus. Es macht sich das dumpfe Gefühl in uns breit, dass wir uns in Zukunft nur noch mit Überfällen beschäftigen müssen und die Dorfbewohner sich am Ende mit den Deutschen zusammentun und uns belagern. Ihr Hass ist nicht geringer als der Hass der Deutschen, und sie besitzen Waffen im Überfluss.

Mein Freund Emil hat sich erholt, er kann aufstehen und zur Toilette gehen, aber sein Blick ist noch weich und verwundert. Er erkundigt sich nicht nach meinem Vater und meiner Mutter, erzählt mir aber von seinen blinden Eltern, die ihr Leben lang Körbe geflochten und Teppiche geknüpft haben und sich nur mühsam ernähren konnten. Emil hat ihnen immer nach Kräften geholfen. Nach seiner Bar Mizwa, als er anfing, Nachhilfestunden zu geben, hatten sie die schlimmste Armut überwunden.

Seine Eltern waren unter den Ersten, die aus dem Ghetto abtransportiert wurden. Wenn Emil über sie spricht, ist ihm anzusehen, dass er mit allen Fasern seines Herzens an ihnen hängt. Er spricht nicht in der Vergangenheitsform von ihnen. «Meine Mutter ist sehr pedantisch», sagt er. «Jeder Teppich, der unter ihren Händen entsteht, ist vollkommen. Mein Vater redet gerne beim Knüpfen. Deshalb unterlaufen ihm Fehler, und seine Teppiche bringen weniger ein.» Seit seiner Kindheit hat er seine Eltern betrachtet, und etwas von ihrer Blindheit ist an ihm haftengeblieben – bis heute.

Seltsam, weder wir noch die Neuen sprechen viel über ihre Familien, die sie zurückgelassen haben. Wir bestreiten unseren Alltag, wir hören Radio, aber wir machen uns keine Illusionen, dass unser Leben irgendwann wieder so sein würde, wie es früher war.

In den Zelten herrscht großes Elend. Salo und Maxi haben nicht genug Medikamente, um die Schmerzen der Leidenden zu lindern. Der Arzt murrt und klagt mal wieder über seine Gefangenschaft, die ihn von seinem Haus und von seinen Patienten fernhält. Felix droht ihm oft, wenn er weiter nur schimpft, würde man ihn zum Tod verurteilen, auch ohne Tribunal.

«Das ist mir egal, ich habe keine Angst», sagt er dann, ohne Felix anzuschauen. Dieser Wagemut ist schwer zu verstehen, es sei denn, man geht davon aus, dass es für ihn eine unerträgliche Demütigung ist, Juden zu behandeln, und er lieber sterben würde, als unter Juden zu leben und sich um ihre Kranken zu kümmern.

Nach Viktors Ansicht darf man nicht verzweifeln. In einer Entfernung von etwa fünfzehn Kilometern gebe es eine Apotheke, die früher einem Juden gehört habe. Die Apotheke werde noch betrieben, man müsse sie bald überfallen und solle es nicht zu lange aufschieben. Kamil breitete die Karte aus und deutete auf die Stelle, an der sie sein musste.

Der deutsche Offizier hat noch immer hohes Fieber. Wir

besitzen keine Medikamente, die wir ihm geben könnten, aber eine zusätzliche Decke. Er schreit die ganze Nacht und schwört immer wieder, er sei seinem Vaterland treu und achte die Gesetze, oder er schimpft auf seine Verlobte, die an seiner Treue zweifelt, und bittet seine Eltern, sie zurechtzuweisen. In seinen Fieberphantasien bedrängen ihn offenbar auch andere familiäre Probleme.

Die Müdigkeit verlässt mich nicht. Ich schlafe im Stehen, im Gehen, bei jeder Gelegenheit. Mein Schlaf ist unruhig, und es ist nur gut, dass die Bilder verschwinden, wenn ich die Augen aufmache. Gestern sah ich Anastasia mit einem Rest Klarheit vor mir. Sie war es, aber ihr seltsam in die Länge gezogener Körper war mit braunem Fell bedeckt.

Ich wollte zu ihr laufen und sie streicheln, doch sofort begriff ich, dass sie mich beißen könnte. Sie drehte ihr Gesicht zu mir und entblößte ihre schönen Zähne. «Anastasia», rief ich, «erkennst du mich nicht?» Sie betrachtete mich mit dem Blick eines Tieres. Ich wusste nicht, ob er drohend oder lockend gemeint war. Wieder fragte ich: «Erkennst du mich nicht?» Als sie meine Frage hörte, lächelte sie. Ich hatte das Gefühl, dass sie mich erkannte und mir eine Frage stellen wollte. Doch ich irrte mich. Sie warf mir einen vorwurfsvollen Blick zu, als wollte sie sagen: Was machst du hier? Du bist doch weggegangen und wirst nie wiederkommen.

Als ich aufwachte, erinnerte ich mich ganz deutlich an diesen Traum. Ich befürchtete, dass die Stoßtrupps losgezogen waren und mich vergessen hatten, weil ich eingeschlafen war, und ich sie nicht mehr würde einholen können. Ich ging in die Küche und sah, dass die Kämpfer ausgestreckt auf dem Reisig lagen, Tee tranken und rauchten. Ich war erleichtert.

63

Unser Mangel an Medikamenten wird immer beklemmender. Trotz der wenigen Informationen, die wir über diese geheimnisvolle Apotheke haben sammeln können, ist der Überfall beschlossen worden. Der Geist Gottes überkam Kamil, und nachdem er die Parole «Heiler der Kranken» verkündet hatte, erinnerte er uns daran, dass der heutige Auftrag im wahrsten Sinne des Wortes dazu diene, Leben zu retten. «Wir sind jetzt nicht in der Lage, hinunterzugehen und Züge zu überfallen, sondern müssen Medikamente besorgen, um den Leidenden ihr Los zu erleichtern.»

Es schneite, und die Kälte brannte uns in den Gesichtern. Beim Abstieg hallte uns noch lange Kamils Stimme in den Ohren wider. Wir waren in Sichtweite einer Patrouille, die uns begleitete und uns zu Hilfe eilen würde, falls wir in einen feindlichen Hinterhalt gerieten.

Eines muss man, wenn auch mit schlechtem Gewissen, zugeben: Eine Aktion mit Felix ist leichter als eine mit Kamil. Das liegt an seiner Ruhe, seinem zügigen Gang, seinem richtigen Maß an Aufmerksamkeit. Wenn er die Befehle gibt, kann man sicher sein, dass die Aktion genauso abläuft, wie sie geplant ist, und dass wir ohne Freudengeschrei, aber zufrieden mit dem, was wir getan haben, zu unserem Stützpunkt zurückkehren werden.

Der Weg dauerte nicht so lang, wie wir erwartet hatten, dann standen wir etwa zweihundert Meter von dem dunklen, nicht besonders großen Gebäude entfernt. Auf der Vorderseite verkündete ein Schild «Apotheke». Der Name des Besitzers war weggewischt worden, mit ein bisschen Mühe jedoch noch zu entziffern: «Aharon Schmuelewicz». Um die Apotheke herum lagen die Häuser still im hohen Schnee.

Vor einem Überfall fühlt man sich wie vor einem Sprung in trübes Wasser. Der Körper zittert, aber man spürt bereits, wie die Kraft in die Arme strömt, und dann ist die Angst auch schon besiegt.

Lautlos brachen wir die Hintertür auf, schlichen uns in das dunkle Haus und machten uns sofort daran, die mitgebrachten Säcke zu füllen. Wir gingen systematisch vor, von einem Regalbrett zum nächsten. Die Hälfte unserer Kämpfer war draußen geblieben, um Wache zu halten. Kaum eine halbe Stunde später befanden sich sämtliche Medikamente in sieben Säcken. Wir gingen hinaus und schlossen die Tür.

Felix war zufrieden, auch wenn er, im Gegensatz zu Kamil, seine Zufriedenheit nicht offen zeigte. Unsere Säcke waren voll, aber nicht allzu schwer, und sie verströmten einen medizinischen Geruch.

Als meine Mutter krank im Bett gelegen hatte, war mein Vater von einem Arzt zum anderen gelaufen, von einer Apotheke zur anderen, und wenn er ein Medikament aufgetrieben hatte, war er den Weg nach Hause gerannt und atemlos angekommen. Damals war uns das Geld schon langsam ausgegangen. Erst verkaufte mein Vater seine goldene Uhr, dann den Schmuck meiner Mutter. Die Ärzte verlangten rücksichtslos den vollen Preis, und auch die Apotheker gaben ihnen keinen Rabatt. Wir waren eine angesehene Familie gewesen, doch nun verarmten wir in Windeseile. Die Hände meines Vaters zitterten, wenn er sie auf den Tisch legte.

Ich kümmerte mich damals nicht um diese schmerzlichen Ereignisse. Ich war versunken in mein sonderbares Glück und weigerte mich, am verzweifelten Kampf meiner Eltern teilzunehmen.

Jetzt sah ich meinen Vater vor mir, wie ich ihn bis dahin noch nie gesehen hatte: Er saß am Tisch, die geballte Hand vor dem Mund, und hob auf einmal den Kopf, schaute mich an und fragte tonlos: «Edmund, was haben wir dir angetan, dass du dich so weit von uns entfernst? Wir bitten dich nicht um deine Hilfe, dein Glück ist uns kostbar. Aber du könntest dich wenigstens erkundigen, wie es deiner Mutter geht, das wäre eine gute Tat. Sie ist sehr krank und hat eine Operation vor sich, ein nettes Wort würde ihr Mut machen.»

Sein flehender Blick ging mir durch Mark und Bein, aber ich brachte nicht die Kraft auf, seinem Wunsch zu folgen. Ich wich seinem Blick aus und rannte aus dem Haus, um Anastasia zu treffen. Sie nahm mich sofort mit ihren großen Augen gefangen. Erst später, unter dem Baum, dessen Äste bis zum Boden hingen, meinte ich plötzlich, wieder den Blick meines Vaters zu spüren, und das glühende Verlangen, das meinen Körper erfüllte, erlosch, mir wurde kalt bis in die Zehenspitzen.

Auch Isidor sagte, er sei nicht mehr sicher, ob es damals richtig von ihm gewesen war, zu fliehen und seine Eltern im Stich zu lassen. Was Isidor sagt, ist in seiner Klarheit schmerzhaft. Seine Gebete, die uns so sehr rühren, haben auf ihn selbst offenbar keine Wirkung. Einmal hat er zu mir gesagt: «Die Gebete gehören nicht mir, sondern meinem Großvater.»

Ich wollte ihn nicht mit Fragen behelligen, auch vorsichtige Fragen können verletzen. Vor einiger Zeit hatte einer der Kämpfer laut aufgeschrien, als ihm jemand eine gedankenlose Frage gestellt hatte.

Sogar Karl, der kräftige, ruhige Mann, schimpfte, als ihn einer unschuldig fragte, wie lange er im Ghetto gewesen sei. Wir hatten gelernt, dass es in bestimmten Situationen besser war, den Mund zu halten.

64

Wir näherten uns dem Stützpunkt vor Sonnenaufgang. Unser Wachmann entdeckte uns schon, als wir noch ein paar Kilometer vom Gipfel entfernt waren. Er verlangte laut nach der Parole, und wir riefen: «Heiler der Kranken.»

Wie gut es tat, zum Stützpunkt zurückzukehren. Man nahm uns die Last von den Schultern, und in der Küche erwarteten uns belegte Brote und Kaffee. Wir hatten vor unserem Abmarsch zwar ebenfalls Brote bekommen, doch der lange Weg und das Schleppen hatten uns sehr hungrig gemacht, deshalb genossen wir das Essen und die anschließende Zigarette ganz besonders.

Salo und Maxi, die diesmal nicht mitgekommen waren, packten die Säcke aus und freuten sich über jedes einzelne Medikament. Wir haben sogar ein Fachbuch mitgebracht.

Wie immer gibt es gute und weniger gute Nachrichten. Der russische Radiosprecher wiederholt, dass sich die deutsche Armee panisch auf dem Rückzug befinde, und ermuntert die Partisanen, Schienen zu sprengen und dem Feind den Rückweg abzuschneiden. Es gebe allen Grund zur Freude, höre ich Salo sagen.

Doch unsere wirkliche Situation ist durchwachsen. Manche der Geretteten sind inzwischen auf dem Weg der Besserung, sie können sich alleine anziehen und trinken ihren Tee im Stehen. Ihre Augen glänzen, und obwohl ihre

Bewegungen noch unsicher sind, erkundigen sie sich, wo sie sich befinden und was sie zu tun haben, wenn sie ganz gesund sind. Doch die meisten Geretteten sind noch krank und schwach. Salo und Maxi und ihre Helfer Karl, Viktor und Hermann Cohen sorgen für Sauberkeit und Essen, und manche der Kranken verstehen durchaus, dass sie in guten und treusorgenden Händen sind, und bedanken sich mit Tränen in den Augen.

Doktor Krynicki schaut jeden Tag nach den Kranken und Alten, doch seiner Meinung nach würden sie ohne Blutuntersuchungen und ohne passende Medikamente nicht durchkommen. Krynicki ist nun bereits einige Wochen bei uns, aber er hat sich noch immer nicht damit abgefunden, dass er von Juden gefangen gehalten wird. Immer wieder betont er, dass seine Gefangenschaft ungesetzlich sei, und einmal hat er gesagt, die Juden würden sich einfach nicht an staatliche Gesetze halten. «Ich kenne die Juden genau. Sie haben viele Generationen lang unter uns gelebt.» Selbst als Gefangener scheut er sich nicht, zu seiner Meinung zu stehen, einmal hat er sogar zu Kamil gesagt: «Bewaffnete Juden machen mir keine Angst, das passt nicht zu ihrem Charakter. Sie sehen dann aus, als hätten sie sich nur verkleidet.»

Felix hat vor Wut gekocht. Seiner Meinung nach ist ein solcher Judenhass nach dem großen Schlachten ein unverzeihliches Verbrechen. Wenn Felix wütend ist, erhebt er seine Stimme nicht, er presst die Lippen zusammen und sieht aus, als könnte er im nächsten Augenblick auf den anderen losgehen und ihn zerreißen. Kamil erinnerte Felix daran, dass drei Kranke dringend auf eine Operation warteten, erst danach könnten wir mit ihm abrechnen.

Die großen Mengen verschiedener Medikamente, die

wir angeschleppt haben, sind bereits im Bunker verstaut. Bestimmt hätte sich der frühere Besitzer der Apotheke, Aharon Schmuelewicz, nicht vorstellen können, wo seine Arzneimittel einmal landen würden. Gott möge ihm danken, auch für die Schokolade, den Kaffee und den Kakao, mit dem wir den Kindern eine Freude machen konnten.

Der deutsche Offizier fiebert und schreit laut in seinen nächtlichen Phantasien. Immer wieder beschwört er seine Treue gegenüber dem Vaterland und den Gesetzen. Krynicki untersucht ihn und meint, sein Leben stehe auf der Kippe. In ein, zwei Tagen würde er sich wohl von der Welt verabschieden. Er steht neben dem Krankenlager, und ein ironisches Lächeln breitet sich auf seinem Gesicht aus, als wollte er sagen: Ganze Dörfer waren der Willkür dieses jungen Offiziers ausgeliefert, jetzt liegt er da wie ein Stück Aas.

65

Ein heftiges Donnergrollen ertönte. Erst klang es, als kündige der Donner neue Schneefälle an, doch unter den Geretteten sind einige, die den letzten großen Krieg erlebt haben; sie erkannten sofort, dass es sich um Kanonendonner handelte.

Stunde um Stunde verging, und Artilleriefeuer dröhnte am Horizont. Kamil ignorierte diese klaren Anzeichen. Er behauptete, der Angriff auf uns stehe bevor, wir müssten uns darauf einstellen. Felix war derselben Meinung.

Das sei unlogisch, wiederholte die Gegenpartei. Wenn die Rote Armee näher kam und die Deutschen sich zurückzogen, könne man sich nur schwer vorstellen, dass Letztere sich immer noch darum kümmerten, Juden umzubringen.

«Du irrst dich, mein Freund», entgegnete Kamil einem der Älteren von ihnen. «Für Hitler ist die Ermordung der Juden oberstes Ziel. Natürlich ist es gegen jede militärische Vernunft, aber das ändert nichts daran. Der Kampf gegen die Juden kommt aus dunklen Tiefen, und seine Motive sind vielleicht nie zu verstehen.»

Kamil wird immer beharrlicher, je mehr Leute ihm widersprechen. Er ist nicht nur erfahren im Kampf weniger gegen viele, auch auf dem Gebiet des Disputs und der Vorhersagen glänzt er durch seinen Scharfsinn.

In der Nacht zählt der Radiosprecher die Orte auf, von denen sich die Deutschen derzeit zurückziehen. Es ist nun unverkennbar: Die siegreiche Rote Armee kommt immer näher. Felix fängt schon an zu rechnen und meint, sie wären nur noch dreihundert Kilometer von uns entfernt. Diese Überlegungen führen nicht dazu, dass unsere Wachsamkeit nachlässt: Manche der Trupps trainieren, andere patrouillieren, die täglichen Streifzüge werden ebenfalls fortgesetzt. Auch Viktor hört nicht auf zu warnen: «Für sie ist es das oberste Ziel, Juden umzubringen. Ihr Hass ist grenzenlos, man darf in ihren Handlungen keinerlei Logik suchen.»

Der Schnee liegt inzwischen einen Meter hoch. Der Abstieg vom Gipfel und vor allem der Aufstieg sind ungeheuer anstrengend. Selbst kräftige Kämpfer kommen völlig erschlagen von den Überfällen zurück. Doch es ist nicht zu ändern, sie sind zwingend notwendig. Wir haben sehr viele Menschen zu ernähren.

Ich hatte eine Nacht frei und versank unmittelbar in einen tiefen Schlaf. Im Traum war ich auf dem Weg nach Hause. Die Angst und die Aufregung ließen meine Schritte langsamer werden. Ich merkte sofort, dass in den Vororten alles so war wie früher. Die beiden Pappeln standen nackt neben dem Haus. Ihre silbrigen Blätter, die ich so gern betrachtet und deren Rauschen ich so geliebt hatte, hatten sie während meiner Abwesenheit verloren. Aus den Häusern der benachbarten Ukrainer stieg Rauch auf. Auch diese Ruhe war mir vertraut. Wenn ich von der Schule nach Hause kam, war ich immer stehen geblieben und hatte gelauscht. Wir waren zwar Nachbarn, aber trotzdem vollkommen unterschiedlich. In unserem Garten gab es keine Kühe und keine Hühner. Unser Garten war von einem Rasenteppich bedeckt, und wir hatten Blumenbeete. Nachmittags saßen wir auf der Veranda oder im Garten. Es waren Stunden voller Ruhe und Gnade, im Laub der Akazien spielten Licht und Schatten.

Vor dem Haus blieb ich stehen. Das Gartentor war zu, aber nicht verschlossen. Ich stieß es auf. Der Rasen war an den Rändern grau geworden, die Akazien hatten ihre Blätter abgeworfen, Nickis Hundehütte war leer, vermutlich schlief er im Wohnzimmer. Ich hatte das Gefühl, dass mich eine große Überraschung erwartete, wusste aber nicht, was es sein könnte.

Monate waren vergangen, seit wir das Haus Hals über Kopf hatten verlassen müssen. Ich hatte Angst und zögerte. Im Garten hatte sich jedenfalls nichts verändert. Passte Nadja auf das Haus auf? Vermutlich. Sie war meiner Mutter treu ergeben, hatte sie gefüttert, als sie krank war, und anders als die meisten Dienstmädchen hatte sie uns weiterhin geholfen, als es schon verboten worden war, im Haushalt von Juden zu arbeiten.

Ich ging zur Tür und klopfte. Nichts war zu hören. Ich klopfte noch einmal, dann öffnete ich die Tür. Der Flur sah aus wie immer. An der Garderobe hingen unsere Mäntel, auch die Schirmmützen von meinem Vater und mir. Das Haus sah nicht verlassen aus, vielleicht waren mein Vater und meine Mutter zurückgekommen und hatten sich hingelegt.

Ich ging vorsichtig weiter. Das Wohnzimmer hatte sich verändert. Statt der Zeichnungen des berühmten Malers Rosenberg hingen drei Ikonen an der Wand. Diese Überraschung ängstigte mich jedoch nicht. Die Möbel standen alle an ihrem Platz, sogar der Plattenspieler war da, wo er hingehörte. Auch im Schlafzimmer meiner Eltern hingen Ikonen, doch das Bett mit dem Überwurf und den Kissen sah aus wie immer. In meinem Zimmer gab es keine Ikonen, alles war, wie ich es zurückgelassen hatte, und neben dem Schreibtisch lag meine Schultasche.

«Mutter», rief ich. Das Wort blieb für eine Sekunde in der Luft hängen, dann löste es sich auf. Ich kehrte ins Wohnzimmer zurück und setzte mich in meinen Lieblingssessel. Alles ist wie früher, sagte ich mir. Doch insgeheim wusste ich, dass die Stille eine andere war als jene, die wir hinterlassen hatten.

Schon bald zeigte sich mir die Wahrheit: In der Tür, die das Wohnzimmer mit der Küche verband, stand Nadja. Sie sah jünger aus als früher und hatte die Schürze meiner Mutter umgebunden.

«Nadja», stieß ich aus.

Sie erschrak und wich zurück. «Wer bist du?»

«Edmund», sagte ich leise. «Erkennst du mich nicht?»

Sie kniff die Augen zusammen, schaute mich an, trat näher und starrte weiter. Schließlich sagte sie: «Du bist es und bist es doch nicht.»

«Ich bin Edmund, kein anderer», sagte ich und staunte über die Worte, die mir über die Lippen kamen.

«Sie haben gesagt, die Juden würden nie im Leben zurückkommen», sagte Nadja mit ihrer vertrauten Stimme.

«Wer hat das gesagt?»

«Alle.»

«Und du hast ihnen geglaubt?», fragte ich und erhob mich.

«Bis jetzt ist kein einziger Jude zurückgekehrt.»

«Und du willst mich nicht ins Haus lassen?»

«Nein», sagte sie entschieden. «Das ist jetzt mein Haus. Ich habe über zwanzig Jahre hier gearbeitet, und ich bin die gesetzliche Erbin. Die Stadtverwaltung hat mir das bestätigt.»

«Und ich? Was ist mit mir?»

«Du gehörst woanders hin, für dich ist hier kein Platz mehr. Ich möchte dich an etwas erinnern: In der Ghettozeit hast du dich nur mit Anastasia beschäftigt. Du hast noch nicht mal eine Viertelstunde Zeit gefunden, um dich zu deiner kranken Mutter zu setzen und sie zu trösten.»

«Und was ist mit meinen Eltern? Wirst du sie auch nicht mehr ins Haus lassen?»

«Woher weißt du, dass sie zurückkommen werden?»

«Ich nehme es an.»

«Du hast jedenfalls keinerlei Rechte mehr. Ein Sohn, der seine kranke Mutter im Stich lässt, verdient es nicht, ihr Haus zu erben. Das versteht sich von selbst. Und noch etwas: Der gesamte Besitz der Juden gehört jetzt der Stadt. Ich rate dir und auch deinen Eltern, falls sie zurückkommen, nicht stur zu sein. Das Schicksal hat entschieden, wer am Leben bleiben soll und wer stirbt.»

«Ich lebe», sagte ich und spannte das Gewehr.

«Schieß ja nicht auf mich», stieß Nadja aus, und ihre heisere Stimme weckte mich auf.

66

Doch es gibt immer wieder Grund zur Freude: Jeden Tag werden zwei bis drei der Geretteten gesund. Sie sind mager und blass und können kaum auf den Beinen stehen. Erstaunt betrachten sie die Männer, die trainieren oder zu Streifzügen losziehen, und fragen: «Wann können wir unseren Teil beitragen?»

«Eure Aufgabe ist es, zu Kräften zu kommen», sagt Kamil. «Leider haben wir nicht so viel nahrhaftes Essen, aber macht euch keine Sorgen, wir werden Löcher ins Eis schlagen und Fische fangen, und Zila wird uns ein königliches Mahl bereiten.»

Die Kälte wird immer schneidender. Die Öfen und die Lagerfeuer kommen kaum dagegen an. Falls wir gehofft haben sollten, wir würden die Bunker warm kriegen, so hatten wir uns getäuscht. Auch dort herrscht bittere Kälte.

Doktor Krynicki hört nicht auf zu nörgeln. «Wozu habt ihr mich hergebracht? Warum habt ihr mich aus meinem Zuhause gerissen? Bringt mich endlich zurück; wenn ihr mich nicht zurückbringt, sterbe ich hier vor Kälte.»

«Haben Sie denn gar kein Mitleid mit den Kranken? Wollen Sie ihnen nicht helfen?»

«Was reden Sie da? Wie kann man einhundertsiebzig halb verhungerten, kranken Menschen helfen? Es gibt hier keine Möglichkeit, sie richtig zu untersuchen und angemessen zu behandeln.»

«Sollen wir sie denn einfach sterben lassen?»

«Das ist nun mal ihr Schicksal, daran lässt sich nichts ändern.»

«Wenn Sie den Kranken nicht helfen wollen, dann werden wir das tun. Wir werden sie waschen, wir werden sie mit dem füttern, was wir haben. Wir werden die Zelte mit unseren provisorischen Öfen wärmen. Wir sorgen für jeden Einzelnen. Gott sei Dank haben wir den Glauben an die Menschen nicht verloren.»

«Bin ich etwa schuld?»

«Für mein Empfinden gehören Sie bereits nicht mehr zur menschlichen Familie. Ein Mensch ohne Würde und ohne ärztliche Ethik ist ein Insekt. Nicht mehr wert als eine Raupe.»

«So sprechen Juden nicht», sagt Krynicki.

«Wie sprechen Juden denn? Sagen Sie es uns, damit wir es endlich wissen.»

«Juden akzeptieren ihr Schicksal widerspruchslos.»

«Nicht hier, nicht in diesen Bergen, nicht unter meiner Obhut. Hier sind wir dazu berufen zu helfen. Hier wird ein Mensch als Mensch angesehen. Die Guten werden geliebt und die Bösen abgelehnt.»

Krynicki hebt erschrocken den Kopf. «Werden Sie mich töten?»

«Erst sollten Sie selbst über sich urteilen.»

«Mir ist schon alles egal, ich bin ohnehin verloren», sagt er und legt die Hände auf die Knie.

Ich schaue mich um, und mir wird klar: Das sind unsere letzten Tage auf diesem herrlichen Gipfel, auf dem so viel geschehen ist. Die Kommandanten, meine Freunde, alle werden bei mir bleiben, auch weit weg von hier. Der Gipfel hat uns weite Ausblicke geschenkt, wenn man so sagen kann. Alles, was ich gesehen habe, und ich habe viel gesehen, wird mich auch weiterhin einhüllen wie ein warmer Mantel.

Es tut mir leid um die vielen Geräte, die wir auf dem Rücken heraufgeschleppt haben: Jeder Topf, jede Gabel und jeder Löffel, jede Tasse, ganz zu schweigen von den Dreifußgestellen, den verschiedenen Blechtonnen, die wir mit Hämmern zu Öfen verarbeitet haben, jeder Teller, von dem wir gegessen, und jede Tasse, aus der wir getrunken haben – all diese Gegenstände sind mir teuer, und es tut mir weh, dass wir sie bald zurücklassen werden.

Eduard kommt angelaufen und schmiegt sich an mich. Seit der Hund auf irgendwelchen wundersamen Wegen zu uns gefunden hat, sucht jeder seine Nähe. Maxi und Michael stehen ihm am nächsten. Maxi spricht oft mit ihm, er erinnert ihn an frühere Zeiten, zu Hause, den Sommer hat Eduard in der Hundehütte verbracht, den Winter im Haus. Manchmal haben wir das Gefühl, dass Maxi ihm Informationen über die Leute entlocken will, die in Arbeitslager gebracht worden sind.

Eduard springt an jedem hoch, der kommt. Eines lässt sich mit Sicherheit sagen: Seit Eduards Ankunft hat Maxi sich verändert. Seine Schritte sind kürzer und vorsichtiger geworden. Manchmal bleibt er stehen, als versuche er, eine Stimme aufzufangen, oder er schaut sich erstaunt um. Mehr als einmal habe ich gehört, wie er Eduard fragte: «Wie hast du es bloß geschafft, mich zu finden? Nun, ich habe immer gewusst, dass du treu bist und einen außerordentlich guten Geruchssinn hast.»

67

Die Stimme des russischen Radiosprechers überschlägt sich und rät nun auch Frauen und Kindern, der Nachhut der deutschen Armee, die überall auf dem Rückzug ist, den Weg abzuschneiden, sie zu beschießen und mit allem anzugreifen, was gerade zur Hand sei.

Die Kanonen dröhnen Tag und Nacht – ein Beweis, dass die Armee, die hochmütig ausgezogen war, die Welt zu erobern, sich in Schmach und Schande zurückziehen muss. Die Kommunisten unter uns jubeln und singen russische Märsche, sie rufen die Namen Lenins und Stalins und sind überzeugt, dass schon bald die Gerechtigkeit siegen wird.

Unsere Patrouillen bestätigen, dass die meisten Züge, die Richtung Westen fahren, voller Soldaten sind, der zivile Eisenbahnverkehr ist eingestellt, nur Züge mit Juden fahren weiterhin ostwärts. Kamil knirscht mit den Zähnen.

Es hört nicht auf zu schneien, viele unserer Kranken glühen vor Fieber. Es scheint sinnlos, loszuziehen und weitere Menschen zu befreien. Wo sollten wir sie unterbringen, und womit sollten wir sie ernähren?

Die Patrouillen haben eine erschreckende Nachricht gebracht: In der Nähe des Bahnhofs exerziere eine gutbewaffnete deutsche Militäreinheit. Kamil zweifelt nicht daran, dass sie sich darauf vorbereiten, uns anzugreifen. Alle, die sich auf die Vernunft beriefen, verstünden einfach nicht, welches das oberste Ziel der Deutschen in diesem Krieg sei. Es sei ein Glück, dass es Tag und Nacht schneie, das halte sie bislang noch zurück. Aber diese Einheit am Bahnhof zu ignorieren wäre ein großer Fehler. Kamil versucht alles, den Stützpunkt auf einen Kampf Mann gegen Mann vorzubereiten.

So mischen sich Freude und Angst. Wir diskutieren jeden Morgen und jeden Abend die Fortschritte der Roten Armee. Nach Felix' Berechnung sind die Russen nun höchstens zweihundert Kilometer von uns entfernt. Das Donnern der Kanonen wird von Stunde zu Stunde lauter.

Einige der Genesenen wollen am Training für den schicksalhaften Kampf teilnehmen, doch Kamil lehnt es ab. Zehn oder zwanzig Männer, gerade erst vom Krankenbett aufgestanden, würden den Kampf nicht entscheiden. Wir dürften sie dieser zusätzlichen Belastung nicht aussetzen.

Die Anspannung ist groß, doch der Alltag geht weiter. Zila und Mirjam und ihre Helfer kochen Tag und Nacht. Die Kämpfer, die zum medizinischen Dienst gehören, kümmern sich um die notwendige Hygiene. Salo und Maxi verteilen die wenigen Medikamente, die sich noch im Lager befinden, sie sprechen mit den Kranken und sagen: «Gut, dass wir uns gegenseitig helfen können.» Auch Streifzüge werden weiter unternommen, trotz aller Gefahr.

Ich bedauere, dass unser Alltag vor großen Veränderungen steht. Kamil, Felix und die Kompanieführer bereiten uns auf den Notzustand vor.

Ohne den Schnee, der ununterbrochen vom Himmel fällt, hätten wir die Soldaten vielleicht unten am Berg überraschen und den Angriff verhindern können. Diese Möglichkeit lässt Kamil nie außer Acht, doch letztlich sind wir zu wenige, wir hätten uns zusätzlich in Gefahr gebracht, indem wir unsere Kräfte aufgespaltet hätten.

Schließlich beschließt die Kommandantur, die Geretteten entlang der Festungsmauern unterzubringen, die noch aus der Zeit der Türken stammen. Die Ruinen würden sie, zumindest teilweise, gegen das Gewehrfeuer schützen.

Inzwischen hat Felix eine gute Nachricht gehört: Die Rote Armee rückt blitzschnell voran, sie ist nur noch hundert Kilometer von uns entfernt. Doch unsere Essensvorräte schwinden. Zila stand am Herd und sagte: «Was kann eine

Köchin ohne Vorräte tun? Die Suppe ist dünn, der Brei ohne Geschmack. Gott, gib mir Lebensmittel, damit ich daraus gute, nahrhafte Mahlzeiten kochen kann. Es ist schwer, die kranken Menschen leiden zu sehen.» In ihrer Stimme lag so viel Kraft, dass man unwillkürlich dachte, sie bitte nicht, sie fordere.

Zwischen den Streifzügen, den Vorbereitungen der Stellung und der Unterstützung der Pfleger gehe ich immer wieder in die Küche und hole mir eine Tasse Tee. In den letzten Tagen spüre ich den Anhauch des Abschieds in allem, was ich anpacke. Ich setze mich zu Werner, der an Paul erinnert, kurz bevor dieser im Wald verschwunden ist. Wie er so dasitzt, sich eine Zigarette dreht, sie zwischen den Fingern hält und Tee trinkt, sieht er mit seiner schlanken, geschmeidigen Gestalt aus wie Pauls Zwillingsbruder. Irgendwie kommt es mir vor, als würde auch er sich bald von uns trennen und wir würden ihn nie wiedersehen.

«Werner», sage ich, dabei ist mir nicht klar, was ich eigentlich sagen will.

Er dreht sich zu mir. «Was ist?»

«Verstehst du, was uns bevorsteht?», frage ich und weiß natürlich, dass es auf diese Frage keine Antwort gibt.

«Nein», sagt er.

«Der Sieg ist nahe», entgegne ich. Das ist ein Wunsch, keine Gewissheit.

«Hoffentlich», sagt er, und sein warmes Lächeln zeigt, dass er nicht den geringsten Zweifel hat. Mir ist bewusst, dass er mir weder widersprechen noch mit mir diskutieren will.

68

Am Freitag betete Isidor voller Inbrunst. Einige unserer Schützlinge, die gerade vom Krankenlager aufgestanden waren und nun erst richtig begriffen, dass sie gerettet wurden, weinten wie kleine Kinder. Irgendwie hatte ich das Gefühl, als säße Großmutter Zirl unter uns und lausche ihm mit geschlossenen Augen.

Ein Kommunist, den das Gebet verrückt machte, stand auf und rief laut: «Hört auf mit diesen finsteren Ritualen, lasst die Siegesfreude mit Menschenzungen sprechen.» Zum Glück ergriff Karl das Wort und bat, unser Zusammengehörigkeitsgefühl in dieser schicksalhaften Stunde nicht zu zerstören. Wer könne wissen, was uns noch bevorstehe.

Nach Karls Eingreifen beruhigten sich die Gemüter, und Kamil sprach über die Vorbereitungen: Die Kranken und die Genesenden würden wir entlang der Festungsmauern unterbringen und die Kämpfer die Stellung befestigen. Es wurden Fragen gestellt, die Kamil ruhig und behutsam beantwortete. Eine Frage, die sich bis zur Erschöpfung wiederholte, war, ob jetzt, da sich die deutsche Armee auf dem Rückzug befinde, überhaupt ein Angriff zu erwarten sei. Statt eine Antwort zu geben, hob Kamil die Militärkarte, die uns in die Hände gefallen war. Darauf waren alle Dörfer eingezeichnet, in denen Juden gelebt hatten, selbst wenn es sich nur um eine einzige Familie gehandelt hatte.

In der Zwischenzeit ist Michael erkrankt, und der ganze Stützpunkt hält den Atem an. Michael glüht vor Fieber und bringt kein Wort heraus, und jedes Mal, wenn die Schmerzen ihn überfallen, schließt er die Augen und beißt sich auf die Lippe.

Maxi kniete sich neben ihn. «Was ist, mein Junge, sag mir, was dir weh tut.»

Anfangs sah es aus, als hätte er sich erkältet, doch sein Fieber ließ sich auch nicht durch Aspirin senken. Er glüht weiterhin.

«Typhus», stellte Salo fest, und sein Gesicht wurde blass. Er schlug vor, dass auch Krynicki ihn untersuchen solle, aber davon wollte Maxi nichts wissen. «Ich traue diesem Mann nicht über den Weg», sagte er.

Michael ist, könnte man sagen, unser Licht. Wie er ruhig auf seiner Kiste sitzt und sorgfältig aus der Bibel abschreibt oder Geometrieaufgaben löst, ist das eine Erinnerung daran, dass wir vor gar nicht langer Zeit ein vollkommen anderes Leben geführt haben. Wir haben am Schreibtisch gesessen, haben gelesen und geschrieben und uns vor Prüfungen gefürchtet.

Michael war von seinen Eltern getrennt worden, aber sie begleiten ihn die ganze Zeit über, das merkt man an seinen Manieren und seinem Verhalten älteren Menschen gegenüber. Er spricht nicht über seine Eltern und fragt nicht nach ihnen. Nur wenn er wieder einmal von ihnen geträumt hat, erzählt er Maxi seinen Traum. Wenn wir zu Streifzügen oder Patrouillen losziehen, schaut er uns immer lange nach.

Im Lauf der Zeit hat er gelernt, dass es besser ist, andere nicht mit Fragen zu belästigen. Wegen seiner Höflichkeit und wegen seiner stillen Gelassenheit wird er von allen geliebt. Und wenn Maxi an einer Aktion teilnimmt, leisten Zila und Mirjam ihm Gesellschaft.

Nun, da er fieberglühend auf dem Reisiglager dämmert, versammeln wir uns vor dem Krankenzelt, halten Tassen mit Tee in den Händen, rauchen und versuchen, ihm nahe zu sein. Würde Isidor Gebete mit uns teilen, würden wir wohl beten. Aber weil wir keine Gebete haben, stehen wir nur vor dem Krankenzelt und weichen nicht von der Stelle.

69

In der Nacht hatte ich einen Traum: Meine Mutter, mein Vater und ich fuhren wie früher nach Baden bei Wien. Kaum zu glauben, aber alles war wie immer. Der großgewachsene Schaffner, eine blaue Schirmmütze auf dem Kopf, stand auf dem Bahnsteig. Das junge blonde Mädchen am Kiosk servierte hinter der Theke Limonade. Doch besonders freute ich mich über den Droschkenkutscher, der in seiner ausgeblichenen Uniform an seinem angestammten Platz stand. Als er uns sah, winkte er uns aufgeregt, als hätten wir das Unmögliche geschafft. Er lief uns entgegen, hob mit Leichtigkeit die beiden Koffer, als wären sie leer, und stellte sie auf die Droschke.

Die Stadt wirkte wie immer, ruhig und angenehm, es waren keine Anzeichen von Verwirrung oder Entsetzen zu erkennen. Im Gegenteil, die Menschen gingen mit gemessenen Schritten im vertrauten Rhythmus ihrer Wege. Ich wunderte mich über die Leute, die nicht zu wissen schienen, was ich wusste. Meine Mutter blickte sich um und sagte: «Gut, dass wir gekommen sind.» Mein Vater sagte nichts zu dieser Bemerkung. Er betrachtete misstrauisch jedes Gesicht, und ein kleines Lächeln ließ seine Lippen erzittern.

Der Besitzer der Pension, ein feinsinniger Mensch, ein Tscheche, hatte sich aus uns unbekannten Gründen hier niedergelassen. Wir mochten diese Pension sehr. Hier konnte man die Erholung finden, die für das ganze nächste Jahr reichen würde.

Der Pensionsbesitzer wandte sich an meinen Vater: «Wo haben Sie denn gesteckt? Wir haben uns schon Sorgen um Sie gemacht.»

«Wir waren weit weg von hier. Es lohnt sich nicht, darüber zu sprechen.»

«Wir haben uns schon Sorgen um Sie gemacht», wiederholte der Mann.

«Es ist besser, nicht darüber zu sprechen», sagte mein Vater, nun wieder mit der vertrauten Stimme. «Glauben Sie mir, weniger ist mehr.»

Der Mann änderte den Tonfall. «Ihr Zimmer ist frei», sagte er. «Es wartet auf Sie.»

Zwei Hausdiener, die wir nicht kannten, nahmen unsere Koffer und liefen die Treppe hinauf, als würden sie fliegen.

Auch unser Zimmer, Nummer fünfundzwanzig, hatte sich nicht verändert. Alles stand an seinem Platz: die überzogenen Betten, die Nachttischchen mit den Lampen, der Schreibtisch, an dem meine Mutter gern lange Briefe an ihre Mutter und ihre Schwester schrieb. Und wie in meiner Erinnerung drang das helle Morgenlicht durch die Gardinen.

«Frühstück, Kinder», sagte mein Vater laut. Man merkte ihm die Anstrengung der langen Nacht nicht an. Meine Mutter hingegen war blass und sah irgendwie gequält aus, als wollte sie sagen, für mich wäre es besser, ins Bett zu gehen, mich auszustrecken und mir ein bisschen Ruhe zu gönnen. Mein Vater reagierte nicht auf ihre unausgesprochene Bitte, er wiederholte, dass es Zeit wäre fürs Frühstück.

Der Oberkellner erkannte uns und freute sich, uns zu sehen. Wir bemerkten sofort, dass unser Stammplatz für uns reserviert war.

«Wir haben uns Sorgen um Sie gemacht», sagte der Oberkellner freundlich.

«Wir waren weit weg von hier», sagte mein Vater, ohne das weiter zu erklären.

«Wir werden uns bemühen, Ihnen einen angenehmen Urlaub zu bereiten», sagte der Oberkellner in einem Ton, der mir sehr gefiel.

Mein Vater und meine Mutter aßen Spiegeleier, ich bestellte ein Ei im Glas. Die Brötchen in dem kleinen geflochtenen Korb waren frisch und goldgelb, außerdem standen die Sahne im Porzellankännchen und die Kirschmarmelade, die ich liebte, auf dem Tisch, und schon kam der Oberkellner mit einer Kanne Kaffee in der Hand.

«Gut, dass wir rechtzeitig zum Frühstück gekommen sind», sagte mein Vater, offenbar beglückt, dass sich am Leben hier nichts verändert hatte.

Mein Vater war zufrieden, doch unsere Geheimnisse mussten wir in unserem Inneren bewahren. Jeder von uns trug ein Geheimnis in sich, über das wir aber nicht sprechen konnten. Nicht untereinander und nicht mit den Menschen unserer Umgebung. Vermutlich konnten sie erraten, dass wir ein Geheimnis hatten, wagten aber nicht, uns danach zu fragen.

Zum Nachtisch gab es Walderdbeeren mit Schlagsahne, eine Delikatesse, nach der ich verrückt war.

Mein Vater steckte sich eine Zigarette an. Ich liebte die winzigen Bewegungen, mit denen er das tat, ich liebte den Geruch des Tabaks und den bläulichen Dunst. Eine Zigarette nach dem Essen war wie ein Nachtisch, der nur Erwachsenen erlaubt war. Kinder konnten lediglich zuschauen und sich das, was sie sahen, für später merken.

Schlafen, sagten die Augen meiner Mutter, ich breche gleich zusammen. Mein Vater wunderte sich über den Wunsch um diese Tageszeit, denn das Wetter war wunderbar, der Morgen war hell, sollten wir wirklich auf einen kurzen Spaziergang im Habsburger Park verzichten?

Du hast recht, Schatz, aber was soll ich machen, ich bin müde, und mir tun alle Glieder weh, ich kann mich kaum noch vom Platz bewegen, antwortete meine Mutter wortlos.

Die Stimme meines Vaters war weich: «Versuchen wir es doch, nur eine kleine Runde, dann gehen wir sofort hinauf, und du kannst schlafen, so lange du willst, niemand wird dich stören.»

Meine Mutter versuchte aufzustehen, schaffte es aber nur mit Vaters Hilfe.

In der Tür sagte sie schwach: «Vergiss nicht, mein Schatz, ich habe eine schwere Operation hinter mir, jede Bewegung, auch die kleinste, bereitet mir Schmerzen.»

«Ich weiß, meine Liebe, ich wollte nur, dass du dir kurz den Habsburger Park in voller Blüte anschaust.»

Der Pensionsbesitzer sah, dass wir unschlüssig dastanden, er kam zu uns und sagte: «Womit kann ich Ihnen heute Morgen dienen?»

«Wir gehen nur kurz in den Habsburger Park», sagte mein Vater entschuldigend. «Wir lieben den Park am Morgen. Meine Frau fühlt sich heute nicht gut, aber ich bin sicher, dass es ihr in ein oder zwei Tagen besser gehen wird.»

Meine Mutter hatte sich auf der Bank niedergelassen, die Schwäche stand ihr ins Gesicht geschrieben. Hingerissen von der Blütenpracht, setzte mein Vater sich neben sie, schwieg aber.

Erst nach ein paar Momenten sagte er, ohne uns anzuschauen: «Wunderbar, hier hat sich nichts verändert.»

Ich konnte mich nicht entscheiden, ob er es bewundernd oder ironisch meinte.

«Stimmt», sagte meine Mutter, für mehr Worte fehlte ihr die Kraft.

Einige Paare gingen an uns vorbei, ich kannte sie von früheren Ferienaufenthalten, erinnerte mich aber nicht an ihre Namen. Sie waren in sich versunken und beachteten uns nicht.

«Seltsam», sagte mein Vater.

«Was ist seltsam?», fragte meine Mutter.

«Man kann nicht sagen, dass sich die Blumen verändert hätten, bestimmt haben sie das nicht, auch die Bäume nicht. Warum habe ich dann trotzdem das Gefühl, es wären nicht mehr dieselben Bäume wie früher?»

«Das kommt dir nur so vor», sagte meine Mutter mit der Stimme, die sie vor der Operation gehabt hatte.

Sie war erschöpft, wollte ins Bett gehen und den Kopf aufs Kissen legen. An unserer Tür trafen wir Luise, das Zimmermädchen. Sie erkannte uns sofort, umarmte meine Mutter und sagte aufgeregt: «Wo waren Sie denn? Wir haben uns Sorgen gemacht. Ich war daran gewöhnt, Sie jedes Jahr zu sehen, und plötzlich waren Sie verschwunden. Ich habe Sie seit Jahren nicht gesehen.» Ihre Stimme versagte, und Tränen traten ihr in die Augen.

«Luise, meine Liebe, es gibt viel zu erzählen, aber nicht jetzt, ich kann mich kaum auf den Beinen halten, wir werden uns unterhalten, nachdem ich mich ausgeruht habe. Dann werden wir ein langes Gespräch führen.»

«Gehen Sie hinein. Wenn ich gewusst hätte, dass Sie kommen, hätte ich Blumen aus meinem Garten mitgebracht.

Blumen erfreuen das Herz.» Ich erinnerte mich daran, dass Luise diese Bemerkung auch früher oft gemacht hatte. «Ich werde Sie nicht stören», versprach sie, «ruhen Sie sich aus.» Sie verschwand im Flur.

«Luise hat sich nicht verändert», sagte mein Vater.

Er zog meiner Mutter die Schuhe aus. Erst jetzt fiel mir auf, wie blass sie war, noch blasser, als ich sie in Erinnerung hatte. Mein Vater legte meine Mutter aufs Bett, und dann, wie durch Zauberhand, entfernte er den riesigen, festgeschnürten Verband, den meine Mutter trug. Er löste die Schnüre und wickelte mit einer vorsichtigen, geübten Bewegung die Mullbinden ab. Rot-gelbe Flecken traten zum Vorschein. Mein Vater hob meine Mutter hoch und legte ihr einen neuen Verband an, verknotete die Schnüre und sagte: «Ich habe mir große Mühe gegeben, dir nicht weh zu tun.»

«Danke, mein Lieber», sagte meine Mutter mit tonloser Stimme.

Nun wurde mir klar, dass es meinem Vater nur mit Hilfe dieser Verbände gelungen war, meine Mutter zu retten. Ich hatte immer gewusst, dass er in vielerlei Hinsicht begabt war, aber ich hätte mir nicht vorstellen können, dass er auch ein großartiger Sanitäter war. Wieder betrachtete ich ihn. Einige Bewegungen, die ich an ihm kannte, hatte er offenbar abgelegt, neue, mir noch unbekannte, waren hinzugekommen und schienen die alten zu ersetzen.

Nachdem er seine Aufgabe erfüllt hatte, stand er reglos am Fenster. Ich hatte Angst, er würde mich fragen, wo ich gewesen war, nachdem ich sie am Bahnhof zurückgelassen hatte.

Doch er fragte nicht. Er war in sich versunken. Meine Angst wuchs, schließlich hielt ich es nicht mehr aus und fragte: «Wo wart ihr, Vater?»

Er überraschte mich mit einer Gegenfrage. «Warum fragst du das?»

«Ich bin neugierig.»

Das Wort «neugierig» gefiel ihm offenbar nicht. Er verzog den Mund und sagte: «Warum benutzt du das Wort neugierig? Weißt du nicht, dass es aus der Mode gekommen ist?»

«Was soll ich sonst sagen, Vater?»

«Was dir einfällt, nur nicht neugierig.»

Ich fand diese Bemerkung erstaunlich. Gab es überhaupt Worte, die man nicht benutzen durfte? Wenn ein Wort half, etwas zu verstehen, warum sollte man es dann nicht verwenden?

Wegen der vollkommen unverständlichen Bemerkung wagte ich nicht, meinem Vater noch eine weitere Frage zu stellen. Er kam mir auf einmal sehr traurig vor. Ich setzte mich auf einen Stuhl, und meine Augen fielen von ganz allein zu.

70

Ich wachte auf und begriff sofort, dass ich mich lange vom Stützpunkt entfernt hatte, und schämte mich, dass ich mich in diesen entscheidenden Momenten unseres Lebens meiner Pflicht entzogen hatte. Ich hatte das Gefühl, viele Stunden geschlafen zu haben. Karl, der mich weckte, verkündete mir, dass Michaels Zustand sich gebessert habe – er hatte die Augen aufgemacht. Für die Töpfe mit kochendem Wasser hatten Isidor und Sigmund gesorgt. Salo war es, der gesagt hatte, man solle mich in Ruhe schlafen lassen. Jetzt empfing er mich mit einem freundlichen Gesicht. «Gut, dass du geschlafen hast. Uns erwartet eine lange und schwere Nacht.» Seine Fürsorge rührte mich, ich sagte: «Entschuldige.»

Ich ging zu dem Zelt, in dem wir die Bekleidung aufbewahrten, und Hermann Cohen gab mir militärische Winterhosen und einen dicken Bauernpullover. Ich suchte mir eine kurze Jacke aus, denn eines hatte ich bereits gelernt: Es war besser zu frieren, als durch dicke Kleidung unbeweglich zu sein.

Das Abendessen war sehr schmackhaft: Maisbrei mit Käse und einer sauren Gurke, Kaffee und ein Stück Kuchen. Ich steckte mir eine Zigarette an und stieß befriedigt den Rauch aus. Noch vor ein paar Monaten hatte mich der Qualm erstickt, jetzt genoss ich jeden Zug.

Diesmal verlief unser Abmarsch anders als sonst, es gab sogar einige Reibereien, aber Felix blieb gelassen, er erklärte alles, und die Gemüter beruhigten sich.

Wären unsere Vorräte nicht so sehr geschwunden, hätte Kamil diesen Streifzug nicht zugelassen. Kamil war überzeugt, dass wir innerhalb der nächsten Tage mit dem drohenden Angriff rechnen müssten. Dass sich immer weniger feindliche Patrouillen zeigten, sei kein Anzeichen dafür, dass ihre Angriffslust nachgelassen hätte, sagte er. Seiner Meinung nach könnten wir noch eine Woche durchhalten, vielleicht sogar länger. Und bis dahin würde die Rote Armee kommen.

Um ein Uhr nachts machten wir uns auf den Weg und erreichten unser Ziel gegen halb drei. Es war ein Bauernhof mit drei Gebäuden: einem Wohnhaus, einem Kuhstall und einer Scheune.

Wir drangen ins Haus ein und weckten das alte Ehepaar.

Sie fingen nicht an zu schreien. In ihren langen Nachthemden standen sie neben ihren Betten, beleuchtet von unseren Taschenlampen. Auf unsere Bitte hin, sie sollten uns freiwillig von ihren Essensvorräten und ihrer Kleidung abgeben, grinsten sie spöttisch, als handelte es sich um einen Witz oder als wären wir verrückt geworden.

Felix sagte, wir seien Partisanen und es habe keinen Sinn, sich zu widersetzen, sie müssten uns etwas geben. Wenn die Rote Armee käme, würden sie mit besonderer Hochachtung dafür belohnt, dass sie bei den kriegerischen Bemühungen geholfen hatten. Die beiden Alten rührten sich nicht, das spöttische Grinsen wurde noch breiter.

Felix drängte sie nicht. Er zog in Betracht, dass alte Leute, die mitten in der Nacht geweckt werden, ein bisschen Zeit brauchten, um sich zu fangen.

Schließlich bewegte sich der Mann und sagte, ohne dass das Lächeln von seinem Gesicht wich: «Nehmt euch, was ihr wollt. Aber bedenkt, dass wir Winter haben, die Wege sind versperrt, wir können uns nicht selbst versorgen.» Der Bauer sprach nüchtern, ohne sich im Geringsten einzuschmeicheln.

Aufgrund ihrer menschlichen Haltung nahmen wir nur die Hälfte der Lebensmittelvorräte in der Speisekammer mit uns. Im Keller fanden wir Äpfel und Birnen und packten sie ein, dazu zwei alte Mäntel und ein paar Schaffelle, damit begnügten wir uns.

Als wir uns zum Gehen wandten, fragte der alte Mann: «Woher seid ihr?»

«Wir sind Partisanen und kämpfen im Rücken der Feinde», antwortete Felix gewohnt einfach.

«Wir hatten Angst, ihr würdet das ganze Haus leer räumen», sagte der Alte, noch immer lächelnd.

«Wir nehmen nur das, was wir brauchen, wir haben nicht vor, die Leute zu ruinieren», sagte Felix in einem bäuerlichen Ton. «Die Armee wird von ihrer Kommandantur mit Essen und Kleidung beliefert, Partisanen müssen für sich selbst sorgen.»

«In der Kommode stehen Wodkaflaschen. Nehmt euch welche.»

Felix ging hinüber und holte drei Flaschen. «Gott möge es euch danken», sagte er. «Es gibt noch gute Menschen auf der Welt, die das Licht Gottes nicht verloren haben.»

«Gott schütze auch euch.»

Nachdem er die Flaschen in den Sack gesteckt hatte, drückte Felix den beiden seine Taschenlampe in die Hand und sagte: «Die ist für euch, vielleicht wird sie euch einmal nützlich sein.»

«Wir danken euch aus tiefstem Herzen, ihr seid gute Menschen.»

Dieses gelassene Zusammentreffen, wie wir es die gesamte Zeit über nicht kennengelernt hatten, erfreute uns und stimmte uns zuversichtlich, dass nicht alles verloren war; es gab noch Menschen, denen man trauen konnte.

Die Nahrungsmittel und die Felle, die wir uns genommen hatten, waren schwerer als erwartet, doch wir kamen rasch vorwärts. Wir waren froh und gut gelaunt, weil man uns die Sachen diesmal gutwillig gegeben hatte. Es gab noch einen anderen Grund für Freude: Wir hörten Kanonendonner und rochen Brände, die nicht weit von uns entfernt waren. Diese freundschaftlichen Feuer machten uns keine Angst. Wir waren aus irgendeinem Grund sicher, dass sie uns nicht schaden würden. Wir sangen die russischen Märsche, die wir von unseren kommunistischen Freunden gelernt hatten, und stellten uns die Rote Armee vor, wie sie die Dörfer und Städtchen am Fuß der Berge befreite.

Am Stützpunkt wurden wir begeistert empfangen. Nur Kamil war anders, er unterhielt sich mit den Kämpfern, Hermann Cohen und den Geretteten und erklärte ihnen, dass die Gefahr noch nicht vorbei sei: Eine geschlagene Armee verliere oft jede Vernunft und sei bereit, ihre Soldaten leichtfertig in den Tod zu schicken.

Nicht nur wir waren gut gelaunt zurückgekehrt, auch unsere Patrouille, die unter Karls Kommando stand. Sie berichtete, dass auf den Straßen der Dörfer und Städte keine Besatzer mehr zu sehen wären. Alle würden die Ankunft der Roten Armee erwarten.

Kamil und Felix zogen sich ins Zelt zurück und planten den Transport der Kranken und Genesenden zu den Mauerresten der türkischen Festung.

Es schneit ununterbrochen. Einige der Kämpfer halten diese Vorbereitungen für übertrieben. Doch Kamil betont wieder und wieder: «Wir dürfen nicht vergessen, dass es immer das höchste Ziel des Feindes war, die Juden zu vernichten, und daran hat sich nichts geändert.»

71

Wie recht Kamil behalten sollte, hatten wir uns nicht vorstellen können. Noch vor Morgengrauen wurden wir von einem Granatenregen getroffen. Auf ein paar Zufallstreffer folgte der Angriff jener Einheit, die am Fuß des Berges exerziert hatte. Kamil sagte nicht, er habe es uns ja gesagt. Er war zufrieden, dass wir es geschafft hatten, die Kranken rechtzeitig an einen relativ sicheren Ort zu bringen.

Zu unserem Glück landeten nicht alle Granaten auf dem Gipfel. Salo und Maxi kümmerten sich um die Verwundeten, und es war gut, dass die Ruinen der Festung Schutz boten.

Es fielen immer mehr Granaten, der Angriff dauerte fast zwei Stunden, genauer gesagt, bis zur Morgendämmerung. Als wir unsere Köpfe aus unserem Unterschlupf steckten, verdunkelten sich unsere Augen: Im rot gefärbten Schnee lagen viele Kämpfer, gekrümmt vor Schmerzen, und riefen um Hilfe. Salo und Maxi liefen von einem zum anderen, versuchten, Blutungen zu stillen und Wunden zu verbinden. Die Zelte waren zusammengebrochen, und es gab weder Feuer noch heißes Wasser.

Werner war direkt getroffen worden, er ruhte mit ausgestreckten Armen in seinem Blut und atmete schon nicht mehr. In einiger Entfernung von ihm lag Karl der Große. Sein langer Körper war zusammengekrümmt, und ihm war anzusehen, dass er, bevor er seine Seele aushauchte, große Schmerzen erlitten hatte. Mirjam, die stille, treue Mirjam, hatte den Bunker verlassen. Ein Splitter hatte sie ins Gesicht getroffen, ihr Kopf war auf die Schulter gesunken. Ein Stück von ihr entfernt lag Kamil, mit gespreizten Beinen, und ließ kein Lebenszeichen mehr erkennen.

Stille breitete sich aus, rote Stille. Einen Moment lang war es, als würden Salo und Maxi, die Leben retten wollten, uns gleich beschimpfen, weil wir untätig dastanden.

Es hatte aufgehört zu schneien, eine große Sonne ging auf und erhellte den Gipfel, und nichts war zu hören. Salo und Maxi rutschten auf Knien von einem zum anderen und versuchten weiter, Leben zu retten. Viktor half ihnen. Er trug eine Schachtel mit Medikamenten und Verbandszeug sowie einen Eimer Wasser. Seit er zu uns gekommen war, war sein Bart gewachsen, und er sah aus, wie man sich einen Mann vorstellt, der sich für andere aufopfert.

Wir wussten nicht, was wir tun sollten, standen hilflos daneben. Wir sahen die Toten ausgestreckt auf der Erde liegen, wir sahen das Blut, das den Schnee färbte, und waren unfähig, das Ausmaß des Unglücks zu begreifen.

Felix war der Erste, der sich gefasst hatte und uns befahl, uns um die Öfen und die Zelte zu kümmern, um die Verwundeten vor dem Erfrieren zu schützen. Zila weinte bitterlich, sie schlug sich mit beiden Händen gegen den Kopf. Vergeblich versuchten die Kämpfer, sie zu beruhigen, ihr ganzer Körper bebte. «Warum sind sie jetzt umgekommen, so kurz vor der Befreiung?», klagte sie.

«Sie sind als Helden gestorben», sagte ein junger Kämpfer mit sanfter Stimme.

«Ich will sie nicht als Helden, ich will, dass sie leben. Für wen werde ich kochen, wem werde ich Suppe geben? Ich möchte die Hände, die mir die Teller aus der Hand genommen haben, ich möchte die Gesichter, die mir zugelächelt haben. Sie waren jünger als ich, ich hätte sterben sollen, nicht sie.»

Der junge Kämpfer schreckte zurück, als hätte sie ihn beschimpft.

Wir machten uns daran, die Zelte wieder aufzubauen, die Planen zu glätten und die Öfen herzurichten, wir sahen Hermann Cohen, der Holz herbeitrug, und Felix' starren, durchdringenden Blick, und da wurde uns klar, dass wir nicht zögern durften. Wir mussten uns um die vielen Verwundeten kümmern und ihre Schmerzen lindern.

Doktor Krynicki hatte die Gelegenheit zur Flucht genutzt. Er hatte nichts aus freiem Willen getan. Weder gute Worte noch Ermunterungen hatten bei ihm geholfen, er hatte nicht aufgehört zu murren und uns zu beschuldigen und schlechte Stimmung zu verbreiten, deshalb war es gut, dass er fort war, und wenn ihn der Schnee unter sich begräbt, wäre das auch in Ordnung.

Auch diese Entdeckung riss uns nicht aus der Schockstarre. Das Unglück wuchs, je höher die Sonne stieg. Eine solche Sonne hatten wir schon seit Monaten nicht mehr gesehen. Ihr helles Licht enthüllte die Zerstörung und den Tod. Wir hatten Angst, zu den Toten zu gehen und sie zu bedecken.

Felix hatte das Kommando übernommen. Er überlegte und kam zu dem Schluss, dass die Stille unten am Berg ein Beweis dafür war, dass die deutsche Armee sich zurückzog und die Rote Armee sie von allen Seiten eingekreist hatte. Doch wir wollten nichts riskieren und uns erst vergewissern, dass die Rote Armee den Bahnhof besetzt hatte.

Ohne zu zögern, zog eine Patrouille los, um das Gebiet zu erkunden, und wir schauten den Männern nach, bis sie unser Blickfeld verlassen hatten.

72

Wir hoben die toten Körper auf, legten sie nebeneinander in eine Reihe und deckten sie zu. Einen Moment lang kam es uns vor, als wären sie noch am Leben, als wären sie nur kurz eingeschlafen.

Seltsam, wie schnell wir die Zelte wieder aufgerichtet

und die Öfen repariert hatten. Die Verwundeten waren schon hineingebracht worden und lagen auf Lagern aus Reisig. Einige waren so schwer verletzt, dass Salo und Maxi nicht von ihrer Seite wichen, aber die brennenden Öfen und das Wasser, das über den Gestellen kochte, erinnerten uns an die Tage, an denen wir alle beschäftigt gewesen waren, zufrieden mit dem, was wir zu tun hatten.

Hermann Cohen übernahm Zilas Platz in der Küche. Salo, der Zilas Leiden sah, brachte ihr Beruhigungstabletten, und sie hörte auf zu klagen. Zum Frühstück gab es noch Tee und belegte Brote, und wer keine Zigaretten mehr hatte, bat Hermann Cohen um eine Schachtel auf Rechnung des nächsten Tages.

Während der Bombardierung hatte Milio in Danzigs Schoß gelegen und war kaum zu sehen gewesen, jetzt schlug er die Hände zusammen und stieß viele Silben aus. Danzig erklärte ihm, dass wir bald den Berg hinunterziehen würden, aber er brauche keine Angst zu haben, der Krieg sei zu Ende und es würden keine Granaten mehr fallen.

Dann stand Felix auf, um eine Rede zu halten. Seine Verwirrung war an seinen verkrampften Händen abzulesen, die er fest an den Körper presste. «Es tut mir sehr leid, dass Kamil nicht an meiner Stelle steht. Er hat uns Tag und Nacht geleitet, er kannte diese Berge nicht von Karten, son dern von seinen Füßen, er sah Dinge, die wir nicht sahen. Es tut mir sehr weh, dass dieser große Kommandant nicht mehr unter uns ist.» Ihm war anzusehen, dass er nicht zufrieden war mit dem, was er gesagt hatte, und drauf und dran war, sich zu entschuldigen.

Da war es gut, dass Danzig darum bat, reden zu dürfen. Er erinnerte uns an Karls Liebe zu den Menschen, eine Liebe, die ihn zum Kommunismus geführt hatte. Sein Kommunismus sei rein und makellos gewesen. Wie schlimm es sei, dass seine Frau und seine Kinder nunmehr die Rückkehr des geliebten Vaters nicht mehr erleben würden. Plötzlich brach er in Tränen aus. Wir standen starr und stumm vor den Leichen, und die Frage, warum sie tot waren und wir lebten, ließ uns nicht los.

Danach brachten wir die übrigen Verwundeten und Geschwächten in die Zelte, und unsere Geschäftigkeit verwischte die Grenze zwischen Lebenden und Toten. Wir ließen die Hände nicht von Tee und Zigaretten, es war, als würden wir uns damit in dieser Stunde der Not ans Leben klammern.

Obschon geschwächt, wusste Michael, was passiert war, und fragte, was mit den Toten, die auf der Erde lagen, geschehen würde. Maxi antwortete mit einfachen Worten: «Du musst dir keine Sorgen um unsere Helden machen, sie sind zum Himmel aufgestiegen, und eines Tages werden auch wir hinaufsteigen und uns zu ihnen gesellen.»

«Und dann werden wir zusammen sein, so wie hier?»

«Das ist anzunehmen.»

Michael kannte diese Formulierung genau, er hatte das Gefühl, dass ihm durch sie etwas Wichtiges vorenthalten wurde, aber er fragte nicht nach. Er sah, dass Maxi geistesabwesend war und er ihn besser nicht weiter bedrängte.

Die Geretteten erholten sich, einige konnten sich bereits auf den Beinen halten, sie fragten, wo die Küche sei. Alle waren hungrig. Hermann Cohen verteilte süßen Brei.

Niemand fragte, was wir mit den Toten tun würden, wo wir sie begraben würden und wann, es war wie in jedem Krieg: Hunger ist stärker als Trauer. Der Mensch senkt den Kopf über den Teller und genießt jeden Löffel.

73

Unterdessen war unsere Patrouille zurückgekehrt und verkündete, dass die Rote Armee den Bahnhof und die Lager der Umgebung eingenommen hätte. Überall würde geplündert und überall höre man Jubel und russische Märsche.

Seltsam, diese Nachricht, auf die wir jahrelang gewartet hatten, stimmte uns nicht fröhlich. Es war, als wäre die Zeit eingefroren und hätte aufgehört zu fließen. Das Beruhigungsmittel hatte Zilas Gesicht ausdruckslos werden lassen, die Augen quollen ihr aus den Höhlen, als würden sie gleich herausfallen.

Nur Salo, Maxi und Viktor hörten nicht auf, sich um die Schwachen zu kümmern. Niemand ging zu den Toten, es war, als wären alle übereingekommen, dass sie, von uns getrennt, ein schweigendes Leben weiterführten, und die Frage, wann wir den Berg verlassen würden, um den Sieg mit eigenen Augen zu sehen, wurde nicht gestellt. Die Pfleger waren überzeugt, dass man zuerst die Kranken und Verwundeten versorgen müsse, sie seien noch nicht transportfähig.

Und Felix, der das Kommando übernommen hatte, verkündete, dass in der Nacht zwei Gruppen losziehen würden, um weiter entfernte Häuser zu überfallen, die anderen sollten Tragbahren zimmern, um später die Kranken und Verwundeten hinunterzubringen.

Unter den Geretteten waren einige, die keine Geduld mehr hatten und sofort wegwollten. Felix suchte nach den richtigen Worten und erklärte ihnen, dass hier auf dem Berg einer für den anderen verantwortlich sei, einer helfe dem anderen, schütze die Schwachen und befolge die Befehle. Wir wollten nicht zu den Tagen zurückkehren, als sich jeder nur um sich selbst gekümmert habe. Die Geretteten hörten ihm zu und reagierten nicht.

Felix war angespannt und in sich gekehrt, doch er sprach ruhig mit den Menschen. Zu seinem Pech hatte er sich das linke Bein verstaucht, er brauchte zum Gehen einen Stock. Sein neuer Gang und die zusammengepressten Lippen verliehen ihm das Aussehen eines harten Menschen, der kein Mitleid mit sich selbst kennt.

Wären da nicht die Toten gewesen, die zugedeckt auf der Erde lagen, wäre auf dem Berg vielleicht wieder der Alltag eingekehrt, den Kamil und Felix hergestellt hatten. Kamils Geist war noch immer spürbar. Einer der Kämpfer, der sich auf den nächsten Streifzug vorbereitete, sagte ganz einfach: «Ich werde alles genauso machen, wie Kamil es uns gelehrt hat.»

Ein alter Mann kam zu Felix und sagte: «Man darf Tote nicht über Nacht unbegraben lassen.»

«Was sollen wir tun?»

«Man muss sie begraben.»

«Bald werden wir hinuntergehen und sie auf dem jüdischen Friedhof beisetzen», sagte Felix.

Der Alte, der sich kaum auf den Beinen halten konnte, blieb vor ihm stehen, wie um zu erreichen, dass seine Worte gehört und befolgt würden. Felix trat zur Seite, als stünde kein lebender Mann vor ihm, sondern ein Geist.

Ich sah Kamil in voller Größe vor mir: mit geweiteter Brust und ausgebreiteten Armen, als wollte er uns alle verteidigen. Aber seine Brust war zu schmal für alle. Kamil ließ nicht locker. Er dehnte die Brust und breitete die Arme noch weiter aus. Und das Wunder geschah, er wurde immer größer, und nun fanden alle bei ihm Schutz. Kamil war glücklich und wollte seine Zufriedenheit in Worte fassen, doch wie um ihn zu ärgern, blieben ihm die Worte im Halse stecken. Dieser starke Mann, der auch in dunklen Stunden vermochte, Leben zu schenken, stand jetzt da, in voller Größe, und die Sprache blieb in ihm gefangen.

«Warum sagst du nichts?», fragte einer der Kämpfer.

Bei dieser Frage erschien ein Lächeln auf Kamils Lippen, als wollte er sagen: Es sind keine Worte nötig. Enge Verbundenheit braucht keine Reden, wir werden viel schweigen, wie wir es immer gekonnt haben.

Seine Erscheinung war so stark, dass auch seine Gegner nicht wagten, ihm zu widersprechen. Weil sie verstummten, setzte Kamil sein Schweigen fort, und sein Schweigen sagte: Wir werden immer zusammen sein, jeder, der hier auf dem Berg war, wird den Berg immer in sich tragen. Er wird auch das Leben der anderen, die in ihre Welt gegangen sind, mit sich tragen – das Leben Pauls, dieses edlen Menschen, auf den zu achten uns nicht gelungen ist; das Leben Mirjams, die jedem nicht nur geflickte Kleidung oder einen Teller Suppe gegeben hat, sondern auch etwas von ihrem Wesen; das Leben Werners, dessen Bemerkungen uns an den Studienabenden erleuchtet haben wie ewiges Licht; und das Leben Karls, den wir alle geliebt haben.

Großmutter Zirl hatte immer gesagt, die Trennlinie zwischen Leben und Tod sei sehr dünn, heute seien wir da und morgen dort, und wir bräuchten keine Angst zu haben, unser Zusammensein sei wie eine Festungsmauer.

Diese Bilder ließen mich lange nicht los. Isidor, der seit der Bombardierung kein Wort gesprochen hatte, kam zu mir und fragte, ob es mir gutgehe. Ich wusste nicht, was ich sagen sollte. Über Erscheinungen lässt sich schwer sprechen. Isidor beugte sich zu mir und sagte: «Ich danke Gott, dass mich niemand darum bittet zu beten. Ich habe die Gebete verloren.»

«Ich verstehe dich», sagte ich.

«Danke», antwortete Isidor.

«Hab keine Angst, niemand wird dich zwingen zu beten.»

«Aber die Toten warten darauf, dass ein Gebet sie auf ihrem Weg begleitet», sagte er leise.

«Sag das, was du sagen kannst, niemand wird dir Vorwürfe machen.»

«Danke», wiederholte er.

Ich wollte sagen, wir sind jenseits von Gut und Böse, wir sind im Land des Schweigens. Aber ich sagte es nicht.

74

Mit Nahrungsmitteln beladen, die Gesichter verdunkelt, kamen die Gruppen gegen Morgen zurück. Sie waren, erzählten sie, in ein Haus voller Frauen und Kinder eingedrungen. Die Frauen, energisch und unverschämt, hatten mit Haushaltsgegenständen nach ihnen geworfen und dabei laut geschrien und geflucht. Drohungen und Warnungen hatten ihr Geschrei nur noch verstärkt. Die Kinder hatten sie in ein Zimmer einsperren müssen.

Es war ein armes Haus, trotzdem hatten die Kämpfer einen Sack Kartoffeln ergattert sowie einen mittelgroßen Sack mit Mehl, Mais, Rotkohl, Äpfeln, Zwiebeln und Knoblauch. Felix fragte, was passiert sei, und ein Kämpfer antwortete: «Es ist nicht angenehm, gegen Frauen und Kinder vorzugehen. Was noch vor einem Monat notwendig und nicht zu ändern war, ist es jetzt nicht mehr. Es wird Zeit, den Gipfel zu verlassen.»

Zila kehrte in die Küche zurück, servierte den Kämpfern Brote und Kaffee. Sie ist nicht mehr die Gleiche wie am Tag zuvor, der Tod hat sich in ihrem Gesicht eingenistet. Sie spricht sehr langsam, als fürchte sie sich vor ihren eigenen Worten.

Auch Hermann Cohen ist nicht mehr der Gleiche. Jedes Mal, wenn im Radioapparat Märsche gespielt werden, verzieht er den Mund. Seine Nichte ist nicht von den Granaten getroffen worden, aber seither zittert sie, stößt unverständliche Worte aus und bittet ihren Onkel unaufhörlich, sie zur Toilette zu bringen.

«Du wirst dich erkälten», sagt Hermann Cohen voller Mitleid.

Sie lächelt und zuckt mit den Schultern.

Der Bau der Tragbahren macht Fortschritte. Felix schätzt, dass wir mindestens vierzig brauchen, außerdem müssten wir uns beeilen, die Essensvorräte würden nicht mehr lange reichen.

Emil hat langsam wieder Farbe bekommen, auch den verblüfften Gesichtsausdruck. Wäre er nicht so schwach, würde er vermutlich ununterbrochen die Landschaft bestaunen, ein Anblick, der ihm Tränen in die Augen treibt.

Kamil hat oft gesagt, solange man lebe, könne man Gutes und Schönes tun. Bis zu seiner letzten Minute war sein Leben ein aktives, ein sehr aktives sogar, doch zugleich hatte er sich großen Ideen hingegeben. Sie hatten seinen Alltag bestimmt.

Jetzt liegt Kamil zugedeckt im Schnee. Manchmal habe ich das Gefühl, er könnte im nächsten Augenblick die Decke wegschieben, sich schütteln und sagen: Was ist los, warum habt ihr mich nicht geweckt? In den Nächten hat er fast nie geschlafen, aber es ist immer wieder einmal passiert, dass er mitten am Tag zusammengebrochen und für ein oder zwei Stunden eingenickt ist.

Einmal hat er mich gefragt: «Was willst du mal werden?»

«Das weiß ich noch nicht», habe ich geantwortet.

Da hat er mir erzählt, sein Zwillingsbruder sei Erster Geiger bei den Philharmonikern in Brüssel. Schon mit fünf Jahren hatten er und die anderen Familienmitglieder gewusst, dass er Geiger werden würde, und schon damals hatte er nach Vollkommenheit gestrebt. An manchen Tagen war er mit den Klängen, die er hervorbrachte, zufrieden gewesen, an anderen war er mit finsterer Miene herumgelaufen. Die Mutter, die ihm besonders nahestand, versuchte dann, seine Anspannung zu lösen, meist jedoch ohne Erfolg. Es fiel ihm schwer, seiner Mutter zu erklären, was an seinem Spiel falsch war, doch mit siebzehn hatte er sein Manko nahezu überwunden, und sein Gesicht strahlte. Die Menschen liebten ihn und kamen von weit her angereist, um ihn spielen zu hören. Der Erfolg freute ihn, aber er wusste, dass ihm etwas von dem Manko geblieben war und er sich noch mehr bemühen musste. Es war eine Sisyphusarbeit, die morgens begann und sich bis in die Nacht fortsetzte. «Ich habe seinen Kampf gesehen», sagte Kamil, «aber ich wusste nicht, wie ich ihm hätte helfen können. In meinen Ohren klang sein Spiel vollendet, aber wenn ich ihm das sagte, meinte er nur: Du irrst dich.»

Wieder sah ich Emil vor mir, wie er an der Tafel stand und eine Matheaufgabe nach der anderen löste. Alle waren verblüfft und beneideten ihn, sie kicherten und wussten doch, dass keiner von ihnen je so gut werden würde. Schließlich sagten sie: Was nützt ihm seine mathematische Genialität, er ist naiv wie ein kleiner Junge und leicht reinzulegen.

Ich wollte sagen, Emil, auf dich warten viele Erfolge, du stehst noch am Anfang deines Weges, doch mir wurde klar, dass diese Worte hier, unter diesen Umständen, wie Spott klingen mussten. Jetzt musste er sich hinlegen, die Augen schließen und sich auf seinen Körper konzentrieren.

75

Isidor hat aufgehört, abends zu beten. Seitdem achten wir nicht mehr so sehr auf uns. Aber wir kümmern uns um die Schmerzen der Geretteten. Niemand ist so aufopferungsvoll wie Salo und Maxi. Sie kennen den Namen und die Beschwerden eines jeden Einzelnen. Viktor mit seinen wildwachsenden Haaren wird von einigen Geretteten für einen Arzt gehalten. Oft entschuldigt er sich: «Ich bin weder Arzt noch Sohn eines Arztes, ich bin ein einfacher Bauer.» Aber seine Hingabe ist vollkommen. Manchmal sagt er: «Verzeiht mir, ich spreche nur Ukrainisch. Das ist eine Einschränkung, an der leider nichts zu ändern ist.»

Wir lauschen dem Radioapparat und bereiten uns darauf vor, den Gipfel zu verlassen. Wieder warnt der gerettete Alte, dass man Tote nicht über Nacht liegen lassen dürfe. Und wieder erklärt ihm Felix, dass wir bald hinuntergehen und sie dort auf dem jüdischen Friedhof begraben würden, doch das beruhigt den Alten nicht. Seine Forderung stiftet Unruhe. Jene, die mit dem Bau der Tragbahren beauftragt sind, bemühen sich, schneller zu arbeiten.

Noch ein, zwei Tage, dann werden wir hinabsteigen. Den Kranken und Verwundeten geht es noch immer nicht besonders gut. Die Fische, die wir vom See gebracht haben und die Hermann Cohen geschickt gebraten hat, haben zwar geholfen, ein paar von ihnen wieder auf die Beine zu stellen, aber die meisten sind noch schwach, und manche sehen verloren aus, sie fragen immer wieder: «Wo sind wir? Wann kommen wir wieder nach Hause?»

Tief in mir fürchte ich mich vor dem Abstieg. Die Monate, die wir im Sumpfland verbracht haben, besonders die auf dem Gipfel, stecken mir in den Gliedern: die Patrouillen, die Streifzüge, die Befreiung. Die Jahre im Gymnasium kommen mir gegen die Erfahrungen im Sumpfland merkwürdig und verschroben vor. Natürlich hatte es Lehrer gegeben, die ich bewunderte, doch wer von ihnen konnte sich mit Kamil, Felix, Hermann Cohen oder Zila vergleichen?

Isidor wartet gespannt darauf, seine Eltern wiederzusehen, und wenn er sie am Bahnhof nicht findet, wird er in die Stadt zurückkehren und dort auf sie warten. Mich erschrecken seine Hoffnungen, ich würde am liebsten sagen, abwarten, wir werden sehen, aber ich tue es nicht.

Eine Patrouille ist mit Nahrungsmitteln zurückgekehrt, die die Rote Armee an die Einwohner verteilt. Wir haben uns besonders über die Flaschen mit Wodka und über die Zigaretten gefreut. Die Patrouille hat auch einige Juden getroffen, die aus den Lagern kamen, doch diese weigerten sich, Fragen zu beantworten.

Am Abend verkündet Felix, dass der Abstieg am nächsten Morgen beginnen soll. Zuerst würden wir die Toten hinunterbringen und sie auf dem jüdischen Friedhof begraben. Wenn wir uns unten eingerichtet hätten, würden wir die Kranken holen, danach die Geschwächten und Genesenden, und erst dann würden wir unsere Freunde Kube, Marek, Gabriel und Großmutter Zirl aus ihren Gräbern holen und sie ebenfalls zum jüdischen Friedhof bringen. Der gesamte Transport werde mindestens drei, vier Tage dauern. Zwei Kompanien würden die Kranken und Verwundeten tragen, zwei weitere unterdessen den Stützpunkt bewachen.

Die letzte Nacht auf dem Gipfel verbringen wir fast ohne Worte. Wir trinken Wodka, essen das Schwarzbrot und den Käse, den die Patrouille gebracht hat, und rauchen viel. Vermutlich hofft keiner von uns auf ein Wunder. Uns tut es leid um die Tage des Zusammenseins, die zu Ende gehen, von nun an wird jeder wieder für sich allein leben, ohne die Nähe und ohne die Freude, die man mit seinen Freunden hat.

Isidor, der nicht an Wodka gewöhnt ist, trinkt zwei Gläser und bricht in Tränen aus. Es ist ein lautloses Weinen, das tief aus seinem Inneren kommt und seinen ganzen Körper erschüttert. Ich weiß nicht, was ich zu ihm sagen soll, deshalb meine ich bloß: «Es dauert nicht mehr lange, dann gehen wir hinunter.» Er hört nicht auf zu zittern, und vielleicht hat er meine Worte gar nicht gehört.

76

Wir standen früh auf und frühstückten gemeinsam. Seltsam, es gab keine unnötige Aufregung. Nach dem Frühstück zündete ich mir eine Zigarette an und setzte mich auf den Boden.

Um Punkt sieben Uhr verkündete Felix, dass die Tragbahren bereitstünden, jeder habe sich jetzt zu dem ihm bestimmten Platz zu begeben.

Wir standen neben den Bahren, und Isidor wurde gebeten, «Der Herr ist mein Hirte» zu lesen, den Psalm, den Kamil so geliebt hatte. Felix übergab Danzig die Leitung.

Wir hoben die Leichen auf die Bahren. An der Spitze Kamils, danach kam die von Karl. Isidor und ich trugen Mirjam, am Schluss kam Werner.

Wir wussten, dass es für Beerdigungen Regeln und Traditionen gab, aber keiner von uns kannte sie. Werner, der humanistisch gebildet gewesen war, der Mann mit der ausgeprägten Intuition, war nicht mehr unter uns, er lag auf der Bahre.

Felix hatte sich, nachdem er sich den Fuß verstaucht hatte, innerhalb von nur einem Tag verändert. Es war, als hätte er die Ruhe verloren, er schien sich ständig zu entschuldigen: Ich kenne mich mit Zeremonien und Gebeten nicht aus, ich bitte euch jedoch, seid vorsichtig und passt auf euch auf. Die deutsche Armee hat sich zwar zurückgezogen, aber bestimmt treiben sich noch ukrainische Banden herum. Er stand da und schaute uns nach. Wir spürten seine Anwesenheit, auch als wir uns schon ein ganzes Stück entfernt hatten.

Es war ein heller Tag, der Schnee glitzerte, und das Wasser, das aus den Felsspalten sprudelte, erinnerte an den Duft des Frühlings, an die Doppelfenster zu Hause, die man bald herausnehmen würde, an die Mutter, die im Wohnzimmer stand und sagte: Der Frühling steht vor der Tür.

Männer und Frauen schaufelten den Schnee, der sich vor den Häusern und auf den Bürgersteigen aufgetürmt hatte. Alle sprachen mit neuen Stimmen: Endlich hatte die kalte Dunkelheit aufgehört, bald würde man die Türen und die Fenster öffnen, Kinder und alte Leute würden in die Höfe strömen.

Während wir die Bahren trugen, vorsichtig, um nicht zu stolpern, waren Schüsse zu hören. Danzig befahl uns, in Deckung zu gehen. Wir lagen neben unseren Toten in Bereitschaft. Kamil und Karl hatten immer ausgesehen, als könne der Tod ihnen, den Kämpfern, schon aufgrund ihrer Größe nichts anhaben. Jetzt lagen sie zugedeckt und still auf der Bahre. Nach einer Stunde des Horchens setzten wir unseren Weg fort. Wir gingen in einiger Entfernung voneinander und bewegten uns in gebückter Haltung vorwärts. Erst jetzt verstanden wir, dass Kamil nicht mehr unter uns war und wir ohne ihn weiterleben mussten. Und es kam uns vor, als würden wir nicht nur Mirjam auf ihrem letzten Weg begleiten, sondern auch ihren Vater und ihre Mutter, ihren Mann und ihre Kinder. Solange Mirjam gelebt hatte, hatten sie mit ihr gelebt, und nun, da sie keine Kleidungsstücke mehr flickte und keine Suppe mehr verteilte, waren sie mit in ihre Welt gegangen. Ich wollte meine Gedanken mit Isidor teilen, aber ich fand nicht die richtigen Worte. Ich wollte nicht unverständlich sein, deshalb sagte ich nichts.

Wir erreichten den Bahnhof. Er war voller Menschen, unter ihnen befanden sich auch ein paar der Geretteten. Es herrschte keine Panik, nur Unruhe.

Wir gingen weiter zum Friedhof und richteten uns dabei nach der Skizze, die Felix Danzig in die Hand gedrückt hatte. Es dauerte keine halbe Stunde, dann standen wir vor dem aufgebrochenen Friedhofstor.

Die Grabsteine waren zum Teil zerbrochen, zum Teil beschmiert, und viele Gräber zeigten, dass sie gewaltsam geöffnet worden waren. Wir suchten einen freien Platz, um unsere Toten zu begraben, fanden aber keinen. Am Ende entdeckten wir eine kleine freie Stelle am Fuß einer Pappel und fingen an zu graben. Es war gut, dass wir Spaten und Schaufeln und aus Seilen geflochtene Körbe mitgebracht hatten. Danzig, der sich noch nicht vollständig von seiner Verwundung erholt hatte, entschuldigte sich, dass er sich nicht am Graben beteiligen konnte. Die Arbeit, in die wir uns vertieften, ließ uns vorübergehend unsere Trauer vergessen. Wir dachten nicht darüber nach, womit unsere Hände beschäftigt waren.

Bevor wir die Toten in die Grube legten, hielt Danzig eine Rede: «Kamil, hochgeachteter Kommandant. Wir haben uns nicht vorstellen können, dass du in der Stunde des Sieges nicht bei uns sein würdest. Du warst uns Vater und Bruder, du hast uns Schritt für Schritt geleitet und normale Menschen zu Kämpfern gemacht. Dutzende Kilometer sind wir mit dir gegangen, und Kilometer um Kilometer hast du uns gelehrt, welche Pflichten ein Jude in diesen Zeiten auf sich nehmen muss. Verzeih uns, wir haben deine Absichten nicht immer verstanden. Verzeih jenen, die mit dir gestritten haben. Du hattest eine Vision und wolltest uns dieser Vision entsprechend führen. Ich nehme an, dass du mehr als einmal enttäuscht von uns warst. Wir werden nie erfahren, was in den Momenten der Verzweiflung mit dir geschah, als du dich in dein Zelt zurückgezogen hast. Du kanntest die Bedürfnisse eines jeden von uns. Wir hingegen haben uns nicht immer bemüht, deine guten Absichten zu verstehen. Wir haben dich geliebt, dich und deine Haltung, die Art, wie du die Dinge dargestellt hast. Jetzt bist du von uns gegangen. Wohin bist du gegangen, teurer Freund?» Die letzten Worte kamen nur erstickt aus Danzigs Mund, er war sehr blass geworden.

Niedergeschlagen standen wir neben den Leichen, ungeschützt nach allen Seiten. Manfred, Karls Freund, der viele von dessen Ideen geteilt hatte, zögerte nicht, er wandte sich direkt an Karl: «Du warst wie dein berühmter Name, du warst deinen Freunden und allen Menschen treu. Du hast keinen Unterschied zwischen den Menschen gemacht. Du hast uns ein großes Erbe hinterlassen: die Liebe. In jedem von uns steckt etwas von deiner Liebe. Es lebe der Weltkommunismus, es lebe der wahre Kommunismus.» Die letzten, ungeschliffenen Worte des Kämpfers rissen uns aus unserer Erstarrung.

Nach ihm ergriff Isidor das Wort: «Wir wussten nichts über Mirjam. Was weiß man schon über das Leben von Engeln? Sie erscheinen, wenn man sie braucht. Alles, was du uns gegeben hast, Mirjam, alles, was deine Hände für uns getan haben, war umhüllt von deiner Liebe. Ruhe sanft, liebe Freundin, du verdienst die richtige Ruhe.» Er errötete.

Einer der Kämpfer, der Werners Bahre getragen hatte, senkte den Kopf und sagte: «Ich habe dich nicht gekannt, Werner, teurer Freund, ich kannte deine Lebensgeschichte nicht, aber jedes Wort und jeder Satz, den du ausgesprochen hast, war rein und makellos. Diese Reinheit nimmst du mit in den Himmel. Alle, die dich in dieser Welt getroffen haben, haben mehr von dir bekommen, als sie verdient haben, jedenfalls kann ich das für mich behaupten.»

Wir hielten uns nicht länger auf und begruben sie der Reihe nach. Eine Schwäche, die sich in den letzten Tagen bei mir schon angedeutet hatte, trat zutage: Ich zitterte und konnte kaum den Spaten halten. Wieder bewies Isidor, wie wunderbar er war. Vor jedem Grab sprach er mit zitternder Stimme das Kaddisch.

Wir standen noch lange neben den zugeschaufelten Gräbern. Wir wussten: Die Freunde, die wir begraben hatten, hätten weitere Lobpreisungen und noch mehr Ruhm verdient, doch unsere Trauer fand keine Worte. Wir hatten alles verloren, was wir besessen hatten; traurig verließen wir den Friedhof durch das zerbrochene Tor.

77

Ohne uns länger aufzuhalten, machten wir uns auf den Weg. Wir trugen die nun leeren Bahren im Abstand von dreißig Metern voneinander. Zu unserem Glück trafen wir nicht auf Gewalttäter. Die Strecke war unwegsam und schien mit jedem Schritt länger zu werden, erst spät am Abend erreichten wir den Stützpunkt.

Wir sahen es sofort: Die Kameraden hatten sich nicht mit Wachehalten begnügt. Sie hatten zusätzliche Zelte aufgestellt und die Kranken und Verwundeten darin untergebracht. Salo und Maxi sahen erschöpft aus, sie konnten kaum noch gehen. Maxi umarmte mich und sagte: «Ich wage nicht einmal zu fragen, wie es dort war. Wir müssen Gott danken, dass ihr heil zurückgekehrt seid, und euch müssen wir danken, dass ihr diese schwere Aufgabe auf euch genommen habt.» Es war, als sprächen aus Maxi seine ganze Trauer und seine ganze Erschöpfung.

Hermann Cohen empfing uns in der Küche und gab jedem ein belegtes Brot und eine Tasse Kaffee. Ich war hungrig und durstig und aß mit Appetit. Und zugleich schämte ich mich. Es waren nur wenige Stunden vergangen, seit wir unsere Freunde der Erde übergeben hatten, und schon genoss ich etwas zu essen und ein warmes Getränk.

Auch Emil umarmte mich, er sagte: «Ich bin froh, dass ihr heil wieder angekommen seid.» Mir fiel nichts anderes ein, als zu sagen: «Wir haben unsere Pflicht getan, und es war gut, dass Isidor dabei war. An einem Ort, an dem einem die Worte fehlen, ist es gut zu beten.» Das war nicht genau das, was ich hatte sagen wollen, aber ich war zufrieden, dass ich überhaupt ein paar Worte fand.

Emil erzählte, dass die Pfleger den Verwundeten nicht von der Seite gewichen seien und ihnen, wenn nötig, die Verbände gewechselt hätten. Die Verwundeten würden nicht aufhören, sie zu preisen. In den Lagern, in denen sie gewesen waren, hatte sich keiner um den anderen gekümmert. Jeder, der krank wurde, wusste, dass niemand sein nahes Ende aufhalten würde. Danzig nahm Milio auf den Arm und erzählte ihm, Kamil, Karl, Mirjam und Werner seien zum Himmel aufgestiegen, dort wären sie jetzt. Milio hörte mit offenem Mund zu. Zila, die wie immer auf ihn aufgepasst hatte, als Danzig nicht da war, schaute den beiden liebevoll zu, ohne ein Wort zu sagen.

Ich war müde und sehnte mich danach, die Augen zu schließen, aber Felix wollte eine Rede halten. «Wir sind den Gruppen unter Danzigs Leitung dankbar, dass sie unsere Kameraden zur letzten Ruhe gebracht haben», sagte er. «Das war eine schwere Aufgabe, ihr habt sie mit Vollkommenheit erfüllt. Gut, dass ihr unter uns seid.»

So war Felix. Er konnte gut schweigen, aber wenn er gezwungen war, etwas zu sagen, wählte er eingängige Worte wie «Aufgabe» und «Erfüllung». Doch jetzt wäre es besser gewesen, sie nicht zu verwenden. Wegen meiner Müdigkeit war ich so empfindlich, dass mir seine Art zu sprechen besonders auffiel. Dabei wusste ich, dass es ungerecht ist, jedes Wort, das ein Freund im Moment der Trauer ausspricht, auf die Goldwaage zu legen. Das hat Kamil uns gelehrt, der immer genau auf seinen Ausdruck geachtet hatte.

Nach einer kurzen Pause fuhr Felix fort: «Unsere Zeit auf dem Berg geht zu Ende. Wir haben noch Lebensmittel für ein paar Tage. Es gibt keinen Grund für Überfälle. Wir werden hinuntergehen und sehen, was wir zu tun haben.»

«Und was ist mit der Ausrüstung?», fragte jemand.

«Wir werden die Zelte nicht mitnehmen. Nur die Decken und die Schaffelle, die Küchengeräte sowie Teller, Besteck und Tassen. Und selbstverständlich die Bücher.»

«Und jeder geht dann zu sich nach Hause?», fragte einer der Geretteten, der sich gerade erst erholt hatte.

«Wir werden sehen, wie die Bedingungen sind. Wir dürfen nichts übereilen. Der Abstieg muss sicher und geordnet erfolgen.»

Diese wohlgesetzten, trockenen Worte, die Felix da sprach, machten mich traurig, ich starrte vor mich hin.

«Was ist mit dir?», wollte Salo wissen.

«Es fällt mir schwer, zu einem normalen Tagesablauf zurückzukehren», sagte ich.

«Wir dürfen uns jetzt nicht gehenlassen, mein Freund. Wir müssen die Geretteten an einen sicheren Ort bringen. Wir können nur hoffen, dass alle Vorhersagen sich als Irrtum erweisen und die meisten Menschen, die man in Lager verschleppt hat, wieder nach Hause kommen. Unser Auftrag ist noch nicht erledigt. Kamil hätte bestimmt gewollt, dass wir die Menschen zu ihren Familien zurückbringen.»

Und wieder wusste ich nichts anderes zu sagen als «Verzeihung».

«Du musst nicht um Verzeihung bitten, du bist ein

großartiger Kämpfer, du bist deinen Freunden treu und bereit, den Geretteten zu helfen.»

Ich wusste, dass er mich beruhigen wollte, deshalb sagte ich: «Ich komme bald, um zu helfen.»

«Ruh dich ein bisschen aus, wir haben genug Pfleger.»

Den Geretteten ging es allmählich besser, manche fühlten sich sogar schon so gut, dass sie beim Essen um einen Nachschlag baten.

Plötzlich tauchte Kamil vor meinem geistigen Auge auf, so deutlich, wie ich ihn bisher noch nicht gesehen hatte. Er ging gebückt vor Trauer. Oft hatte er das große Zelt verlassen und sich ins kleine Zelt der Kommandantur zurückgezogen. Manchmal konnte man meinen, er sei böse auf uns. Erst allmählich hatten wir gelernt: Er zog sich nicht zuletzt wegen seiner Anfälle zurück. Er war ein starker Mann, und auch seine Depressionen waren stark. Einmal, in einem Moment höchster Begeisterung, hatte er gesagt: «Wir werden für immer und ewig zusammen sein.» Seiner Stimme war anzuhören, dass er gerade aus einem schwarzen Loch aufgetaucht war. Über seine geheime Wunde sprach er nicht. Auf einmal wurde mir blitzartig klar: Er hatte die ganze Zeit gegen einen klaffenden Abgrund gekämpft.

78

Dann machte ich mich wieder an die Arbeit. Ich erhitzte Wasser, brachte die Töpfe ins große Zelt und half Viktor, die Kranken zu waschen. Diese betrachteten uns erstaunt und hörten nicht auf, sich zu bedanken. Manchmal erhob sich einer von seinem Lager, schaute uns an und fragte: «Wer seid ihr?»

Der Schnee hat nachgelassen, es regnet. Die Kälte ist gebrochen. Man kann die Lawinen hören, die sich vom Gipfel lösen. Michael tritt zu mir und fragt, ob Onkel Karl und Tante Mirjam schon im Himmel angekommen seien.

«Es ist anzunehmen», sage ich.

«Warum muss man sie begraben, bevor sie zum Himmel aufsteigen?»

«So gehört es sich, daran ist nichts zu ändern.» Mir fällt nichts anderes ein, um es ihm zu erklären.

«Werden sie sich uns zeigen?»

«Im Traum, nehme ich an.»

«Wenn sie zum Himmel aufsteigen, warum trauern wir dann um sie?»

«Weil sie weit weg von uns sind.»

«Werden wir sie im Traum so sehen, wie wir sie immer gesehen haben?»

«Ich nehme es an.»

Michael steht neben mir und kommt mir vor wie ein Engel, dessen Flügel noch nicht gewachsen sind. Ich denke daran, wie er immer auf einer Kiste gesessen und die Bibel abgeschrieben oder Matheaufgaben gelöst hat, konzentriert nach vorn gebeugt. Seine Fragen zeigen eine erschreckende Schärfe. Großmutter Zirl hat ihn geliebt und seine Fragen immer mit großer Aufmerksamkeit beantwortet.

Die dünne Verbindung zwischen uns löst sich nun auf. Wir sind nackt, und die wenigen Worte, die wir besitzen, helfen uns nicht mehr weiter.

Es ist unmöglich gewesen, Karl zu übersehen, seine Körpergröße, seine breiten Schultern, sein wunderbares Lächeln. Immer wollte er einem etwas schenken, wühlte in seinen Taschen nach einer Süßigkeit oder einer anderen Kleinigkeit. Wenn er nichts fand, lächelte er verwirrt.

An den Studienabenden, an die wir so gern zurückdenken, hat er marxistische Reden gehalten und alle daran erinnert, dass er ein Kommunist war, aus einer Familie von Kommunisten, und erst wenn die Kommunisten die Welt beherrschten, meinte er, würde es keine Mängel mehr geben. Trotz der Klischees konnte man ihm nicht böse sein. Wenn er sprach, zeigte sich das Kind in ihm, und nicht wenige hatten sich gewundert, wie ein Mensch, der immer nur das Gute wollte, sich von einer so grausamen Lehre anstecken lassen konnte. Manchmal hatte er Danzig darum gebeten, Milio auf den Arm nehmen zu dürfen. Milio schaute ihn immer erstaunt an, als wollte er sagen: Obwohl du so riesenhaft bist, habe ich keine Angst vor dir.

Milio hat ein sehr ausdrucksvolles Gesicht. Man kann ihn leicht verstehen. Manchmal glaube ich sogar, dass er unsere Situation besser erkennt als wir. Oft sehe ich Mitleid in seinem Gesicht.

Nach dem Granatenangriff hat er sich noch lange die Augen zugehalten. Danzig wollte, dass er die Hände herunternimmt, aber Milio gehorchte ihm nicht. Auch jetzt schließt er immer wieder die Augen. Seine Existenz ist uns ein Rätsel. Ich betrachte ihn und habe Angst, er würde gleich einen ganzen Satz sagen und uns alle erschüttern.

79

Uns bleiben noch ein oder zwei Tage auf dem Gipfel. Die Zeit wird knapp. Außerdem gibt es keinen Kaffee mehr. Wir trinken Tee und drehen uns Zigaretten aus Zeitungspapier. Wer sich nicht um die Kranken und Verwundeten kümmert, baut weitere Tragbahren.

Die Unruhe, die uns in den letzten Tagen gepackt hat, wächst. Worte, so scharf, wie man sie hier noch nie gehört hat, entfachen die Luft. Felix bittet um Zurückhaltung und erinnert uns daran, dass wir in all den Tagen nie unseren Zorn gezeigt haben. Jeder einzelne Kämpfer solle sich nach den Regeln richten, die Kamil uns auferlegt hat. Nun, da er nicht mehr da sei, müsse man seine Anweisungen noch genauer befolgen. Adel verpflichte, wiederholt Felix einen von Kamils Sprüchen. Zuletzt hat er immer stärker Zuflucht in solchen Sätzen gesucht. Ehrlich gesagt, sie passen nicht zu ihm, aus seinem Mund klingen sie schwerfällig. Felix sollte sich selbst treu bleiben, denke ich, auch wenn er gezwungen ist zu sprechen.

Dann haben wir genug Tragen beisammen, um am Tag darauf die ersten Menschen hinunterzubringen. Was wird aus uns werden, wie wird sich unser Leben von nun an darstellen? Ich habe keine Ahnung.

Emil ist wieder ganz gesund, aber er muss mit dem Abstieg noch warten. Er hat die Hoffnung, seine blinden Eltern wiederzufinden, nicht verloren, er erwähnt sie ständig, als wolle er sie auf diese Weise wissen lassen, dass er nicht mehr weit weg ist.

Zila bewegt sich nicht aus der Küche. Hermann Cohen bringt ihr alles, was sie braucht, aus dem Vorratslager, und sie kocht daraus köstliche Mahlzeiten. Die Kämpfer helfen ihr und versichern ihr immer wieder, ihr wunderbares Essen würde niemand je vergessen, es stecke in jeder Faser unserer Körper. Ich habe den Verdacht, dass sie ein großes Geheimnis in sich birgt. «Ich weiß, ich verstehe», murmelt sie, und das verwirrt mich mehr, als wenn sie weinen würde.

Felix hat mit sanfter Stimme zu ihr gesprochen. «Dein Auftrag ist noch nicht erfüllt. Du wirst noch lange mit uns zusammen sein. Wir schaffen es nicht ohne dich. Auch wenn wir nach unten gegangen sind, werden wir zusammenbleiben. Wir haben Kranke und Verletzte, und wir sind einer für den anderen da.»

Sie hob den Blick. «Wir werden uns nicht in alle Winde verstreuen?»

«Auf gar keinen Fall. Wir haben eine große Verpflichtung. Kamil hat so viel darüber gesprochen. Das Gefühl der Zusammengehörigkeit steckt tief in uns.»

«Wann verlassen wir den Berg?»

«Bald. Wir werden es vorsichtig angehen, und in ein paar Tagen sind wir wieder vereint. Was wir hier getan haben, werden wir auch unten tun. Das Leben auf dem Gipfel war eine Vorbereitung auf die Zukunft. Kamil hat uns ein großes Erbe hinterlassen, eine große Lehre, und wir werden sie mit höchster Aufmerksamkeit hüten.»

«Und wir werden uns nicht verstreuen?»

«Nein, Gott behüte. Unsere Kraft liegt in unserer Gemeinschaft. Der Gipfel hat uns aus den Niederungen erhoben. Wir gehen als Menschen hinunter, die getan haben, was ihnen auferlegt war.»

Nie hatte ich Felix so viel sprechen gehört, und es verstärkte sich mein Gefühl, dass es Kamils Worte waren, die aus ihm sprachen. Mein Herz zog sich zusammen, als ich an die Schweigsamkeit dachte, die ihn ausgemacht hatte. Auch er würde nicht mehr der Mensch sein, der er einmal gewesen war.

Ich schaue mich um, als wollte ich Bilder unseres Lebens sammeln, Erinnerungen, die sich nicht einpacken lassen: Danzig, der Milio umarmt. Milio, der zwar nicht spricht, wie wir es uns erhofft hatten, der aber den Wunsch ausstrahlt, alles zu verstehen, was um ihn herum geschieht. Danzig, der einmal zu Milio gesagt hat: «Du wirst dich an mehr erinnern als wir. Wir waren mit Überfällen beschäftigt, mit Auskundschaften. Wir haben zu wenig auf das geachtet, was wir gesehen haben. Du, mein Schatz, hast immer nur dagesessen und beobachtet, du hast in deinem Herzen alles gebündelt, was du gesehen hast. Wenn es so weit ist, wirst du uns alles zeigen.»

In einiger Entfernung sehe ich Maxi und Michael auf dem Reisig sitzen, zusammen mit Eduard, dem Hund. Seit Eduards überraschendem Auftauchen hat unser Zusammensein etwas Geheimnisvolles bekommen. Michaels Fortschritte im letzten Monat sind erstaunlich. Jetzt lernt er auch Französisch, mit dem gleichen Fleiß, mit dem er Geometrie lernt.

Ich sehe Karl vor mir, er steht da wie immer, bereit, jemandem die Hand zu reichen oder loszulaufen, um einem Menschen aufzuhelfen, der gestürzt ist. Wären alle Kommunisten wie er, wäre die Welt auf der Stelle gerettet. Im Ghetto hat es Gierige gegeben, die Lebensmittel hamsterten und ihre Ohren gegen die Schreie der Hungrigen verschlossen. Das Böse und Gemeine, das uns umgeben hatte, steckte jeden von uns an, nur wenige, nur Auserwählte, blieben davor gefeit.

Karls Gutherzigkeit hat alles überstrahlt, aber wir fühlten uns keineswegs klein neben ihm, im Gegenteil, jede Berührung mit ihm erhob uns. Oft saß er nur da, aber selbst sitzend war er groß.

So wandert das Auge von einem zum Nächsten, zu denen, die unter uns sind, und zu jenen, die schon in die andere Welt gegangen sind.

80

In derselben Nacht sprachen wir über Viktors Abschied. Er hatte beschlossen, nicht nach Hause in sein Dorf zurückzukehren, sondern sich freiwillig bei der Roten Armee zu melden. Ihm zu Ehren öffneten wir eine Flasche Wodka. Uns schlossen sich die Geretteten an, die Viktor versorgt hatte. Wir sangen russische Märsche, und es herrschte eine Hochstimmung, hinter der wir unsere Traurigkeit verbargen.

Felix sagte: «Du warst unser Bruder im wahrsten Sinne des Wortes. Wir hätten uns nicht vorstellen können, dass ein Ukrainer, Sohn von Ukrainern, zu uns kommen und unser Bruder werden könnte. Wären wir eine Armee und nicht Partisanen, hätten wir dir für deine Menschenliebe einen Orden verliehen. Aber mach dir keine Sorgen, Viktor, wenn wir zur Ruhe kommen, werden wir uns an dich erinnern, teurer Freund. Und der Name Viktor Marschewitz wird in unseren Herzen bleiben.»

Viktor war verlegen. «Teure Brüder, ich trenne mich voller Liebe und Traurigkeit von euch. Die Tage, die ich mit euch verbracht habe, waren Tage der Reinigung und der

Erbauung. Als ich zu euch kam, wusste ich nicht, wie ihr mich aufnehmen würdet. Die Leute in meinem Dorf haben sich ihren jüdischen Nachbarn gegenüber nicht menschlich verhalten. Sie standen daneben und schauten zu, was mit den Juden geschah. In ihren Augen sah man Grausamkeit. Ihr aber habt mich wie einen Bruder aufgenommen, habt mich an allen Taten und all euren Gedanken beteiligt, habt mich unter euch leben lassen. Ich habe nicht die geringste Fremdheit empfunden. Manchmal waren eure Gedanken auch meine, als wären wir seit Generationen Brüder. Ihr habt viel erlitten, jeder Einzelne von euch und alle zusammen, jetzt ist die Stunde gekommen, da Gott sich euch zuwendet und die Wunden heilt. Der Krieg ist in vollem Gange, und ich habe beschlossen, mich der Roten Armee anzuschließen. Wir müssen gegen das Böse ankämpfen. Ich werde mit euch hinuntergehen und euch helfen, euch einzurichten, dann gehe ich meinen eigenen schicksalhaften Weg. Die Tage mit euch werde ich als kostbares Geschenk bewahren.»

«Warum kommst du nicht mit uns?», fragte ein Kämpfer.

«Jeder hat seinen Auftrag, an dem Ort, der ihm bestimmt ist. Mich hat Gott dazu bestimmt, mit der Roten Armee zu kämpfen. Dort werde ich das tun, was ich bei euch gelernt habe, von Kamil und Felix, von Salo und Maxi und von den Geretteten, die ich versorgt habe. Ich habe von euch gelernt, dass nicht alles auf dieser Welt moralisch verdorben ist.»

Ohne Zila, die plötzlich anfing zu weinen, hätte sich jeder auf sein Lager zurückgezogen. Zilas Weinen war bitter und brennend, als habe sich ihr eine Wahrheit offenbart, die uns verborgen blieb. Salo und Maxi knieten sich neben sie und versuchten, sie aufzumuntern: «Danke Gott, dass wir nicht allein hinuntergehen, wir sind Dutzende Menschen, die sich gemeinsam auf den Weg machen. Das ist zu einem großen Teil dir zu verdanken. Wir haben es nicht geschafft, weitere Züge aufzuhalten, aber wir haben getan, was wir konnten.»

Sie verstand wohl, was Salo sagte, dennoch hörte sie nicht auf zu weinen. Schließlich gab er ihr ein Beruhigungsmittel, und ihre Schluchzer verstummten so jäh, als hätte jemand ihre Tränen mit einem scharfen Messer abgeschnitten.

Erst vor ein paar Tagen hatte der selige Werner gesagt: «Die Tage auf dem Gipfel gehen zu Ende, jetzt wird jeder sein eigener Lastenträger. Um die Wahrheit zu sagen, ich habe keine Lust, diesen Ort zu verlassen. Flaubert ist zweifellos ein wichtiger Schriftsteller, ich habe viel von ihm und über ihn gelesen. Früher war ich sicher, dass er die größte literarische Offenbarung sei. Jetzt kommt er mir mit seinen spießigen Beschreibungen pedantisch vor. Ich kann nichts mehr mit ihm anfangen.»

Seit dem Sturmangriff der Roten Armee reden wir immer weniger miteinander. Nur die Kranken murmeln unaufhörlich vor sich hin. Sie sprechen von ihren Fehlern und den Strafen, die sie in der nächsten Zeit erwarten.

81

Am nächsten Morgen standen wir früh auf und bekamen ein Stück Brot, mit Öl beträufelt, und eine Tasse Tee. Hermann Cohen hatte für dieses ordentliche Frühstück gesorgt.

Salo, Zila und Danzig bereiteten das Essen für die Geretteten vor.

Ohne Verzögerung machten wir uns mit den ersten zehn Tragbahren und einer Gruppe Geretteter auf den Weg. Ich freute mich, dass ich wieder gemeinsam mit Isidor eingeteilt war. Wir beide trugen Doktor Weintraub, den beliebten Gymnasiallehrer. Isidor war einer seiner Schüler gewesen und schätzte ihn sehr. Als man Doktor Weintraub zum Gipfel gebracht hatte, war sein Zustand kritisch gewesen, doch im Lauf der Zeit hatte er sich erholt und sah wieder besser aus.

Mich hatte er zwar nicht unterrichtet, aber meine Eltern kannte er gut. Über meinen Vater sagte er: «Ein kluger Mann – große Firmen haben ihm ihr Vertrauen geschenkt. Für Bedürftige hatte er immer ein offenes Ohr. Einmal in der Woche ist er ins Krankenhaus gekommen, hat sich zu den Patienten gesetzt, und wenn nötig, hat er sie gefüttert. Dieser große, spendable Mann nahm auf seine Ehre keine Rücksicht.»

Ich wusste, dass mein Vater ein freigebiger Mensch war, aber von seinen Spenden für das Krankenhaus hatte ich nichts geahnt. Doktor Weintraub schaute mich einen Moment an, dann sagte er: «Du siehst deinem Vater ähnlich, aber auch deiner Mutter.»

«Könnte man sagen, Doktor Weintraub», fragte ich, «dass dies der größte Krieg gegen die Juden war?»

«Ich und meinesgleichen, wir haben uns einen solchen Krieg nicht vorstellen können. Wir waren sicher, dass die Juden innerhalb von ein oder zwei Jahrzehnten so in den Völkern Europas aufgehen würden, dass nichts mehr von ihnen übrig bliebe.» Die Worte kamen nur schwach aus seinem Mund, doch jedes war wohlüberlegt. Jahre des

Unterrichtens im Gymnasium hatten seine Redeweise geformt.

Nachdem wir ungefähr eine halbe Stunde gegangen waren und einige Hindernisse und Stolperstellen überwunden hatten, machten wir eine Pause. Wir gaben Doktor Weintraub eine Scheibe Brot mit Marmelade und eine Tasse Wasser. Er bedankte sich mit den Worten: «Ich hätte nie gedacht, dass jüdische Kämpfer so diszipliniert sein können. Die gängige Meinung war, die Juden hätten einen anarchistischen Charakter und würden sich jedem Gesetz und jeder öffentlichen Ordnung widersetzen. Zu meiner Überraschung ist hier alles ziemlich geordnet abgelaufen. Auch während des Granatenangriffs und danach. Wer war dieser Kamil?»

«Er war ein großartiger Kommandant», sagte ich.

«Hatte er eine bestimmte Weltanschauung?»

«Wir haben Texte aus der Bibel gelesen, Abschnitte der Chassidim und Gedichte.»

«War er fromm?»

«Ich nehme es an, aber ohne Rituale oder Zeremonien. Er hat sich selbst einmal als religiösen Anarchisten bezeichnet.»

«Eine interessante Formulierung. Eure Kommune hat mich sehr beeindruckt. Während der ganzen Kriegsjahre habe ich keine Brüderlichkeit erlebt. Im Ghetto und in den Lagern haben wir den Glauben an den Menschen verloren. Hunger, Erniedrigung und die schwere Arbeit hatten jedes Gefühl aus unseren Herzen gerissen. Die Menschen wurden gleichgültig gegen die Schmerzen ihrer Nächsten, und am Ende auch gegen die eigenen. Eure Kommune, die hingebungsvolle Fürsorge jedes Einzelnen, haben das Ebenbild des Menschen wieder in die Welt gebracht. Ich bin nicht mehr jung, und ein Mensch in meinem Alter ändert seine

Meinung nicht mehr so leicht. Aber der Aufenthalt bei euch hat mich verändert. Ich habe mit eigenen Augen gesehen, wozu Angehörige unseres Volkes in der Lage sind. Auch nach Missachtung, Erniedrigung und Quälereien erheben sich die Menschen aus dem Staub und fangen wieder an zu leben und anderen zu helfen. Danke, meine Lieben, dass ich das Licht unter den Menschen sehen durfte. Ich habe zu viel geredet. Wenn ihr erlaubt, wird dieser alte Mann jetzt die Augen schließen und ein wenig dösen.»

82

Als wir den Bahnhof erreichten und die Tragbahren abstellten, sahen wir sofort, dass Doktor Weintraub kein Lebenszeichen mehr von sich gab. Sein Gesicht war blass und vollkommen reglos. Weitere Tragen wurden um unsere herum abgesetzt. Neben den Gesichtern der anderen sah der Mann, der soeben in seine Welt gegangen war, noch blasser aus. Doktor Weintraub, der munter und wach auf die Fehler in seinem Leben hingewiesen hatte, hatte uns nichts vorgemacht, auch in seiner letzten Stunde nicht. Jetzt lag er vollkommen still vor uns, als habe er auf die Auferstehung verzichtet.

Wir standen da und warteten auf die nächsten Träger. Der Bahnhof füllte sich mit Soldaten, Flüchtlingen und streunenden Hunden. Isidor fing an zu weinen, und ich wusste nicht, wie ich ihn trösten sollte. Ich sagte: «Doktor Weintraub ist friedlich gestorben.» Sofort ärgerte ich mich, dass ich «friedlich gestorben» gesagt hatte. Woher konnte ich das wissen? Er war nicht in seinem Haus gestorben, nicht in seinem Bett und nicht umgeben von seiner Familie. Wer konnte wissen, ob seine letzten Minuten nicht von sorgenvollen Gedanken verbittert worden waren.

Die nächste Gruppe, die sich verspätet hatte, traf erst am späten Nachmittag ein, und der Tod Doktor Weintraubs erschütterte auch sie. Nur wenige hatten ihn gekannt, selbst aus dem Kreis der Geretteten, doch seine vornehme Art während der Zeit, die er mit uns verbracht hatte, hatte viele beeindruckt.

Wer von uns gehofft hatte, hier Freunde oder Verwandte zu treffen, die aus den Lagern zurückgekehrt waren, fand nichts als Chaos. Danzig, der das Kommando übernommen hatte, hielt sich nicht lange auf. Er befahl Isidor und mir, die Tragbahre anzuheben. Ein Minjan, bestehend aus Kämpfern und Geretteten, sollte uns begleiten.

Als wir uns ungefähr einen Kilometer vom Bahnhof entfernt hatten, trafen wir auf ein paar junge Ukrainer, die «Juden nach Palästina!» riefen. Danzig schoss ein paarmal in die Luft und vertrieb sie damit. Die Beerdigung ging langsam vonstatten, manche weinten, und einer der Geretteten fiel in Ohnmacht. Es war, als würden wir nicht nur Doktor Weintraub in ein jüdisches Grab legen, sondern all jene, die wir in und neben den Todeswaggons hatten sterben sehen und deren Leichname den Vögeln des Himmels und den Tieren der Erde überlassen worden waren.

Isidor versuchte, seine Tränen zurückzuhalten, aber beim Kaddisch brachen sie aus ihm heraus. Sein Weinen erschütterte die Anwesenden.

Auch auf dem Rückweg hörten wir junge Ukrainer «dreckige Juden» rufen. Danzig zögerte nicht und schoss in die Luft. Wir waren wieder in der Wirklichkeit gelandet.

Neben Trauer empfanden wir auch eine gewisse Befriedigung: Am Abend kam die dritte Abteilung an, und wir machten ihnen Platz in dem großen Schuppen, in dem wir Unterschlupf gefunden hatten. Ein Lächeln huschte über Danzigs Gesicht: Milio brachte ein Wort über die Lippen, das wir alle verstanden: «Papa», sagte er, und Danzig wartete auf ein weiteres. Und es kam tatsächlich. «Mein Papa, mein Papa», rief Milio, und Tränen liefen über Danzigs Gesicht. Schnell wischte er sie weg.

Nicht weit von dem großen Schuppen fanden wir noch einen kleineren, leeren, und richteten uns in ihm ein. Wir hatten gut daran getan, die Decken und Schaffelle mitzunehmen.

Felix, der den Abstieg vom Gipfel beaufsichtigt hatte, saß zusammengesunken da, trank Tee und rauchte eine Zigarette. Er wusste genau, dass der Krieg noch nicht zu Ende war und dass uns harte Tage bevorstanden, doch wie jeder Kommandant, der die Bezeichnung verdiente, brauchte er ein bisschen Ruhe, um wieder zu sich zu kommen.

83

Am nächsten Tag kam die letzte Gruppe vom Gipfel, unter der Leitung von Sonntag. Sonntag wunderte sich über den lärmenden Bahnhof und die Soldaten, die in den Straßen herumliefen. Als er sich gefasst hatte, erzählte er, der Abstieg sei alles andere als leicht gewesen. Es hatte zwar keine Anschläge gegeben, doch ein paar der Geretteten hatten den harten Marsch nicht durchgehalten, man war gezwungen gewesen, sie zu tragen. Aber das Gefühl der Brüderlichkeit hatte gesiegt.

Sonntag verblüfft uns immer wieder. Dieser kräftige Mann, der manchmal von Visionen heimgesucht wird, ist ein beispielhafter Kämpfer und ein großartiger Kommandant. Nun stand er da, mit allen anderen, und bestaunte das neue Leben, das hier entstand.

Die Geretteten bedankten sich bei ihm, und er sparte seinerseits nicht mit Lob. Dann sagte er verlegen: «Wir haben auf alle aufgepasst, und alle sind jetzt hier, mit uns.»

Auch diesmal erlöste uns der Hunger aus unserer Angst und Trauer. Zila, Hermann Cohen und eine ganze Reihe an Kämpfern und Geretteten erboten sich, das Abendessen zuzubereiten. Wir schälten Kartoffeln und kochten sie in fünf großen Töpfen auf Primuskochern, die wir in dem kleinen Schuppen vorgefunden hatten. Das Geräusch, das sie von sich gaben, klang wie Musik in unseren Ohren.

Noch in der gleichen Nacht verließ uns Viktor, um sich bei der Roten Armee zu melden. Bevor er ging, umarmten ihn die Geretteten und baten ihn immer wieder, doch bei uns zu bleiben, aber Viktor hielt an seiner Entscheidung fest. «Wenn sie mich wegen meiner alten Verwundung nicht nehmen, komme ich zu euch zurück», sagte er mit Tränen in den Augen. «Ich trenne mich nicht leichten Herzens von euch.»

Dann glaubten wir einen Moment lang, Paul nähere sich dem Bahnhof. Doch das war ein Irrtum. Der großgewachsene, gutaussehende Mann, der von weitem aussah wie Paul, war ein Einheimischer. Er wunderte sich, dass wir ihn anstarrten, ging aber einfach weiter.

Einmal am Tag hielt ein Militärlastwagen vor dem Bahnhof und verteilte Nahrungsmittel. Wir gehörten zu den Ersten, die sich mit Brot, Salz, Zucker, Konserven und Zigaretten versorgten. Zusätzlich bekamen wir ein großes Paket Tee.

Als wir noch auf dem Gipfel gewesen waren, hatten wir geglaubt, unser Leben würde sich von einem Tag auf den anderen ändern, wir wären Freunde der Befreier und würden Menschen begrüßen, die aus den Lagern kämen, wir wären alle ein Herz und eine Seele, und der Kummer würde sich in Freude auflösen.

In der vergangenen Nacht hatte ich geträumt, Zilas Familie wäre zurückgekommen. Zila wurde vor Aufregung ohnmächtig, doch als sie wieder zu sich kam, strahlte sie und sagte: «Großmächtiger Gott, wie soll ich dir danken.»

Die vereinzelten Flüchtlinge, die den Bahnhof erreichten, waren meist Männer, die sich bei Bauern versteckt oder sich als Ukrainer ausgegeben hatten und es so geschafft hatten zu überleben. Das Sprechen fiel ihnen nach dem jahrelangen Schweigen schwer.

Einer von ihnen fragte uns: «Wo seid ihr gewesen?»

Wir sagten es ihm.

Er betrachtete uns misstrauisch und trat zur Seite. Als wir ihn fragten, wo er gewesen sei, machte er eine seltsame Handbewegung, als wolle er sagen: Was spielt das für eine Rolle, es ändert ja nichts.

Ein anderer Flüchtling, ein Mann mittlerer Größe, prahlte damit, dass es ihm gelungen war, die Deutschen hinters Licht zu führen. Einmal habe er sich sogar als Priester verkleidet. Er führte sich auf wie ein ungehobelter Junge, der mit seinen Heldentaten angibt. «Ich habe es geschafft. Sie haben mich nicht geschnappt.» Doch die meisten Flüchtlinge redeten nicht viel, mit blicklosen Augen schleppten sie sich vorwärts und sehnten sich lediglich nach einer Ecke, in der sie ihre müden Glieder ausstrecken konnten. Nur die Soldaten der Roten Armee waren munter und energisch. Keine junge, gesunde Frau entging ihrer Aufmerksamkeit.

Felix und die älteren Kämpfer sind der Meinung, wir müssen hier auf Rückkehrer warten. Dieser Ort sei ein Verkehrsknotenpunkt, und in ein paar Tagen würden auch die Züge wieder fahren. Einige der Geretteten wollten nicht auf die Kommandanten hören, sie haben sich allein auf den Weg gemacht. Felix hat nicht versucht, sie aufzuhalten. «Wenn sie gehen wollen, sollen sie es tun.»

Seltsam, diese Männer und Frauen, die wir auf unseren Schultern getragen haben, die wir gefüttert und gekleidet und deren Wunden wir versorgt haben, sagen zum Abschied kein Wort. Niemand macht ihnen einen Vorwurf. Sie entfernen sich, ohne sich noch einmal umzudrehen.

Der Frühling zeigt jeden Tag aufs Neue seine Schönheit. Vom Bahnhof aus können wir den breit dahinfließenden Fluss sehen, die blühenden Gärten, die Kühe und die Schafe, die auf den Wiesen grasen, als gäbe es keinen Krieg.

Unterstützt von einigen Kämpfern und Geretteten, bereiten Zila und Hermann Cohen zwei Mahlzeiten am Tag zu. Sie sind nicht üppig, erinnern aber noch an den früheren Geschmack.

Die Zeit auf dem Gipfel rückt in immer weitere Ferne, doch manchmal ist es, als sollten wir dorthin zurückkehren, zusammen mit Kamil und den anderen gefallenen Kameraden. Wenn Felix von der Zeit spricht, erscheint ein kleines Lächeln auf seinem Gesicht, als würde er sagen: Es waren, alles in allem, Tage ohne Nebel und ohne Illusionen. Wir wussten, was wir zu tun hatten, und taten, was wir konnten.

84

Felix hatte entschieden, dass es an der Zeit war, die Toten, die wir im Sumpfland begraben hatten, auf einem jüdischen Friedhof zu beerdigen. Zwei Gruppen, ausgerüstet mit Grabschaufeln, Tragen und Decken, machten sich früh am Morgen auf den Weg.

Das Sumpfland war zu dieser Jahreszeit schlammig. Danzig, der die Gruppen anführte, kannte in dem Gebiet jeden Flecken Erde, doch wegen der vielen sumpfigen Stellen waren wir gezwungen, den bekannten Weg zu verlassen, indem wir Moore und Wasserläufe umgingen, deshalb brauchten wir für den Marsch ganze vier Stunden.

Vor dem letzten Anstieg zum Gipfel entzündeten wir ein Lagerfeuer. Hermann Cohen verteilte Brot und Käse, Trockenobst und Tee. Unser Appetit war groß, wir verschlangen alles. Für kurze Zeit vergaßen wir unseren verantwortungsvollen Auftrag. Vor unserem inneren Auge flogen die Tage vorbei, die wir hier gemeinsam verbracht hatten – die Patrouillen, die Streifzüge und die Überfälle –, und es tat uns leid um die engen Bande, die sich langsam auflösten, bis am Schluss jeder wieder allein seinem Schicksal ausgesetzt wäre.

Wir trödelten nicht länger, sondern stiegen hinauf zum Gipfel. Dieser erhabene Ort, an den wir uns festgekrallt hatten, war jetzt nackt, den Winden überlassen. Ein paar abgerissene Zeltplanen lagen auf dem Boden, zerknüllt und verlassen. Die unbefestigten Bunker, die noch aussahen wie vorher, bewiesen mehr als hundert Zeugen, dass sich hier einmal ein hartes Leben abgespielt hatte. Doch es ließ sich nicht ändern, die Natur war immer schon stärker gewesen als menschliches Leben. Nach ein oder zwei Monaten wären auch diese Reste weggewischt, und der Gipfel würde wieder werden, was er gewesen war, ein untrennbarer Bestandteil der Karpaten.

Wir begannen, um das Grab von Großmutter Zirl herum die Erde aufzugraben. Es dauerte nicht lange, und unsere Spaten stießen auf ihre Sänfte. Mit gemeinsamer Anstrengung hoben wir die Sänfte heraus und legten sie auf eine Tragbahre. Da sahen wir Großmutter Zirl, wie wir sie gekannt hatten, zum Leben erwacht vor uns stehen – ihr mageres Gesicht, der Hals, der in einem dünnen Tuch steckte, die brennenden Augen. Es war, als würde sie uns zuflüstern: Der Körper ist vergänglich, aber die Seele ist ein Teil Gottes. Es ist sinnlos, diese strahlende Wahrheit zu leugnen. Nicht umsonst zitterten unsere Hände, als wir die Sänfte auf der Bahre festbanden.

Dann gruben wir die Erde um das Grab Kubes, unseres ersten Opfers, auf. Ich hatte ihn nicht kennengelernt, aber Danzig, der ein ehemaliger Klassenkamerad Kubes war, hatte ihm sehr nahegestanden und ihn immer als anständigen Menschen beschrieben. Neben ihm lag Gabriel begraben, und auf der anderen Seite Marek.

Die Gefallenen waren in ihre grau gewordenen Gendarmenuniformen gehüllt. Ich erinnerte mich an Marek und wusste, dass er in seiner Uniform beerdigt worden war. Ich wusste auch noch, wie ich damals gedacht hatte, dass wir gut daran getan hatten, ihn nicht in seinem abgewetzten Pullunder zu begraben. Die Uniform würde seinen Körper bewahren, bis seine Seele sich aus ihm gelöst hatte.

Wir luden die Leichen auf die Tragbahren und machten uns eilig auf den Weg. Als wir den Friedhof erreichten, war es Abend. Wir hoben Gruben neben den Gräbern unserer

Kameraden aus. Es dauerte lange – die Erde war feucht, und wir waren müde vom Weg. Isidor sprach das Kaddisch und das «Herr voller Erbarmen». Was hätten wir in einer solchen Stunde ohne ihn getan? Er kannte die Worte, die unsere Vorväter gesagt hatten, und konnte sie nachsprechen.

Danach saßen wir da und hatten keine Kraft mehr, aufzustehen und zu gehen. Danzig drängte uns nicht, doch als eine Gruppe Jugendlicher vorbeikam und rief: «Juden, bald kommen die Deutschen zurück!», liefen wir hinaus, um sie zu verfolgen. Sie rannten, aber wir waren schneller als sie und erwischten die meisten. Sie flehten um Gnade, doch wir ließen nicht locker, bis sie sich hinknieten und bei Gott schworen, uns nicht mehr zu bedrohen und nicht mehr zu verfluchen.

85

Die Tage am Bahnhof verbringen wir, indem wir ruhelos herumlaufen oder vor unserem Schuppen sitzen, doch wir haben fast nichts zu tun. Jeden Tag kommen Militärlastwagen zum Bahnhof, und Soldaten verteilen großzügig Nahrungsmittel. Wir nehmen, was wir brauchen, ohne zu hamstern. Ein paar Gerettete, die sich erholt haben, horten Zigaretten und Zucker und haben heimlich einen Tauschhandel begonnen. Felix ist nicht damit einverstanden, sagt aber nichts. Der Lebensdrang, der uns früher zu wendigen und schnellen Geschöpfen gemacht hat, hat uns plötzlich verlassen. Innerhalb weniger Tage sind wir zu Faulenzern geworden. Mitten am Tag überfällt uns das Bedürfnis zu schlafen. Niemand interessiert sich dafür, was wir tun oder welches Ziel wir verfolgen.

Michael ist es, der schließlich fragt: «Auf wen warten wir?»

«Auf den Zug», antwortet Maxi gleichgültig.

«Und wohin werden wir fahren?»

«Zu einem der großen Bahnhöfe, nehme ich an.»

Michael schaut ihn an, als fragte er sich, was das «nehme ich an» wohl diesmal bedeutet.

Es kommen fast keine Flüchtlinge mehr. Von Zeit zu Zeit taucht einer auf, schaut sich um und verschwindet wieder.

Alle paar Tage besuchen wir die Gräber unserer Kameraden, und Isidor spricht mit verhaltener Stimme das Kaddisch.

Der aufgebrochene Friedhof ist zum Schauplatz unserer geheimen Treffen geworden. Wir bleiben lange dort, laufen zwischen den geschändeten Grabsteinen umher, machen uns aber nicht die Mühe, die Hakenkreuze und die Naziparolen zu entfernen. Am Ende schießen wir vor lauter Kummer und Wut in die Luft und kehren zum Schuppen zurück.

Felix ist nicht mehr der, der er einmal war. Er sitzt auf der Schwelle, trinkt Tee und zündet sich eine Zigarette nach der anderen an. Manchmal kommt der Kommandant, der in ihm steckt, zum Vorschein, und er befiehlt uns, uns in einer Reihe aufzustellen, dann kontrolliert er Waffen und Munition und sagt immer wieder, der Krieg sei zwar vorbei, aber nicht für uns – uns würden noch irgendwelche Horden auflauern. Wir müssten wachsam sein, denn sie würden nicht davor zurückschrecken, uns zu überfallen, und seien nicht weniger eifrig als die Deutschen. Unsere Waffen müssten stets gereinigt sein, die Munition in Griffweite liegen. Diese offene Warnung bringt die Kämpfer jedoch nicht aus der Ruhe, sie setzen sich wieder hin, rauchen und betrachten die Umgebung.

Flüchtlinge sind weiterhin kaum welche zu sehen. Manchmal tauchen ein Mann oder ein Paar auf, die wie Flüchtlinge aussehen, doch sie erweisen sich regelmäßig als mittellose Ortsansässige. Deshalb sind viele der Kämpfer überzeugt, dass wir möglichst schnell in unsere Heimatorte zurückkehren sollten. Andere wiederum glauben, dass dieser Bahnhof ein wichtiger Knotenpunkt ist, sodass es besser sei, zu bleiben und zu warten.

Felix äußert keine Meinung. In dieser Hinsicht ist er ganz der Alte: Er spricht wenig. Kamils Abwesenheit ist ständig zu spüren. Manchmal ist mir, als hörte ich seine Stimme, ich sehe, wie er sich vorbeugt, um etwas zu sagen, ein paar Worte oder einen Spruch, und mir wird wieder einmal klar, dass ihm kein Wort leicht von den Lippen ging, immer musste er sich dazu zwingen.

Nur ein Mensch ist zufrieden: Danzig. Milio lernt jeden Tag ein Wort dazu, manchmal sind es sogar zwei. Gestern hat er nach oben gedeutet und «Himmel» gesagt.

Die Tage des Nichtstuns machen uns wortkarg. Uns schießen zwar alle möglichen Bilder durch den Kopf, aber keine geordneten Gedanken. Gestern habe ich von weitem einen Mann und eine Frau gesehen, die sich behutsam vorwärtsbewegten, und weil ich sicher war, es wären mein Vater und meine Mutter, die zurückkämen, rannte ich ihnen entgegen. Die Wirklichkeit traf mich wie ein Schlag. Es waren Leute von hier, und sie erschraken, als sie mich rennen sahen.

Etwas ist mir aufgefallen: Felix ist zornig auf die Geretteten, die gesund geworden sind und sich jetzt mit Tauschhandel beschäftigen. «Das passt nicht zu Menschen, die alle Höllenfeuer der menschlichen Existenz durchlaufen haben, dass sie jetzt am Bahnhof stehen und wie Straßenhändler ihre Waren anpreisen. Sie sollten ein anständiges Leben führen.»

Danzig ist nicht so wütend wie Felix. «Wir haben die Geretteten nicht den Berg hinaufgeschleppt, um ihre Ansichten zu ändern. Wir haben es für uns getan. Solange es noch Menschen gibt, die Not leiden, werden wir alles für sie tun, was in unserer Macht steht. Aber sie sind uns zu nichts verpflichtet.»

Ehrlich gesagt gibt es keine echten Diskussionen, nur unbedeutende Reibereien. Wir haben uns mit Leichtigkeit ans Nichtstun gewöhnt, dennoch sind wir erschöpft und müde und legen den Kopf bei jeder Gelegenheit auf die Schwelle. Gestern glaubte Emil, seinen Vater und seine Mutter aus dem Bahnhof auf uns zukommen zu sehen. Er rannte ihnen entgegen. Es waren tatsächlich zwei Blinde, aber nicht seine Eltern.

So vergehen die Tage. Ohne Wachdienst hätten wir wohl die ganze Zeit geschlafen. Eine Gruppe patrouilliert neben den Schuppen, eine andere hält sich in Bereitschaft. Das ist kein Tick von Felix; um den Bahnhof treiben sich viele verdächtige Personen herum. Ein Teil der Geretteten ist inzwischen gesund, und etliche haben sich auf den Weg gemacht, ihre Familien zu suchen, aber noch immer haben wir fünfunddreißig Kranke und Geschwächte, die auf uns angewiesen sind.

Michael ist erstaunlicherweise zu seinen üblichen Beschäftigungen zurückgekehrt: Er löst Mathematikaufgaben und liest ein Buch von Karl May. Maxi hat ihm versprochen, was er ihm schon oft versprochen hat, nämlich dass er mindestens zwei Klassen überspringen wird. Von Maxis Lob angespornt, bittet Michael um noch schwierigere Aufgaben. Manchmal kann man sehen, wie er sein schönes Gesicht vom Heft hebt, als würde er sagen: Ich glaube, dass Gott mir meinen Vater und meine Mutter zurückgibt.

Vor gar nicht langer Zeit hat Zila leichthändig und geschickt mit Töpfen und Pfannen hantiert, jetzt verrichtet sie ihre Arbeit scheinbar gleichgültig. Man kann nicht wissen, was sie denkt. Auf dem Gipfel war ihre Küche voller Leben und voller hungriger Menschen gewesen, jetzt ist sie leer. Manchmal geht ein Geretteter zu ihr und sagt: «Gott segne dich und vergelte dir, was du alles tust.» Dann bedankt sich Zila noch nicht einmal für diese Worte.

Salo und Maxi kümmern sich weiterhin um jene, die Hilfe benötigen. Jeden Tag verlassen zwei oder drei das Lager und sagen: «Wir müssen gehen.» Dann essen sie ihr Frühstück und machen sich auf den Weg. Wir schauen ihnen nach und haben das Gefühl, sie nähmen einen Teil von uns mit.

Ich schließe die Augen und sehe den Gipfel vor mir, die verschneite Kuppe und die flackernden Lichter, und uns, in dicken Mänteln und hohen Stiefeln, mit den Wollmützen auf den Köpfen, die Raw Chanoch gestrickt hat. Einmal waren wir von einem nächtlichen Überfall zurückgekehrt. Alle Lebensmittel und Hausgeräte, die wir mitgebracht hatten, wurden in Hermann Cohens Lager verstaut. Hermann sortierte die Beute, und jedes Mal, wenn er auf einen jüdischen Gegenstand traf, lächelte er, als wollte er sagen, das Verlorene ist heimgekehrt. Dann das Frühstück in Zilas Küche: die belegten Brote, der Kaffee und die Zigarette nach dem Essen, bevor man sich in einen schweren Schlaf sinken ließ.

Auch die Abende mit Liedern und Studium ziehen an mir vorüber. Kamil hatte uns gelehrt, mit Worten genau umzugehen. Das Studium beim Licht der Kerzen und Taschenlampen hatte uns, mehr als alles andere, daran erinnert, dass wir freie Menschen waren und uns Texten hingaben, die in den Tagen des Unglücks unsere Seelen nährten. Während der gesamten Zeit im Sumpfland, besonders der Zeit auf dem Gipfel, waren die Bücher, die wir aus jenem verlassenen Haus mitgebracht hatten, unsere geheime Nahrung gewesen.

«Ich bin unruhig», sagt Isidor. «Seit wir nicht mehr zu Überfällen losziehen, habe ich Albträume, es wäre mir lieber, gar nicht zu schlafen.»

«Woran denkst du?», frage ich unbedarft.

«Ich denke nicht, ich sehe nur Bilder, und es ist schwer, Bilder einfach fortzuwischen.»

Ich verstehe genau, was er meint.

Wir sitzen auf der Schwelle des Schuppens, und das Leben zerbröckelt unter unseren Händen. Es ist gar nicht lange her, da haben wir gekämpft, auch mit Hilfe der Tricks, die Kamil uns beigebracht hat. Es stimmt, wir mussten manche Niederlage einstecken, aber oft genug haben wir auch Hindernisse überwunden und reiche Beute gemacht. Doch seit Kamil uns verlassen hat, sind unsere Hände schwach geworden. Felix wollte uns vermutlich etwas sagen, aber er war in sich selbst gefangen, und alles, was er herausbrachte, war nur ein unverständliches Gemurmel.

Einer der Geretteten, der, als wir ihn zum Gipfel brachten, kaum noch gelebt hatte, sagte zu ihm: «Herr Kommandant, erlauben Sie mir, Ihnen in meinem Namen und im Namen aller, die Sie zum Gipfel gebracht haben, dafür zu danken, dass Sie uns das Leben gerettet haben. Wir können uns nur schwer bei Gott bedanken.» Felix hörte zu und schaute den Mann an, als wollte er sagen: Welche Antwort erwartest du jetzt von mir?

Ich starre in einen Abgrund, und vor mir tauchen mein eigenes Gesicht und die Gesichter meiner Freunde auf. Mal sehe ich Felix, dann wieder Kamil, und einmal Danzig, wie er Milio umarmt. Auch Hermann Cohen taucht aus dem Abgrund vor mir auf, er lässt den Blick nicht von seiner Nichte Teresa. Und plötzlich sehe ich auch Karl, Werner und Mirjam, die im kalten Wasser schwimmen. Warum versinken wir im Abgrund, frage ich mich, warum reichen wir uns nicht gegenseitig eine helfende Hand? Wir haben Erfahrung im Klettern, wir können Eisen biegen, warum fällt es uns ausgerechnet jetzt so schwer, von einem Ort zum anderen zu gehen?

Als wir unsere Freunde besuchten, die auf dem Friedhof begraben waren, stellten wir fest, dass weitere Grabsteine geschändet worden waren. Ein paar Steine waren zerstört, einige umgefallen. Danzig meinte, wir müssten die Steine wieder aufstellen und die Naziparolen entfernen, wir müssten den Schändern auflauern und sie gründlich verprügeln.

Wir waren sehr zornig, aber ein Gedanke kehrte wieder: Was bringt es, die Schändungen zu entfernen? Morgen fahren wir weg, und der Friedhof bleibt ungeschützt, ohne Zaun und ohne Aufsicht, die Schänder kommen zurück und setzen ihr Werk fort. Doch Danzig beharrte: «Wir haben die Pflicht, das zu tun. Nicht jede Tat zeigt einen sofortigen Erfolg. Wir müssen, um unserer Freunde willen, die wir hier begraben haben, die Schmierereien entfernen und auf die übrigen Gräber aufpassen.»

Schließlich nahm Felix sich zusammen und befahl zwei Gruppen, sich aufzustellen, und Isidor, das Kaddisch zu sprechen. Isidor sprach laut, mit abgehackter, fast erstickter Stimme. Felix bedeutete den Männern, die Gewehre zu spannen und aufzurichten, und sagte: «Zu Ehren unserer Kameraden, die in dieser heiligen Erde ruhen – Feuer. Zu Ehren unseres gepriesenen Kommandanten Kamil, der uns ins Sumpfland und auf den Gipfel geführt hat und nicht das Glück hatte, den Sieg zu erleben – Feuer. Zu Ehren unserer teuren Freunde, die in die Lager gebracht worden sind und auf die wir immer warten werden – Feuer.»

Die Schüsse waren ohrenbetäubend und herzerschütternd. Wir beeilten uns, den Ort zu verlassen. Felix ging mit schnellen, hinkenden Schritten an der Spitze, wir folgten ihm in einiger Entfernung. Wir hatten das Gefühl, dass wir uns auf andere Art von unseren Freunden hätten verabschieden müssen. Wir hätten singen müssen, ein ruhiges Lied, oder schweigen, doch was geschehen war, ließ sich nicht rückgängig machen.

Als wir am Schuppen ankamen, erfuhren wir, dass eine Horde Rowdys vorhatte, die Lager aufzubrechen. Sonntag, der für die Bewachung verantwortlich war, stürmte sofort los. Die Rowdys verschwanden, ließen aber drei Verletzte zurück. Schaulustige hatten sich um uns versammelt und fluchten rachedurstig. Die Kämpfer schossen erneut in die Luft, und die Menschenmenge zerstreute sich.

Als Felix das hörte, befahl er, die Frauen und die Ausrüstung zum Bahnhof zu bringen. Die Männer beeilten sich, alles rasch zu erledigen. Es dauerte keine Stunde, da fuhr ein Militärzug in den Bahnhof ein, und wir bestiegen alle gemeinsam einen Waggon, zufrieden, dass wir es geschafft hatten, die Geretteten mitzunehmen.

Einer von ihnen, der neben Felix stand, fragte: «Herr Kommandant, wohin fahren wir?»

«Nach Hause» kam schnell zur Antwort.

«Zu welchem Haus?», fragte der Gerettete.

«Es gibt nur ein Haus, in dem wir aufgewachsen sind und das wir geliebt haben, dahin kehren wir zurück.»

Der Gerettete erschrak bei diesen Worten, doch auf seinem Gesicht erschien, ganz ungewollt, ein kleines Lächeln.